古典文學研究輯刊

九　編

曾永義 主編

第14冊

父權體制下的女性悲劇：從婚姻、嫉妒、性慾看《金瓶梅》中的女性

馬琇芬 著

晚明水滸人物評論之研究——以金聖嘆評《水滸傳》爲範例

林淑媛 著

國家圖書館出版品預行編目資料

父權體制下的女性悲劇：從婚姻、嫉妒、性慾看《金瓶梅》中的女性　馬琇芬 著／晚明水滸人物評論之研究——以金聖嘆評《水滸傳》為範例　林淑媛 著 — 初版 — 新北市：花木蘭文化出版社，2014〔民 103〕
目 2+132 面／序 2+ 目 2+106 面；19×26 公分
（古典文學研究輯刊　九編；第 14 冊）
ISBN：978-986-322-546-1（精裝）
1. 金瓶梅 2. 水滸傳 3. 人物志 4. 文學評論
820.8　　103000756

古典文學研究輯刊
九　編　第十四冊　　ISBN：978-986-322-546-1

父權體制下的女性悲劇：
從婚姻、嫉妒、性慾看《金瓶梅》中的女性
晚明水滸人物評論之研究
——以金聖嘆評《水滸傳》爲範例

作　者　馬琇芬／林淑媛
主　編　曾永義
總 編 輯　杜潔祥
副總編輯　楊嘉樂
編　輯　許郁翎
出　版　花木蘭文化出版社
社　長　高小娟
聯絡地址　235 新北市中和區中安街七二號十三樓
電話：02-2923-1455 ／傳眞：02-2923-1452
網　址　http://www.huamulan.tw 信箱 hml 810518@gmail.com
印　刷　普羅文化出版廣告事業
初　版　2014 年 3 月
定　價　九編 27 冊（精裝）新台幣 48,000 元

父權體制下的女性悲劇：
從婚姻、嫉妒、性慾看《金瓶梅》中的女性

馬琇芬 著

作者簡介

馬琇芬，靜宜女子大學中國文學系畢業，國立中山大學中國文學碩士、博士。現任職實踐大學應用中文學系助理教授，曾於中山大學、台南大學、高雄醫學大學、樹德科技大學和義守大學等校擔任兼任助理教授。博士論文《鹿橋小說研究》，研究領域為古典小說、現代小說和女性小說。

提　　要

本書以《新刻繡像批評金瓶梅》為研究版本，擬從剖析「父權體制」的角度，探討女性人物身處宗法倫理制度下所呈現的自我意識，並藉由男性作者筆下的女性形象，檢示父權體制的詮釋觀點對《金瓶梅》女性人物的評述及論斷。

全書共分六章：

第一章「緒論」為本書之研究動機及研究方法，並針對「父權體制」提出定義。

第二章根據「婚姻架構」探討小說中女性人物的心態，從「地位」、「貞操」和「子嗣」三方面，探討女性人物如何憑恃「權力」獲得「尊重」及「寵愛」。

第三章立於婚姻架構的探討基礎上，從「嫉妒心理」分析女性人物之間的衝突現象，並探討產生衝突的原因。

第四章針對《金瓶梅》中為世人所爭論的情慾描寫予以析論，對女性人物的性生活及性心理進行深入的研究。

第五章歸納出女性在父權體制下的生活情況，從「自主意識的蒙昧」探討女性人物的價值觀，由「男尊女卑的迷思」檢示明、清之際看待女性的態度。

第六章結論，總結前述女性形象意義，反思父權體制對兩性的影響。

目次

第一章　緒　論

《金瓶梅》是中國第一部描寫傳統家庭生活的章回小說，內容描繪一群女性人物環繞著西門慶，從而展開的一連串錯綜複雜的衝突紛爭。歷來評論者多將小說中的女性人物解讀爲活躍得近乎放肆、縱情得近乎淫蕩的女子，但這些評斷卻隱含了一套傳統「父權體制」對女性的主觀判準。

什麼是「父權體制」？「父權體制指男性支配，就是指具有權威的位置——例如，在政治、經濟、司法、宗教、教育、軍事、家庭內部——一般都是由男人佔據。」〔註1〕即使生活於二十一世紀的民主法治社會中，許多具有權威的位置都已由女性所擔任，但兩性的刻板印象仍潛存於每個人的意識中，微妙地影響著人們的觀感與行爲。畢竟我們都參與在比我們自己更大的集合體之中，換言之，社會生活所牽涉到的範圍大過於我們本身的認知，因此個人很難完全跳脫時代的影響。從這個角度而論，那些將《金瓶梅》中的女性人物解讀爲放肆、淫蕩的評論，很可能反映了「父權體制」的傳統思維，而未能省思小說中的女性「爲什麼」會做出那些背反道德的言行，是「什麼樣的處境」逼使她們做出彼此競爭、傷害的舉動！

要了解《金瓶梅》中女性人物的外在言行與內心想法，必得探討中國文化體系的建構，掌握社會中人際運行的脈絡。在中國文化的傳統思維中，非常強調「個人」對「社會」的責任與義務，而「社會」是經由「宗法人倫」〔註2〕

〔註1〕亞倫．強森（Allan G. Johnson）著，成令方總校訂，成令方、王秀雲等譯：《性別打結：拆除父權違建》。台北：群學出版有限公司，2008年，頁23。

〔註2〕本文所引用的「宗法人倫」觀念，參考自楊適著：《人倫與自由》一書。楊適

的關係，把「個人」組合成一個緊密、有層次的結構。每一個「個人」都有一張無形的關係網，將他與「社會」中部分的人依不同緊密程度發生關連。

在這個架構中，「社會」的幸福是「個人」幸福的先決條件，因此中國人的「自己」與「社會」的關係可以說是「包含」與「合一」的關係。當「自己」與「社會」融爲一體時，「自己」可謂已不復存在。〔註 3〕而這種以「社會和諧幸福」爲鵠的的理念，乃奠基於以「父權」爲核心的「倫常體系」〔註 4〕，根據父系氏族血緣的紐帶，藉由血緣的親疏差序創制一套規範，從「自然人倫」延伸出「宗法人倫」，建立以「禮」爲中心的從屬系統，把天下百姓納入宗法人倫的網絡裏，使社會中每一個人安置在既定的位置上，嚴格遵守分際，維持穩定的社會秩序。〔註 5〕

在父系宗法結構中，女性向來處於邊緣的地位，尤其在以「男性」爲中心所形成的差序格局社會結構裏，女性的地位總是跟隨男性的人倫秩序而定

認爲「人倫」乃泛指父子、夫婦、兄弟、長幼、親戚和朋友之間自然親密的關係，那是從有人類以來中外古今一切時代和民族都有的，是永恆普遍的。但在夏禹之後中國人倫發生了根本變化：那合乎「天道」自然的人倫「隱」、「廢」了，代之而起的是以「禮」與「仁」爲標誌的「貨力爲己」、「天下爲家」的人倫，即家天下私有制文化的人倫。這是由孔子奠基的中國傳統人倫文化，是一種特定的人倫，故楊適將其稱之爲「宗法人倫」。請參閱楊適，《人倫與自由》，頁 9～13，台北，書林出版有限公司，1993 年。

〔註 3〕每一個「社會」都是由「個人」所組成。但是，不同的文化對「個人」與「社會」關係的構想卻不相同。在西方具有「個人主義」傾向的價值體系中，對「個人」與「社會」關係的構想是：「社會」是由一個個平等、自由、獨立的個體所組合。「社會」固然不僅只是這些個人的總和，但「社會」的幸福卻是建築在這些「個人」，以自主獨立的精神去奮鬥自己個別的幸福之上的。「社會」規範或法律只是在這種個人追求自己最大幸福的過程中，保證了「社會中的大多數人能得到最大利益」。

而中國傳統的理念是：如果「社會」中每一個「個人」都能履行他的社會責任與義務，整個「社會」即可運作自如，向前發展。社會規範及法律是用以限制及懲罰那些不能堅持這個信念（促成社會幸福），以致不能履行他對社會的責任及義務的人。參見楊中芳、高尚仁合編《中國人．中國心》第二章〈試論中國人的「自己」：理論與研究方向〉，頁 93～138，遠流出版公司，1991 年。

〔註 4〕父系世系之確立始自夏朝，從《史記．夏本紀》中可以發現王位皆由父子相繼，雖然在〈殷本紀〉中偶見兄弟相繼和傳兄之子的情況，但王位的傳承仍在父系的宗親範圍之內，至於周代王室更嚴格遵守父系間的傳遞，建立了「立子立嫡制度」。參見謝維揚，《周代家庭形態》，北京，中國社會科學出版社，頁 14～15，1990 年。

〔註 5〕參閱楊適：《人倫與自由》，頁 17～23。

位。在父系原則下，女性婚前在母家的成長階段，僅為生命中之暫居階段，唯及笄之後嫁夫，始為畢生安身立命之所在。所以《禮記・本命》中即道：「婦人，伏於人也。是故無專制之義，有三從之道。在家從父，適人從夫，夫死從子，無所敢自遂也。」

了解了中國傳統以父權為核心的體制結構後，就能同情女性在家庭的架構中承受的壓抑，理解她們在種種規範的限制下所造成的人格扭曲。故本書擬從「婚姻架構」對女性的限制，探討《金瓶梅》中的女性人物在家庭中的處境及其心態；再從儒家倫常體系對女性德性的要求，討論《金瓶梅》中的女性人物如何透過種種扭曲的行為平撫內心的「嫉妒」情緒；最後從禮教對於性慾的壓抑，分析《金瓶梅》中關於女性人物的「性慾描述」所呈現的性行為及其意涵。

第一節　研究動機

《金瓶梅》自從逐漸掙脫「禁書」〔註6〕的桎梏後，迄今相關研究儼然已在古典小說研究中蔚為一大領域。研究的學者或將個人的論述集結成書〔註7〕、或著書出版〔註8〕、或二人以上合著編輯〔註9〕、或將多人單篇論述合編成冊〔註10〕，不再只是單篇零散的發表。其中所論及的內容概有：作者的考證、版本的考察、時代背景的研究、主題的探討、人物形象的分析、情色的評論、美學的審視、風俗習慣的討論等，探討的範圍頗為廣泛。在這些討論的內容中，不乏對「女性人物」的探究分析，但無論是專論某位人物，或是綜論小說中的女性世界，似未能從父權體制的結構探究《金瓶梅》中的女性

〔註6〕《金瓶梅》在清朝時，曾因大量的性描寫而屢遭禁毀。請參閱吳哲夫，《清代禁毀書目研究》，頁69，嘉新水泥公司文化基金會，1969年。

〔註7〕將個人的論述集結成書者有：魏子雲的《金瓶梅劄記》、《金瓶梅研究二十年》，徐朔方的《論金瓶梅的成書及其他》，陳東有的《金瓶梅文化研究》等。

〔註8〕個人著書出版者有：孫述宇的《金瓶梅的藝術》，李時人的《金瓶梅新論》，張業敏的《金瓶梅的藝術美》，張國風的《金瓶梅描繪的世俗人間》，李建中的《瓶中審醜》等。

〔註9〕二人以上合著編輯者有：孫遜、詹丹合著的《金瓶梅概說》，王銘仁、邱勝威合著的《笑笑生話金瓶》，王汝梅、侯忠義合編的《金瓶梅資料匯編》，寧宗一、羅德榮合編的《金瓶梅對小說美學的貢獻》等。

〔註10〕多人單篇論述集結成冊者有：胡文彬等著的《論金瓶梅》，江西古籍出版社主編的《金瓶梅研究集》，齊魯書社編輯的《日本研究金瓶梅論文集》等。

人物，了解她們如何受到體制的影響，探索她們在體制的限制下所反映的言行，及其建立的價値觀。

「女性看待自己身體的方式，以及她們對性、生產功能的看法，都與她們所處的文化環境息息相關。」〔註 11〕所以她們纏小腳以爲美、貞守婦德以爲榮，或將自己的價值界定在「生產」的能力上，尤其是能否產下傳宗接代的男嬰。這些意識都建立在父權體制的規範下，甚至將父權體制所定訂的訓戒，內化成自己的信念，奉行不已。〔註 12〕

《金瓶梅》中的女性人物，雖然大多跳出了「婦德」的樊離，但在作者的刻畫下，她們是被道德所撻伐的角色。作者塑造出她們的目的是要警告男性們，提醒他們「女性」的可怕，因而這些女性人物匯集了牴牾宗法倫理的女性特性，大部分的女性角色成了中國歷來對「淫婦」的集體印象。然而這些「女性形象」是作者刻意經營的結果，作者經過議論、旁白，或是藉小說中的人物傳達自己的聲音，〔註 13〕或是經由小說的「表面現象」進行信念的發揮，〔註 14〕宣揚了「女禍」的觀念，以至於在這種創作意圖下，幾乎每個女性人物都蒙上了放縱情欲的醜陋面紗。

《金瓶梅》中的女性沒有一個稱得上是古典或傳奇性的佳人，作者的目的正是要極力突顯西門慶的淫惡，所以被西門慶佔有的女性都是身份低賤或者聲名不佳的女子。作者以放肆縱情的筆墨揭出了男歡女怨的事件，與金錢、權勢、貪欲的糾葛。在他的筆下，西門慶身邊眾婦人嘴裏的淫聲浪語，以及彼此之間拈酸吃

〔註 11〕伊蘭‧修華特著，張小虹譯，〈荒野中的女性主義批評〉，《中外文學》，第十四卷，第 10 期，1986 年 3 月，頁 96。

〔註 12〕女教（教育女子的學說）在中國古代，經過從東周到春秋戰國及秦漢一千多年的時間，完成了從醞釀到形成的階段，定下了男尊女卑的格局。歷來大部分的女教著作是由女性寫成，顯示了女性將男性所訂定的規範內化成自己的意識。如西漢班昭的《女誡》、唐代宋若華的《女論語》、明成祖徐皇后的《內訓》、明末儒者王相的母親劉氏的《女范捷錄》，這四部書併稱爲「女四書」，內容都是以「三從四德」爲鵠的，灌輸婦女抑壓自我、服從男性的規範。有關中國古代的「女教」請參閱趙元信、何錫蓉合著的《中國歷代女性悲劇大觀》第十二章〈女人，何以爲女人〉。

〔註 13〕例如第二十九回和七十九回，作者藉著吳神仙兩度到西門府看相、論病，即是透過小說中的人物，傳達自己的聲音，預示了人物的形象及最終命運。此即布斯所論及的作者的「第二自我」，請參閱 W. C.布斯著，華明、胡蘇曉譯，《小說修辭學》，頁 77～86，北京，北京大學出版社，1989 年。

〔註 14〕「在小說中，大多數表面事實擔負著評價的重任。它們以某種方式安排角色們的重要性，它們對讀者的信念發揮作用。」（《小說修辭學》，頁 199。）

醋的口角，都刻劃得極爲傳神，讀起來彷若偷聽了她們的閒言閒語一般的生動。

雖然這些女性人物以醜陋的形象呈現在小說中，但正因爲她們的「醜惡」顯示了中國古代女性的一種「次等身份」。她們自甘於卑賤和屈辱的行爲，也正好說明了女性在受男性豢養、被男性當作佔有物的處境下，在必須以自己肉體爲本錢，向「彼此所共有的男人」謀取利益時，她們鮮能對自己的「自主性」有所要求。

《金瓶梅》描繪下的女性人物醜惡面貌，也間接反映了時代價值觀〔註 15〕對女性的限制與拘囚。〔註 16〕本文即擬從剖析「父權體制」的角度，探討在一夫一妻多妾的婚姻制度下，女性人物所呈現的行爲，以及由作者的論述中，反思女性在傳統婚姻架構中的自我意識，和父權體制對女性的拘限。藉由男性作者筆下的女性形象，省思父權體制思維下的詮釋觀點對《金瓶梅》女性人物的評述及論斷。

第二節　研究方法

本論文所採用之版本爲崇禎本系統之《新刻繡像批評金瓶梅》，〔註 17〕卷首刊有東吾弄珠客的〈金瓶梅序〉，〔註 18〕每一回中還有評點者的眉評與夾

〔註 15〕一般認爲，「價值觀」是引導個人、社區或特定文化團體從事各種選擇的準則。參閱 Risieri Frondizi 著、黃藿譯，《價值是什麼？》，第一章，台北，聯經出版公司，1986 年。

〔註 16〕「在人生的歷程中，價值取捨是人類置身生命情境的普遍課題，然而個人並非孤立的存在，不能自外於時空座標而具有社會屬性，由於生命網路的聯繫，以及時代氛圍、社會脈動的滲透，這些利害關係的認定，往往受到外在環境、思想潮流等特定的影響。因此價值判斷不僅出乎個人主觀方面有意以外在社會爲參考架構；並且也源自社會、文化無形的濡染與薰陶，這些共同構成小說敘事表現中屬於特定社會的質素及關懷。」有關「世情小說之價值觀」請參閱陳翠英著，《世情小說之價值觀探論》，頁 27～42，台北，臺灣國立大學文史叢刊，1996 年。

〔註 17〕「《金瓶梅》的版本，大體上可分爲兩個系統，三種類型。一是詞話本系統，即《新刻金瓶梅詞話》，現存三部完整刻本及一部二十三回殘本。二是崇禎本系統，即《新刻繡像批評金瓶梅》，現存約十五部。第三種類型是張評本，即《張竹坡批評第一奇書金瓶梅》，屬崇禎本系統，又與崇禎本不同。在兩系三類中，崇禎本處於《金瓶梅》版本流變的中間環節。它據詞話本改寫而成，又是張評本據以改易、評點的祖本，承上啓下，至關緊要。」（王汝梅〈新刻繡像批評金瓶梅前言〉，《新刻批評金瓶梅》，頁 1～2，曉園出版社，1990 年。）

〔註 18〕欣欣子的序闡述三個重要觀點：第一《金瓶梅傳》作者是「寄寓于時俗，蓋有

評，〔註19〕是古典小說批評的一宗珍貴遺產。

崇禎本對於人物形象的評點特色，約可列爲三點：（一）評點者特別注重人物激宕的生命力——神韻。（二）在人際關係的動態變化中分析人物性格，通過性格間的比較，觀察性格特色差異處。（三）尤其是善於通過人物的語言、行動、細節，透視人物的心理活動、內心面貌。〔註 20〕尤其這些評論對於人物的分析有著極大的助益，這也是筆者之所以選用此版本的原因之一。

爲了剖析父權體制對於女性的言行與觀念造成何種限制和影響，無論是從作者所描繪的女性人物形象，或歷來評論《金瓶梅》的評點者對於小說中女性人物的評論，皆有助於筆者廓清在中國的父權體制下，傳統文化思維對於兩性的刻板形象及迷思。筆者彰顯「父權體制」對女性的箝制，是要深入分析男性作者筆下的女性人物形象，避免陷入作者刻意形塑的「女禍」意圖與觀念；評議評點者所評論的觀點，不再受限於傳統婦德標準的議論，從而剖析評點者「女性爲卑」的評點思維。〔註21〕

謂也。」第二、《金瓶梅傳》是發憤之作，作者「爰罄平日所蘊者，著斯傳。」第三、《金瓶梅傳》雖「語涉俚俗，氣含脂粉，但不是淫書。」這種衝破儒家禮教，提出不要壓抑哀樂之情的觀點並不被崇禎本的改寫者所接受。因爲崇禎本改寫者想用「財色」論、「懲戒」說再造《金瓶梅》，而東吾弄珠客的序與他的意見相合，所以崇禎本的改寫者只收東吾弄珠客的序，而不收欣欣子的序。

〔註19〕崇禎本的評點者已經擺脫了傳統小說那種簡單化的平面描寫，開始展現眞實的人所具有的複雜矛盾的性格。他在評析潘金蓮時，既指出她「出語狠辣」、「俏口毒心」，慣於「聽籬察壁」、「愛小便宜」等弱點，也贊美她的「慧心巧舌」、「韻趣動人」等「可愛」之處。評析李瓶兒時，既說她「愚」、「淺」，也指出她「醇厚」、「情深」。尤其是他能衝破傳統道德的束縛，對潘金蓮這樣一個「淫婦」，處處流露贊美和同情，說明了他對人物性格的觀察細膩。此外他還肯定《金瓶梅》是一部世情書，而非淫書；評析了作者刻劃人物的傳神技巧；反映了萬曆中後期的藝術視角，對明清小說批評的發展，可以說起了奠基與開拓的作用。有關崇禎本評語在小說批評史上的重要地位，請參閱〈新刻繡像批評金評梅前言〉，頁 12～15。

〔註20〕參閱齊魯青，〈明代《金瓶梅》批評論〉，《中國古代、近代文學研究》，5 期，1994 年 5 月，頁 206。

〔註21〕「Jehlen 說的很對：『女性主義需要以男性的立足點來觀看整個概念世界。』我們從男性作家的作品出發，來思考一些女性問題。如此更可以幫助我們了解這個以男性爲中心的文化與其中發展出來的語言系統。而當我們研究男性作家的作品時，我們必須記得在這些作品中，眞實的女性是不存在。男性作家筆下的女性永遠具有象徵意義。我們所要探討的是這些女性角色如何在不同的時代與文化中，代表不同的象徵意義。正如 Spacks〈女性的不變形象〉一文中指出，藉著研究男性作家筆下的女性角色塑造模式，我們可以看到『某

然而有些人聽到「父權體制」，就認爲這個詞彙意味著「所有的男人都是壓迫者。」有些男性在別人提到「父權壓迫女性」時，會認爲是在指涉他個人，致使他們產生憤怒感與防衛反應；有些女性認爲提及「父權體制」就是在譴責個別男性，甚至因爲對方是男性就應該被譴責。〔註 22〕但「父權體系」不是意指任何男性或男性的集體，而是一種男性和女性都參與其中的社會。一個社會是「父權」的，意指它有某種程度的男性支配(male-dominated)、認同男性(male-identified)和男性中心(male-centered)。〔註 23〕

因此筆者在解讀《新刻繡像批評金瓶梅》時，除了從剖析「父權體制」的角度，分析女性人物在體制下的處境，亦著重於兩性特質的差異，因爲男性與女性無論在生理及心理上，都各自有其特質。在女性意識未被重視以前，文學批評一直是男性專有的領域，諸種理論的形成也都是基於男性經驗而成立。但女性的本質與感受畢竟與男性不同，誠如英國法蘭克福學派（The Frankfurt School）創建人之一的赫伯．馬庫色（Herbert Marcuse）所說，「一般而言男性大抵都具備了一種『工具取向的行爲特質』，活在一個『全體中心』的『公共世界』中，以工作成效爲目標及一切價值判斷。故而，男性思維方式有客觀化、分析化、理論化、概念化的特質，重視推理，性格上蘊帶著宰制攻擊性。相反的，女性則具備一種『表達取向行爲特質』，活在一個『個人中心』的『私心世界』中，以人際關係親和性爲目標及價值判準，思維方式則有主觀化、統覺化、具體化的特質，重視神秘的直覺，性格上傾向於接納性與依賴性。」〔註 24〕所以本論文立於剖析「父權體制」的角度，解讀《金瓶梅》中的女性處境，並兼及兩性特質差異的探討，期能使小說中的女性人物形象有另一番新的詮釋。〔註 25〕

由於長期處於以男性爲主導、爲中心的社會結構裏，傳統社會中女性的

一文化，某一時代中男性作家的想像模式』。透過這種想像模式，我們可以進一步了解這個時代與文化的象徵符號系統與意義架構。」劉紀蕙〈女性的複製：男性作家筆下二元化的象徵符號〉，《中外文學》，第十八卷，第 1 期，1989 年 6 月，頁 130。

〔註 22〕參閱《性別打結：拆除父權違建》，頁 130。

〔註 23〕參閱《性別打結：拆除父權違建》，頁 22。

〔註 24〕蔡美麗，〈女性主義哲學〉，《當代》，5 期，1986 年 9 月，頁 25～26。

〔註 25〕張竹坡自述評論《金瓶梅》是「亦可算我今天又經營一書」，「我自做我之金瓶梅」。此番自述正是從一個讀者的立場爲《金瓶梅》賦予新的意義，以承繼、開創《金瓶梅》的生命。在不同的人、不同的時代詮釋下，《金瓶梅》不斷地加深、鞏固、豐富，文學批評使得《金瓶梅》的生命隨著時代而發展，「古典小說」不被時代所拘限的特性，也彰顯了讀者的自主性。

「自我意識」十分薄弱，在人生價值的取向上，亦幾乎以父權體制所設定的規範爲標準，以至於在人性本能的需求與禮教之間產生衝突與掙扎，人格亦因而產生變化甚至扭曲。本文即擬由四種「父權體制」觀念下所產生的具體現象，分別探討《金瓶梅》中的女性人物。

「婚姻」是中國父權體制中的基本建構體，也是《金瓶梅》一書主要的描述內容，因此本論文由「婚姻架構」的探討著手析論。至於「嫉妒」則是女性在一夫一妻多妾的婚姻制度中，極容易反應的一種情緒，也是《金瓶梅》的作者運用了極多的筆墨描述的內容，因此本論文亦將嫉妒的心理列爲討論的重要部分。關於「性慾描寫」乃是探討《金瓶梅》不可忽略的一項議題，故亦成爲筆者析論的主要內容。最後則綜論「婚姻架構」、「嫉妒心理」及「性慾描寫」三部分的析論，歸納《金瓶梅》中的女性在父權體制中的生活態度及其人生價值觀。

第二章是經由「婚姻架構」探討小說中女性人物的心態，從「地位」、「貞操」、「子嗣」三方面，探討小說中的女性人物如何憑恃「權力」獲得「尊嚴」及「寵愛」。「男尊女卑」的觀念成爲既定法則之後，男性成爲社會的中心，而女性則必須服從於父權體制所設定的規範，生活空間也被限定在家庭當中。此章即是從父權體制對於女性的禁錮切入，由小說的情節安排觀看女性人物如何在家庭這個最小的社會單位中爭得生存的空間。

第三章是立於「婚姻架構」探討的基礎上，經由「嫉妒心理」〔註 26〕深入探析女性人物之間產生衝突的原因。分別從「嫉妒的成因及特性」，「嫉妒的表現、壓抑與轉移」，以及「嫉妒所產生的攻擊行爲」三方面，分析《金瓶梅》中女性人物之間的衝突與紛爭，進而深入探討這些行爲的背後因素，而非僅從小說中的「表面事件」對女性人物的性情、行爲予以論斷。

第四章則針對《金瓶梅》中爲世人所爭論的「性慾描寫」，探討女性人物

〔註 26〕本書中有關嫉妒心理的理論多參考德國社會學者赫爾穆特（Helmut Schoeck）所著的《嫉妒與社會》。赫爾穆特・舍特，1922 年出生於奧地利，他將人定義爲「一種嫉妒的動物」，藉著「嫉妒」來把握人的本質，以至於把握人在群體組織上所展現的各種樣相。舍特立於人性本質特性的嫉妒上，向內而尋究到隱奧的深層心理結構，向外則循由心理行爲態度、人際關係、社會團體制度，乃至國家政策建制。他對「嫉妒」的分析並非空洞的分析，而是從現象、事物的分析得到具體的新知識。雖然書中所論及的事例與中國人的心理及行爲並無直接關連，但基於「人性」的共同特徵，筆者從中閱得一些理論，做爲分析《金瓶梅》中女性人物嫉妒心理的論證，應不至於產生扞格的情況。

的性慾。首先歸納小說中女性人物的性行爲，分成「藉色求財到以色市寵」、「從性壓抑到性放縱」、「從性眷戀到性變態」三部分，對於女性人物的性生活及性心理進行深層的探究，以期得出這些女性人物對「性慾」所秉持的態度。

第五章乃綜論前三章的內容，歸納出女性在父權體制下的生活面貌。分爲「自主意識的蒙昧」和「男尊女卑的迷思」兩大方向，探討女性的價值觀及當時社會看待女性的態度。在「自主意識的蒙昧」方面，分別從「『妻子』角色的侷限」、「『妾婦』角色的無奈」、「『性』及『生育』的設限」三個部分予以細論；在「男尊女卑的迷思」方面，則從「支配與屈從」、「女禍的觀念」二部分深入探討。期能了解女性在父權體制下的無奈與淒涼。

在上述論點的交融匯聚下，即能從傳統婚姻架構中，呈現權力、地位和妻妾尊卑對女性人物行爲的影響，並由此探析女性人物嫉妒心理的成因及表現，尤其女性人物對性生活的態度更與男尊女卑有著密切的關係。筆者彰顯父權體制對女性的箝制，目的是要深入分析作者所描述的「表面事件」，避免陷入作者所要灌輸讀者的信念，從而發掘作者創作時的意圖與觀念，嘗試能對《金瓶梅》有一新的詮釋角度。〔註 27〕

〔註 27〕本書並不涉及《金瓶梅》作者的考證，而只從文本中所呈現的「作者議論」來討論作者反映在小說中的觀念。至於有關歷來考證《金瓶梅》作者的概況，可參閱周鈞韜所著〈關於《金瓶梅》作者二十三說〉一文。(《中國古代、近代文學研究》，3 期，1987 年，頁 230～234。)

第二章　從婚姻架構看《金瓶梅》中的女性心態

從中國的許多神話資料中可以證明，在父系社會之前，整個社會形態曾以母系氏族爲主。〔註1〕然而當父系社會成立之後，宗法制度的確立遂使得女性的自主權受到嚴重的貶抑。

《易・繫辭》:「天尊地卑，乾坤定矣。」儒家將天尊地卑的思想用來詮釋兩性之間的關係，因而產生了「乾道成男，坤道成女」的觀念，男尊女卑也就成爲歷經數千年牢不可破的絕對法則。

雖然在理想中的儒家架構中，人際關係以各盡自己的義務爲行爲的原則，但「夫妻」一語，在儒家經典的詮釋上即有著男女不平等的意味，《儀禮・喪服傳》:「夫者，妻之天。」又云:「婦人，伏於人者也。」明顯的將夫妻之間定義爲尊卑之別，而非平等對待的關係。

再者《白虎通・嫁娶》云:「妻者齊也，與夫齊體。」就字面而言不含高下尊卑之別，然而陳述的主體顯然是男性，至於女性則不過是被規範的客體，因此從「話語權」〔註2〕而論，男性依舊是「妻」向之「齊」的標準，女性則

〔註1〕如《山海經・大荒西經》所載:「有神十人，名曰女媧之腸，化爲神，處栗廣之野。橫道而處。」這裏提到的女媧，已經是具體而微的原始開闢神的形象。女媧的最大功業，是造人和補天兩件事。《淮南子・說林》記敘了女媧與諸神共同創造人類的一段神話:「黃帝生陰陽，上駢生耳目，桑林生臂手:此女媧所以七十化也。」神話雖然記敘簡略，但是從中仍舊可以隱約看出它是反映了原始母系社會以女性爲中心的婚姻關係和生育情況。參閱袁柯著《中國神話史》，頁45～47，時報文化出版公司，1993年。

〔註2〕男性社會的統治建立，不僅以經濟權、政權、法律、社會結構爲標誌，而且

終究是處在低於男性的附屬地位。

儒家對於兩性的規範，實顯現出「雙重標準」，《禮記．郊特牲》：「婦人，從人者也，幼從父兄，嫁從夫，夫死從子。」這說明了女性一出生就被限定在屈從於男性的次等社會階層裏，也說明了女性所必須遵循的道德規範都是爲了建立父權家庭而形成的。

除了受男性所規範外，女性的生活空間，亦完全侷限在家庭裏。《易．家人》：「女正位乎內，男正位乎外，男女正，天地之大義。」《禮記．內則》亦云：「男子居外，女子居內，深宮固門，閽寺守之。男不入，女不出，男不言內，女不言外，內言不出，外言不入。」嚴格地把兩性的生活範圍做了絕對性的區別，也把女性生活的空間限制在小小的家庭裏。

在「天地之大義」的禁錮下，女性被阻絕於政治、經濟、文化的門檻之外，她的社會職能即等於家庭職能。《禮記．內則》：「夫受命於朝，妻受命於家」，「受命於家」的女性因生存於家庭之內而被拒斥於社會之外，既被拒斥於社會之外，於是在經濟上自然失去了自主的能力。而經濟不能獨立，也正是迫使女性服從、依賴男性的主要原因。〔註 3〕

男性既然掌握了政治、經濟、文化的領域，即等於掌握了權力，〔註 4〕因

還有更微妙也更深刻的標誌：男性擁有「話語權」，擁有創造密碼、附會意義之權，有說話之權與闡釋之權。除了「妻與己齊也」這一陳述之例，其他符號系統也是如此。男性創造了女性的詞、字，創造了女性的價值、女性形象和行爲規範，因之也更創造了有關女性的一切陳述。從「孝女」、「節婦」到「婦人」、「禍水」，從「不讀不識」到「深明大義」，從圖畫乾坤、闡釋陰陽到刪述六經、建立刑律，從制定婚儀到書寫歷史，這一切話語行爲和由話語健全的社會規範，都不曾越出男性權限法則一步。參閱孟銳、戴錦華合著《浮出歷史地表——中國現代女性文學研究》，頁 12～15，時報文化出版公司，1993 年。

〔註 3〕關於女性因經濟不能獨立，而被迫服從於男性的情況，在西方歷史中也曾存在。廖炳惠在〈女性主義與文學批評〉一文中論及：「烏爾芙（Virgina Woolf，是一位對女性壓抑現象有深刻反省的英國女性作家，代表性的著作有《歐蘭朵》：敘述一則從文藝復興時代到二十世紀初期穿越三百多年時空的變性想像，爲陰陽同體做傳紀演繹。）問道：爲什麼女性很少在歷史上展露頭角？『因爲她窮』，她在經濟上不能獨立，她的財產完全歸丈夫管，而且她自己沒有收入。女性能自己處理收入、財產，要到十九世紀末期才露出曙光。……在這之前，不管有無工作，女性除了『性』之外，沒有『本錢』。貴族仕女和農婦一般，均是丈夫的從屬。」（《當代》，5 期，1986 年 9 月，頁 35～48。）

〔註 4〕瞿祖同在《傳統中國的法律與社會》一書中，特別強調：「中國的家族是家

此，也就理所當然的成為宗族、家庭的中心。而女性的生活舞台非但一步步的退向家庭，還只能在有限的活動範圍中爭取空間、地位和情愛。尤其在父權體制中，男性以「廣繼嗣」為由，「納妾」成為延續、擴大家族血緣的正大行為。這種風氣在春秋戰國時期已經盛行，自諸侯以降，迄於庶民，媵妾之數雖然在禮法上均有明制，然按諸多歷史事實，往往沒有限制，而且豪侈相競，以多為尚。〔註5〕及至兩漢公卿豪民，更競以蓄妾相尚，有多至數十百者。〔註6〕直至明代，納妾之風亦頗為泛濫。〔註7〕

在「一夫一妻多妾」〔註8〕的婚姻制度下，女性不能也不敢冒著防礙家族傳承的罪名阻止丈夫納妾，因此她們為了滿足私欲、情欲，不得已只好相互地爭寵鬥勝，以至於一場場無歇止的競爭逐漸扭曲了她們的性情、醜化了她們的行為！

女性的行為在傳統婚姻架構中，經常受到家庭地位、婦德、以及子嗣孕育這三者所影響，因此以下擬從這三方面，分析《金瓶梅》中的女性人物，以期深入小說事件的表層，探討這些女性的行為及心態。

父長制的，父祖是統治的首腦，一切權力都集中在他的手中，家族中所有人口——包括他的妻妾、未婚女兒、孫女、同居的旁系親屬、以及家族中的奴婢，都臣服在他的權力下，經濟權（法律權、宗教權）也在他手裡。經濟權的掌握對家長權的支持力量，極為重大。中國的家族是著重祖先崇拜的，家族的綿延，團結的倫理，都以祖先崇拜為中心。在這種情形之下，無疑的，家長權因家族祭司（主祭人）的身分而更加神聖化，更加強大堅韌。同時，也由於法律對其統治權的承認與支持，使他的權力更是不可搖撼。」轉引自鄭伯壎著，〈權威家長的領導行為〉，收錄於楊國樞、余安邦主編，《中國人的心理與行為：理念及方法篇》，頁 267，桂冠圖書公司，1994 年。

〔註 5〕《詩大雅・韓奕》：「韓侯取妻，汾王之甥，蹶父之子。韓侯迎止，于蹶之里。百兩彭彭，八鸞鏘鏘，不顯其光。諸娣從之，祁祁如雲。韓侯顧之，爛其盈門。」由此可知，春秋之際，諸侯媵妾之數頗多。《管子・小匡》：「齊襄公高臺廣地，湛樂飲酒，用獵畢弋，不聽國政，卑聖侮士，惟女是索，九妃六嬪，陳妾數千。」戰國諸侯，淫侈益歡，后宮之數，動累千百。

〔註 6〕《後漢書・仲長統傳》：「豪人之室，連棟數百，膏田滿野，奴婦千群，……妖童美女，塡乎綺室。」

〔註 7〕《明書・東甌王湯和傳》：「家畜妾媵百餘，暮年悉貲遣之。」《燕京雜記》：「古稱燕多佳人，故今宦游京師者，輒以娶京妾為美談。」

〔註 8〕古代婚姻的目的在於「廣繼嗣」，故可多娶，以求子息。然嫡庶之別甚嚴，雙妻納嫡，懸為厲禁。有關娶妻納妾的規範，請參閱陳鵬著《中國婚姻史稿》，頁 420～437，北京，中華書局，1994 年。

第一節　從地位的尊卑樹立權威

一

在婚姻的架構中，「夫爲妻綱」是自先秦以來即被女性奉爲綱常的規範，〔註 9〕女性在家庭中的地位和權力已經受到限制。但是同樣身爲女性，「妻」和「妾」之間的地位也有著尊卑之別，這使得女性已屬微弱的自主權愈發受到嚴重的剝奪。

在西門慶的妻妾中，吳月娘是明媒正娶的繼室，也是當家理紀的正妻。夫妻之間，夫是天，妻是地；然而妻妾之間，妻是天，妾則是地。依禮，妾的身分低於妻，妾稱夫爲君，稱妻爲女君，事君與女君如事舅姑。〔註 10〕

因此，高居正妻地位的吳月娘在其他妾婦之前，她的一言一行無不充滿著權力的意味。例如當西門慶得知李瓶兒嫁給蔣竹山的消息時，回到家中，見眾妻妾們在天井內跳馬索兒玩耍，氣憤中帶著酒意罵道：「淫婦們閒的聲喚，平白跳甚麼百索兒？」（十八回）並踢了潘金蓮兩腳以洩心中憤恨。吳月娘一向以「賢良」自恃，聽到丈夫把她也罵做淫婦，心中自是百般不悅，豈料潘金蓮只顧埋怨自己被踢了一腳，開口即道：

> 這一家子只是我好欺負的！一般三個人在這里，只踢我一個兒。那個偏受用著甚麼也怎的？

對吳月娘而言，西門慶罵她爲淫婦已使她正妻的名位有損，就在她心中的慍懣無處發洩之際，潘金蓮這一句無視妻妾之間尊卑之別的話，遂使得吳月娘心中的怨氣有了發洩的對象：

〔註 9〕《韓非子・忠孝》：「臣事君，子事父，妻事夫，三者順，則天下治。」《莊子・天道》：「君先而臣從，父先而子從，兄先而弟從，長先而少從，男先而女從，夫先而婦從，夫尊卑先後，天地之行也，故聖人取象焉。」蓋自先秦即存在著「夫有帥婦之權，婦有從夫之義」的觀念。至東漢，班固撰《白虎通義》云：「三綱者，何謂也？謂君臣，父子，夫婦也。……君爲臣綱，父爲子綱，夫爲妻綱。」至此「夫爲妻綱」的觀念遂爲歷代的女性奉爲圭臬。

〔註 10〕《白虎通・禮內則》曰：「妾事夫人，如事舅姑。」尊嫡，絕妒嫉之原。《魏書・趙郡王傳》：「詔曰：『妾之于女君，猶婦人事舅，君臣之禮，義無乖二。』」後世律令釋文，遂亦依此爲準，以定妻妾之身分。如清《律例注》：「妻者齊也，與夫齊體之人，妾者接也，僅得與夫接見而已，貴賤有分，不可紊也。妾者，側也，謂得侍乎側也。妻則稱夫，妾則稱家長，明有別也。」有關妾之身份，參閱《中國婚姻史稿》，頁 715。

你（潘金蓮）頭裡何不叫他連我踢不是？你沒偏受用，誰偏受用？恁的賊不識高低貨！我到不言語，你只顧嘴頭子嗶哩薄喇的！（十八回）

被丈夫罵爲淫婦，吳月娘礙於禮教當然不能也不敢向西門慶發怒，然而潘金蓮只是一名小妾，吳月娘因而可以借由「權力」把氣憤發洩在潘金蓮身上。一方面是平衡被罵的一種補償心態，一方面則顯露了她身居眾妾之上的威權與身分。

在西門慶府中，吳月娘可說是享有一人之下、眾人之上的尊貴地位，而「權力」〔註 11〕正是她超越眾妾之處。例如在第二十四回中，來保妻惠祥和宋蕙蓮吵架，吳月娘以一副主家夫人的態度斥責她們說：

賊臭肉們，不幹那營生去，都拌的是些什麼？教你主子聽見又是一場兒。頭裡不曾打的成，等住回卻打的成了。

第二十六回，孫雪娥和宋蕙蓮揪打在一起，吳月娘亦走來罵兩句：

你每都沒些規矩兒！不管家裡有人沒人，都這等家反宅亂的！等你主子回來，看我對你主子說不說！

在宗族制度之下，女性原已沒有什麼自主權，對於所能掌握的權力則分外重視，亦深怕自己的權力受到動搖。因此，吳月娘處處以正妻的身分斥責眾人的言行，表面上是維持家中秩序，實際上卻只是運用她的權威把事件壓下去，並沒有眞正解決事情。〔註 12〕凡是任何人的言行觸及或威脅到吳月娘的地位時，都可能引起她的不滿或斥責，這種微妙的心理可以由「失金鐲」的事件來分析。

〔註 11〕「社會學家頓納斯・隆（西元 1979 年）在西元 1978 年花了幾乎整整一年功夫所提出的權力定義是：『權力者，就是某些人具有對其他人產生他所希望和預定影響的能力。』這一觀念得到了管理學家和心理學家的比較廣泛的認同。」參閱朱永新著，〈論中國人的戀權情結〉，收錄於楊國樞、余安邦主編，《中國人的心理與行爲》，頁 180，桂冠圖書公司，1993 年。

〔註 12〕吳月娘在維持家中秩序時，往往只是平息事端，而沒有眞正解決事情。如在「潘金蓮激打孫雪娥」的事件中，吳月娘無心了解事情的始末，只是「使小玉走到廚房，攛掇雪娥和家人媳婦忙造湯水，打發西門慶吃了。」（十一回）當孫雪娥滿腹委屈地向吳月娘訴苦時，他也只說：「我也不曉得你們底事，你們大家省言一句兒便了。」爾後，李嬌兒和孫雪娥發現潘金蓮和琴童的姦情，一同來向吳月娘告發時，吳月娘再三不信，說道：「不爭你們和他合氣，惹得孟三姐不怪？只說你們擠撮他的小廝。」（十二回）故崇禎本的評點者於此則評論道：「月娘非不信，只一味解息紛爭耳。」

在第四十三回中，西門慶借給商人黃四一千五百兩銀子，黃四則用四隻金鐲子折算了一百五十兩利息。西門慶認爲這是兒子官哥兒帶來的財運，所以高興之餘便把金鐲子拿去李瓶兒房裏給官哥兒玩。李瓶兒因爲忙著招呼來訪的客人，所以並未留心那些金鐲子，直到客人離開以後，才發現少了一錠。潘金蓮得知這件事以後，馬上跑到吳月娘那裏進行挑撥，因爲她知道吳月娘一向主管家中的錢財，並以此顯示他的正妻身分和主家夫人的地位，而今西門慶竟然沒將金鐲子拿給吳月娘，反而把金鐲子拿去李瓶兒房裏，這無異是侵犯到正妻的權力，月娘聽到以後一定會對李瓶兒心存不滿。

然而正當潘金蓮在吳月娘面前搬弄是非時，西門慶卻拿著三錠金鐲子進來，交由月娘收著，並說明丟失一錠金鐲子，且要月娘行使主家夫人的職權，審問各房丫頭。潘金蓮沒想到西門慶又會將金鐲子交來給月娘，她唯恐月娘剛才被她挑起的妒意會消失，所以聽到吳月娘對西門慶把金鐲子拿給官哥兒玩稍有微詞時，便立刻見縫插針，假裝配合吳月娘，對西門慶有所調侃攻擊，使得西門慶情急之下，把她按在坑上，做勢要對她狠揍一頓。潘金蓮見勢不妙，立刻連撒潑帶撒嬌地讓西門慶轉怒爲笑，饒她一回。

吳月娘在這一場糾紛中雖然只是淡淡的打聽著金鐲子的來處，但是心中仍然有所不平，因此便裝做輕描淡寫的抱怨西門慶說：

> 論起來，這金子也不該拏與孩子，沉甸甸冰著他，一時砸了他手腳怎了！

好像是關心孩子，實際上「不該拏與孩子」即是不該拿去李瓶兒處，因爲「論起來」，吳月娘才是正室，一切進財只有交給她處理才是正理。

在西門慶面前，吳月娘不能直截的表現出她的不滿，因爲這樣會觸及到西門慶的夫權，有可能會引起他對自己的不滿，所以她只表現出一副冷淡的態度。但是當西門慶離開以後，吳月娘立刻擺出正妻的架子，對剛才差一點引起西門慶發怒的潘金蓮大加訓斥：

> 你還不往屋裡勻勻那臉去！揉的恁紅紅的，等住回人來看著什麼張致！誰教你惹他來？我倒替你捏兩把汗。若不是我在跟前勸著，綁著鬼，是也有幾下子打在身上。漢子臉上有狗毛，不知好歹，只顧下死手的和他纏起來了。不見了金子，隨他不見去，尋不尋不在你。又不在你屋裡不見了，平白扯著脖子和他強怎麼！你也丟了這口氣兒罷！（四十三回）

面對吳月娘一副大義凜然的嚴辭斥呵，潘金蓮只得閉口無言，老老實實的往自己屋裏勻臉去了。

在這場失金鐲的風波中，在西門慶面前吳月娘先是扮演了一個知禮得體的正妻，表現她對西門慶獨子的關心，也顯示她身爲正室的賢慧。但當西門慶離開以後，她立即不再隱藏心中的惱怒，將怒意轉爲對潘金蓮的嚴辭訓斥。這既表示了吳月娘畏懼丈夫的威權，也顯示了她身爲正妻所擁有的權力。

關於妻妾地位的尊卑，最明顯的例子是潘金蓮公然向吳月娘挑釁的事件。第七十五回，潘金蓮爲了受孕，也向薛姑子求了衣胞符藥，當她服了符藥以後，急沖沖的闖入吳月娘的房中，令西門慶立刻去她房裏。潘金蓮霸攔的態度惹火了吳月娘，於是在她盛怒的阻止下，西門慶那晚就沒到潘金蓮房裏。潘金蓮因而十分惱怒，隔天氣勢兇兇，不顧自己小妾的身分當面斥責吳月娘「浪」時，吳月娘氣得紫漲了雙腮，毫不示弱地反擊：

> 這個是我浪了？隨你怎的說。我當初是女兒填房嫁他，不是趁來的老婆。那沒廉恥趁漢精便浪，俺每眞材實料，不浪！（七十五回）

吳月娘隨即又緊扣著潘金蓮不守貞節的淫浪個性嚴加斥責，當場令她難看，刺激得潘金蓮「坐在地下就打滾撒潑，自家打幾個嘴巴，頭上髮髻都撞落一邊，放聲大哭叫起來。」（七十五回）金蓮不顧孟玉樓的勸阻，只顧不肯起來，最後還是被玉樓和玉簫一起扯起來，才狼狽的回到房裏。

這場爭執，潘金蓮原無意認錯，要不是孟玉樓從中說話，只怕不知如何收場。次日，孟玉樓先是向吳月娘說道：

> 娘，你是個當家人，惡水缸兒，不恁大量些，卻怎樣兒的！常言：一個君子待了十個小人。你手放高些，他敢過去了；你若與他一般見識起來，他敢過不去。（七十六回）

一方面好言捧抬吳月娘，一方面低聲的爲潘金蓮求情。隨後又來到潘金蓮的房裏，對她好言相勸：

> 你去到後邊，把惡氣兒揣在懷裏，將出好氣兒來，看怎的與他下個禮，賠個不是兒罷。你我既在矮簷下，怎敢不低頭？常言：甜言美語三冬暖，惡語傷人六月寒。你兩個已是見過話，只顧使性兒到幾時？人受一口氣，佛受一爐香。你去與他賠個不是兒，天大事都了了。

潘金蓮聽了孟玉樓一番相勸，這才忍氣呑聲，同玉樓來上房向吳月娘磕了四個頭，道歉認錯，說道：「娘是個天，俺每是箇地。娘容了俺每，俺每骨禿扠著心理。」（七十六回）這事才告平息。

從潘金蓮所說的話，可以清楚的看到妻妾之間地位與權力的差別。「妻為天，妾為地」的觀念即使在潑悍的潘金蓮心中，還是存有著極大的影響。吳月娘雖然並沒有獲得西門慶太多的寵愛，但她畢竟是西門慶的正妻，從倫常的地位而論，吳月娘所擁有的權力不是深為丈夫寵愛的妾婦所能抗衡。

正如孟玉樓所言：「你我既在矮簷下，怎敢不低頭？」論才華和聰穎，吳月娘當然不能和潘金蓮相比，〔註13〕但在傳統的婚姻架構中，「地位」才是決定個人尊卑的因素，個人的能力並不能為自己爭取到什麼權力。因此，身為妾婦的潘金蓮打從一開始就註定了弱勢的命運，無論她再如何潑撒蠻橫，終究得向掌管家紀的吳月娘低頭認錯，婚姻架構中的尊卑地位，實是女性難以逃脫的窠臼。

二

身為妾婦，地位既然低於正妻，因此為了滿足個人的私欲、改善在家庭中的地位，她們只能依附於丈夫或正妻，取得他們的寵愛與信任，才能在多重倫常的桎梏下爭取更多的立足空間。

在妻妾制的婚姻中，每個女性都只能獲得丈夫部分的關愛，倘若小妾愈多，她們所能擁有的關愛便愈少，因而排擠、衝突的情況也就愈容易產生。潘金蓮在西門慶的妻妾中僅僅排行第五，因此剛進西門府時難免怕被其他妻

〔註13〕正妻吳月娘，為清河左衛吳千户之女，比潘金蓮、孫雪娥等人，她的家庭出身算是高貴的了，但根據種種跡象推斷，她恐怕並不識字，即便識字也肯定寥寥無幾。從《金瓶梅》第五十二回，吳月娘先後兩次讓潘金蓮替她看曆書的細節，便足可為這種判斷做為證明。此外，王婆曾稱道潘金蓮說：「娘子休推老身不知，你詩詞百家曲兒內字樣，你不知全了多少！」（三回）。應伯爵在別人跟前也不止一次稱讚潘金蓮說：「詩詞歌賦，諸子百家，折牌道字，雙陸象棋，無不通曉。又寫的一筆好字，彈的一手好琵琶。」（八十回）他們兩人之言難免誇張，固不可全信，但參之小說內容，大體上仍可參信。正由於她擁有極高的聰明才智，所以處於備受拘限的傳統婚姻架構中，她的才華得不到發展，才會把巧智用在爭寵鬥勝上，使得她的性格產生極大的扭曲。參閱，葉桂桐、宋培憲合著〈論潘金蓮性格〉，收錄於中國金瓶梅學會編《金瓶梅研究》第三輯，頁125～138，江蘇古籍出版社，1992年。

妾嫉妒排擠，所以她次日一大早便勤快的來大娘吳月娘的房裏拜見大小，遞見面鞋腳。

初進西門府的她謙卑的坐在一旁，實際上卻是不轉睛的把眾人偷看，仔細的觀察每一個人。在傳統婚姻制度中，拜見丈夫的妻妾對新過門的小妾而言，是一道頗難的關卡，但善於「察顏觀色」的潘金蓮卻處理得相當好，而這也是她比西門慶的妻妾較爲機巧之處，亦是她在爭寵鬥勝中往往得勝的原因。〔註 14〕

在她的細心觀察中，發現吳月娘「舉止溫柔，持重寡言」；李嬌兒「雖數名妓者之稱，而風月多不及」自己；孟玉樓臉上雖有「幾點微麻」，但卻「天然俏麗」，而且她的小腳與自己「無大小之分」；孫雪娥「乃房裡出身」，雖有「輕盈體態」，但在西門府中卻只是個「能造五鮮湯水」的掌廚之妾（九回）。潘金蓮把她們「一抹兒都看在心裏」，每個人的性情、地位大致都被她猜出個八、九分，於是根據這些觀察和印象，日後和其他妾婦們爭寵鬥勝也就有個根柢。

當潘金蓮仔細觀察了西門慶的妻妾以後，她先是用心的爭取吳月娘的信任與友善，〔註 15〕以穩固自己在家中的地位。吳月娘是西門慶的正妻，潘金蓮當然不敢冒犯，李嬌兒和孟玉樓在家中的地位也是她暫時所不敢覬覦，剩下的便只有掌管廚務的孫雪娥了。所以「激打孫雪娥」即成爲潘金蓮在西門府中爭取地位的第一件嘗試。

在「潘金蓮激打孫雪娥」的事件中，參與潘金蓮此項惡行的人物是她的丫頭龐春梅。春梅雖然身居下位，但她非常看重自己，決不安心「爲人作奴」〔註 16〕的地位，所以當她侍候潘金蓮得寵，又被西門慶收用以後，「潘金蓮自

〔註 14〕在作者的描繪下，潘金蓮九歲被母親賣入王招宣府做丫環、學彈唱，十五歲王招宣死，被母親領出來後又被轉賣給張大户當丫環，十八歲被張大户收用後，因受到張夫人的嫉妒而被迫嫁給武大。這樣一個自幼受著各方壓力的聰明女子，在種種逆境中爲了要得到好的待遇，遂養成了敏感、機警、世故的性情，因而造成她爭強鬥勝的心態。

〔註 15〕〈第九回〉:「(潘金蓮嫁至西門府中) 過三日之後，每日清晨起來，就來房裡與月娘做針指，凡事不拏強拏，不動強動。指著丫頭赶著月娘，一口一聲只叫大娘，快把小意兒貼戀幾次，把月娘歡喜得沒入腳處，稱呼他做六姐。衣服首飾揀心愛的與他，吃飯吃茶都和他在一處。」

〔註 16〕第二十九回，吳神仙認爲春梅「必戴珠冠」，吳月娘不以爲然。春梅則不服氣的向西門慶說道:「常言道凡人不可貌相，海水不可斗量，從來旋的不圓，砍的圓，各人裙帶上衣食，怎麼料得定？莫不長遠只在你家做奴才罷！」反映了春梅不甘「爲人作奴」的心態。

此一力抬舉他起來，不令他上鍋抹灶，只叫他在房中舖床疊被，遞茶水，衣服首飾揀心愛的與他，纏得兩隻腳小小的。」由於春梅「性聰慧，喜謔浪，善應對，生的有幾分顏色，西門慶甚是寵他」（十回），她便自顯得自己的地位與一般奴僕不同。當潘金蓮決定一報前日孫雪娥看不慣她的仇恨時，〔註 17〕也正讓春梅有了壓倒半個主子的機會，以提高自己的地位。

事件由西門慶一改平日吃粥的習慣，要吃銀絲鮓湯和荷花餅開始，這雖然是一件小事，但對潘金蓮來說卻是一個飛來的機會。潘金蓮利用春梅和孫雪娥在廚房發生的爭吵，將它誇大、嚴重，刺激得西門慶發怒，親自動手去廚房詈罵、踢打孫雪娥，為潘金蓮和春梅主僕倆出氣。

孫雪娥雖然也去向吳月娘求援，但卻被潘金蓮撞見，於是兩個人在吳月娘面前又是一番爭吵，「險些兒不曾打起來」。然而吳月娘對這件事裝得是非莫辨，只勸她們「大家省一句兒便了」。這種敷衍的態度並不只是想息事寧人，而是不想為了小妾的事，和丈夫產生衝突，以維護自己在家中的地位。

潘金蓮既得不到吳月娘的支持，回到房裏便「卸了濃粧，洗了脂粉，烏雲散亂，花容不整，哭得兩眼如桃，倘在床上」，裝出一副深受委屈的模樣，以圖引起西門慶的憐愛。在潘金蓮加油添醋的訴苦下，西門慶「五臟氣沖天，一陣風走到後邊，採過雪娥頭髮來，儘力拿短棍打了幾下」（十一回）。西門慶為潘金蓮做了主，出了氣，又取了四兩珠子給她，叫她如何不歡喜？

潘金蓮對西門慶周圍的女性始終持有高度的警覺，以防其他女性奪取了西門慶對她的寵愛，降低她在西門府中的地位。潘金蓮雖然不能也不敢阻止西門慶和其他女性發生關係，但卻可以嚴密的掌握西門慶和她們之間往來的情況，以達到隨時監控的目的。不論是李瓶兒、宋蕙蓮、王六兒，還是如意兒，賁四嫂，從西門慶一開始和她們勾搭上，便在潘金蓮嚴密的監視下，以便當西門慶和她們關係過度親密時，她能夠隨時想出應變的方法，把西門慶拉回自己的身邊。

在西門慶勾搭的婦女中，潘金蓮和宋蕙蓮所產生的衝突最容易發現「地位」對女性所造成的箝制。從中可以看到潘金蓮如何以自己的地位向宋蕙蓮示威，

〔註 17〕在第十一回中，潘金蓮為了些零碎的事情罵了春梅幾句，春梅沒處出氣，遂來到廚房「捶台拍盤」發洩一番，孫雪娥因看不過，戲了春梅幾句，惹得春梅更加暴怒。春梅心中懷恨，因而回到房裏，添了些話頭，挑撥與金蓮知道，遂使潘金蓮懷恨在心，與孫雪娥結仇。

而宋蕙蓮又是如何力圖掙脫奴婢的身分，以求得到更多自由的空間。〔註18〕

宋蕙蓮原是賣棺材宋仁的女兒，由於來旺兒媳婦患癆病而亡，吳月娘遂使了三兩銀子，幫來旺娶了宋蕙蓮做媳婦。宋蕙蓮比潘金蓮小兩歲，生的白淨，腳也比潘金蓮小些兒。由於她「性明敏，善機事，會裝飾」（二十二回），所以便被西門慶睃在眼裏，找了機會勾搭上了。自從她被西門慶收用了以後，以爲自己也是半個主子，所以對其他奴僕竟也頤指氣使起來，甚至以爲可以和女主人們平起平坐，因而常常主動參與她們的一些活動，如看火炮、走百病〔註19〕（二十四回）及打鞦韆（二十五回）。

宋蕙蓮「仗著西門慶背地和他勾搭，把家中大小都看不到眼裏，逐日與玉樓、金蓮、李瓶兒、西門大姐、春梅在一處頑耍。」（二十四回）表現了奴婢想靠著西門慶的寵愛達到超越地位的希求，但到最後她依然還是一個奴婢，終究無法突破現實中的卑賤地位。

當潘金蓮潛聽了西門慶和宋蕙蓮在藏春塢的對話以後，對宋蕙蓮多有不滿，私底下便以主人教訓奴婢的態度，狠狠地把宋蕙蓮罵了一頓：

> 我眼裏放不下砂子的人。漢子既要了你，俺們莫不與爭？不許你在漢子根前弄鬼，輕言輕語的。你說把俺們躧下去了，你要在中間踢跳，我的姐姐，對你說，把這樣心兒且吐了些兒罷！（二十三回）

獲得西門慶的寵愛是潘金蓮爭取權力地位、物質享受的重要方式，因此，她根本不容許有別人在這方面和她競爭，甚至威脅到她的權益。既然潘金蓮不能阻止西門慶收用宋蕙蓮，她遂只能以她在家中的地位對宋蕙蓮予以警告，把她斥責得閉口無言。

除了潘金蓮以外，孟玉樓也曾對宋蕙蓮踰矩的態度有所反應。在第二十三回中，吳月娘和孟玉樓等人在李瓶兒的房裏擲骰子，宋蕙蓮不但斜靠棹兒站立看著她們頑耍，還揚聲的爲吳月娘出主意，一方面是討好吳月娘，另一

〔註18〕在傳統社會中，奴婢一向沒有人身自由，是主人財產中的一部分，可供任意差遣，也可以任由主人販賣或典壓、贈送。他們不許違逆主人的意志，更不准反抗，否則便會受到主人的處罰。《金瓶梅》中許多奴婢都是在這種摧殘中掙扎度日，例如秋菊時常受到挨打；李瓶兒死後，如意兒、迎春和綉春皆對自己未來的命運感到惶恐；苗員外將兩名歌童送給西門慶；西門慶死後，春梅被賣等，都顯露了身爲奴婢的不自由。

〔註19〕婦女元宵節活動之一。清・潘榮升《帝京歲時紀勝》：「元夕，婦女群遊，祈免災咎。前一人持香辟人，日走百病。」參閱《金瓶梅詞典》，頁705，北京中華書局出版，1991年。

方面則是故意顯露自己的巧智。〔註 20〕然而宋蕙蓮那賣弄的態度，非但未能討好眾人，反而遭到孟玉樓的斥責：

> 你這媳婦子，俺們在這裡擲骰兒，插嘴插舌，有你甚麼說處？（二十三回）

把宋蕙蓮羞得站又站不住，立又立不定，緋紅了雙頰，匆匆離開。孟玉樓在西門慶的眾妾中，是處處小心謹慎、遇事不動聲色的人，但在這裏她也對宋蕙蓮逾越身分的態度感到不滿，而以主子的身分對她予以斥責，足見「地位」在傳統家庭中是令女性受到限制，卻也令女性重視的矛盾制度。

《金瓶梅》中的女性，個個都想突破既定的地位，爭取更多的自由空間與物質享受，但過於積極、強求的結果，卻是引來其他人的嫉妒，因而遭到悲慘的下場。宋蕙蓮就是因爲欲求不滿、不知收斂，所以被潘金蓮妒恨在心，惹來自殺的結局。

當來旺兒從杭州回來，發現西門慶和自己的媳婦勾搭上了，氣得酒後出言不慎，揚言要刺殺西門慶和潘金蓮，被來興兒聽到了，悄悄的來向潘金蓮告發。潘金蓮抓住了這個機會，便裝模做勢，在房中雲鬢不整，睡搵香腮，哭得雙眼紅腫，引起西門慶的垂憐後，趁機把來旺要殺主的事告訴西門慶。西門慶因而大怒，施了一個「拖刀之計」，〔註 21〕陷害了來旺兒，把他押往提刑院，並事先差玳安送了一石白米與夏提刑和賀千戶，將來旺兒打得皮開肉綻，鮮血淋漓以後，遞解回原籍徐州去了。

宋蕙蓮爲此一度傷心得懸樑自縊，雖然被救，但卻只是哭泣，每日粥飯也不吃。潘金蓮至此仍不罷休，又在孫雪娥和宋蕙蓮之間唆調挑撥，說得兩人皆心懷仇恨，導致日後兩人怒罵揪打。在這一場揪打之中，宋蕙蓮又遭吳

〔註 20〕宋蕙蓮對於自己被西門慶收用的事雖然不敢張揚，但他仍隱然存有恃寵而驕的心態。所以當宋蕙蓮因瞞著眾人和西門慶調戲一番而延誤了送茶的時間時，雖向吳月娘謊稱：「爹在房裏吃酒，小的不敢進去。」（二十三回）實際上卻因受西門慶的眷寵而心生驕意，自以爲身份與往日不同，才會在眾女主人面前討好賣弄。崇禎本評點者於此即云：「雖假意撇清，卻有滿肚皮賣弄意，忍不住忽然說出。」正說明了宋蕙蓮這種恃寵而驕卻又不敢聲揚的微妙心態。

〔註 21〕第二十六回，西門慶先是拿了六包銀兩，交待來旺來開間酒店。然而夜裏趁來旺兒熟睡不辨是非之際，使人在來旺兒房間的窗口，將他喚醒，並說宋蕙蓮正和西門慶相會，騙誘來旺兒前往花園，隨後在黑暗中用一條凳子把來旺兒絆倒，並拋出一把刀子，嫁禍來旺兒意圖弒主，又將白天給來旺的六包銀子取出，謊責來旺兒盜用抵賴，因而將來旺兒送交提刑院。

月娘冷言斥責，忍不過氣之下，因而自縊身亡，亡年二十五歲。這一場妾、婢之間爭寵鬥勝的鬧劇，最後終究是居下位的宋蕙蓮敗陣。因此，「家庭中的地位」實是扼殺女性的罪魁禍首。

從以上幾件事例來看，潘金蓮雖然憑著聰巧贏得西門慶的寵愛，亦難凌駕於正妻吳月娘之上；至於同樣身爲妾婦，孫雪娥則因不善於取寵，固常受得寵的潘金蓮欺壓陷害；而身爲奴婢的宋蕙蓮儘管巧慧美麗，但畢竟只是一名婢女，雖然獲得西門慶的寵幸，終究不敵潘金蓮的欺侮與設計。這一層層的階級地位雖然表面上維持了家庭的和諧和秩序，卻也是迫害女性的無形殺手。

三

「地位」往往是女性獲得「權力」的保障，當身爲一家之主的男性死亡後，掌管家庭的權力便落在配偶身上，而這也是女性所能擁有的最大權限。吳月娘在西門慶死後，便以妻子的地位接掌了西門府的一切事務。西門慶在世時，她屈從於「夫爲妻綱」的規範，對西門慶的所做所爲，只能婉言相勸，而不能干預。如今西門慶死了，她則以自己所秉持的「道德禮教」來管理家中的一切，於是凡是與她理念相牴牾者，一概遭到被趕出西門府的命運。

李嬌兒因聽從李桂卿和李桂姐的話，私下攢了一些財物送回妓院中，被眼尖的潘金蓮發現，嚷得吳月娘知道，吳月娘因而請李家虔婆來將李嬌兒打發歸院（八十回）。之後，潘金蓮和陳敬濟的姦情被吳月娘發現，她又用「十六兩」銀子將春梅賣掉，並令春梅「罄身兒出去」，「休要帶出衣裳」（八十五回）。接著則率著孫雪娥和眾丫環，將陳敬濟亂棍逐出。最後，吳月娘又令王婆領回潘金蓮，並隨王婆聘嫁（八十六回）。後來，發生了來旺兒盜拐孫雪娥的事件，吳月娘因覺此事有損西門氏的名聲，也託知縣將孫雪娥辦賣了（九十回）。

吳月娘在西門慶生前一向溫文敦厚，在西門慶死後卻顯得專橫沒有情義，這種性格變化，其實並不奇怪。因爲西門慶生前，吳月娘遵循三從四德，凡事以丈夫爲主，即使有所諫言，也總是考慮到夫妻之間尊卑的關係，而表現得溫婉和順。當初吳月娘反對西門慶迎娶李瓶兒時，雖曾和西門慶冷戰了一段時日，但當李瓶兒嫁至西門府，「轎子落在大門首，半日沒箇人出去迎接」

（十九回），還是吳月娘隱忍心中怨氣，出來迎接，顯露了吳月娘凡事以丈夫爲前提的處事態度。

然而西門慶死後，西門府中權力最大的就屬吳月娘，此時她無須再聽從任何人的意見，凡事皆以她的「道德禮教」爲主。但在傳統的觀念中，女性即使掌有家庭實權，也很難予人信服或穩定的歸屬感。孟玉樓就曾對吳月娘的多心感到失望，〔註22〕所以當李衙內託陶媽媽來說媒時，孟玉樓口中不言，心內暗度：

> 男子漢已死，奴身邊又無所出。雖故大娘有孩兒，到明日長大了，各肉兒各疼，閃的我樹倒無陰，竹籃兒打水。（九十一回）

又見吳月娘自生了孝哥兒，心腸改變，不似往時，所以便有意「尋上個葉落歸根之處」，以免耽擱了青春年少。

孟玉樓嫁給李衙內以後，西門府便只剩吳月娘一人，孝哥兒十五歲時，由於金人來犯，吳月娘帶著孝哥兒以及吳二舅等人投奔雲守理，於途中孝哥兒被普靜師所幻度。雖然宋高宗即位後，天下太平，吳月娘歸西門府，家產器物都未遭竊，但吳月娘一再面臨家人離散，情何以堪？作者雖然安排玳安改名爲西門安，承受西門慶的家業，並奉養吳月娘直至七十，但所謂的「善終而亡」（一百回），除了長壽以外，吳月娘一生中眞正值得欣慰的又是什麼呢？

「地位」固然可以予人「權力」，但「權力」似乎阻隔了人與人之間的情誼，也容易使人沉淪！在《金瓶梅》的女性中，反映出「地位」賦予女性「權力」最明顯的人物是龐春梅。

春梅的一生是截然不同的兩個階段，她先是西門府中的婢女，後來成爲周守備的寵妾，不久又榮升爲正夫人。當她仍是一名婢女時，即表現出心高氣傲的態度，有著不甘「爲人作奴」的傾向。如在二十二回，李銘因有了些酒意，在教春梅彈琵琶時，見她「袖子寬大，把手兜住了」，遂把春梅的手拿起，只因略按重了些，便被春梅罵道：

> 好賊忘八！你怎的捻我的手，調戲我？賊少死的忘八，你還不知道

〔註22〕第七十九回，西門慶死時，吳月娘便因待產肚子疼而昏暈不省人事。李嬌兒見吳月娘昏沉，房內無人，箱子開著，暗暗拿了五錠金元寶。當吳月娘產後甦醒過來，見箱子大開著，便罵玉簫：「賊臭肉，我便昏了，你也昏了？箱子大開著，恁亂烘烘人走，就不說鎖鎖兒。」玉樓見月娘多心，就不肯在她屋裏多待，走出來對潘金蓮抱怨：「原來大姐姐恁樣的，死了漢子頭一日，就防範起人來了。」

> 我是誰哩！一日好酒好肉，越發養活的你這忘八靈聖兒出來了，平白捻我的手來了。賊忘八，你錯下這個鍬撅了。你問聲兒去，我手裡你來弄鬼！爹來家等我說了，把你這賊忘八，一條棍攆的離門離户！沒你這忘八，學不成唱了？愁本司三院尋不出忘八來？撅臭了你這忘八了！

左一句「賊忘八」，右一句「臭忘八」！春梅那自尊自傲的心態，在這一句句的怒罵中反映出來，尤其她那一句「你還不知道我是誰哩」！充分顯露出她自恃與其他奴僕身份不同的意味。

類似的事例在第七十五回中也發生過。午間，春梅和潘姥姥等人在房內吃飯，春梅一時興起讓春鴻去叫申二姐來唱個曲兒。沒想到申二姐仗著她和西門大姐和大妗子等人在上房坐著，擺出架子對春鴻說：「你春梅姑娘怎的？有郁大姐罷了，他從幾時來也來叫我？我不得閒，在這里唱與大妗奶奶聽哩！」申二姐仗勢的話正好刺激到春梅高傲的個性，以至於春梅聽了以後，「三尸神暴跳，五臟氣沖天，一點紅從耳畔起，須臾紫遍了雙腮。」眾人攔她不住，一陣風走到上房來，指著申二姐一頓大罵：

> ……你是甚麼總兵官娘子，不敢叫你？俺們在那毛裏夾著，是你抬舉起來，如今從新又出來了？你無非只是個走千家門、萬家户、賊狗攮的瞎淫婦。

當申二姐被春梅罵得哭著告辭以後，春梅還不罷休，氣狠狠對眾人說：

> 方纔把賊淫瞎婦兩個耳刮子纔好，他還不知道我是誰哩？叫著他張兒致兒，拿班做勢兒的！

申二姐原是吳月娘招來的藝人，然而春梅竟然敢對申二姐破口大罵，並將她趕出西門府，顯示了春梅連吳月娘的人情面子都不顧。以至於吳月娘得知此事以後氣得罵道：

> 他不唱便罷了，這丫頭恁慣的沒張倒置的，平白罵他怎麼的？怪不的俺家主子也沒那正主了，奴才也沒個規矩，成甚麼道理！

吳月娘一句「奴才」，傷害到春梅的自尊，令她整整哭了三、四日，也沒吃點湯水，慌得西門慶百般呵護安慰（七十六回）。被主家夫人罵做「奴才」，從地位而論，並不過分，但春梅卻因此耿耿於懷，似乎反應有些過當。但我們若從西門慶對春梅的呵護寵愛來看，不難得知春梅何以處處對人揚稱「你還不知道我是誰哩」！正由於潘金蓮對她的善待，以及西門慶對她的寵愛，才使得原本就

心高氣傲的春梅，對於「奴才」兩個字有著嚴重的排斥反應。〔註 23〕

春梅還是女婢時，對吳月娘就如此不敬，更遑論她對李嬌兒和孫雪娥會有一絲敬意了！在西門府爲婢時，她就仗著潘金蓮的地位欺壓孫雪娥，一旦升爲周守備夫人時，她對孫雪娥更是頤指使喚、虐待有加了！

當孫雪娥因偷了一些細軟首飾隨著來旺兒私奔被捉，而讓官府辦賣的消息傳到春梅耳中以後，春梅便將她買來家中，準備報平日之仇。孫雪娥才被領進周守備府中，即被春梅叫人「撮去了鬏髻，剝了上蓋衣裳，打入廚下」（九十回），燒火做飯。有一次孫雪娥悄悄說了一句：「姐姐，幾時這般大了，就抖起人來！」（九十四回）被春梅知道以後，氣得一手扯住她頭髮，把頭上冠子踩了，大罵一頓，又叫她當天井跪著，令張勝、李安，剝去她的衣服，打了三十大棍，最後則把她賣入娼家，置孫雪娥於火坑。

這種濫用「地位」、「權力」的惡行，使得原本就處於次等地位的女性更加不幸，也反映出女性在男權壓抑的反彈下，不但未能察覺女性長期所受的不平等待遇，反而一掌握住「權力」，便儼然成爲另一個「男性」，以她所握有的權力欺壓「同性」。這種惡性循環的「權力」爭奪，怎不令今日的女性有所省思！

第二節　從婦德的貞守彰顯地位

一

依於禮法，妻對夫只有義務，實無權利可言。而義務除了同居〔註 24〕以

〔註 23〕春梅的高傲性格在她被吳月娘趕出西門府時，表現得尤爲明顯。吳月娘刻薄的不讓春梅帶出任何一件衣裳，春梅在一旁聽了，一點眼淚也沒有，反倒是潘金蓮捨不得的淚水直流。春梅見潘金蓮哭，安慰她說：「娘，你哭怎的？奴去了，你耐心兒過，休要思慮壞了你。你思慮出病來，沒人知你疼熱。等奴出去，不與衣裳也罷。自古好男不吃分時飯，好女不穿嫁時衣。」（八十五回）崇禎本評論者於此評道：「形影相依，一朝散失，最苦事也，而春梅能不作兒女悲戀之態，雖是安慰金蓮一片苦心，然亦可謂其英雄堅忍之力者矣！」不但訴出了春梅的苦心，亦說明了春梅堅毅高傲的性情。

〔註 24〕夫妻同居，以成室家，是爲婚姻之基本原則。《左傳・桓公六年》：「女有家，男有室，謂之有禮，易此必敗。」《孟子》曰：「丈夫生而願爲之有室，女子生而願爲之有家。」家室之好，即同居之義，故曰：「夫婦之好，終身不離。」（《後漢書・曹世叔妻傳》）是以歷朝律令，均偏重妻對夫同居的義務，違者處刑。例如：《唐律・戶婚律・義絕離之條》：「即妻妾擅去者，徒二年，因而改嫁者，加二等。」《明律・戶律・婚姻門・出妻條》：「若妻背夫在逃者，杖一百，從夫嫁賣，因而改嫁者，絞。」

外，尙有傳承子嗣〔註 25〕、管理家務〔註 26〕和維護貞操。〔註 27〕此外，爲妻者還須恪守婦道，否則丈夫有權與妻子離異。《大戴禮記・本命》：

> 婦有七出：不順父母去，無子去，淫去，妒去，有惡疾去，多言去，竊盜去。不順父母去，爲其逆德也；無子，爲其絕世也；淫，爲其亂族也；妒，爲其亂家也；有惡疾，爲其不可與共粢盛也；口多言，爲其離親也；盜竊，爲其反義也。

七出又稱七去，或七棄，是古代離婚的條件。爲妻者若犯此七種行爲，丈夫可因此而與妻子離異。於是在儒家重重的道德規範下，女性的行爲被繁雜的戒律緊緊束縛，她必須要隱藏自己的情緒，努力的扮演一個溫婉柔順的角色。於是在長期的壓抑下，儒家所規範的婦德因而逐漸被女性所認同，並以達到此標準爲人生價值的最高境界。

在《金瓶梅》中，作者將吳月娘形容爲「秉性賢能，夫主面上百依百順」（第一回）的賢良妻子，他更借由吳神仙的話描繪出吳月娘的形象是：

> 娘子面如滿月，家道興隆；唇若紅蓮，衣食豐足，必得貴而生子；聲響神清，必益夫而發福。……乾姜之手，女人必善持家，照人之鬢，坤道定須秀氣。（二十九回）

最後則總結以「女心端正好容儀，緩步輕如出水龜。行不動塵言有節，無肩定作貴人妻。」將吳月娘塑造爲一個具有「賢德」的婦人。

然而在妻妾眾多的西門府中要贏得「賢良」的稱號，首先得要謹守閨範，壓抑心中對其他妾婦的妒意，而這一點吳月娘的表現的確獲得西門慶的稱道：「俺吳家的這個拙荊，他倒是好性兒哩。不然手下怎生容得這些人？」（十六回）。

「不妒」是賢良妻子的重要條件之一，吳月娘爲獲此美名，一向對於西

〔註 25〕《孟子》曰：「不孝有三，無後爲大。」蓋傳統娶妻之目的，在於生子，上以承宗祀，下以繼後世。故妻不生子，被列爲七出之條。

〔註 26〕徐鍇《說文繫傳》：「妻者齊也，治內職也，故於文，女彐屮爲妻，彐持事也，屮所持也。」故妻得綜攬家政，主持家中一切事務。

〔註 27〕婦女貞操之觀念，周代已相當盛行。《易・恒卦六五》：「象曰，恒，其德貞，婦人吉。象曰，婦人貞，吉，從一而終也。」婦女既須「從一」，以保其貞，於是設禮防，置傅姆，閨閣之禁，明男女之別，以禁其奸。《禮記・內則》：「七年，男女不同席，不共食」，「女子十年不出，姆教婉娩聽從。」是於未嫁之前，保其貞也。及其既嫁，則「謹夫婦，爲宮室，辨內外，深宮固門，閽寺守之，男不入，女不出。」要之，女子既嫁，則從一而終，所以保其貞操也。參閱《中國婚姻史稿》，頁 551～553。

門慶迎娶小妾採取容忍的態度，但唯獨對李瓶兒是項例外。從西門慶迎娶李瓶兒的整個過程，可以看出吳月娘爲了維護賢良妻子的稱號，內心在私欲、妒嫉與禮教之間百般掙扎的微妙情緒。

吳月娘雖出身官宦之家，但並不富裕，〔註 28〕尤其自從嫁來西門府成爲主家夫人之後，家中所有的金銀細軟都收藏在她的屋裏，這使得她對金銀財物有了一種特殊的感情。因此，當西門慶和她商量運送花子虛的財物時，吳月娘非但沒有阻止，反而爲他出主意說：

> 銀子便用食盒叫子廝抬來。那箱籠東西，若從大門裡來，教兩邊街坊看著不惹眼？必須夜晚打墻上過來方隱密些。

然而對金銀財物的特殊感情只是令吳月娘做此決定的一個因素，從另一個角度來看，吳月娘雖然在西門家居於掌管家政的地位，但家庭中權力最大的仍是丈夫西門慶，所以爲了搏得丈夫的歡心與信任，她恪守「以夫爲綱」的法則，不論是非黑白，凡事以夫命爲是。〔註 29〕因此，西門慶聽了以後大喜，立刻令玳安、來旺、來興、平安四個小廝用兩架食盒把三千銀兩抬回來，晚夕月上時分，李瓶兒同迎春、綉春在花家遞箱櫃，西門慶則領著吳月娘、潘金蓮、春梅在西門家接過那些箱籠，一個個都送到吳月娘房中去了。

既然花子虛的財物都已經收藏在吳月娘的房裏，倘若西門慶娶了李瓶兒，勢必得將這些財物歸還給她，這對吳月娘而言自有一抹難以察見的不捨。〔註 30〕所以若反對西門慶娶李瓶兒，那麼依西門慶的爲人，既已收入西門府

〔註 28〕第二十回，吳月娘埋怨西門慶說：「他有了他富貴的姐姐（李瓶兒），把我這窮官兒家丫頭，只當忘故了的筭帳。」

〔註 29〕雖然吳月娘凡事以西門慶的意見爲主，然而有時她也會對丈夫的行爲有所勸諫。第十四回中，西門慶一夥結拜兄弟在永福寺吃飯，遇上花子虛被公差抓回衙門，眾人因而散會，各自回家。西門慶回家後把事情告訴吳月娘，吳月娘也趁機加以勸諫。這一次的勸說西門慶雖然笑著回應，然而實際上並沒有把吳月娘的話聽進去。但並不是吳月娘每次的勸說都能如此幸運，第二十六回，西門慶有心佔有宋蕙蓮，施了一個「拖刀之計」陷害來旺兒，正要押著來旺兒往提刑院時，吳月娘再三相勸，西門慶聽了以後，圓睜二目，喝道：「你婦人家，不曉道理！」月娘因而當下羞赧退回房裏。在婚姻架構下，「夫爲妻天」就算妻子再有理，只消丈夫一句反駁的話，爲人妻子的也就莫可奈何。因此，吳月娘並非沒有辨別是非的能力，但多次的勸諫，西門慶不是不予理會，就是嚴厲斥責，所以爲了搏得丈夫的歡心，吳月娘也就只有一切順從西門慶了。

〔註 30〕吳月娘是一個奉守婦德的女性，她的所做所爲都是爲了要贏得賢良的美名，所以在意識中根本不容許自己有任何違背道德的事。但是愛財的想法早已在

中的財物當然不可能再送回給李瓶兒，因此這項貪婪的罪名自然得由西門慶去領，而與吳月娘無關了。

所以當西門慶想要娶李瓶兒爲妾，而向吳月娘徵詢意見時，吳月娘便說了一番冠冕堂皇的理由來反對：

> 你不好娶她的。他頭一件，孝服不滿；第二件，你當初和他男子漢相交；第三件，你又和他老婆有連手，買了他房子，收著他寄放的許多東西。常言：機兒不快梭兒快。我聞得人說，他家房族中花大是個刁徒潑皮。倘一時有些聲口，倒沒的惹虱子頭上搔。（十六回）

雖然吳月娘的顧忌周詳而且有理，但是她潛意識中的私心卻也是反對西門慶迎娶李瓶兒的原因之一。因爲當初西門慶決定要娶潘金蓮爲妾時，吳月娘並沒有任何反對的意見，相較之下，李瓶兒孝服不滿豈比得上潘金蓮鴆殺武大的罪行重大？而花大的刁難又怎比得上打虎英雄武松的拳腳？

總之，除了愛財的潛意識令吳月娘反對西門慶娶李瓶兒之外，李瓶兒的美貌和財富對吳月娘而言，也是項極大的威脅。當西門慶娶了李瓶兒以後在家中大擺婚筵慶賀，原本就美貌嬌嬈的李瓶兒這天因爲刻意的打扮，令人感到「恍如嫦娥離月殿，猶如神女到筵前」（二十回），特別是她那豪華的穿戴，全身都閃耀著內宦之家出身的華貴氣派，這一切自然是吳月娘這個千戶家出身的小家碧玉所遠不能企及的。因此李瓶兒的超群贏得眾人的注目，而作爲正妻的吳月娘卻被冷落一旁，這種難言的酸楚自然在她心中升起一股醋意。再加上潘金蓮有意挑撥，〔註 31〕更令她妒火中燒，但顧及到自己的身分，也只能將惱怒藏在心裏，不敢表現在外了。

當吳月娘悒快不樂的回到房裏以後，玳安這才送來禮物和拜錢，此時，吳月娘已經按捺不住心中的怒火罵道：「賊囚根子，拿到前頭（按：李瓶兒住在前頭）就是了，平白拿到我屋裡來做甚麼？」本來，她一向掌握府中錢財

她的潛意識中滋生，只是一直被她強烈的道德意識所掩蓋而不自覺。因此，當她的行爲與道德有所牴牾時，她總是能巧妙地把潛意識與意識調合起來，並以道德理念爲自己的行爲做一番解釋。參閱鄭天剛著，〈無心中的有心〉，《金瓶梅探心錄》，頁 55～61，北京新華書店，1993 年。

〔註 31〕卻說孟玉樓、潘金蓮、李嬌兒簇擁著月娘都在大廳軟壁後聽覷，聽見唱「喜得功名遂」，唱到「天之配合一對兒，如鸞似鳳」，直至「永團圓，世世夫妻」。金蓮向月娘說道：「大姐姐，你聽唱的！小老婆今日不該唱這一套，他做了一對魚水團圓，世世夫妻，把姐姐放到那里？」那月娘雖故好性兒，聽了這兩句，未免有幾分惱在心頭。（二十回）

大權，把錢物送到她那裏原是理所當然，然而今天西門慶直至慶宴結束才想到她這個正妻，不由得她借著罵玳安來發洩怒氣。直到吳大舅來到她房裏，面對著自己的親兄長，吳月娘再也壓抑不住滿心的委屈，終於放任怨怒不平的情緒發洩出來。

吳大舅深解西門府中的內情，也知道妹妹的悲苦，然而他還是從傳統觀念說出了一番開導吳月娘的話：

> 自古痴人畏婦，賢女畏夫。三從四德，乃婦道之常。今後他行的事，你休要攔他，料姐夫他也不差了。落得做好好先生，纔顯出你賢德來。（二十回）

細審吳大舅的這一番話，可以得知吳月娘自小接受三從四德的婦道觀念，以至於養成了她以恪守婦德爲榮的個性。然而正因爲她嚴守婦德，犧牲個人部分的私欲，所以令她更緊抓著正妻地位所能掌有的威權，以彌補所失去的自由。

二

吳月娘對「婦德」的遵守完全出於自覺，〔註 32〕因此她的行爲處處強調符合賢良妻子的形象，並以此自恃於其他妾婦之前，顯示她的正妻身分和高於其他妾婦的人格地位。因此，當西門慶氣惱李瓶兒下嫁蔣竹山而遷怒於吳月娘等人時，她因而憤憤不平的罵道：

> 信那沒廉恥的歪淫婦，浪著嫁了漢子，來家拿人煞氣！……漢子孝服未滿，浪著嫁人的，纔一個兒？淫婦成日和漢子酒裏眠酒裏臥的的，他原守的甚麼貞節！（十八回）

論貞節，在西門慶的眾妻妾中，的確只有吳月娘一個人恪守從一而終的貞操。因此，花子虛死後，李瓶兒孝期未滿便嫁給蔣竹山，被吳月娘罵爲「浪著嫁人」的淫婦，一席話卻也令一旁的孟玉樓和潘金蓮兩人慚愧得無地自容，因而羞得各自歸房。

孟玉樓和潘金蓮在嫁給西門慶之前的處境並沒有像吳月娘這般平順，所

〔註 32〕「婦德」雖是由男性主場所設立的女性價值標準，但女性長期受種種道德條例所束縛，無形中對於人生價值的判準遂以此爲依歸，並以恪守婦德爲無上的光榮。例如東漢班昭撰《女誡》、宋若華撰《女論語》，作者雖爲女性，但卻處處要求女性必須卑順和婉、以夫爲綱，內容幾乎無一字不體現男性的權威，無一處不從男性的立場闡釋女子所應遵循的模式，顯示了女性的自我意識全然以儒家的禮教爲依歸。

以爲了讓生活更美好，恪守貞節的重要對她們而言並不比吳月娘來得強烈。但這並不表示婦德對她們沒有約束的力量，否則她們也就無須爲了吳月娘的話感到羞慚了。

孟玉樓本是個市井商人之妻，由於前夫出外販布客死異鄉，她因而守寡一年多，身邊並無子女。當初她沒聽從張四舅的勸告，嫁給有可能考取進士的尙舉人，而毅然選擇了開生藥舖的西門慶，乃是由於她原爲商人婦，而在當時商品充斥、貨幣調動頻繁的社會下，士人的身份大爲貶值，〔註 33〕因此她也受到商業社會的影響，產生了一種新的價值觀念。這樣一個立足於現實的女性，對於貞節的重視自然有所斟酌，而不至於盲從。

但處於男性的宗族社會，婦德的要求仍爲牢不可破的觀念，像一座無形的牢籠拘禁著女性的道德思想。因此，即使孟玉樓沒有遵守貞節，而在行爲上做了再嫁的選擇，但當吳月娘罵李瓶兒「浪著嫁人」時，孟玉樓仍會爲了她沒守貞節的行爲心虛得躲回房裏去了。

至於潘金蓮爲了嫁給西門慶，參與了鴆殺武大的行動，這樣的行爲在傳統觀念中是罪大惡極、不可饒恕的罪行，這也正是潘金蓮爲後人所垢病之處。然而若跳出傳統婚姻架構來看整個事件，潘金蓮會做出鴆殺武大的行爲，婚姻制度實應負起部分的責任。

在作者的筆下，潘金蓮九歲被母親賣到招宣府做丫頭、學彈唱，逐漸長成爲一個會描鸞刺繡、品竹彈絲、識文斷句，還會寫小詞和曲子的聰明少女。十五歲招宣死後，她被母親領出，又以三十兩銀子轉賣給張大戶，十八歲被張大戶收用，後又被迫嫁給武大，實際仍爲張大戶的「外室」。這樣一個自幼受著多方壓力的女子，在種種逆境中養成了敏感、機警、世故的性格，爲了爭取到更好的生活環境，更造成她潑辣、怨毒、凶狠的一面。

被迫嫁給武大，對潘金蓮而言不啻是一件悲慘的事，因此她常抱怨張大戶：

〔註 33〕孔繁華在《金瓶梅的女性世界》一書中說：「孟玉樓選擇西門慶而不選擇尚舉人作配偶，反映了在封建社會內部，由於商品經濟發達而出現的處於資本主義萌芽狀態中的新經濟力量借婚姻而聯盟的現象，這個現象說明，隨著……新思潮的湧現，人們的道德觀念在逐漸發生變化。在孟玉樓的心目中，作爲富商西門慶的地位，要比封建士子尚舉人優越得多，『書香門第』、『仕途經濟』在一些市民眼中已不是最高尚的了。」轉引自王鴻蘆，〈逐潮踏浪——金瓶梅女性論〉，《金瓶梅研究》第四輯，頁 141，江蘇古籍出版社，1993 年 7 月。

「普天世界斷生了男子，何故將我嫁與這樣箇貨！每日牽著不走，打著倒退的，只是一味咊酒，著緊處卻是錐鈀也不動。奴端的那世裡悔氣，卻嫁了他！是好苦也！」常無人處，唱箇《山坡羊》爲證：「想當初，姻緣錯配，奴把你當男兒漢看覷。不是奴自己誇獎，他烏鴉怎配鸞鳳對！奴眞金子埋在土裡，他是塊高號銅，怎與俺金色比！他本是塊頑石，有甚福抱著我羊脂玉體！好似糞土上長出靈芝。奈何，隨他怎樣，到底奴心不美。聽知：奴塊金磚，怎比泥土基！」（一回）

而作者對這樣的一樁婚姻亦有一番公允的評論：

看官聽說：但凡世上婦女，若自己有些顏色，所稟伶俐，配箇好男子便罷了，若是武大這般，雖好殺也未免有幾分憎嫌。自古佳人才子相配著的少，買金偏撞不著賣金的。（一回）

可見，婚姻的不自由實是造成潘金蓮鴆殺武大的一項重要因素。雖然爲了個人的私慾而謀殺他人的性命，於情於理都不可赦，但是若潘金蓮擁有婚姻的主自權，這樁悲劇或許就不會發生了。因此，我們看待這樁悲劇，不應把它看成一個惡毒的女人與善良的小販，而應看做妻子和丈夫的關係，從夫妻的社會角色來看，武大擁有主宰潘金蓮的權力，而被主宰的潘金蓮爲了追求個人的幸福，遂一步步的踏入謀殺丈夫的途徑。

就一個從小在逆境中成長的女性而言，追求生活的美好遠比貞節來得重要，所以在潘金蓮的價值觀中，婦德根本無足輕重。然而傳統的道德觀念畢竟深深的影響著人們，因此就算潘金蓮個人並不在乎婦德的踐履，但是吳月娘的一席話仍然刺激到她的羞恥之心，使得她隨著孟玉樓慚愧的回到房裏，在身家清白的吳月娘面前無地自容。

雖然追求自由是人性的自然需求，但在層層的禮教約束下，不能從一而終遂成爲婦女人格上極大的污點。而吳月娘是西門府中唯一在性生活上沒有污點的女性，也因此她自恃自己清白守貞的高尚人格，更令她正妻的地位穩固而不可侵犯。所以當她和潘金蓮起衝突時，可以大言不慚的說：「俺每眞材實料，不浪！」（七十五回）

此外，作者在塑造人物形象時，亦有意將「有德」與「無德」做爲妻妾之間地位的衡量標準。如第七十二回作者描寫西門慶和潘金蓮雲雨過後，西門慶原想下床溺尿，然而潘金蓮爲了要拴住西門慶的心，刻意表現出體貼、關愛的態度，怕他下床凍著了，因而幫西門慶的尿都吮接在嘴裏，一口一口都嚇了。作者對此又發出一番感慨：

> 看官聽說：大抵妾婦之道，鼓惑其夫，無所不至，雖屈身忍辱，殆不爲恥。若夫正室之妻，光明正大，豈肯爲也！

「妾婦之道」是「好色」之道，「正室之妻」乃「有德」之人，以此來區分妻妾之間的行爲，實乃用男性的角度來評量女性的性情和行爲，卻無視妾婦之所以甘願屈身忍辱的背後原因！

妾的地位固然在妻之下，但妾的身分卻卑微得如同丈夫的財產一般，可贈予、或典賣、或借貸、或交換，隨丈夫之意而爲之。〔註34〕因而身爲妾婦的女性，自主權幾乎完全被抹殺，於是爲了爭取生活的優渥，她們扭曲自己的人格，屈從於丈夫的各項要求，以求獲得丈夫的寵愛，提升在家庭中的地位。

因此，從現實利益而論，恪守婦德對妾婦們並沒有實質上的助益，然而對於掌管家中事務的正妻卻有穩固地位的作用！因此，西門慶死後，吳月娘更加謹守貞節，以求名正言順的成爲西門府的主家夫人，接續西門慶的位置，主宰府中一切事務。所以當「來保這廝，常時吃醉了，來月娘房中嘲笑調戲」（八十一回），月娘見他兩番三次於無人處在她面前無禮，氣得教來保夫婦倆搬離西門府。又有一回，當吳大舅陪同吳月娘往泰山頂上碧霞宮進香還願時，差一點受到泰山州高知州妻弟殷天錫的非禮，於危急時她頻頻高聲求救，才保住了貞節。（八十四回）吳月娘如此護衛貞操的心態，正如她自己所強調的：

> 男兒沒性，寸鐵無鋼；女人無性，爛如麻糖。其身正，不令而行；其身不正，雖令不行。……像我進香去，被強人逼勒，若是不正氣的，也來不到家了。（八十五回）

吳月娘以「正氣」自許，正說明了恪守貞節對她而言是一項無上的榮耀，〔註35〕

〔註34〕《史記・呂不韋傳》：「呂不韋取邯鄲諸姬絕好善舞者與居，知有身。子楚從不韋飲，見而悅之，因起爲壽，請之。呂不韋怒，念業已破家爲子楚，欲以釣奇，乃遂獻其姬。姬自匿有身，至大期時，生子政，子楚遂立姬爲夫人。」《宋稗類鈔》：「陳了翁之父尚書，與潘良貴義榮之父交好。潘一日謂陳曰：『吾二人官職年齡，種種相似，恨有一事不如公。』陳問之，潘曰：『公有三子，我乃無之。』陳曰：『我有妾，已生子矣，可以奉借，他日生子，當即見還。』既而遣之，即了翁之母也。未幾生良貴，其母遂往來兩家。」《舊唐書・張巡傳》：「城中糧盡，易子而食，……巡乃出其妾，對三軍殺之，以饗軍士。」由以上各例，可知妾婦的身分卑微，幾無自由及尊嚴可言。

〔註35〕周代的禮制，提出了婦女要「貞」的要求，漢代鄭玄也將《周禮・天官・九嬪》中的「婦德」解釋爲「貞順」。目的只是爲了保證父親血統的純正，以防妻子生出異姓之子。然而到了宋代，在理學家的闡釋下，婦女的貞節被提到

也是她自恃於西門慶的其他妾婦之處。

固守貞節是吳月娘引以為傲的榮耀，也是不容他人質疑、誣蔑的操守。當吳月娘發現陳敬濟和潘金蓮的姦情，阻斷了他們兩人的偷情以後，陳敬濟因而記恨在心。一日，陳敬濟看見奶媽如意兒抱著吳月娘的兒子孝哥兒來到印子舖，他就當著眾人的面前說：「這個孩子倒相我養的，依我說話，教他休哭，他就不哭了。」（八十六回）令眾人當場呆愣。如意兒回來向吳月娘哭說這件事，月娘聽了以後，半日說不出話，往前一撞，就昏倒在地，不省人事，足見吳月娘對於自己的貞節看重的程度。

總之，吳月娘是一個道德意識非常強烈的女性，丈夫生前她恪守不妒的婦德，並且整家理紀，儘量扮演好一個賢良婦人的角色；丈夫死後，她更貞守節操，以正她主家夫人的名分。雖然作者有意將吳月娘塑造成一個「有德」的婦人，但從小說內容細探，吳月娘所自覺的「道德」，只是強調她個人符合男性宗族社會下「賢良婦人」的性行罷了！

例如七十六回，當西門慶處理一件丈母娘和女婿通姦的案件時，由於告發者是一名使女，所以潘金蓮對此案的看法是：

> 要著我，把學舌的奴才打的爛糟糟的，問他個死罪也不多。你穿青衣抱黑柱，一句話就把主子弄了。

西門慶亦主張說：

> 也吃我把那奴才拶了幾拶子好的。為你這奴才一時小節不完，喪了兩個人性命。

潘金蓮和西門慶對這件案子的看法是強調奴才害了主子，理由雖然堂皇，但顯然是從他們的立場出發。因為潘金蓮自己也和她的女婿陳敬濟通姦，平日就常常責打告發她醜事的丫頭秋菊，所以自然無視事情的是非黑白，而主張把告發的使女毒打一頓。〔註 36〕至於西門慶自己也是處事不正，所以亦認為

「天理」的高度，程頤甚至認為：「餓死事極小，失節事極大。」(《近思錄》)，朱熹甚至還要求地方上將節婦予以「旌賞」，對於不守貞的婦女予以懲治。於是婦女最高的目標是賢良，並將「忠」與「貞」相提並論，要求女子遇到困難或強暴，一死了之，以顯其節烈。到了明清時代，程朱的貞節觀成了天經地義、無可更改的教條，再加上統治者對節婦烈女極力褒揚，守貞、殉夫的婦女人數因而急劇增加，顯示了貞節觀對女性的影響甚大。參閱顧鑒塘、顧鳴塘合著，《中國歷代婚姻與家庭》，頁 129～136，臺灣商務印書館，1994 年。

〔註 36〕第八十三回，秋菊向吳月娘告發潘金蓮和陳敬濟的姦情未遂時，便被潘金蓮叫到面前跪著，罵道：「教你煎煎粥兒，就把鍋來打破了。你敢屁股大吊了心

奴才不應告發主人。然而吳月娘的判斷卻與他們不同：

> 大不正則小不敬，母狗不掉尾，公狗不上身。大凡還是女人心邪，若是那正氣的，誰敢犯他？

吳月娘對這件案子的看法則全怪罪那丈母周氏，認爲是她自己行爲不正才會引發女婿和她通姦的事實。雖然她的話隱約有指桑罵槐的意味，指責潘金蓮和西門慶立身不正，但是卻沒有從根本上指出他們的錯誤，而只是更加強調她個人嚴守貞節的優越感。由此可知，吳月娘恪守婦道的目的，只是爲了正其名分、彰顯地位，強調她高人一等的人格。

「地位」對婦女的行爲的確造成了極大的影響，由於孟玉樓和潘金蓮等人，遭遇與處境並未如吳月娘一般平順，因此爲了追求更好的生活條件，從現實的利益而論，恪守婦德對身爲妾婦者而言，並未能帶來什麼實質上的助益，因此婦德對她們的約束力也就不那麼大了！然而貞守婦德對於擁有主家夫人地位的吳月娘而言，則可以更加鞏固她的權力、彰顯她的地位，這也正是「地位」影響婦女行爲的原因之一。

第三節　從子嗣的孕育獲得尊寵

一

中國傳統婚姻的目的之一是「繼嗣」，蓋結婚是爲了傳承宗系，以達宗族綿延、祭祀不廢的目的。故孟子曰：「不孝有三，無後爲大。」娶妻最主要的目的是求後，〔註 37〕而婦女在家庭中地位的升降、將來有無依靠，亦主要取決於是否生下子嗣。

在西門慶的眾妻妾中，最先爲他產下子嗣的是第六房的李瓶兒。李瓶兒不但爲西門慶帶來巨大的財富，〔註 38〕當她產下官哥兒時，又適逢西門慶得

也怎的？我這幾日沒曾打，你這奴才骨朵癢了。」又拏了棍子，向她脊背上儘力狠抽了二十下，打得秋菊哀號不已。顯示了潘金蓮依靠地位權勢，無視自己的過錯，卻還責怪婢女的惡劣心態和行爲。

〔註 37〕《禮記・昏義》：「婚姻者，合二姓之好，上以事宗廟，下以繼後世。」

〔註 38〕花子虛被他的三個兄弟聯名控告私吞家產，因而入獄。李瓶兒以要求西門慶行賄營救花子虛之名，先是「開箱子搬出六十錠大元寶，共計三千兩，教西門慶收去」，隨後又讓西門慶和吳月娘等人，連夜打牆上運走了「四箱櫃蟒衣玉帶，帽頂縧環，都是值錢珍寶之物」（十四回）。花子虛死後，李瓶兒嫁至

官，〔註 39〕因而特別獲得西門慶的寵愛。

張竹坡分析《金瓶梅》中有一種「遙對章法」，〔註 40〕即類似的情節故事，往往前後有兩件遙遙相對，通過兩件事的鮮明對比，反映出人物不同的命運和不同的心理。例如從第三十一回琴童藏壺與第四十四回夏花偷金兩件事，便可以反映出西門慶對李瓶兒的寵愛。張竹坡說：「藏壺偷金二事，而於琴童竟不一問，於夏花則拶而且必欲賣之，其愛瓶兒處自見。」〔註 41〕

在琴童藏壺的事件中，因爲酒壺最後是由李瓶兒的丫頭迎春送回來，並解釋說琴童從外邊拿來李瓶兒房裡收著。潘金蓮於是藉機指稱「琴童是他家（指李瓶兒）人」，所以便以言語刺激西門慶懲罰琴童，以達到打奴羞主的目的。然而因爲事情涉及李瓶兒房中的丫頭，加以正値官哥兒的滿月喜慶，因而西門慶一反常態，愛屋及烏，不僅沒有追究琴童的責任，反而把撥弄是非的潘金蓮罵了一頓：

> 依著你恁說起來，莫不李大姐他愛這把壺？既有了，丟開手就是，只管亂甚麼！（三十一回）

經歷了琴童藏壺這件事，李瓶兒心中自然明瞭西門慶對她的寵愛，因此當一錠金鐲子在她房裏丟失了，她非但沒有驚慌失措，反而笑著安撫客人及僕人們不要驚慌猜疑，「只怕是你爹收了」（四十三回）。李瓶兒的鎭定固然是因爲出身有錢人家，並不認爲失去一錠金鐲子是什麼大事，然而更重要的是她有恃無恐，認爲西門慶不會因爲在她房中丟失一錠金鐲子而令她難堪。果然，當西門慶得知失金鐲的事以後，只是輕描淡寫地說了句：「繇他，慢慢兒罷！」（四十三回）毫無嗔怪李瓶兒的意思。

西門府，又帶來許多財物：「奴這床後茶箱內，還藏了三四十斤沉香、二百斤白蠟、兩罐子水銀、八十斤胡椒。你明日都搬出來，替我賣了銀子，湊著你蓋房子使。」（十六回）西門慶人財兩得，拼了花家房舍，原是七面五進的大宅，加上打通花宅加蓋捲棚花園、三間翫花樓，令西門慶益發不可一世。

〔註 39〕來保、吳主管在東京回還，……把一樣三張印信劄付，并吏、兵二部勘合，并誥身都取出來，放在桌上與西門慶觀看。西門慶看見上面銜著許多印信，朝廷欽依事例，果然他是副千户之職，不覺歡從額角眉尖出，喜向腮邊笑臉生。便把朝廷明降，拿到後邊與吳月娘眾人看，……又對月娘說：「李大姐養的這孩兒甚是腳硬，到三日洗了三，就起名叫做官哥兒罷。」（三十回）

〔註 40〕「《金瓶》一回兩事作對，固矣，卻又有兩回作遙對者，如金蓮琵琶，瓶兒象棋作一對，偷壺偷金作一對等，又不可枚舉。」〈批評第一奇書金瓶梅讀法〉，收錄於《金瓶梅資料匯編》，頁 25。

〔註 41〕〈批評第一奇書金瓶梅回評〉，收錄於《金瓶梅資料匯編》，頁 105。

然而當西門慶得知偷金鐲的人是李嬌兒房中丫頭夏花兒時，便一改先前寬容大度的態度，立刻聲色俱厲，將夏花兒「拶得殺豬也是叫，拶了半日，又敲二十敲」之後，勒令李嬌兒：「明兒叫媒人，即時與我賣了這個奴才，還留著做甚麼！」（四十四回）

西門慶對夏花兒又拶又敲又賣的嚴懲，與對藏壺的琴童根本不予處罰形成鮮明對照，顯示了西門慶對李瓶兒的寵愛與對李嬌兒的冷淡。

李嬌兒原是妓女出身，與富有的李瓶兒自然無法相比，加上李瓶兒產下官哥兒，母隨子貴，備受西門慶的寵愛，因而李嬌兒在西門府中的地位又怎能比得上李瓶兒？作者雖然沒有在西門慶如何寵愛李瓶兒方面多加著墨，但是由西門慶對待琴童與夏花兒迥然不同的態度，便可以清楚的得知李瓶兒受寵的程度。

產下子嗣既然是提升地位的重要因素，祈願受孕懷胎也就成爲婦女十分重視的事。吳月娘自從爲了反對丈夫迎娶李瓶兒的事，而和西門慶鬥氣以後，表面上雖然對西門慶不理不睬，但卻私下「每月吃齋三次，逢七拜斗焚香，保佑夫主早早回心。」（二十一回）一天，吳月娘在夜裏擺下香案，對天深深祝禱：

> 妾身吳氏，作配西門。奈因夫主留戀烟花，中年無子。妾等妻妾六人，俱無所出，缺少墳前拜掃之人。妾夙夜憂心，恐無所托。是以發心，每夜於星月之下，祝贊三光，要祈佑兒夫，早早回心。棄卻繁華，齊心家事。不拘妾等六人之中，早見嗣息，以爲終身之計，乃妾之素願。（二十一回）

吳月娘一番大公無私的祝禱因而感動了在一旁覷聽的西門慶，這才消弭了他們之間的冷戰。

吳月娘對天祝禱時雖然並不自私的祈願自己得子，而是「不拘妾等六人之中，早見嗣息」，但是她的出發點只是承續香火、日後有所依託的傳統觀念，況且不論是誰懷了西門氏的子嗣，都要認吳月娘爲嫡母，所以對身爲正妻的她而言便能對祖先有所交待，而自己的晚年也有所依託。

然而，當事關地位升降時，吳月娘不免爲了自己沒有產下子嗣的事而憂慮，所以當王姑子告訴她有關生子符藥的事時，吳月娘也仔細地加以詢問，並要求王姑子幫她尋一帖藥來。在殷念的期待下，王姑子終於弄了一帖衣胞符藥，並交待她要在壬子日服下。吳月娘拿到此藥，滿心歡喜，於壬子日一早「梳洗畢，就叫小玉擺著香桌，上邊放著寶爐，燒起名香，又放上《白衣觀音經》一卷。月娘向西皈依禮拜，拈香畢，將經展開，念一遍，拜一拜，念了二十四遍，拜了二十四拜，圓滿。然後，箱內取出丸藥放在桌上，又拜了四遍，禱告道：『我吳氏上靠皇天，下賴薛師父、王師父這藥，仰祈保佑，早生子嗣。』」（五十三回）吳月娘的求子心切由她虔誠謹慎的態度便可知曉。

當晚，她和西門慶同床一宿，「也是吳月娘該有喜事，恰遇月經轉」，於是便受孕了。吳月娘吃符水懷胎的消息被潘金蓮知道以後，潘金蓮唯恐吳月娘「養出孩子來，攙奪了他寵愛」（六十八回），於是也悄悄地把薛姑子找來，與了她一兩銀子，央求也替她配一帖坐胎氣符藥，想要藉著懷孕生子來提升地位，以免落入失寵的境遇。

子嗣之所以如此受到重視，乃由於宗族的傳承完全依賴子嗣的延續，而這種觀念與中國的社會型態有絕對的關係。自從「周朝統治者利用人們對於家庭的特殊情感，吸取殷商滅亡的教訓，創立了宗法制度。」〔註 42〕所謂宗法制度是靠父子關係構成代代傳承的主軸來維繫。這種宗法制於天然的血緣關係中，利用尊祖的情緒，培養敬宗的習慣，所以在敬宗的觀念下，子嗣的孕育與傳承即成爲每一個家庭必須而且重要的大事。

雖然並不是每一個中國人都能清楚的明瞭這種觀念形成的原因，但經歷世世代代的觀念積澱，遂形成一種牢不可破的意識，深深烙印在每個中國人的心中。因此即使是一向以強悍、嬌蠻來霸攔西門慶奪取寵愛的潘金蓮，也不得不企求自己早日孕育子嗣，以鞏固她在西門府中的地位，保障她的利益。

子嗣的孕育有助提升家庭地位的觀念對婦女所造成的影響，還可以由潘金蓮搵打如意兒的例子中得到印證。第七十二回中，春梅因向如意兒借棒槌搗衣，不得，憤而與如意兒發生口角。潘金蓮在屋內聽到，心中不悅，氣勢凌人的跑出來對如意兒大加斥責。雖然如意兒只是一名奶媽，但正逢西門慶的寵幸，所以潘金蓮不免擔心她會因爲受孕而得寵，壓倒她的地位，因此儘管口頭上無畏地警告如意兒說：「你背地幹的那繭兒，你說我不知道？就偷出肚子來，我也不怕。」但卻仍走向如意兒，「一把手把老婆頭髮扯住，只用手搵他腹。」崇禎本評論者於此論道：「瓶兒以有子擅寵，金蓮受累極矣。故今捕風捉影，而即搵其腹。可謂曾經蛇咬，夢井索而懼也。」說明了潘金蓮心中實仍畏懼如意兒爲西門慶生下子嗣，奪了西門慶對她的寵愛。足見子嗣對

〔註 42〕引自燕國材著，〈中國傳統文化與中國人的性格〉，收錄於楊國樞、余安邦主編，《中國人的心理與行爲：理念及方法篇》，頁 45，桂冠圖書公司，1994 年。

於婦女的地位及心態的影響實在不可忽視。

二

婚姻的目的原是爲了保持並延續家族，〔註 43〕但從宗族的功利角度而言，娶妻固然是爲了生養後代，然而爲了使宗族龐大興盛，納妾以求多子的理由，更令娶妾成爲明正言順的行爲。在「男尊女卑」的綱常下，女性必須順從地扮演一個不妒的賢良角色，否則便會被社會冠上「妒婦」的醜名；此外女生還必須爲丈夫生下子嗣，否則丈夫有權將她離異。在種種不平等的對待下，女性人格無法得到正常的發展，而這正是傳統婚姻架構所造成的失調現象。於是當婦女產下子嗣以後，便能獲得尊寵，而那些未能生下子嗣的婦女，卻有著面臨失寵的恐懼，也因此造成了一齣齣女性失寵的哀淒故事。

自從李瓶兒生了官哥兒以後，西門慶便明顯地對她多加偏愛，經常在李瓶兒房裡宿歇，加之後來又包占了王六兒，以至於冷落了其他各房，甚至連平日甚爲受他寵愛的潘金蓮也夜夜獨守空閨。第三十八回「潘金蓮雪夜弄琵琶」生動地將潘金蓮失寵的心情描繪出來，令讀者一反以往對潘金蓮的嫌憎，而對這麼一個因失寵而神傷體瘦的女子感到悲憐。雖然整回皆只刻劃潘金蓮的哀淒，但讀者亦可以經由潘金蓮的感受想像其他各房妻妾失寵的悲切。

一向慣於「霸攔漢子」，絲毫不容許別人贏得西門慶專寵的潘金蓮，在李瓶兒生下官哥兒以後，終於被迫面臨失寵的處境。打從官哥兒出世，西門慶便多日不曾進潘金蓮房裡，所以她一直感到「翡翠衾寒，芙蓉帳冷」。在一個寒冬雪夜，潘金蓮故意「把角門開著，在房內銀燈高點，靠定幃屏，彈弄琵

〔註 43〕婚姻的目的，依典籍所載及後儒衍繹成說，約分之有三，曰祭祀，曰繼嗣，曰內助。

一、祭祀：古時家族制度，一家之權，統於父祖，子孫崇先報本，生養死祭，所謂孝也，故娶妻者，父母存，則奉妻舅姑，舅姑歿，則供祭祀。

二、繼嗣：結婚既上以承先祖，無祭祀，則必下以繼後世，蓋繼嗣乏，則宗系絕，而祭祀廢。故孟子曰：「不孝有三，無後爲大。」娶妻爲求後也，歷來觀念，均復如是。

三、內助：《說文》：「妻作㛗，其形似女子負架以荷物。」釋云：「持事妻職也。」蓋妻之職守，在於持事，而持事之範圍，則限於家庭之內，故俗又稱妻爲「內助」。

參閱《中國婚姻史稿》，頁 5～13。

琶」顯露一幅充滿期待的神情。她叮咚的撥弄琵琶，是爲了引起夜歸的西門慶注意，盼能因此喚他入房。然而這樣痴等到二、三更，仍不見西門慶歸來，因而在精神恍惚中，竟將風吹動屋簷上鐵馬兒的聲響誤以爲是西門慶前來扣門環的聲音，足見企盼之情已到了以假作眞的癡幻地步。

潘金蓮苦苦地在房裏等待，然而當西門慶從夏提刑家中吃酒歸來，卻逕往李瓶兒房裡去。在這麼一個寒冬雪夜，李瓶兒和西門慶兩人和睦溫馨的喝著酒，這一幅春情融融的景象與潘金蓮淒清地獨自坐在床上的悲情，烘托出鮮明的對比，將李瓶兒的得寵和潘金蓮的失寵刻劃得淋漓盡致。

尤其當春梅前來告知西門慶已在李瓶兒處歇息時，她「聽了如同心上戮上幾把刀子一般，罵了幾句負心賊，繇不得樸簌簌眼中流下淚來」。此刻，潘金蓮的期望終於被徹底的擊碎，因而故意把琵琶弦調得高高的，大聲唱道：

> 心癢痛難搔，愁懷悶自焦。讓了甜桃，去尋酸棗。奴將你這定盤星兒錯認了。想起來，心兒裡焦，誤了我青春年少。你撇的人，有上稍來沒下稍。

悲切的把心中的哀傷、絕望借著曲文發洩出來，並道盡了酸楚與嫉恨之情。

琵琶聲終於引起西門慶的注意，偕同李瓶兒兩人來到潘金蓮房裏找她下棋。這兩個心情愉快的人怎能體會潘金蓮此刻的哀傷？只見「金蓮坐床上，紋絲兒不動，把臉兒沉著」擺出一幅落寞哀淒的模樣，酸楚的對西門慶說：「我的苦惱，誰人知道？眼淚打肚裡流罷！」這一番楚楚可憐的神情雖然沒有引起西門慶的疼惜，但善解人意的李瓶兒可全都明白。因此「李瓶兒見他這等酸臉，把西門慶攛掇過他這邊歇了」。同樣身爲妾婦，一個母隨子貴，一個獨守空閨，可見子嗣的有無對於婦女地位的升降有著極大的影響。

潘金蓮好不容易得到與西門慶同床的機會，「恨不得的鑽入他腹中，在枕畔千般貼戀，萬種牢籠，激搵鮫鮹，語言溫順，實指望買住漢子心。」（三十九回）然而千萬柔情終究抵不過李瓶兒生下子嗣的事實，過沒幾天，到了正月初九，西門慶爲了還願，到玉皇廟爲官哥兒打醮寄名，經疏上西門慶底下同室人吳氏旁邊就只添有李瓶兒一人，惹得潘金蓮心中有幾分不忿地說：

> 你說他偏不偏心？這上頭只寫著生孩子的，把俺們都是不在數的，都打到贅字號裡去了。（三十九回）

此外，更令人尋味的是，去玉皇廟打醮之日也正是潘金蓮的生日，但是西門慶爲了替官哥兒打醮整晚留在玉皇廟，以至於潘金蓮的生日也就在聽因果、唱佛曲中草草渡過。然而僅僅事隔數日，正月十五日李瓶兒生日，西門慶卻爲她辦了一個極爲盛大的宴會，並請了許多人前來爲李瓶兒慶賀生日。在煙火、花燈的烘托下，李瓶兒這一場熱鬧的生日宴席和前幾天潘金蓮冷清的生日，形成了強烈的對比。由此更可看出爲西門慶生下子嗣的李瓶兒所受的尊寵與幸福，是其他妾婦所遠不可及的。

吳月娘雖然曾在雪夜虔誠的爲西門家焚香求子嗣，但是於私她還是希望自己也能爭氣的替西門慶生個兒子。因此，在她積極的安排下，終於懷有一子，更爲她正妻的地位添加了穩固的因素。七十五回，潘金蓮因爲好不容易才爲自己尋得一帖衣胞符藥，卻因吳月娘的阻撓，誤了受孕的時機，憤怒之下，無視自己卑下的地位，公然向吳月娘挑釁。在這一場衝突中，吳月娘的勝利固然因爲正妻的尊貴地位，但分析其中因素，還包括了吳月娘懷孕的事實。

當西門慶得知吳月娘和潘金蓮鬥氣之事以後，慌得來到上房，對吳月娘說道：

> 你甚要緊，自身上不方便，理那小淫婦兒做什麼！平白和他合甚麼氣？（七十五回）

吳月娘見西門慶偏袒自己，於是便假孩子之利，更加故做委屈的向西門慶哭訴：

> 甚麼孩子李子，就太子也成不的！如今倒弄的不死不活，心口內只是發脹，肚子往下鱉墜著疼，頭又疼，兩隻胳膊都麻了。剛纔桶子上坐了這一回，又不下來。若下來也乾淨了，省得死了做帶累肚子鬼。到半夜尋一條繩子，等我吊死了，隨你和他過去，往後沒的又像李瓶兒吃他害死了。

西門慶被吳月娘驚哄得慌了，一把將她抱在懷裏說：

> 我的好姐姐，你別要和那小淫婦兒一般見識，他識什麼高低香臭？沒的氣了你，倒值了多的，我往前邊罵那小淫婦兒去。

西門慶雖然百般呵護她，並令小廝即刻去請任醫官來爲她看病，但吳月娘至此還心有不甘，更加威脅的說：

> 請什麼任醫官？隨他去！有命活，沒命教他死，纔趁了人的心。什麼好的，老婆是墻上土坯，去了一層又一層。我就死了，把他扶了正就是了。恁個聰明的人兒，當不的家？

平日溫厚的吳月娘此刻會如此刁鑽，也是仗著她懷有身孕，知道西門慶絕對會站在她這邊，否則依照西門慶平日的性情，有誰敢一再的無理取鬧，肯定會招到西門慶的責罵。

雖然潘金蓮隔天便來向吳月娘認錯，但吳月娘卻把平日受潘金蓮的氣一併在這一回發洩出來。因此，當西門慶有意往潘金蓮房裏時，吳月娘故意阻撓說：

> 你往那去？若是往前頭去，趁早兒不要去，他（潘金蓮）頭裏與我陪過不是了，只少你與他陪不是去哩！……你只依我說，今日偏不要你往前邊去，也不要你在我這屋裏，你往下邊李嬌兒房裡睡去。隨你明日去不去，我就不管了。（七十六回）

西門慶被吳月娘這麼一說，也就只好往李嬌兒房裏去了。平日爲所欲爲，沒人敢阻擋的西門慶，如今遇上懷有身孕的妻子，也得讓上三分。就連一向嬌蠻的潘金蓮，也自知無法和吳月娘相抗衡：「他如今見替你懷著孩子，俺每一根草兒，拿甚麼比他？」足見孕育子嗣的確能使婦女在家庭中的地位受到極大的提升，因此令每一個婦女都期望自己能孕育子嗣而得到尊貴，但也因而造成婦女極大的壓力。

小　結

女性生命中的憂歡愛懼，實與傳統的兩性架構有著緊密的關係。父權體制的確立使得女性長期被壓抑在卑屈順從的社會階層裏，生活的空間也僅侷限在家庭中，幾乎完全喪失自己的主體性。加上妻妾成群的婚姻架構，更迫使女性壓抑、扭曲自己的人格，因而在人際失調的情況下，產生了種種衝突與委屈。

在以維持「家庭和諧」的目標下，儒家制定了夫妻倫常的禮制規範，爲了避免妻妾間產生妒嫉，更產生了妻爲天、妾爲地的規範，因而造成了女性之間以權力、地位相互制衡的利害關係。在這樣的體制下，地位成爲絕對的權威，所以吳月娘以一個「無才是德」的正妻，自恃於其他妾婦之前，而才華洋溢的潘金蓮，遂只能將她的聰巧運用在如何取悅西門慶、如何打擊其他妾婦的心機上，間接養成了她狠毒乖張的性格。

婦德固然對女性有著極大的影響，吳月娘甚至以貞守婦德爲榮，但其他妾婦對婦德觀念的淡薄，卻也顯示了中晚明時期，商業發達的社會所形成的新觀念。孟玉樓、潘金蓮、李瓶兒的改嫁，雖然是為自己的幸福所做的自由選擇，但婦德的觀念還是影響著她們的價值觀，也因此當吳月娘怒罵李瓶兒「守的甚麼貞節」時，孟玉樓和潘金蓮才會因而羞慚的躲回房裡，無顏面對吳月娘。由於婦德對女性還是具有一定的影響力，吳月娘才能憑恃著恪守婦德來鞏固她正妻的地位及尊嚴。

妻妾的地位是婚姻制度的法制形式，婦德則是左右著價值觀念的判準，兩者雖然對女性的處境具有相當程度的影響，但子嗣卻是具體而重大的決定因素。李瓶兒因生下官哥兒而受到西門慶的寵愛，吳月娘則因為懷著孝哥兒而得到尊寵，至於未能受孕的李嬌兒、孟玉樓、孫雪娥和潘金蓮只能自尋安置自己的方式，或者憑恃「感情戰術」〔註 44〕贏得西門慶微薄的寵愛。潘金蓮的雪夜弄琵琶、孟玉樓的含酸訴怨，〔註 45〕都是藉著感情的戰術搏取西門慶短暫的關懷。

子嗣的孕育對男性而言，有其維繫宗族的重大意義，但對女性而言，爭寵的目的似乎比傳承血統來得重要。子嗣固可為女性帶來尊寵，但卻也是導致妻妾間爭寵鬥勝的主要因素，亦屬中國傳統婚姻架構所顯露的一種人際失調現象。

總之，女性在傳統婚姻架構層層的限制壓迫下，人格無法得到正常的發展，導致性情及行為產生壓抑、扭曲。因此，在閱讀《金瓶梅》時，不可不思索婚姻架構對人物刻劃所可能造成的影響。

〔註 44〕感情戰術有兩方面的含義：一是施行此戰術者，故意做出虛假的感情表現，二是設法引發此戰術的對象的某種感情。引自鄭天剛著《金瓶梅探心錄》，頁 112，北京新華書店，1993 年。

〔註 45〕第七十五回中，西門慶因得知孟玉樓身體微恙，特地前往她房裏探視，孟玉樓於是藉機抒發心中的怨楚：「可知你不曉的，俺每不是你老婆，你疼你那心愛的去罷。……可知你心不得閒，自有那心愛的扯落著你哩。把俺們這僻時的貨兒都打到贅字號聽題去了，後十年挂在你那心裏。」一番哀淒委屈的話語搏得了西門慶的關懷呵護。

第三章　從嫉妒心理看《金瓶梅》中的女性紛爭

從「嫉妬」二字的部首來看，古人似乎是將「嫉妬」視爲女性專有的反應。《說文解字》將「妬」解釋爲「婦妬夫也」，〔註1〕而婦女所「嫉」的顯然是丈夫的用情不專。〔註2〕傳統的婚姻制度爲了保證家族血脈的純正，女性必須嚴守一夫制，不得與丈夫以外的男性發生關係，以防異性之子混入宗族血緣。然而在延續宗族的神聖使命下，男性卻得以娶妻娶妾，無須背負忠貞的使命。

在這種不平等的婚姻架構下，丈夫可以擁有眾多妻妾，而妻妾卻只能分享一個丈夫。於是當丈夫不能均等的對待每一個妻妾時，嫉妒便會因而產生。雖然男性也承認在一夫一妻多妾的婚姻架構下，「嫉妒」的現象實難避免，〔註3〕但卻仍一味的只要求女性要克制、壓抑這種嫉妒的情緒，甚至要求她們將之轉化、昇華，成爲人格中的高尚德性，完全無視女性之所以嫉妒丈夫用情不專的究竟原因。

〔註1〕《說文解字注》，頁623，黎明文化事業公司，1991年。《說文解字》：「妬，婦妬夫也。从女石聲。」段玉裁認爲本字爲「妬」而非「妒」，故云：「柘、橐、蠹等字皆以石爲聲，户非聲也。」朱駿聲《說文通訓定聲》則將「妒、妬」二字並存。然現今字典中多用「妒」字，筆者所參考之嫉妒理論（《嫉妒與社會》）書名亦採「妒」字。故除引用《說文解字》的解釋時用「妬」字，其他部分皆以「妒」字爲主。

〔註2〕參閱張國風著，《金瓶梅描繪的世俗人間》，頁44，北京新華書店，1992年。

〔註3〕《史記·鄒陽列傳》中鄒陽寫給梁孝王的信中說道：「故女無美惡，入宮見妒；士無賢不肖，入朝見嫉。」說明了嫉妒實爲人性中之自然情緒。

爲了解決妻妾間的紛爭，男性以其權威將「不妒」列爲婦德之一，並以「權威性語言」〔註 4〕規範、平息這不平等婚姻關係所造成的問題。因而，「嫉妒」被視爲女性人格上的缺陷，並成爲男性得以離異妻妾的條件之一，但女性卻不能因爲丈夫的不專情而自動請離。〔註 5〕

雖然婦德一再的被統治者所獎勵，〔註 6〕被儒家所宣揚，〔註 7〕但是嫉妒之情原是正常而難以避免的現象，於是歷代都有女性之間因爲嫉妒而產生衝突的事件。南朝時已經有人將妒婦的故事匯編成冊，〔註 8〕明清的小說和戲曲中，以妒婦爲題材的亦不少，〔註 9〕然而將妒婦角色塑造得最成功的，可以說是《金瓶梅》中的潘金蓮了。

此章即以潘金蓮爲主，其他女性爲輔，從嫉妒心理來分析《金瓶梅》中的女性紛爭，以期深入小說的表層，探討導致人物之間衝突的原因。

〔註 4〕〈詩序〉即是以男性的「權威性語言」來強加解釋《詩經》中的許多篇章，表面上是頌揚女性不妒的完美人格，實際上卻是對女性意識一再的壓迫。例如〈南有樛木〉被解釋成后妃「能逮下而無嫉妒之心」，〈螽斯〉被解釋爲「若螽斯不妒忌，則子孫眾多也」，〈桃夭〉則被解釋成「后妃之所致也，不妒忌，則男女以正，婚姻以時，國無鰥民也」，〈小星〉亦被解釋成「夫人無妒忌之行，惠及賤妾，進御于君。知其命有貴賤，能盡其心矣。」所強調的都是女性必須嚴守不妒的美德，以令家庭和諧，家族子孫眾多。

〔註 5〕女子在結婚以後，不能輕易請離。縱使夫婦之間感情不好，婦女也必須容忍下去。如《詩經・王風・中谷有蓷》中云：「嘅其嘆矣，遇人之艱難矣」，又云：「條其歗矣，遇人之不淑矣」，末云：「啜其泣矣，何嗟及矣」。就是遇著不良的丈夫時，婦人自己只能嘅嘆啜泣，別無反抗解脫之道。諸如此例者甚多，請參閱陳東原著《中國婦女生活史》，頁 36～38，臺灣商務印書館，1981 年。

〔註 6〕秦始皇統一六國以後，開始用朝庭名義表彰寡婦。自此以後，各朝代亦皆用此例，頒佈詔書，表彰貞婦。參閱顧鑒塘、顧鳴塘合著，《中國歷代婚姻與家庭》，頁 92，臺灣商務印書館，1994 年。

〔註 7〕西漢劉向的《列女傳》用傳記的形式提出了束縛女性的六條規範，其中表彰了許多從一而終的寡婦。董仲舒的《春秋繁露》、班固編定的《白虎通義》也突出宣揚了從一而終，特別是班昭所撰的《女誡》更是將從一而終的觀念提到理論高度。參閱同上。

〔註 8〕《宋書・后妃傳》：「宋世諸主，莫不嚴妒，太宗每疾之。湖孰令袁慆妻以妒忌賜死。使近臣虞通之撰《妒記》。」蓋將妒婦的故事匯集成冊者，以此爲濫觴。

〔註 9〕明代的傳奇《妒婦記》、《療妒羹》，專門抨擊妒婦，《聊齋志異》中亦有幾篇描寫妒婦的作品，例如〈張誠〉中的牛氏、〈大男〉中的申氏、〈邵女〉中的金氏、〈馬介甫〉中的尹氏、〈呂無病〉中的王氏等。

第一節　嫉妒的成因及特色

一

潘金蓮悍妒、驕橫的個性，與她成長的環境有著密切的關連。她先是在王招宣府受到追求感官刺激生活的影響，〔註 10〕繼而成爲張大戶的玩物，後又被迫嫁給武大。如果是好的歸宿，潘金蓮或許就會安於家庭生活，但她與武大生活的不諧調令她不安於室，因而每日「只在簾下磕瓜子兒，一徑把那一對小金蓮故露出來，勾引浮浪子弟。」並自怨「普天世界斷生了男子，何故將奴嫁與這樣個貨」（第一回），道出了一個女子對於不自由婚姻的失望與苦悶。

爲了追求生活的幸福，潘金蓮狠毒的鴆殺武大，嫁給了西門慶。但是在一妻五妾的環境裏，她的名分比不上吳月娘，肌膚、人緣、子嗣不如李瓶兒，連財富也比不上孟玉樓，因而「嫉妒」令潘金蓮的性格更爲乖張，心機更爲陰毒。

嫉妒者通常不會把自己的想法如實的說出來，因爲他們不希望自己比別人低下、不足的地方被察覺。所以潘金蓮很忌諱他人提起她的出身，很不願意聽到他人提起她那「卑賤」的過去。吳月娘有一次無意間提起潘金蓮曾在王招宣府當使女的事，「那金蓮不聽便罷，聽了把臉掣耳朵帶脖子都紅了，便罵道：『汗邪了那賊老淫婦！我平白在他家做甚麼？還是我姨娘在他家緊隔壁

〔註 10〕第六十九回，作者安排王招宣的遺霜林太太和西門慶有一段糾纏的情慾關係，目的除了要加強西門慶對女性瘋狂佔有的一種生理上的發洩，另一個作用則是爲了解釋潘金蓮性格形成的環境因素。王招宣府是潘金蓮人生路上的第一個關鍵的站口，她在這裡習學彈唱的同時，也學會了種種輕薄的技倆。張竹坡評曰：「王招宣府內，固金蓮舊時賣入學歌舞之處也。今看其一腔機詐，喪廉寡恥，若云本自天生，則良心爲不可必，而性善爲不可據也。吾知其自二、三歲時，未必便如此淫蕩也。使當日王招宣家，男敦禮義，女尚貞廉，淫聲不出于口，淫色不見于目，金蓮雖屬淫蕩，亦必化而爲貞女。奈何堂堂招宣，不爲天子招服遠人，宣揚威德，而一裁縫家九歲女孩至其家，即費許多閑情教其描眉畫眼，弄粉塗朱，且教其做張做致，喬模喬樣，其待小使女如此，則其儀型妻子可知矣。宜乎！三官之不肖荒淫，林氏之蕩閒踰矩也，招宣實教之，夫復何尤。」（〈金瓶梅讀法〉第二十三則）由林太太的墮落，可以推知潘金蓮在王招宣府受到性格污染的必然性，而林太太的「好風月」，亦無疑是對潘金蓮的言傳身教。所以張竹坡接著說：「作者蓋深惡金蓮，而並惡及其出身之處，故寫林太太也。」

住，他家有個花園，俺每小時在俺姨娘家住，常過去和他家伴姑兒耍子。就說我在他家來，我認的他是誰？也是個張眼露睛的老淫婦！』」（七十九回）根本不承認在王招宣府中當過使女，生怕一承認就失了身份。

雖然潘金蓮可以矢口否認卑賤的過往，但是當潘姥姥來西門府中時，立刻就提醒她往昔的貧困和卑賤，因此潘金蓮非常不願意看到自己的母親出現在西門府。第七十八回潘金蓮生日，潘姥姥搭轎前來卻沒錢付給轎夫，所以差小玉進來向潘金蓮要轎錢。潘金蓮因而心裏不悅，硬是不願付錢。最後還是孟玉樓拿出一錢銀子打發抬轎的回去，這才了事。隨後，潘金蓮回到房內時，使力數落了潘姥姥一頓：

你沒轎子錢，誰教你來？恁出醜刮劃的，教人家小看！

幾句話說得潘姥姥嗚嗚咽咽哭了起來。

由於潘姥姥以往來西門府時，李瓶兒總是陪她聊天，請她吃酒菜，還偶爾送她衣服、鞋子，把她歡喜得眉開眼笑。所以當潘姥姥被女兒數落一頓以後，便向如意兒和迎春抱怨道：

你娘好人，有仁義的姐姐，熱心腸兒。我但來這里，沒曾把我老娘當外人看承。……正經我那冤家，半分折針兒也迸不出來與我。……來到這裏，沒的受他的氣。

潘姥姥指責女兒小氣，也有些不公允之處。而懂得潘金蓮的難處之人，也只有春梅一人。因而當她聽見潘姥姥埋怨女兒時，便爲潘金蓮辯解道：

俺娘是爭強不伏弱的性兒。比不的六娘，銀錢自有，他本等手里沒有。你只說他不與你，別人不知道，我知道。想俺爹雖是有的銀子放在屋里，俺娘正眼兒也不看他的。若遇著買花兒東西，明公正義問他要，不恁瞞瞞藏藏的，教人看小了他，怎麼張著嘴兒說人！他本沒錢，姥姥怪他，就虧了他了。莫不我護他？也要個公道。

潘金蓮心高氣傲、生性好勝，雖然沒錢，但吳月娘要她拿錢寫家裏的帳時，她也執意不肯。潘金蓮態度如此剛硬的原因，是由於她不想讓別人在這一方面有所批評，所以當初潘姥姥拿了李瓶兒送的東西時，潘金蓮又吩咐春梅準備一些禮物送還給李瓶兒，就是不想「教人碰言試語」（三十三回）。

「如果她被安置在兩性平等的時空之下，沒有妾僕婢妓等其他女人的爭寵奪愛相脅，不須爲擔心瓶兒有無子嗣而聽籬察壁，進而一步步扭曲自我，剷除情敵，憑她『我是個不帶頭巾的男子漢，叮叮噹噹的婆娘！拳頭上也立得人，胳膊上走得馬！』（第二回）的豪語，在高度企圖心、旺盛生命力的推動之下，如果能有揮灑自我的空間，持家治事，誰曰不宜？甚或縱橫捭闔，擔當國家大業，可能完全造就另一番生命景象。」〔註 11〕然而潘金蓮卻受困在父權社會對女性的層層限制，她的活力聰慧只能用在爭寵鬥勝之上，以至於日漸淪落，終至劫數難逃。

造成妻妾之間彼此嫉妒、衝突的究竟原因，實是不平等的婚姻架構所必然產生的結果。女性受困於家庭的狹隘空間，受限於身份、地位的束縛，因而她們嫉妒比自己富有、貌美的同性，嫉妒爲丈夫孕育子嗣的同輩，爲了爭取丈夫更多的寵愛，爲了獲得更優渥的物質生活，妻妾之間便難以相容，而衝突不斷。女性被迫處在這樣一個父權社會裏，又豈能苛責她們所產生的嫉妒之情！

二

尼采在《晨曦》一書中，對「嫉妒」做了以下的說明：

> 當一個人想要做某件事情而不能完成它的時候，他在最後就憤怒地喊叫起來：「讓全世界都毀滅吧！」這種使人厭惡的感覺是嫉妒的頂峰，從這句話我們可以推斷出它的含義：「如果我得不到什麼東西，誰也別想得到任何東西！誰也別想成爲什麼人物！」〔註 12〕

作爲一個嫉妒者通常都是孤獨、自憐的，他很難對別人表示友好或者贊賞，因此很難和他人建立起一種聯繫。此外，作爲一個嫉妒者最明顯的特徵就是「不容許別人超過自己」！而潘金蓮正是一個典型的嫉妒者。

潘金蓮一向對自己的容貌充滿自信並且賣弄，例如元宵節次日，吳月娘帶領眾妾來到李瓶兒在獅子街新買的房子來看燈，那潘金蓮搭伏著樓窗子往下觀看，「一徑把白綾襖袖子兒摟著，顯他那遍地金掏袖兒，露出那十指春蔥來，帶著六箇金馬鐙戒指兒，探著半截身子，口中磕著瓜子兒，把磕的瓜子皮都吐落在人身上」（十五回），嘻笑不已，引惹得樓下看燈的人皆仰望上瞧。平日女眷們大小活動中，她也總要不自覺地顯示優勢，伶牙俐齒的賣弄聰明。像她這

〔註 11〕引自陳翠英著，《世情小說之價值觀探論——以婚姻爲定位的考察》，頁 104～105，國立臺灣大學文史叢刊，1996 年。

〔註 12〕轉引自赫爾穆特・舍克著，王祖望、張田英譯，《嫉妒與社會》，頁 231，時報文化出版公司，1995 年。

樣以自我為中心的女子，最容不得別的女人超過她。所以凡是任何人、任何事佔在她的上風，都會令她妒怨萬分。宋蕙蓮腳比她小，她因而耿耿於懷，〔註13〕李瓶兒肌膚比她還白，她也嫉恨在心，〔註14〕甚至連輩分她也有所計較。

在西門慶的妻妾中，孫雪娥是最不得勢的一個，她原是西門慶已故妻子陳氏的陪嫁，既不像潘金蓮那般會取悅「漢子」，在西門府中的地位遂相當於半個奴才，「單管率領家人媳婦，在廚中上灶，打發各房飲食。」（十一回）只因她比潘金蓮早入西門府，做了西門慶的第四房妾，所以論排行自然在潘金蓮之前。但是當孫雪娥以「四娘」自稱時，潘金蓮竟然不悅的罵道：

> 沒廉恥的小婦奴才，別人稱你便好，誰家自己稱是四娘來。這一家大小，誰興你、誰數你、誰叫你是四娘？漢子在屋裏睡了一夜兒，得了些顏色兒，就開起染房來了。（五十八回）

對孫雪娥來說，西門慶「一年多沒進他房中」已是習以為常的事，若是難得來住一夜則是對她的恩寵。然而即使是這點寵遇，潘金蓮仍是難以容忍，最後還要諷刺地調侃她說：「奴才不可逞，小孩兒不宜哄」，這才覺得自己高人一等，才滿足她那「不容別人超過她」的心態，充分顯露了潘金蓮狹隘的心胸和易妒的個性。

相同的心態，也可由孫雪娥的行為中發現。宋蕙蓮自從被西門慶收用過後，把家中大小都看不到眼裏，那嬌蠻的態度也引發了孫雪娥的不滿。論名份孫雪娥畢竟是西門慶的妾，而宋蕙蓮只不過是僕役來旺兒的媳婦，然而孫雪娥在西門慶府中既無任何依憑，所以平日也不敢發洩她心中的怨妒，直到來旺兒從杭州回來，孫雪娥便語帶揶揄的對來旺說：

> 你的媳婦子，如今還是那時的媳婦兒哩？好不大了！他每日只跟著他娘每夥兒裡下棋，撾子兒，抹牌頑耍。他肯在竈上做活哩！（二十五回）

後來又把宋蕙蓮和西門慶的勾當都明說了，用意就是要來旺兒以丈夫的名意，對宋蕙蓮大加責備，以平撫她對宋蕙蓮僭越身份的不滿。

〔註13〕第二十三回，宋蕙蓮在藏春塢中對西門慶說：「昨日我拿他（潘金蓮）的鞋略試了試，還套著我的鞋穿。倒也不在乎大小，只是鞋樣子周正纔好。」潘金蓮潛在洞外偷聽，氣得罵道：「這個奴才淫婦。」

〔註14〕第二十七回潘金蓮因為覷聽到西門慶稱讚李瓶兒的屁股白，爾後因而當西門慶等待丫頭拿茉莉花肥皂來洗臉時，潘金蓮不由得吃味的說：「我不好說的，巴巴尋那肥皂洗臉，怪不得你的臉洗的比人家屁股還白！」

「嫉妒」除了是「不容別人超過自己」的心態以外，它還是一種感覺活動，嫉妒者往往會「痛苦不堪地注意到別人的幸福和優勢」，〔註 15〕因此，當李瓶兒生下官哥兒時，闔家無不歡悅，唯獨潘金蓮一人暗自滋生怨妒。

看到全家都熱切地期待官哥兒的出生，潘金蓮心中不免有幾分氣，於是當孟玉樓也想去李瓶兒房中觀看時，卻被潘金蓮阻止道：

> 你要看，你去。我是不看他。他是有孩子的姐姐，又有時運，人怎的不看他？頭裡我自不是，說了句話兒「只怕是八月裏的」，教大姐姐白搶白相。我想起來好沒來由，倒惱了我這半日。……一箇後婚老婆，漢子不知見過了多少，也一兩箇月纔生姑，就認做是咱家孩子？（三十回）

在這裏作者令潘金蓮在嫉妒心理的驅使下，忘記自己是一個比李瓶兒「見過」更多「漢子」、更不正經的「後婚老婆」，竟用維護西門家族純正血統的貞婦態度，指控李瓶兒不貞，絕妙地諷刺了潘金蓮醜陋的心態。崇禎本評論者對於潘金蓮醜化李瓶兒的行爲，有一番切中的論述：

> （潘金蓮）一味搜求詆毀，明作冤家不顧，愚甚，癡甚。然不如此，不足以見奇妒。（三十回眉評）

評論者將潘金蓮愚、癡的反應歸之於潘金蓮的「奇妒」，貼切的說明了一個陷於嫉妒中的女性心態。

潘金蓮故意指控孩子來路不明，也是一種「酸葡萄反應」，〔註 16〕言下之意是強調生個來路不明的孩子，還不如我這沒生孩子的呢！以這種精神勝利來平撫心中的不悅與怨妒，也是中國人經常使用來平衡心理的一種方式。〔註 17〕

李瓶兒生子的事，可說是強烈的損及潘金蓮的顏面，令她覺得自己是個「不會下蛋的母雞」。面對這樣的失落感，潘金蓮便以這種精神勝利的方式，一方面希望能對李瓶兒造成打擊，一方面則是爲自己爭點面子。然而當孟玉樓見她說話愈來愈不知收歛，遂喝阻說：「五姐是甚麼話！」，以後若見潘金

〔註 15〕《嫉妒與社會》，頁 18。

〔註 16〕取自《伊索寓言》一個著名的故事：狐狸吃不到架子上的葡萄，就說葡萄是酸的。

〔註 17〕精神勝利法的最根本任務就是在個體的心理上築起一道防禦機制，以抵禦臉面整飾的失敗所帶來的心理傾斜。態度的防禦法可以是竭力歪曲信息，以穩定已有的認知和情感。參閱翟學偉著，《中國人的臉面觀》，頁 310～314，桂冠圖書公司，1985 年。

蓮「說話不防頭腦，只低著頭弄裙帶子，並不作聲應答他」。這含而不露的簡單話語，和她低頭弄裙帶的細節，傳神地把孟玉樓爲人謹慎、圓滑的個性勾勒出來。

生活在這麼一個妻妾眾多的家庭裏，孟玉樓之所以不像潘金蓮一樣選擇用「嫉妒」來生存，而是「無競無爭」的不參與任何爭寵的行爲，乃是因爲她原是一名商人婦，懂得隨機應變、不被捲入是非，但卻又會適時提出一些建議，維護自己的基本利益。處處小心謹慎、深謀熟算、遇事不動聲色，是她處事的基本原則；對不同的人採取不同的態度，則是她待人的圓滑態度。所以她對主家夫人吳月娘順從而又不卑不亢，對好鬥的潘金蓮親近以避免其害，對慍和卻受寵的瓶兒保持距離，因而自始至終，她都能置身事外，不受傷害。

相較之下，幾乎在「嫉妒」中渡過一生的潘金蓮，雖然經常在爭鬥中贏得勝利，但生命卻在「計較」中，走得顛簸辛苦。第二十七回西門慶要潘金蓮和孟玉樓合唱一套曲子，潘金蓮則執意要不會樂器的李瓶兒也拿著紅牙象板來代板，她才甘願的演奏，就爲了不讓人白白受用快活。

這種一切爲自己的心態，使得她甚至連區區一個燈籠的數目都能妒恨萬分。在第三十五回中，吳月娘領著李嬌兒、孟玉樓、李瓶兒和潘金蓮去吳大妗家，怎料官哥兒在家哭了起來，西門慶馬上令玳安拏燈籠去接李瓶兒回來。由於玳安接李瓶兒回西門府時，將棋童的燈籠也帶走一個，所以等到吳月娘她們要回家時，發現只剩一個燈籠。吳月娘對這事並不追問，只當罷了，然而潘金蓮卻不肯善罷甘休，藉燈籠的事大作文章：

> 他（李瓶兒）一頂轎子，倒占了兩個燈籠，俺們四頂轎子，反打著一個燈籠，俺們不是爹的老婆？

這一段將李瓶兒的得寵和潘金蓮的尖酸怨妒映襯得十分鮮明，也把一個嫉妒者連細微的事情都斤斤計較的心態刻劃得頗爲生動。

從以上的分析可以發現，嫉妒者非常在意自己的感受，一切總以自己爲中心，寧可見到別人受挫，也不願讓自己受到委屈。一旦看到別人比他幸福，快樂，便會妒恨萬分，或者以精神勝利法求得心理平衡。

三

日本學者宮城音彌認爲「造成嫉妒的原因，是與第三者競爭而產生的憤怒，也是被剝奪者所表現出來的憎恨。」〔註 18〕這種由嫉妒所產生的憎恨在李桂姐的身上很明顯的看得出來。自從西門慶梳籠〔註 19〕了李桂姐以後，因貪戀她的姿色，約半月不曾回家。潘金蓮「每日打扮的粉粧玉琢，皓齒朱唇，無日不在大門首倚門而望」，但卻始終不見夫君歸來。由於西門慶生日將至，「吳月娘見西門慶留戀烟花，因使玳安拏馬去接」，潘金蓮於是暗修一封柬帖，託玳安悄悄遞與西門慶，無奈被桂姐瞧見，氣惱之下把帖子撕得稀爛，自此對潘金蓮產生怨妒之心。

儘管潘金蓮是西門慶的妾，而李桂姐只不過是一名妓女，但既已得西門慶的眷寵，桂姐便容不得任何人奪走西門慶對她的寵愛。於是爲了發洩心中之怨妒，李桂姐還以言語刺激西門慶，要西門慶爲她剪一柳潘金蓮的髮絲，然後「把婦人頭髮早絮在鞋底下，每日踹踏。」（十二回）還把西門慶纏住，連過數日，不放他回家。

宮城彌音還說：「這種嫉妒，根本上存在著不少好強的性格。這個性格的人喜好競爭，好鬥，動不動就覺得自尊心受到傷害，於是產生嫉妒及嫉妒妄想。」〔註 20〕所謂「嫉妒妄想」其實與嫉妒者本身的行爲有著密切的關係，當嫉妒者本身不忠實或者有不忠實的念頭時，就會把這種心情投射到配偶或戀人身上，認定配偶或戀人也是不忠實的，因而對配偶或戀人有關的人特別注意，甚至產生嫉妒。〔註 21〕

潘金蓮之所以會對西門慶周圍的女性始終持有高度的警覺，正是由於她自己也並無忠於丈夫的觀念，但在強烈的佔有欲和好鬥的性格驅使下，她因而隨時掌握和西門慶有關的所有女性，以便可以進一步的控制西門慶。她剛嫁入西門府和眾妻妾會面時，便把她們「一抹兒都看在心裏」（九回）。爾後，不論李瓶兒、宋蕙蓮、王六兒，還是如意兒、賁四嫂，打從西門慶和她們勾搭上的那一刻起，便都在潘金蓮的嚴密監視下，以防她們奪走了西門慶對她的寵愛。

第十三回，西門慶從自家花園爬墻到花家和李瓶兒幽會的事，被眼尖的潘金蓮察覺，攻於心計的她遂藉機要脅西門慶依她三件事：

〔註 18〕引自宮城音彌著，邱金枝譯，《愛與恨》第八章「嫉妒」，頁 115，幼獅文化事業公司，1989 年。

〔註 19〕妓女第一次接客伴宿。雛妓散髮或結辮，接客後改梳髻，故首次接客稱「梳籠」，也叫「上頭」。參閱《金瓶梅詞典》，頁 489。

〔註 20〕《愛與恨》，頁 115。

〔註 21〕參閱《愛與恨》，頁 118。

> 頭一件不許你往院裏去；第二要依我說話；第三件你過去和他睡了，來家就要告我說，一字不許你瞞我。

於是她暫時阻止了西門慶再去找李桂姐，並從中得到一些珍巧首飾，滿足了她的物質要求。

第六十一回，潘金蓮發現了西門慶和王六兒有不尋常的關係，惱怒的詢問西門慶道：

> 你還搗么哄俺每哩，俺每知道的不耐煩了！你生日，賊淫婦他沒在這里？你悄悄把李瓶兒壽字簪子，黃貓黑尾偷與他，卻教他戴了來施展。大娘、孟三兒，這一家子那個沒看見？吃我問了一句，他把臉兒都紅了，他沒告訴你？

作者借著這一段話把一個嫉妒者尖銳的觀察力描繪得十分鮮明，說明了潘金蓮將生活中的細節都看在眼裏，無時無刻不在監控西門慶的舉動。

此外，當如意兒和西門慶勾搭上以後，每日打扮喬模喬樣，早被敏感的潘金蓮看在眼裏。一回，西門慶要去和如意兒偷情，看見潘金蓮站在門口，只好先進潘金蓮房裏。西門慶討笑的央求潘金蓮讓他去如意兒那裏歇一宿，潘金蓮原本嘻笑的表情因而倏地拉下臉來，罵了一回後，又怕引起西門慶的不悅，沉吟良久，遂以交換條件的態度說道：

> 我許你和他睡便睡，不許你和他說甚閒話，教他在俺們跟前欺心大膽的，我到明日打聽出來，你就休要進我這屋裡來，我就把你下截咬下來！（七十五回）

把一個妾婦的憂慮和怨毒用一句簡短對話生動的刻劃出來。

潘金蓮有著獨霸丈夫的強烈奢望，只要是與西門慶相關的事，她必明察暗訪，聽籬察壁，格外留心，只要是對她構成威脅的女人她都不放過，所以除了監控西門慶和其他女人之間的往來，偷看、潛聽或者利用下人打探消息便也是她的習慣舉動。她那雙用以偷聽的軟底鞋，恐怕都令看過《金瓶梅》的讀者印象深刻。〔註22〕

第二十三回，潘金蓮得知西門慶和宋蕙蓮兩人約在藏春塢幽會，於是「輕

〔註22〕第七十三回，潘金蓮躡足潛蹤，立在煖炕兒背後，猛地說出話來，唬得孟玉樓「嗻」了一聲，罵道：「這個六丫頭，你在那里來？猛可說出話來，倒諕我一跳。單愛行鬼路兒。」又如第七十五回孫雪娥罵潘金蓮說：「他單會行鬼路兒，腳上只穿毡底鞋，你可知聽不見。」

移蓮步，悄悄走來竊聽。到角門首，推開門，遂潛身悄步而入。也不怕蒼苔冰透了凌波，花刺抓傷了裙褶，躡跡隱身，在藏春塢月窗下站聽。……這金蓮不聽便罷，聽了氣的在外兩隻肐膊都軟了，半日移腳不動。……於是走到角門首，拔下頭上一根銀簪兒，把門到銷了」，以示警告。〔註 23〕第二天早晨，宋蕙蓮發現了潘金蓮的簪子，果然大爲惶恐，立刻向潘金蓮陪罪：

> 娘是小的一個主兒，娘不高抬貴手，小的一時兒存站不的。……小的還是抬舉多，莫不敢在娘面前欺心？隨娘查訪，小的但有一字欺心，到明日不逢好死，一個毛孔兒裡生下一個疔瘡。

宋蕙蓮低聲下氣的陪罪，令潘金蓮稍稍地得到勝利，也暫時滿足了她的優越感受。〔註 24〕

又如第二十七回，潘金蓮「悄悄躡足，走到翡翠軒槅子外潛聽」西門慶和李瓶兒的對話；第七十三回，「他（潘金蓮）藏影壁邊黑影兒裏，看著西門慶進入上房，悄悄走來窗下聽覷」，都描繪了一個善妒者隨時隨地要掌控他人行蹤的奸巧模樣，顯露了絲毫不容他人對自己有任何意見與批評的狹隘心胸。

除了由自己潛身竊聽以外，潘金蓮還利用下人爲她打探消息，以便更加嚴密的得知西門府中的大小事件。李瓶兒死後，在治喪期間，吳月娘屋裏的丫頭玉簫和書童通奸，被潘金蓮撞見了。玉簫向她求情，請她不要告發，潘金蓮於是藉機向玉簫提出三個條件：

> 第一件，你娘房裏，但凡大小事兒，就來告我說。你不說，我打聽出來，定不饒你。第二件，我但問你要甚麼，你就稍出來與我。第三件，你娘向來沒有身孕，如今他怎生便有了？（六十四回）

玉簫先是告訴潘金蓮有關吳月娘吃了衣胞符藥的事，爾後便成爲潘金蓮安排在吳月娘房中的坐探。後來潘金蓮和吳月娘之間的衝突愈來嚴重，便是由於潘金蓮的嫉妒心作崇，咬住每一件小事所釀成的結果。

人們一旦令「嫉妒」爆發出來，就會無法醫治，因爲「嫉妒活動是人體裡面一種成熟很早、不可避免和抑止不住的衝動的組成部分，由於有了它，

〔註 23〕崇禎本評論者於此評道：「偏來聽，偏聽見說他，多心人常受此氣。」不但一語道破潘金蓮的心量狹隘，並說明了嫉妒者之所以陷於「嫉妒」的情緒當中，乃是因爲他們不放過任何偷聽的機會，卻往往因而令自己深陷於嫉妒的苦海中難以自拔。

〔註 24〕崇禎本評論者云：「金蓮要強人，受此一番奉承，即明知其假，亦足消氣，故語漸平也。」點出了人性中喜受奉承的微妙心態。

就會導致嫉妒者總會對他自己和針對周圍環境的關係做出安排，使得嫉妒不會平息下去。」〔註 25〕於是嫉妒者時時會對周遭的人、事或環境警覺、猜忌，所以他們無法獲得平靜的心寧，終日在懷疑、怨妒中渡過。

潘金蓮生活在一妻五妾的西門府裏，爲了「爭寵固位」，她的生命力幾乎都用在猜忌、怨妒之中，攻於心計的掌控西門慶的行蹤，並強勢的要把和西門慶有關係的女性踩在腳下。她的嫉妒已幾近病態，正如一句德國的諺語所說「嫉妒是一隻野獸，成天到晚想吃肉，如果沒有別人的腿，自己的腿啃不夠。」〔註 26〕潘金蓮的嫉妒不但令和西門慶有關的女性恐慌，也令她生活在充滿猜忌的孤獨深淵中永不安寧。

第二節　嫉妒的表現、壓抑與轉移

一

潘金蓮的「嫉妒」是古典小說中描繪得最爲成功的一個典型，這一個性格特徵之所以能夠塑造得如此生動，一方面是由於作者的寫作功力，另一方面則反映了人們長期以來，對於「嫉妒者」所表現的行爲有了極深刻的觀察與認識。嫉妒者通常「不願看到別人在人品上或者在物質上佔有優勢，而且一般說來，他們更熱中於消除這些優勢，而並不那麼急於由自己去獲得它們。」〔註 27〕爲了消除他人的優勢，他們會想盡辦法對「被嫉妒者」惡意的破壞、中傷，使他的處境和自己一樣，甚至居於自己的下風。

「挑撥離間」是一種誇大扭曲事實，從而達到毀壞他人名譽的目的。潘金蓮就是一個善於造謠挑撥的人。當西門慶因爲李瓶兒嫁給蔣竹山而氣惱時，潘金蓮便乘機挑撥，把西門慶未能及時娶到李瓶兒的責任推到吳月娘身上：

> 虧你臉嘴還說哩！奴當初怎麼說來？先下米兒先吃飯。你不聽，只顧來問他姐姐（吳月娘）。常信人調，丢了瓢。你做差了，你埋怨那個？（十八回）

西門慶被潘金蓮這麼一激，心頭一點火起，氣罵吳月娘爲「不賢良的淫婦」。

〔註 25〕《嫉妒與社會》，頁 23。
〔註 26〕《嫉妒與社會》，頁 23。
〔註 27〕《嫉妒與社會》，頁 19。

自此以後，西門慶便與吳月娘鬥氣，彼此見了面都不說話。而潘金蓮見目的達成，則每日抖擻著精神，粧飾打扮，頗爲得意。作者於此亦加了一段評語，說明了讒言的可畏：

> 看官聽說：自古讒言罔行，君臣、父子、夫婦、昆弟之間，皆不能免。饒吳月娘恁般賢淑，西門慶聽金蓮衽席睥睨之間言，卒致于反目，其他可不慎哉！（十八回）

然而潘金蓮得意的日子並不久長，當西門慶終於把李瓶兒娶進門以後，潘金蓮便對李瓶兒大爲嫉妒，並從中惡意調侃、挑撥離間。在西門慶爲慶賀娶得李瓶兒的筵席中，李瓶兒刻意的裝扮贏得了眾人的注目，卻令各房妻妾頗爲妒忌，於是當唱曲的唱到「夫妻永團圓」的曲子時，潘金蓮便乘機挑撥說：

> 大姐姐，你聽唱的！小老婆今日不該唱這一套，他做了一對魚水團圓，世世夫妻，把姐姐放到那裡？（二十回）

吳月娘聽了潘金蓮這幾句聳動的話，心中不免有幾分氣惱，因而對李瓶兒產生了一股怨妒。崇禎本評點者於此評說：「從曲中挑撥，又聰明、又微冷。」說明了作者不但將潘金蓮寫爲一個妒婦，更把她個性中的聰巧、尖酸融入其中，令人物更靈動地活躍在小說中，成爲一個呼之欲出的具體人物。

自從西門慶娶了李瓶兒以後，連日都在她房裏歇宿，別人都罷了，只有潘金蓮氣惱不已，於是先是在吳月娘那裏道李瓶兒的不是，後又在李瓶兒面前說吳月娘容不得人，目的是要讓她們兩人生仇結怨，足見潘金蓮狹隘的心胸與深沉的機心。

在潘金蓮眾多「挑撥離間」的事件中，最狠毒的一件莫過於慫恿西門慶陷害來旺兒一事。當來旺兒從孫雪娥那裏得知西門慶和他的媳婦宋蕙蓮勾搭上的事以後，因酒醉揚言要殺害西門慶和潘金蓮兩人，被潘金蓮輾轉得知，潘金蓮因而心中生恨，不但決定乘機對宋蕙蓮痛加打擊，還把孫雪娥也牽扯進這個事件當中，成了受害者。晚上，她在房中「雲鬟不整，睡搵香腮，哭的眼壞壞的。」（二十五回）又藉著「感情戰術」對西門慶大加調唆：

> 見有來興兒親自聽見，思想起來，你背地圖他老婆，他便背地要你家小娘子（孫雪娥）。你的皮靴兒沒番正。那廝殺你便該當，與我何干？連我一例也要殺！趁早不爲之計，夜頭早晚，人無後眼，只怕暗遭他毒手。（二十五回）

說得令西門慶大為震怒，先將孫雪娥毒打了一頓，又設了一個「拖刀之計」（二十六回）將來旺兒陷害入獄，打得皮開肉綻，也令宋蕙蓮因而終日以淚洗面，茶飯不吃。

然而潘金蓮對這樣的結果仍不滿意，她又向西門慶挑撥說：

> 你空躭著漢子的名兒，原來是箇隨風倒舵、順水推船的行貨子！我那等對你說的話兒你不依，倒聽那奴才淫婦話兒。隨你怎的逐日沙糖拌蜜與他吃，他還只疼他的漢子。……不如一狠二狠，把奴才結果了，你就摟著他老婆也放心。（二十六回）

幾句話又把西門慶的心念翻轉了，送了帖子給夏提刑，把來旺兒拷打得不成人形。幸遇一正直官員孔目陰先生，才讓來旺兒絕處逢生，只落個遞解原籍徐州為民的判決。

潘金蓮的嫉妒之性除了表現在「挑撥離間」這方面以外，還時常藉著「諷刺挖苦」來達到發洩心中怨妒的情緒。當潘金蓮得知李瓶兒懷孕的消息時，潘金蓮故意坐在豆青磁涼墩上，孟玉樓怕她冷，叫她坐在椅子上，潘金蓮卻說：「不妨事，我老人家不怕冰了胎，怕甚麼。」當潘金蓮坐在席子上直喝冰水或吃生菓子，孟玉樓問她為何只吃生冷的東西，她則回答說：「我老人家肚內沒閒事，怕甚麼冷糕麼？」（二十七回）一番冷嘲熱諷，把在一旁的李瓶兒羞紅了臉。

潘金蓮對他人的嘲諷挖苦除了表現在「被嫉妒者」佔有優勢的時候，就算是「被嫉妒者」失去了所依憑的優勢，她還是忍峻不住地再加以嘲諷一番，享受徹底滿足的感受。這樣的行為在官哥兒死後，潘金蓮表現得最為尖酸，也最令讀者對她的性情感到厭惡。第六十回，潘金蓮見李瓶兒沒了孩子，不但每日精神抖擻，百般稱快，還刻意大聲的對著丫頭指桑罵槐的說：

> 賊淫婦！我只說你日頭常晌午，卻怎的今日也有了錯的時節？你班鳩跌了彈——也嘴谷谷了。椿凳折了靠背兒——沒的椅了。王婆賣了磨——推不的了。老鴇子死了粉頭——沒指望了。卻怎的也和我一般！

聲音直傳李瓶兒房裏，李瓶兒聽了卻不敢聲言，只是一直掉淚。

當「被嫉妒者」所處的優勢已經消失以後，「嫉妒者」仍然鍥而不捨的對「被嫉妒者」大加打擊，是基於一種「虐待」〔註28〕的人格特質。「虐待」的

〔註28〕「虐待症本質上是一種致人痛苦的慾望。」參閱佛洛姆著，孟祥森譯，《人類破壞性的剖析下》，頁146，牧童出版社，1975年。

行爲通常分爲精神上和身體上兩種，而精神上的殘忍行爲是想屈辱他人，傷害他人情感的行爲。雖然精神上的虐待比身體上的虐待安全，但被攻擊的對象心理上的痛苦卻可能比身體上的痛苦還要強烈。所以當李瓶兒聽了潘金蓮一番咒罵，心情更加憂戚，心神恍亂，夢魂顛倒，每日茶飯都減少了，終至舊病復發，半個月之間，容顏頓減，肌膚消瘦，足見潘金蓮惡毒的諷刺挖苦所造成的傷害性有多強烈。

最後，再分析一件描寫潘金蓮因嫉妒所產生的惡毒行徑，即是「剁鞋」事件。在「潘金蓮醉鬧葡萄架」的次日，潘金蓮發現她丟了昨日所穿的一隻大紅鞋，遂令丫頭秋菊去尋鞋。在尋鞋的過程中，秋菊找出了一隻西門慶精心收藏的宋蕙蓮的紅繡鞋，不禁勾起了潘金蓮對已逝宋蕙蓮的仇恨與嫉妒。所以，當西門慶提起鞋的事時，她便馬上拿出宋蕙蓮的鞋，並極力的譏刺西門慶一番：

> 你看他還打張雞兒哩！瞞著我，黃貓黑尾，你幹的好繭兒！來旺兒媳婦子的一隻臭蹄子，寶上珠也一般，收藏在藏春塢雪洞兒裡拜帖匣子內，攪著些字紙和香兒一處放著。甚麼罕稀物件，也不當家化化的！怪不的那賊淫婦死了，墮阿鼻地獄！

這麼一番毒罵還不能洩她心中的怨妒，又吩咐秋菊說：

> 取刀來，等我把淫婦剁作幾截子，掠到毛司裡去！叫賊淫婦陰山背後，永世不得超生！

又故意刺激西門慶說：

> 你看著越心疼，我越發偏剁箇樣兒你瞧！（二十八回）

僅是一隻鞋，潘金蓮還能如此大發妒性，實在令人心裏發寒！

從這個事件足以看出潘金蓮的妒恨之性是何等的深沉、可怕，她不但設計置宋蕙蓮於死地，甚至是一隻鞋也可以使她狠毒的對一個死者大加咒罵。她把鞋子直接看做是宋蕙蓮本人，不僅剁鞋如剁人，還要把它丟進廁所，咀咒她在阿鼻地獄，永世不得超生，這種陰狠的行爲和心態在作者的白描之下，使得一個妒婦的形象幾乎躍出紙面，令人爲之膽顫。

二

在父權社會的規範下，「嫉妒」是女性人格上一項極爲重大的污點，所以被列爲「七出」的條例之中。因此無論是個性如何強悍、行爲如何潑辣的女性，都不願被視爲「妒婦」，不願落得「妒婦」的聲名，就連潘金蓮也不例外。

當西門慶和她商量娶李瓶兒的事時，潘金蓮居然裝出一副「賢婦」的模樣說：

> 我也不多著個影兒在這里，巴不的來總好。我這里也空落落的，得他來與老娘做伴兒。自古舡多不礙港，車多不礙路，我不肯招他，當初那個怎麼招我來？攙奴甚麼分兒也怎的？倒只怕人心不似奴心。你還問聲大姐去。（十六回）

崇禎本評論者對潘金蓮這一番話評論說：「數語說來非假，聽之甚賢，然自是一時順情之言，非素性也。」明白道出潘金蓮只是「一時順情之言」，她爲了討好西門慶，所以裝出一副豁然大度的樣子。實際上她並不贊同西門慶的決定，但又不好直接表態，所以便暗示說吳月娘可能會吃醋，一來把妒婦的醜名嫁禍給吳月娘，一方面則不讓西門慶輕易的將李瓶兒娶入西門府。

好妒如潘金蓮都不願落得「妒婦」之名，更遑論是一向以「賢良」自恃的吳月娘了。對吳月娘來說，西門慶尋花問柳、廣招姬妾所帶來的不悅，遠不如她被西門慶視爲妒婦所造成的傷害。因爲潘金蓮的挑撥離間，吳月娘被西門慶罵爲「不賢良的淫婦」，吳月娘輾轉知悉之後，心中氣憤難忍因而對孟玉樓抱怨說：

> 他背地裏對人罵我不賢良的淫婦，我怎的不賢良？如今聳七八箇在屋裡，纔知道我不賢良！自古道，順情說好話，幹直惹人嫌。……似俺每這等依老實，苦口良言，著他理你理兒！你不理我，我想求你？一日不少我三頓飯，我只當沒漢子，守寡在這里。隨我去，你每不要管他。（二十回）

此處言「不賢良」指的就是「嫉妒」，而吳月娘所要辯白的正是這一點。她認爲如果我是一個妒婦，怎麼可能容許你（西門慶）娶這麼多的小妾？我好心勸你別急著娶李瓶兒，你卻認爲我在吃醋，眞是豈有此理！

基於從小所受的教育，吳月娘認爲丈夫娶妾是「天經地義」的事，所以西門慶廣娶姬妾，她從不反對。而這種根深蒂固的觀念從「吳月娘掃雪烹茶」的祈願詞中，可以清楚的得到反映：

> 不拘妾等六人之中，早見嗣息，以爲終身之計，乃妾之素願也。（二十一回）

這說明了，吳月娘在傳統教育下已經把「嫉妒」壓抑到「潛意識」當中，而在「意識」的層面中只有「婦德」，所以她事事以婦德做爲準則，以遵守婦德爲無上的榮耀。因此，當西門慶指責她爲不賢良的淫婦時，才會嚴重的傷重到她的自尊，導致她和西門慶鬥氣。

處在這麼一個妻妾眾多的家庭中，吳月娘雖然身居正妻之位，享有一人之下的大權，但是紛雜的家務所帶來的壓力，以及和眾妾分享丈夫所產生的空虛感，對吳月娘應有相當程度的影響。雖然作者描寫吳月娘一有機會就聽經宣卷，是爲了傳達一種因果報應的思想，但是我們未嘗不可將這種情況解讀爲：吳月娘企圖從信佛當中得到情緒的平撫與解脫。

吳月娘雖然時時以婦德自我規範，但是她畢竟是人，對於丈夫寵愛妾婦冷落了她，會有嫉妒的情緒。在西門慶娶李瓶兒的慶筵中，李瓶兒華麗的穿戴和雍容的氣派贏得眾人的注目，而她這個千戶家出身的小家碧玉便被冷落在一旁，加上潘金蓮惡意挑撥，吳月娘壓抑在潛意識中的「嫉妒」終於浮出於意識層，心中不免有幾分氣惱。

但在客人面前，她不能做出有失正妻身份的舉動，所以繼續努力的將惱怒暗藏在心裏。直到李瓶兒賞錢給四個唱曲的歌妓時，「四個唱的見她手裡有錢，都亂趨奉著他，娘長娘短，替他拾花翠、疊衣裳，無所不至」（二十回），吳月娘再也坐不下去地憤然離座，轉身回房。當吳大舅來到吳月娘房裏，面對著自己的親哥哥，吳月娘再也壓抑不住心中的怨妒，終於放聲哭泣、破口大罵地發洩怒氣。

吳月娘雖然居於正室的地位，並且以賢淑的品性爲傲，但這麼一個妻妾紛爭不息的家庭中，她也和其他各房一樣有著嫉妒爭寵的潛在意識，只是礙於名位和強烈的婦德觀念，她必須克制、壓抑自己嫉妒的情緒。然而在筵席中，一件又一件趨勢求利的瑣事，如波浪般沖刷著她「三從四德」的堤壩，她心中的憤怒與嫉妒越來越強烈，最後終令她在自己的親哥哥面前潰堤，讓怨妒之情得到抒解。

西門慶的眾妻妾中，李瓶兒不但白晰貌美，又帶來了巨額的財富，更爲西門慶添得一子，所以她無需花費心力便得到西門慶的寵愛。也正因爲如此，李瓶兒成爲各房嫉妒的主要對象，雖然只有潘金蓮一人將嫉妒表現得最爲明顯，但從一些細節還是可以看出其他人對李瓶兒的妒嫉。

李瓶兒剛死時，全家大小都哀聲地痛哭，但多數人是應景而哭，眞正爲李瓶兒的死而悲慟的，恐怕只有西門慶一人，然而正由於西門慶眞情的流露，更加令其他妻妾產生妒意。所以當西門慶伏在李瓶兒的屍體上痛哭說：

> 天殺了我西門慶了！姐姐，你在我家三年光景，一日好日子沒過，都是我坑陷了你了。

吳月娘聽了，心中便有些不悅：

> 你看韶刀！哭兩聲兒，丟開手罷了！一箇死人身上，也沒個忌諱，就臉搵著臉兒哭，倘或口裡惡氣撲著你是的！他沒過好日子，誰過好日子來？各人壽數到了，誰留的住他！那個不打這條路兒來？（六十二回）

短短幾句抱怨，既有對西門慶的關心和怨惱，又有對李瓶兒的妒意，還有作爲正妻在這種場合的矜持，把吳月娘的性情描繪得極爲體切。

同樣對於西門慶痛哭李瓶兒所說的話，孟玉樓私下只道了一句：

> 李大姐（李嬌兒）倒也罷了！倒吃他爹恁三等九格〔註29〕的。

雖是爲李嬌兒道了些公道，卻也反映出孟玉樓對於西門慶長期冷落她的不滿，和對李瓶兒之喪的冷漠。而當喪期中，全家在看〈寄真容〉這折戲時，西門慶因看到「今生難會面，因此上寄丹青」這一句時，心中有所感觸，止不住眼中熱淚。潘金蓮因看見西門慶不斷取汗巾擦淚，嫉妒心起，又向吳月娘挑撥說：

> 大娘，你看他好個沒來頭的行貨子，如何吃著酒，看見扮戲的哭起來？

孟玉樓說西門慶是「睹物思人」，潘金蓮還冷言嘲諷說：

> 我不信！打談的弔眼淚——替古人躭憂，這些都是虛。他若唱的我淚出來，我纔筭他好戲子。（六十三回）

崇禎本評論者說：「金蓮狠心無情，自家說出。」點出了潘金蓮對李瓶兒之死毫無傷感的態度。

張竹坡在李瓶兒喪生這一回評道：對李瓶兒的死，「西門是痛，月娘是假，玉樓是淡，金蓮是快。故西門之言，月娘便惱；西門之哭，玉樓不見；金蓮之言，西門發怒也。情事如畫。」〔註30〕作者在鋪陳這一段情節時，寫出了世態人情之僞，除了西門慶是眞情流露以外，每個人都顯露了爲自己利益而努力的一面：「吳月娘要維持和鞏固全家主婦地位；孟玉樓雖怨而不願介入紛

〔註29〕「三等九格」又作「三等九兒九般」，亦作「三等九做」，意即把人分成許多等級。參閱《金瓶梅詞典》，頁448。

〔註30〕〈批評第一奇書金瓶梅回評〉，第六十二回，《金瓶梅資料匯編》，頁139。

爭；潘金蓮爲可能重新得到專寵而幸災樂禍。」〔註 31〕展現了每個人物獨特的性情，也把她們壓抑嫉妒的微妙情緒，細緻地描繪出來。

三

「嫉妒」雖然可能使人成爲一個破壞者，但是「嫉妒」亦是「一切人際關係的一個大型調節器；正是因爲人們懼怕遭受到嫉妒，才使得數不勝數的行動得到了抑制和調整。」〔註 32〕在《金瓶梅》的女性中，孟玉樓正是這麼一位懂得抑制嫉妒、避免遭嫉、處事圓融的女子。

張竹坡說：「玉樓是個乖人。」〔註 33〕而在作者的塑造下，孟玉樓的確是個謹言愼行的女子。第六十四回，作者借由一個卜龜卦的老婆子，道出了孟玉樓的性情：

> 你爲人溫柔和氣，好箇性兒。你惱那箇人也不知，喜歡那箇人也不知，顯不出來。

說明了孟玉樓是將喜怒愛憎藏在心底，不輕易表露的女子。

孟玉樓在西門慶的眾妻妾中，雖不如李瓶兒、潘金蓮般的得寵，但也不至於像李嬌兒、孫雪娥似的遭到冷落。西門慶既從無對她動過馬鞭，〔註 34〕僕婢們對她也無怨言。〔註 35〕她事事都盡量做得圓融周到，不介入妻妾間的紛爭，始終置身事外，冷靜的觀看事情的演變。所以當潘金蓮對她訴說委屈或者挑撥是非時，孟玉樓總是能保持清醒的頭腦，不受潘金蓮的左右。而這一點正是「毛司火性兒」〔註 36〕的吳月娘所不容易做到的。

〔註 31〕引自張業敏選析，《雙姝怨對金瓶梅》，頁 265，開今文化公司，1993 年。

〔註 32〕《嫉妒與社會》，頁 4。

〔註 33〕〈批評第一奇書金瓶梅讀法〉，《金瓶梅資料匯編》，頁 33。

〔註 34〕第十二回，潘金蓮和琴童的姦情被李嬌兒及孫雪娥告發，因而受到西門慶以馬鞭責打；第十九回，西門慶將李瓶兒娶入門以後，因氣憤她先前許嫁蔣竹山，所以怒而馬鞭抽打李瓶兒。雖然孟玉樓所受到的寵愛不及她們兩人，卻幸而從未受到西門慶的鞭責。

〔註 35〕第六十四回，玳安埋怨道：「俺大娘和三娘使錢也好，只是五娘和二娘，慳吝的緊。」

〔註 36〕「毛司火」是指茅草火，易燃易過。此喻易發也易平息的脾氣。(參閱《金瓶梅詞典》頁 347。) 第六十四回，李瓶兒死了以後，玳安和傅夥計私下評論眾女主人，玳安說：「雖故俺大娘好，毛司火性兒，一回家好，娘兒們每親親噠噠說話兒，你只休惱著他，不論誰，他也罵你幾句。」吳月娘平時性情雖然溫厚，但若被人惹惱，便無法冷靜理智的看待事情，因而往往易遭潘金蓮的挑撥。

孟玉樓處事的態度正如她許嫁西門慶時，對張四舅所的一番話：

> 自古船多不碍路。若他家有大娘子，我情愿讓他做姐姐。雖然房裡多人，只要丈夫作主，若是丈夫歡喜，多亦何妨。……男子漢雖利害，不打那勤謹省事之妻。我到他家，把得家定，裡言不出，外言不入，他敢怎的奴？……待孩兒們好，不怕男子漢不歡喜，不怕女兒們不孝順。……他少年人，就外邊做些風流勾當，也是常事。奴婦人家，那裡管得許多？（七回）

所以孟玉樓嫁至西門府以後，對吳月娘多加敬讓、體貼，〔註 37〕平時說話小心、處事嚴謹，〔註 38〕對西門大姐頗爲親切，也把官哥兒當自己的孩子般逗弄、關照，〔註 39〕更不加干涉西門慶的風花雪月，〔註 40〕這樣一個溫順圓融的女子當然不易遭到其他妾婦的嫉妒，也不會受到丈夫的苛責。

此外，孟玉樓在西門府總是扮演著「和事佬」的角色，做爲西門慶和妻妾間的橋樑。第十九回，李瓶兒初嫁入西門府時，西門慶一連三夜不曾進她房裏，孟玉樓因而勸西門慶說：

> 你將他娶來，一連三日不往他房裡去，惹他心中不惱麼？恰似俺們把這椿事放在頭裡一般，頭上末下，就讓不得這一夜兒。

〔註 37〕第三十三回，吳月娘不愼從樓梯滑了腳，孟玉樓連忙搊住她的胳膊，才沒跌下來。次日，玉樓一早便來到月娘房裏探視，得知月娘小產，體貼的予以慰問關懷。

〔註 38〕第五十八回，潘金蓮因踩到狗屎，遷怒秋菊，並故意藉著責打秋菊，驚嚇官哥兒。然而因爲潘姥姥的勸阻，反而引發潘金蓮更深的怨妒。事後潘金蓮向孟玉樓埋怨母親偏愛李瓶兒，孟玉樓只笑著說：「你這個沒教訓的子孫，你一個親娘母兒，你這等訌他。」第七十二回，潘金蓮向孟玉樓抱怨如意兒向她挑釁的事，孟玉樓聽了只是笑，並沒表示任何意見。

〔註 39〕第三十九回，西門慶爲官哥兒寄名，玉皇廟吳道士送來小道衣時，李瓶兒抱著官哥兒，孟玉樓則熱心的替他戴上道髻兒，套上項牌和兩道索，並親暱的笑說：「穿著這衣服，就是個小道士兒。」然而官哥兒因爲穿著道服害怕，因而驚哭拉屎。孟玉樓見了戲笑道：「好個吳應元，原來拉屎也有一托盤。」顯露了她對官哥兒的喜愛與逗弄。第五十二回，潘金蓮因和陳敬濟在雪洞兒裏調情，丟下官哥兒獨自躺在蓆上，被一隻黑貓嚇得登手登腳的怪哭。當孟玉樓趕來時便道：「他五娘那里去了？耶嚛，耶嚛！把孩子丟在這里，吃貓唬了他了。」潘金蓮聽到孟玉樓的聲音，急忙從雪洞兒跑出來，推說是去淨手，那孟玉樓也不往洞裏看，只顧抱著官哥兒，拍哄著他往臥雲亭兒去了。可看出孟玉樓對官哥兒的呵護之情。

〔註 40〕第二十一回，孟玉樓生日，西門慶被應伯爵一伙人拉到�院，家中妻妾等到日落時分，還不見西門慶歸來。當時吳月娘甚爲著急，然孟玉樓卻不氣不惱，嘻笑的同潘金蓮聽大師父說笑話去了。

一來是爲李瓶兒抱不平，二來則顯露了她不霸攔丈夫的好性情。第二十回，吳月娘和西門慶鬥氣，孟玉樓也曾苦口婆心的殷勸吳月娘說：

> 姐姐在上，不該我說。你是箇一家之主，不爭你與爹兩箇不說話，就是俺們不好張主的，下邊孩子每也沒投奔。他爹這兩日隔二騙三的，也甚是沒意思。姐姐依俺每一句話兒，與他爹笑開了罷。

而當西門慶和吳月娘和好時，孟玉樓則主動夥同潘金蓮、李瓶兒、李嬌兒和孫雪娥，買了些酒菜，借賞雪之名，央要西門慶和吳月娘，爲他們倆和好的事慶賀一番。雖然只是一個帶頭的作用，但卻顯露她合群的態度與善於經營和樂氣氛的性情。

當潘金蓮服了衣胞符藥之後，急催著西門慶去她房裏，卻遭吳月娘阻饒，誤了受孕的壬子時辰，兩人因而發生了一次嚴重的衝突。孟玉樓爲了化解她們兩人的仇怨，便殷勤的兩邊苦勸。她先向吳月娘說：

> 娘，你是個當家人，惡水缸兒，不恁大量些，卻怎樣兒的！常言：一個君子待了十個小人。你手放高些，他敢過去了；你若與他一般見識起來，他敢過不去。

隨後又抽身前往潘金蓮房裏，勸她說：

> 剛纔如此這般，俺每勸了他這一回。你去到後邊，把惡氣兒揣在懷裏，將出好氣兒來，看怎的與他下個禮，賠個不是兒罷。你我既在矮簷下，怎敢不低頭。常言：甜言美語三冬暖，惡語傷人六月寒。你兩個已是見過話，只顧使性兒到幾時？人受一口氣，佛受一爐香。你去與他賠個不是，天大事都了了。（七十六回）

孟玉樓深明妻妾間的尊卑之別，懂得屈承迎合吳月娘，也善於開導潘金蓮，經過她的雙向勸解、溝通，才化解了吳月娘和潘金蓮之間的僵局。

處事圓融是孟玉樓一貫的作風，她總是能在眾妻妾中和顏悅色的扮演一個與人無爭的角色，以保障自己在家裏安穩的處境。她尤其小心地不得罪潘金蓮，因爲孟玉樓深知潘金蓮好妒、潑辣的性情，一旦被她所妒嫉，便難以有平順的生活，連西門慶也明白潘金蓮「單管咬群兒」（二十一回），所以孟玉樓總是和潘金蓮維繫良好的關係，因而免遭潘金蓮嫉妒的威脅。

第十一回正當孟玉樓和潘金蓮在下棋之際，西門慶恰好走來，孟玉樓抽身就往後走，讓他們有獨處的機會，目的是表明不與潘金蓮爭寵的立場；七十三回孟玉樓生日，西門慶連著兩日在潘金蓮房裏歇宿，孟玉樓也都不表示任何反應。〔註 41〕從這兩個例子可以知道孟玉樓總是刻意的讓西門慶和潘金蓮相處在一起，以此削弱潘金蓮對她的敵意，獲得潘金蓮的好感。

然而孟玉樓無爭無競的態度並不表示她眞的沒有任何妒意，在第七十五回，孟玉樓身體微恙，西門慶聽了以後，慌得來到她房裏探視，就在此時西門慶的一番溫柔對待，觸發了孟玉樓潛藏在心中的哀怨，再也隱忍不住的向西門慶傾訴了：

> 可知你不曉的，俺每不是你老婆，你疼你那心愛的去罷。……可知你心不得閒，自有那心愛的扯落著你哩。把俺們這僻時的貨兒都打到贅字號聽題去了，後十年掛在你那心裏。

這是孟玉樓第一次道出對潘金蓮的妒意，卻也是唯一的一次。足見孟玉樓並非將潘金蓮視爲好姐妹，只是爲了避免受到她的嫉妒，爲了讓自己的生活平靜順遂，她只好將嫉妒之情壓抑、轉化，把生活的重心放在和眾妻妾的和平相處上，借姐妹之情的融洽消弭男女之情的空虛。

此外，從孟玉樓謹愼圓融的處事態度也可看出她是一個頗具心思的女子，她雖不會介入紛爭之中，但深懂借助他人之力的方式，以求達到目的。例如當孟玉樓得知西門慶有意爲宋蕙蓮買間房子，來個金屋藏嬌時，便立刻跑來向潘金蓮細述，並惱怒的抱怨說：「就和你我輩一般，甚麼張致！」潘金蓮聽了以後，氣得賭了誓說：

> 眞箇繇他，我就不信了！今日與你說的話，我若教賊奴才淫婦，與西門慶放了第七箇老婆，我不喇嘴說，就把潘字倒過來！

然而孟玉樓此時卻笑著說：

> 我是小膽兒，不敢惹他，看你有本事和他纏。（二十六回）

爾後，來旺兒被遞解回徐州、宋蕙蓮上吊自縊，沒人知道是孟玉樓挑撥起潘金蓮的妒意，所以孟玉樓便得以完全置之事外，責任和醜名則由潘金蓮承擔了。

孟玉樓從不正面與人衝突，但並不表示她對西門慶的妻妾不會產生妒意，只是她總能不露痕跡的把對他人妒恨轉移到潘金蓮身上，借著她的力量

〔註 41〕按照往例，西門慶應該前往壽星房裏歇宿，但西門慶卻往潘金蓮房裏去了。次日，吳月娘曾囑咐西門慶一定要去孟玉樓房裏，但沒想到他又被潘金蓮霸攔住了，因而心中有些氣惱。然而孟玉樓卻毫不在意的說：「姐姐，隨他纏去！這等說，恰似咱每爭他的一般。可是大師父說的笑話兒，左右這六房裏，繇他串到。他爹心中所欲，你我管的他！」（七十四回）

達到抵制「被嫉妒者」的目的。吳月娘一向以充滿權威的態度指頤家中的一切，例如有一次因蔑視李瓶兒孝服未滿就浪著嫁人，間接諷刺了在場的孟玉樓和潘金蓮，令她們深感羞愧的躲回房裏。所以僅管孟玉樓平日對待吳月娘總是體貼順從，但心中仍不免有一抹妒恨之意。

當潘金蓮因爲和西門慶在葡萄架下荒淫過度，遺失了一隻鞋，被小鐵棍拾去了。潘金蓮因而唆使西門慶將小鐵棍打得「儻在地下，死了半日」（二十八回）。吳月娘爲此對潘金蓮大爲不滿，孟玉樓聽了以後，便跑來向潘金蓮學舌：

> 大姐姐好不說你哩！說：「如今這一家子亂世爲王，九條尾狐狸精出世了，把昏君禍亂的貶子休妻，想著去了的來旺兒小廝，好好的從南邊來了，東一帳西一帳，說他老婆養著主子，又說他怎的拿刀弄杖，生生兒禍弄的打發他出去了，把箇媳婦又逼的吊死了。如今爲一隻鞋子，又這等驚天動地反亂。你的鞋好好穿在腳上，怎的教小廝拾了？想必吃醉了，在花園裡和漢子不知怎的餳成一塊，纔吊了鞋。如今沒的摭羞，拿小廝頂缸，又不曾爲甚麼大事。」

把潘金蓮氣得粉面通紅以後，孟玉樓卻又立刻聲明：

> 六姐，你我姐妹都是一箇人，我聽見的話兒，有箇不對你說？說了，只放在你心裡，休要使出來。（二十九回）

孟玉樓明知潘金蓮是有話藏不住，有仇必報的人，若眞的不願引起紛爭，又怎會將吳月娘的話仔仔細細的複述給潘金蓮聽？要潘金蓮聽了只放在心裏，休要說出來的目的無非是希望潘金蓮別把她牽扯進去，以便能置身事外。

琴童本是孟玉樓的小廝，他和潘金蓮的姦情因爲被李嬌兒和孫雪娥的告發，所以被責打了三十棍，並趕出西門府。這件事有傷孟玉樓的面子，所以她對孫雪娥自然不具好感。難得有一次西門慶在孫雪娥房裏宿了一夜，孟玉樓抓住機會，便更挑起潘金蓮的妒意說：

> 你還沒曾見哩——今日早辰起來，打發他爹往前邊去了，在院子裡呼張喚李的，便那等花哨起來。（五十八回）

惹得潘金蓮對孫雪娥更加憎恨。

從以上的事件可知，潘金蓮之所以同吳月娘和孫雪娥一再的發生衝突，與孟玉樓的煽動不無關係。即使她只是將嫉妒轉移到潘金蓮身上，但是卻釀造成其他妻妾的衝突，孟玉樓的機心不可謂不深。

「在一起相處的人，經常潛在地是一個嫉妒者，而且關係處得越近，就會嫉妒得越厲害，產生嫉妒的可能性就越多些。」〔註 42〕孟玉樓表面上雖然和潘金蓮感情很好，一聽到有人背地裏罵潘金蓮，總是立刻跑來告訴她。然而這麼做的結果，反而導致潘金蓮和各房之間的怨妒更加深化，這對孟玉樓而言，無疑是對潘金蓮一種不著痕跡的反擊。

所謂「明槍易躲，暗箭難防」，潘金蓮對各房妻妾直接的「嫉妒」表現，雖然對「被嫉妒者」造成極大的傷害，然而孟玉樓這種經過轉移的「嫉妒」所造成的傷害力，儘管不至於立即見到效果，但影響的層面恐怕更深更遠。

第三節　嫉妒所產生的攻擊行爲

一

凡是與潘金蓮交過鋒，或受過她排擠、暗算的婦女，幾乎無人不畏懼她、提防她，也幾乎無人不怨恨她、咒罵她。吳月娘說：「他活埋慣了人……他是那九條尾的狐狸精」（七十五回），孫雪娥咒她：「我洗著眼兒看著他，到明日還不知怎麼樣兒死哩！」（七十五回），李嬌兒也怨恨的說過：「若是饒了這個淫婦，除非饒了蝎子！」（十二回），就連溫和的李瓶兒在臨死前，也交待吳月娘要小心「吃人（潘金蓮）暗算了」（六十二回）。毫無疑問的，在大大小小的爭寵事件中，潘金蓮的狡猾、潑悍、凶狠，確實都表現得令人髮指。然而眞正令讀者感受到潘金蓮的可憎之處，恐怕是她那狠毒的攻擊行爲。

「攻擊行爲」是潛藏在潘金蓮「性格」中的一項特質，〔註 43〕在未嫁給西門慶以前，潘金蓮的性格便已顯露出無情的攻擊傾向。例如在第八回中，潘金蓮每日門兒倚遍，眼兒望穿，始終盼不到西門慶，心情甚爲不悅，因而轉將情緒發洩到迎兒身上，先是怪罪她偷吃一個餃子，因而拏鞭子打了她二三十下，打了一回，分付她在一旁打扇。然而這一頓毒打尚不能完全發洩潘金蓮的怨怒，她又叫迎兒把臉舒過來，把她的臉頰掐出兩道血口子，這才饒

〔註 42〕《嫉妒與社會》，頁 4～5。

〔註 43〕所謂性格，就是人的個性、心理特徵等重要方面。恩格斯說：「人物的性格不僅表現他做什麼，而且表現他怎樣做。」這就是說，性格表現包括兩個方面：一是行爲的實現，一是行爲的動機和方式，包括思維方式、情感方式、實踐活動的方式等等。這兩方面的內容都表現出人物的心理特徵，這種心理特徵在類似的情境中不斷出現，有一定的穩定性，以致習慣化，便形成獨特的性格。參閱劉再復著，《性格組合論・上》，頁 77，新地出版社。

了迎兒。從此處便可得知，潘金蓮的攻擊行爲並非在嫁到西門府以後才蘊積出來的。

「成長受到阻礙，而變成邪惡的人，同充份的成長，而變成創造性的人，同是人類實有的可能性；他究竟變成什麼樣的人，主要是看有益於成長的社會條件存在還是不存在。」〔註 44〕所以潘金蓮性情中的殘忍狠毒之所以一再地擴張，與她成長的環境有著極爲密切的關係。潘金蓮經歷了王招宣府和張大戶淫蕩輕浮的感官環境以後，被迫嫁給了「三寸丁谷樹皮」（第一回）的武大，對此歸宿自是覺得十分委屈。因此當她看到身材凜凜、相貌堂堂的武松時，便心生愛慕之意，對他百般挑逗，希望武松能帶她脫離這段不幸的婚姻。沒想到卻遭到武松嚴厲的斥責，潘金蓮但覺顏面受損，因而向武大說：「我見他大雪裡歸來，好意安排些酒飯與他吃，他見前後沒人，便把言語來調戲我。」（第二回）潘金蓮受到挫折，因而將挫折感轉化爲攻擊行爲，借著誣蔑武松的人格，以平衡受挫的心理。

武松因出公差離開清河縣以後，潘金蓮遇上了有生以來帶給她最大性滿足的西門慶，可是武大的捉姦，阻撓了她和西門慶的偷情，如果潘金蓮還沒有和西門慶發生過關係，武大的從中阻止或許不會令她感到難以容忍，但是潘金蓮既已對西門慶有了極度的渴望，武大的干預，便成了莫大的挫折，由此所引發的反擊也就分外強烈，因而鴆殺武大便成爲勢在必行的事了。

「一個人所以變成破壞性的和殘忍的人，是因爲他缺乏更進一步成長的環境條件。」〔註 45〕所以潘金蓮的性情日益陰險惡毒，與西門慶貪婪放浪的性行，以及一妻五妾之間的爭寵鬥勝的環境，有著絕對的關連。以下則由「嫉妒者」與「被嫉妒者」之間的關係，進一步分析令潘金蓮的攻擊行爲日漸狠毒的原因。

二

「某種易於產生嫉妒的性向，是屬於一個人在生物學上和在社會上防身的裝備，如果沒有這種氣質，他就會在許多場合下被別的人輕而易舉地從身上輾過去。」〔註 46〕而李瓶兒在作者的塑造下，亦正是一個不具嫉妒氣質的女子，所以無論潘金蓮對她如何欺凌，她總是忍氣吞聲，淚往肚流的隱忍。

〔註 44〕《人類破壞性的剖析・下》，頁 123。
〔註 45〕《人類破壞性的剖析・下》，頁 122。
〔註 46〕《嫉妒與社會》，頁 6。

若從李瓶兒的背景探析，則可進一步了解爲何她是一個不具嫉妒氣質的女子。李瓶兒原是大名府梁中書的小妾，「梁中書乃東京蔡太師女婿，夫人性甚嫉妒，婢妾打死者多埋在後花園中。」（十回）李瓶兒既曾與善妒成疾的主家夫人同處，爲了保生，自然養成凡事竭力退讓、逆來順受的怯懦性情，以防遭到慘死的下場。

「政和三年正月上元之夜，梁中書同夫人在翠雲樓上，李逵殺了全家老小，梁中書與夫人各自逃生。這李氏帶了一百顆西洋大珠，二兩重一對鴉青寶石，與養娘走上東京投親。」（十回）因媒人說親而嫁給花太監的姪男花子虛爲正室。花太監對李瓶兒極爲疼愛，太監由御前班直陞廣南鎮守，也帶著李瓶兒一道前往。後來花太監死後，遺產便多落在花子虛手裏。

李瓶兒「生的甚是白淨，五短身材，瓜子面兒，細細灣灣兩道眉兒」（十三回），又極爲富有，所以無論是長相或背景都是一般人難以企及的境地，因而她從未爲了壓倒群芳而煩心，亦未曾爲了取得金錢而困擾。處在這種順遂的生活環境下，「嫉妒」的情緒自然無從產生。嫁給西門慶以後，她更是事事滿意，既產一子，又得夫寵，情慾的滿足使她沉浸在幸福之中，更無一事能引發她的嫉妒之心。反而因爲她優渥的境遇，招引各房妻妾對她的嫉妒。

西門慶的各房妻妾雖然皆對李瓶兒存有嫉妒之心，但明顯的、有預謀的對她加以抨擊的就只有潘金蓮一人。吳月娘對李瓶兒雖然不無嫉妒，但李瓶兒對她一向唯諾順從，即使官哥兒出生以後，爲了安定吳月娘的心，李瓶兒在言談之中也有意無意的保證官哥兒一定會奉養她老人家。〔註 47〕所以，無論潘金蓮如何在吳月娘面前挑撥李瓶兒的是非，總是沒能眞正引發吳月娘和李瓶兒之間的衝突。

孟玉樓生性謹愼圓融，既然知道李瓶兒深受西門慶的寵愛，經過一番利益衡量，她自然不會正面與李瓶兒產生衝突，以穩定自己的處境。李嬌兒和

〔註 47〕潘金蓮曾向吳月娘挑撥李瓶兒的是非說：「他在背後唆漢子，俺們這幾箇誰沒吃他排說過？我和他緊隔著壁兒，要與他一般見識起來，倒了不成！行動只倚著孩兒降人，他還說的好話兒哩！說他的孩兒到明日長大了，有恩報恩，有仇報仇。俺們都是餓死的數兒——你還不知道哩！」（五十一回）使得吳月娘和李瓶兒的關係因而冷卻了一陣子。李瓶兒從西門大姐處得知潘金蓮惡意的中傷之後，爲了消除吳月娘的妒意和戒心，便在一個適當的機會，討好吳月娘說：「假饒兒子長成，討的一官半職，也先向上頭封贈起，那鳳冠霞帔，穩穩兒先到娘哩！」（五十七回）吳月娘聽了以後滿心歡喜，很快的便消除了對李瓶兒的妒意。

孫雪娥在西門府中的地位一向低下，而李瓶兒亦未曾與她們有任何過節，所以她們頂多只將嫉妒放在心上，不會表現出來。

然而潘金蓮一向霸攔攬了西門慶，李瓶兒的介入，奪走了西門慶對她的寵愛，因此自從李瓶兒一入西門府，潘金蓮便對李瓶兒展開了一連串的排擠行動，先是「背後唆調吳月娘與李瓶兒合氣。對著李瓶兒，又說月娘容不的人。」（二十回）得知李瓶兒懷孕以後，立刻對她冷嘲熱諷，「羞的李瓶兒在傍，臉上紅一塊白一塊。」（二十七回）李瓶兒生了官哥兒以後，潘金蓮對她更加嫉恨了，經常借著打罵秋菊，指桑罵槐的譏諷李瓶兒、驚嚇官哥兒，然而李瓶兒卻「只是雙手握著孩子的耳朵，腮邊墮淚，敢怒而不敢言。」（五十八回）

對於潘金蓮的妒恨陷害，李瓶兒從未向任何人抱怨，即使西門慶在枕畔輕聲細語、溫柔對待，李瓶兒依然不會恃寵而嬌，一味強抑心中的委屈，未曾向他吐露半字。〔註 48〕然而「對於一個嫉妒者來說，他之所以感到特別氣憤和嫉妒心理越來越厲害，多半正是由於他不能夠挑起和被嫉妒者的衝突。」〔註 49〕潘金蓮對李瓶兒的妒恨日漸深刻，是因爲她不能激起李瓶兒的正面反擊，所以心中怨怒的情緒不能在衝突中得到宣洩，以至於日漸積壓，終至必置李瓶兒於死地而後快的地步。

潘金蓮除了時時刻刻抓住機會對李瓶兒進行打擊以外，她還積極的蘊釀一項狠毒的陰謀，那就是訓練雪獅子。「潘金蓮自從李瓶兒生了孩子，見西門慶常在他房裡宿歇，于是常懷嫉妒之心，每蓄不平之意」（三十二回）。然而在眾人面前她還是經常笑嘻嘻的逗弄官哥兒，顯露一副關愛孩子的模樣。但「正是當被嫉妒者並沒有感到嫉妒者的存在，當眞正的衝突還只存在於嫉妒者的想像之中，或者甚至連想像也還不存在的時候，嫉妒者才能對被嫉妒者進行暗中破壞。」〔註 50〕

潘金蓮曾於無意中發現官哥兒怕貓的事情以後（五十二回），便開始訓練她的「雪獅子」，〔註 51〕「終日在房裏用紅絹裹肉，令貓撲而撾食。」（五十

〔註 48〕第五十一回，李瓶兒得知潘金蓮向吳月娘挑撥離間的事以後，哭得眼睛紅紅的，西門慶心疼的問她：「你心里怎麼的？對我說。」李瓶兒連忙從床上起身，揉了揉眼說：「我害眼疼，不怎的。今日心里懶待吃飯。」

〔註 49〕《嫉妒與社會》，頁 65。

〔註 50〕《嫉妒與社會》，頁 63。

〔註 51〕第五十九回：「潘金蓮房中養的一隻白獅子貓兒，渾身純白，只額兒上帶龜背一道黑，名喚雪裡送炭，又名雪獅子。……每日不吃牛肝乾魚，只吃生肉，調養的十分肥壯。」

九回）終於有一天，這雪獅子正蹲在護炕上，看見官哥兒穿著紅衫一動動的頑耍，誤以爲是潘金蓮平日哄喂牠的肉食一般，猛然地撲向官哥兒，不但將孩子抓傷，也令他唬得不斷抽搐，沒過幾天便因驚唬過度而猝死。

這一項狠毒的計謀顯露了潘金蓮內心的險惡，正如作者所說：「潘金蓮見李瓶兒有了官哥兒，西門慶百依百隨，要一奉十，故行此陰謀之事，馴養此貓，必欲謊死其子，使李瓶兒寵衰，教西門慶復親于己。」（五十九回）潘金蓮儘管沒有親手殺害官哥兒，然而她在訓養雪獅子時，心中早已蓄存謀害官哥兒的動機。正因爲這一動機只存在潘金蓮的心中，以至於周遭的人無一能察覺潘金蓮這狠毒的陰謀，加上雪獅子並未被栓綁，一向可自由的在西門府中活動，以至於攻擊官哥兒的計謀便得以在神不知鬼不覺的情況下得逞。因此官哥兒之死，罪行全歸於在暗中操縱雪獅子的這雙手——潘金蓮。

三

潘金蓮因嫉妒所產生的攻擊行爲，實已達到「虐待」的層面。虐待「是一種把無能感變爲全能感的行爲」，〔註 52〕李瓶兒所具備的一切優越條件令潘金蓮感到嚴重受挫，爲了重新贏得西門慶的寵愛，尋回失去的權利，潘金蓮挑撥李瓶兒的是非、計害官哥兒，甚至借毒打秋菊洩憤來折磨李瓶兒，在一件件的攻擊行爲中得到勝利的快感。然而在潘金蓮的攻擊行爲中最大的無辜受害者，實爲代罪羔羊——秋菊。

所謂「代罪羔羊」原是希伯來人的儀式：選一隻活山羊，讓這隻羊背負罪惡，再將牠放到原野去，如此一來，有罪的人就獲得赦免了。然而用在人際關係上，「代罪羔羊」主要是一種遷怒的現象，雖然對方毫無不是之處，也認定她是罪人的狀況。〔註 53〕

平日潘金蓮便經常因小事故責打秋菊，例如第二十六回，潘金蓮要秋菊去找她丟失一隻鞋，在找尋的過程便被頂石罰跪，還被打得抱股而哭。第二十九回，潘金蓮叫秋菊取酒來與西門慶喝，只因酒冷了，便將酒潑了她滿臉，叫她去院子裏頂著大石塊跪著，還叫春梅打她十個巴掌。

「虐待者另有一個特徵，就是，只有無助的人才會激起他的虐待慾，他

〔註 52〕《人類破壞性的剖析・下》，頁 161。
〔註 53〕參閱《愛與恨》，頁 152～153。

不會想去虐待強者。」〔註 54〕而通常成爲「代罪羔羊」的對象，也正是那些報復性小而且無助的人。〔註 55〕秋菊身爲丫頭，於禮她不能反抗主人，所以她報復的可能性也最小。由於秋菊平日受到責打不敢聲張反抗，因而每當潘金蓮心生妒怨無處發洩時，秋菊便自然成爲代罪羔羊。

第四十一回，眾人在喬大戶的宅院爲官哥兒和喬大戶之女訂親的事而歡喜，李瓶兒也因而披紅簪花搶足了風頭，潘金蓮見此於是心生怨妒。歸返家裏以後，西門慶因嫌喬大戶家勢不比自家，所以有些不悅之言。潘金蓮見西門慶如此重視官哥兒心中更加生恨，便在一旁插嘴說：「嫌人家是房裡養的，誰家是房外養的。就是喬家這孩子，也是房裡生的。」西門慶聽了此言，心中大怒，把潘金蓮罵得羞紅了臉。

爾後，潘金蓮得知當夜西門慶到李瓶兒房裏歇宿，怨懟之心無法平息。於是次日一早，西門慶往衙門去以後，潘金蓮又叫秋菊到院子裏頂著大塊柱石跪著，並叫畫童兒拏著大板把秋菊打得殺豬也似的叫，故意讓秋菊的哭叫驚嚇官哥兒。李瓶兒因使綉春來勸阻，潘金蓮不但不罷休，更高聲罵道：

> 賊奴才，你身上打著一萬把刀子，這等叫饒。我是恁性兒，你越叫，我越打。莫不爲你拉斷了路行人？人家打丫頭，也來看著你。好姐姐，對漢子說，把我別變了罷！

潘金蓮挑釁的對李瓶兒予以諷刺，然而李瓶兒只是掩著官哥兒的耳朵，敢怒而不敢言。

李瓶兒愈不反抗，潘金蓮愈加故意攻擊李瓶兒。五十八回，潘金蓮因見西門慶前一夜到李瓶兒房裏歇宿，於是妒火中燒。又因喝醉而在黑暗中踩了一腳狗屎，便遷怒於秋菊說：

> 這咱晚，這狗也該打發去了，只顧還放在這屋裏做甚麼？是你這奴才的野漢子？你不發他出去，教他恁遍地撒屎，把我恁雙新鞋兒——連今纔三四日兒——躧了恁一鞋幫子屎。知道我來，你也該點箇燈兒出來，你如何恁推聾粧啞裝憨兒的？

罵了一頓之後，又用踩了狗屎的鞋打得秋菊嘴唇都破了。

由於早上西門慶曾請任醫官來替官哥兒看病，所以潘金蓮知道那孩子必定身體微恙，所以她又叫春梅把秋菊身上衣服脫了，用馬鞭抽打得秋菊殺豬

〔註 54〕《人類破壞性的剖析・下》，頁 162。
〔註 55〕參閱《愛與恨》，頁 161。

也似的叫，故意驚嚇熟睡的官哥兒。潘姥姥因見綉春前來勸阻，知道吵到了官哥兒，便走向前奪走了潘金蓮手中的鞭子說道：

> 姐姐少打他兩下兒罷，惹得他那邊姐姐說，只怕諕了哥哥。爲驢扭棍不打緊，倒沒的傷了紫荊樹。

潘金蓮心中已經懊惱萬分，又聽見自己的母親稱李瓶兒的孩子是「紫荊樹」，〔註 56〕心中的妒火愈燒愈旺，推了潘姥姥一把後，繼續將秋菊「打勾二三十馬鞭子，然後又蓋了一欄杆，打的皮開肉綻，纔放出來。又把他臉和腮頰都用尖指甲掐的稀爛。」

「一切虐待症的共同核心是絕對的、無限制的控制另一個生命的一種激情，被控制的是一隻動物也好，一個兒童也好，男人也好，女人也好。逼迫一個人忍受痛苦或屈辱，而沒有力量保衛他自己，這是絕對控制的一種表現。」〔註 57〕而這一頓殘忍得幾無人性的毒打咒罵，正深刻的映照出潘金蓮因嫉妒所造成的「虐待」行逕。她逼迫毫無反擊能力的秋菊忍受鞭笞的痛苦，以滿足她那絕對控制的欲望，手段之陰毒直令人不寒而慄！在作者的白描下，把潘金蓮這個心壞妒恨的女子之狠之毒寫到了極點，也令一個妒婦的殘毒面貌活生生的呈現在讀者面前。

小　結

「嫉妒」雖是一種人類的自然情緒，但致使它產生的原因才是應該正視的核心。「嫉妒」之所以被列爲「七出」的條例之一，不但說明了「嫉妒」在傳統婚姻中的普遍存在，也反映了男性以「規範」抑制女性，以圖達到維持家庭表面上的和諧，忽略或無視於致使女性產生嫉妒情緒的「婚姻制度」。

西門慶是西門府中一切生活行事的主宰，也是秩序的安排者，妻妾之間地位的高下，全取決於西門慶的寵愛來衡斷，以至於妻妾們在利益、情慾的衝突下，生命力都在「嫉妒」與「被嫉妒」之間消磨殆盡。

妻妾間的嫉妒，在《金瓶梅》中得到深刻的反映，也暴露了傳統婚姻架構所造成的缺陷。書中，潘金蓮就是一個妒婦的典型，她的一生幾乎都在「嫉

〔註 56〕「紫荊樹」是落葉喬木或灌木，簇生，花紫紅色。這裏比喻珍貴的東西。參閱《金瓶梅詞典》，頁 702。

〔註 57〕《人類破壞性的剖析・下》，頁 159。

妒」中渡過，至於令她產生嫉妒的原因，則完全是圍繞著「爭寵固位」這一個中心展開。

潘金蓮的嫉妒，追根究抵是怕其他妻妾奪走了西門慶對她的寵愛，其實這也是任何一位女性在婚姻中懼怕的事。只是潘金蓮的嫉妒和她性格中其他側面——聰明伶俐、快人快語、狠毒刁鑽——結合在一起，所以爆發出來的反應才會這麼強烈。

此外，人物的生長環境也是令嫉妒的行為有所不同的原因。吳月娘從小受著三從四德的教育，男性所規範的婦德內化為她的價值標準，所以她面對西門慶的風流行逕，只能一味的隱忍，而一再壓抑的結果，便是潰堤而出；孟玉樓長期處於商人之家，商人謹慎圓融的處事態度對她也造成一定的影響，所以她將嫉妒潛藏在心中，再尋找適當且不露痕跡的方式，將情緒發洩出來；潘金蓮從小就生長在競爭的環境中，為求生存、或更好的物質生活，強悍成了她處事的態度，凡事不容人處於優勢，所以攻擊、迫使他人失去優勢，就成了她處心積慮進行的事。

吳月娘因嫉妒的潰堤而崩潰於親大哥面前，令人讀來備感委屈；孟玉樓的含酸，語語淒冷，令人讀之有無限的感傷；然而潘金蓮的嫉妒則令人感到駭然而怒責有加。

吳月娘在西門府中雖然是主家夫人，但西門慶對她並無特別的眷愛；李嬌兒、孫雪娥又因不善於取寵，所以在西門府中並沒有太大的地位；孟玉樓事事小心、內斂少言，所以在西門府中是個安靜守分的妾婦；李瓶兒則攜帶著巨富嫁至西門府，她白晰的肌膚和溫柔的性情頗獲西門慶的喜愛，加上她又為西門慶產下子嗣，在西門慶的心中自然佔有極大的份量。分析以上的因素，可以得知何以李瓶兒會成為潘金蓮嫉妒的主要對象。

潘金蓮因嫉妒所表現的行為除了聽籬察壁、挑撥離間以外，置人於絕境或蓄意謀害的狠毒之心，更是為讀者所厭憎，但最令人髮指的當屬她那幾近變態的虐待行為。潘金蓮訓練雪獅子的事件，顯露了她陰毒的心機，但置官哥兒於死地的計劃過程只存在於她的心中，實際上她並沒有去「執行」。所以儘管官哥兒的死，追根究抵潘金蓮應背負所有的指責，然而真正令讀者「直接」感受到她那狠毒性格的事是她虐待丫環秋菊。

秋菊是潘金蓮惡行下的代罪羔羊，從她虐待秋菊的過程，讀者們可以清晰的看到一個惡毒婦人的猙獰面貌，並因她的種種虐待方式，感到不寒而慄。

從作者所描繪的「表面事件」來看，潘金蓮無非是《金瓶梅》中最慘無人性的女性人物，但是當我們深入探究時，會發現其實孟玉樓可能是推動潘金蓮日趨惡劣的一雙無形的手。

處事圓融的孟玉樓，總是能置身事外的看著每個人以及每一件事的發生，所以對於潘金蓮好妒、潑辣的性情她相當清楚，為了免遭潘金蓮的嫉妒所威脅，她總是和潘金蓮保持良好的關係，藉此削弱潘金蓮對她的敵意。孟玉樓從不與人正面衝突，並不表示她對西門慶的妻妾沒有妒意，只是她懂得不露痕跡的把對他人的妒意轉移到潘金蓮身上，借著潘金蓮的力量達到抵制「被嫉妒者」的目的。

於是，孟玉樓一旦聽到任何不利於潘金蓮的消息，總是鉅細靡遺的轉陳於潘金蓮，激起潘金蓮的恨意後，她再置身於事外，看著其他妻妾們的衝突紛爭。雖然從作者的描繪中，我們難以發現孟玉樓有如此深沉的心機，但這也反映了作者創作時的盲點。

孟玉樓在作者的創作中，是屬於良善的人物，所以作者為她安排了一樁幸福的婚姻，傳達了善惡果報的觀念。從《金瓶梅》中我們看到孟玉樓的形象是沉默、守分、不妒、不爭，而這也是男性心目中理想的妻妾。但作者在描繪人物時，無形中卻也將這一類型人物的心態反映在一些小細節中，不但成為作者不經意的反映，也成為孟玉樓潛意識中的反映。

可以確定的是，孟玉樓並沒有蓄意要利用潘金蓮作為發洩嫉妒的管道，但她何以在明知潘金蓮的殘毒性情，且不苟同潘金蓮的行為下，事事必向潘金蓮透露，並且和她保持良好的關係？因此，孟玉樓這人物的內涵，實在並不如作者表面所敘述一般的單純，而值得令讀者有所省思。

第四章　從性慾描述看《金瓶梅》中的女性行爲

雖然《禮記・禮運》記載：「飲食男女，人之大欲存焉。」《孟子・萬章》亦云：「好色，人之所欲。……人少，則慕父母；知好色，則慕少艾。」將食慾與性慾視爲人類的本能〔註1〕慾望，但是儒家認爲這種自然的秉賦必須得到節制，才不至於令人慾橫流。所以荀子說：

> 禮起於何也？曰：人生而有欲，欲而不得，則不能無求，求而無度量分界，則不能不爭。爭則亂，亂則窮。先王惡其亂也，故制禮義以分之，以養人之欲，給人之求。使欲必不窮乎物，物必不屈於欲，兩者相持而長，是禮之所起也。〔註2〕

從荀子的〈禮論〉來看，儒家似乎是提倡節慾而非禁慾，「人之欲」若在「禮」的規範下，是可以得到認可的。然而儒家對於「性慾」卻一向都是採取「抑制」的態度，它唯一得到認可的形式是在婚姻之中，以「傳宗接代」爲目的。

〔註1〕「要描述性本能的一般性質可以採取以下方法：它們數量很多，有多種機體來源，開始時是相互獨立的，到以後階段才多少具有複雜的綜合。每一次努力的目標都是要得到『器官的快樂』(organ-pleasure)。只有當綜合變得複雜後，它們才服務於繁殖的機能，從而被普遍承認是一種性機能。它們最初出現時，靠『自我保存』本能支持自己，由於這種本能，它們逐漸使自己孤立起來。他們選擇對象時也是按照自我本能的指引。其中有些本能一生都與自我本能聯繫在一起，並向它提供性慾衝動的成份。這些成份具有正常機能，不容易被人們注意，只有發病時才被清楚地認識到。」〈本能及其變化〉，《佛洛依德著作選》，頁52～53，唐山出版社，1989年。

〔註2〕《荀子・禮論》。

尤其到了宋朝，二程提出「視聽言動，非理不爲，即是禮，禮即是理也。不是天理，便是私欲，人雖有意於爲善，亦是非禮，無人欲即皆天理。」〔註3〕朱熹亦認爲「人之一心，天理存則人欲亡，人欲勝則天理滅，未有天理、人欲雜染者。」〔註4〕將天理與人欲視爲對立的兩極，以禁慾作爲行爲準則，完全否定了人性的本能，於是士人恥談帶下之事，而婦女的人格價值也以守貞爲最高道德標準，表面上雖然對節婦、烈女大加頌揚，實際上卻是壓抑女性的自然本能，將女性的生命價值完全建築在爲男性守貞的犧牲之上。

明朝自中葉以後，商業澎勃發展、貨幣大量流通，不僅社會的經濟產生巨大的變動，社會的道德觀念也起新的變化，強調人的自然屬性成爲新思潮的重點。〔註5〕但傳統的思想依舊制約著整個國家，所以晚明的思潮未能從根本上突破傳統，反而呈現了一種畸變的局面。世俗以縱慾爲尚，人情以放蕩爲快，街市上公開販售淫器、春宮畫，甚至日常生活所用的「杯酒茗碗俱繪男女私褻之狀」，〔註6〕由此可見晚明社會所呈現的現象。

這種鼓吹官能享受的風潮，在小說中得到極大的反映。從晚明到清代，性行爲的描寫赤裸裸地展現在文字上，蔚爲一片風氣，如三言二拍中的〈赫大卿情遺鴛鴦條〉（《醒》卷 15）、〈金海陵縱欲亡身〉（《醒》卷 23）以及〈任君用恣樂深閨〉（《二刻》卷 34）等篇已有恣肆刻劃的性描寫，甚至〈蔣興哥重會珍珠衫〉（《喻》卷 1）中也不乏性行爲的具體描寫。爾後，《如意郎君》、《繡榻野史》、《痴婆子傳》、《肉蒲團》……等大量描寫性行爲的小說接踵而出，成爲當時小說的創作趨向。

《金瓶梅》在這一系列描寫有關性方面的小說中，不但具有承先啓後的地位，無論在藝術成就或人物的刻劃，實皆爲這類小說中的翹楚。其中的性描寫幾乎涉獵了人類性生活的所有方面，但本文則只專對女性人物所呈現的

〔註3〕轉引自錢穆著《中國思想史》，頁 198，臺灣學生書局，1993 年。天理人欲之辨，是宋儒一大題目，孟子只說同然之心，心與心相同然，即私便是公。伊川則謂要無私始是公，斷然將理與欲視爲對立的兩極。

〔註4〕《朱子語類》卷十三。

〔註5〕晚明社會思潮對中國傳統思想的道德觀念產生極大的衝擊，從李夢陽的「孟子論好勇好貨好色……是言也非淺儒之所識也。」（《空同子·論學》），到李贄將「好貨」、「好色」與「勤學」、「進取」等并列，作爲人所「共好而共習，共知而共言」的「邇言」（〈答鄧明府〉），揚起了一片「食、色，性也」的言論。

〔註6〕明、沈德潛《萬曆野獲編》。

性慾，以期在前人討論的基礎上，更細膩的探討女性在性慾方面的心理層面。

第一節　從藉色求財到以色市寵

一

在宗法架構中，一向鼓勵男性實現自我，修齊治平，甚至完成德業、事功的追求。至於女性則被限制在家庭中，《說文解字》：「婦，服也。從女持帚灑埽也。」生活不外乎是操持家務，幾乎沒有與社會接觸的機會。因而她們的經濟來源必須仰賴於男性的贈予，在這種「予」與「求」的相對立場下，男性的姿態愈發高漲，而女性的角色則愈加卑微。

在《金瓶梅》中，西門慶是代表著財富、權勢的父權，也是小說中眾多女性賴以求財的對象，尤其西門慶一向把物質做為性愛的獎賞，無形中亦把女性人物給物化了。何以《金瓶梅》中的女性幾乎個個願以自己的肉體換取些微的物質獎賞？何以她們的價值觀如此淺薄短視？探討這個問題則必須從作者的創作觀念著手。

作者自云：「這酒色財氣四件中，惟有『財色』二者更為利害。」（第一回）張竹坡亦云：「此書獨罪財色。」〔註 7〕而我們看小說中的每一個人物，的確都與財色脫離不了關係。作者描繪西門慶從經商放債、結交權貴、納權受賄，以至於累積一筆可觀的巨產，然而目的也只是供他在性慾方面更能為所欲為。功成名就並不能使西門慶的人生價值向上提昇，反而助長了他在性慾方面的淫濫。

由於作者是以男性本位的觀點進行創作的，而他的「財色」論、「懲戒」說〔註 8〕主要也是勸戒男性讀者，從男性利益出發，勸誡男性讀者應從女人的性誘惑中掙扎出來。〔註 9〕所以作者論財色之利害時便說：「就如那石季倫潑天豪富，為綠珠命喪囹圄；楚霸王氣概拔山，因虞姬頭懸垓下。」（第一回）對於人生價值的論斷都指向男性的成就，而視女性為破壞的因素。

〔註 7〕〈竹坡閑話〉，《金瓶梅資料匯編》，頁 10。

〔註 8〕東吳弄珠客〈金瓶梅序〉云：「作者亦自有意，蓋為世戒，非為世勸也。」

〔註 9〕以往在以男性為中心主導的批評中，對《金瓶梅》所流露的觀點主要是針對男性讀者，所以張竹坡說：「《金瓶梅》切不可令婦女看見。……至于其文法筆法，又非女子中所能學，亦不必學。」（〈金瓶梅讀法〉第八十二則）

在這種以男性爲主的創作態度下，作者爲了敘述西門慶一生的榮辱浮沉，便很自然的把女性定位爲造成西門慶走向死亡的主要因素。於是所有人性中惡的一方，都成爲女性人物的特質，因爲她們的貪財使西門慶輕易的就能以微薄的財物換取性慾的滿足，而女性的貪享性慾也助長了西門慶縱慾的行爲。因此，爲了描繪西門慶的沉淪，《金瓶梅》中的女性便幾乎個個貪財好色，她們的角色扮演，其實全都爲了烘托出西門慶淫慾享樂的性格。

除了烘托的作用以外，作者所顯露的「男性主導」觀念亦是一項主要的原因。在父權社會中，男性以其權威要求女性凡事順從，但既有要求便不得不有所獎賞，而最直接、最實際的獎賞莫過於「財物」的獎勵了，這也就是西門慶爲何總是習慣以物資做爲獎賞，而從不曾由情愛做爲回饋的原因。

被政治、文化、經濟拒於門檻之外的女性，「色相」成爲她們謀取財物的重要手段。她們身不由己的被物質化、工具化，以出售身體的行爲，換取財物的收入，這種以「性」做爲交易行爲最明顯的就是以色貸利的妓女。「性」既然成爲一種商業，其中便沒有眞情，唯一眞實的就只有「金錢」。作者借由吳月娘批評妓女的用情態度說：「養漢老婆的營生，你拴住他身，拴不住他心，你長拿封皮封著他也怎的？」（二十一回）便說明了妓女將「性」視爲商業行爲，其中並無眞情。

爲了謀取更多的金錢，妓女除了要想盡辦法廣招客戶，更必須留住客戶，對於妓女的這種心態作者議論道：

> 工妍掩袖媚如猱，乘興閒來可暫留。若要死貪無足厭，家中金鑰教誰收？（十二回）

顯然把妓女視爲金錢的剝削者，卻忽略了妓女出賣肉體的深沉悲哀。

妓女藉色求財雖是一種變相的商業行爲，但它畢竟是社會制度不建全所產生的結果。然而在《金瓶梅》中，即使是一般的婦女卻也涉入這種出售身體的行爲。在作者的筆下，女性人物是「虛榮」的，宋蕙蓮嫁給來旺兒月餘後，「因看見玉樓、金蓮打扮，他便把鬏髻墊的高高的，頭髮梳的虛籠籠的，水鬢描的長長的。」（二十二回）正是因爲她的「虛榮」才會被西門慶睃在眼裏。而在「虛榮」心態的主宰下，「貪財」便成爲女性人物的性格特徵。所以西門慶勾搭宋蕙蓮不像才子佳人的戀愛那般浪漫，他只是讓玉簫送一匹藍緞子給宋蕙蓮，宋蕙蓮便同意委身於他了。

「蕙蓮自從和西門慶私通之後，背地與他衣服、首飾、香茶之類不筭，只銀子成兩帶在身邊，在門首買花翠胭脂，漸漸顯露，打扮的比往日不同。」（二十二回）自此以後，宋蕙蓮每次與西門慶有了親密接觸，便總是向他要些東西：「相我沒雙鞋面兒，那個買與我雙鞋面兒也怎的？」或是說：「爹，你有香茶再與我些，前日與我的都沒了。我少薛嫂兒幾錢花兒錢，你有銀子與我些兒。」（二十三回）

由於宋蕙蓮所要求的都是一些微薄的財物，不免顯露出她價值觀的淺薄，因此崇禎本眉評批評宋蕙蓮的行為說：

開口便討東西，討又不多，自不是多情美人舉止。

作者雖然寫出了宋蕙蓮貪心視淺的小家子心態，但西門慶每每以微薄的財物換取女性的委身，不但反映出他視女性為玩物、視性行為為交易的醜陋心態，更顯露出兩性之間的不平等對待。

宋蕙蓮雖然出賣了身體，卻沒有出賣靈魂，當她得知來旺兒被陷害遞解回徐州以後，斷然以死殉夫難，也表露了她最後的尊嚴。然而王六兒的出賣色相，卻全無一絲羞恥之心，並且完全建築在利益之上，用身體向西門慶交換物資。

宋蕙蓮和西門慶有肉體關係尚且不敢讓來旺兒知道，然王六兒非但不以為恥，反而理直氣壯的對丈夫韓道國說：「也是我輸了身一場，且落他些好供給穿戴。」諷刺的是，韓道國竟還囑咐王六兒說：「等我明日往舖子裡去了，他若來時，你只推我不知道，休要怠慢了他，凡事奉承他些兒。如今好容易撰錢，怎麼趕的這箇道路！」（三十八回）看到這一對夫妻的對話，多麼令人感到驚駭！身為妻子的以藉色貸財為能，身為丈夫的亦一旁鼓勵歛財，這種婚姻到底建築在何種關係之上，不禁令人感到懷疑。

雖然中國的婚姻實質是建立在宗族的延續上，而且通常都是經過「父母之命、媒妁之言」，〔註 10〕夫妻兩人甚至直到新婚之夜才見到彼此的容貌，即使沒有愛情，夫妻的關係也應當建立在互相尊重之上。但我們在韓道國夫妻身上看到的不是互相尊重，而是相互利用。先是韓道國縱容妻子和弟弟韓二偷情，之後又是以妻子為歛財的工具，他們幾乎沒有一絲道德觀念，眼中所見的盡是利益。

所以當韓道國和來旺兒從江南置買貨物回來途中，聽說西門慶已死，便

〔註 10〕《孟子・滕文公》曰：「不待父母之命、媒妁之言，鑽穴隙相窺、踰牆相從，則父母國人皆賤之。」

瞞著來旺兒這個消息，先設計將所置布匹賣得一千兩獨自從旱路趕回家裏，然後和王六兒兩人捲款逃到東京，投奔嫁給翟管家的女兒韓愛姐（八十一回）。然而天有不測風雲，由於蔡太師被人彈劾，兒子蔡攸處斬，家產抄沒入官，翟管家失去東家，韓道國一家三口便各自逃生。在回清河縣的路上，爲了掙盤纏，韓道國竟還讓她們母女倆賣淫。「這韓道國先前嘗著這箇甜頭，靠老婆衣飯肥家。況王六兒年紀雖半，風韻猶存，恰好又得他女兒來接代，也不斷絕這樣行業，如今索性大做了。」（九十八回）將妻子女兒推入賣淫的火坑，而自己坐享其成，如此行逕又豈有人性可言？

在《金瓶梅》中利用色相向西門慶求財的女性大都是奴僕，而她們不顧羞恥以身體換得財物，主要的原因還是由於經濟上的不足。如意兒爲了保住工作機會而被西門慶收用，在枕席之間，無不奉承，極盡慇懃，讓西門慶歡喜滿意，立刻拿出李瓶兒的四根簪子賞她，這也就讓如意兒服了定心丸一般，再不用擔心被他房的主子排擠（六十五回）；賁四嫂可以爲了一包五六兩的碎銀子、兩對金頭簪（七十七回），而出賣身體；來爵兒媳婦則讓西門慶發洩了因藍氏所引起的滿腔慾火後，輕易的以一對金鑲頭簪兒以及四個烏銀戒指打發了（七十八回）。

做爲奴僕，錢財固然極爲誘人，所以爲了些微的物質而任由西門慶予取予求，自有其可同情之處。但是身爲妾婦的潘金蓮偶爾亦會藉色求財，滿足她那虛榮的心態。

在西門慶的妻妾中，潘金蓮和孫雪娥的出身一樣是最窮的，她把貧窮視爲恥辱，甚至當她的親生母親來探望她時，潘金蓮都嫌母親寒傖丟人。因此她亦會藉著與西門慶雲雨之際，向他要求買些首飾、衣物。有一次，潘金蓮向西門慶要求說：「我昨日見李桂姐穿的那玉色線掐羊皮挑的金油鵝黃銀條紗裙子，倒好看，說是裏邊買的。他每都有，只我沒這裙子。倒不知多少銀子，你倒買一條我穿罷了。」（五十二回）爲了讓西門慶能答應她的要求，潘金蓮在床第間任憑西門慶百般作弄，勉強忍住身體上的疼痛不適。

除了一些平常的衣物首飾之外，由於潘金蓮沒有自己的皮襖，所以在一個寒冬雪夜裏，西門慶的各房妻妾從吳大妗家吃酒歸返時，只有潘金蓮一人穿著別人典當的皮襖回家，不但顯露了潘金蓮的寒酸，也傷了她強烈的自尊心，所以她當場不悅的說：「有本事到明日問漢子要一件穿，也不枉的。平白拾人舊皮襖披在身上做甚麼！」（四十六回）

李瓶兒死後，潘金蓮便開始向西門慶索求李瓶兒的皮襖：「你把李大姐那皮襖拿出來與我穿了罷。明日吃了酒回來，他們都穿著皮襖，只奴沒件兒穿。」（七十四回）潘金蓮和西門慶的性關係雖然並非建於「藉色求財」之上，但是潘金蓮卻乘兩人歡愛之際向西門慶索求皮襖，反映了女性藉由「色相」向男性索取物資的可悲心態。故崇禎本評論者於此評道：「以金蓮之取索一物，但乘歡樂之際開口，可悲可嘆！」

潘金蓮既提此要求，西門慶也藉此順水推舟，一方面是爲了討好潘金蓮，一方面則趁機調和如意兒和潘金蓮之間的衝突。因此西門慶故意讓如意兒把李瓶兒的皮襖送去給潘金蓮，不但滿足了潘金蓮的虛榮心，也讓潘金蓮對於西門慶和如意兒的關係睜隻眼閉隻眼。

在父權社會中，男性給女性財物做爲獎賞或者維持她們的工作，女性則只能以性行爲做爲酬謝，這種不正常的交換對待關係，使得男性的自我意識更加高漲，而女性的人格則不斷被壓迫扭曲。「藉色求財」只是這種交換對待關係所產生的一種現象，「以色市寵」則是另一種造成女性之間彼此迫害的現象。

二

潘金蓮雖然也會藉色求財，但嚴格來說，她並非專爲求財而售色，她只是在放縱情慾之餘，順便求點財罷了。然而在以色市寵方面，潘金蓮的確能用她那幾近瘋狂的生理慾望，完全的配合西門慶那病態般的放縱情慾，因而得到西門慶特別的寵愛。

在《金瓶梅》的性描寫中，有關潘金蓮和西門慶所占的篇幅最多，約達二十多次。潘金蓮成長的環境一向迫使她走向以色事人的道路，這就使她終日思慮如何獲得男性的歡心，如何鞏固自己所受的寵愛。爲了迎合西門慶的肉慾享受，她無所不用其極，因此與其他妻妾相比，潘金蓮確實使西門慶對她特別眷戀。在嫁給西門慶之前，潘金蓮的「枕邊風月，比娼妓尤甚，百般奉承」（六回），早已令西門慶流連，尤其她總是能陪西門慶「淫樂爲之無度」（二十八回），更能滿足西門慶的性慾。

由於潘金蓮的性慾要求也幾近瘋狂的病態，所以得到專寵與滿足性慾對她而言是相輔相成的利益。自從李瓶兒嫁入西門府以後，便奪了西門慶對她的專寵，爲了挽回西門慶的心，潘金蓮無所不用其極，知道西門慶喜歡李瓶兒白晰的皮膚，她也就「暗暗將茉莉花蕊兒攪酥油定粉，把身上都搽遍了，搽的白膩光滑，異香可愛，欲奪其寵。」（二十九回）若是見到西門慶來她這裏宿歇，便「天上落下來一般，向前與他接衣解帶，鋪陳床鋪，展放鮫綃」（四十四），百般的慇懃。或「在枕畔千般貼戀，萬種牢籠，淚搵鮫鮹，語言溫順」（三十九回），或爲西門慶把尿都咽了，而所獲得的報償也不過是「西門慶與婦人盡力盤桓無度」（七十二回）。對此，作者寫道：「大抵妾婦之道，蠱惑其夫，無所不至，雖至屈身忍辱，殆不爲恥。」

作者對於潘金蓮的行逕雖持負面的評論，但對她所受的屈辱及感受卻評論得頗爲中肯。所謂「屈身忍辱，殆不爲恥」正道出了妾婦處於父權社會中的境遇，潘金蓮爲了讓西門慶盡情發洩他那瘋狂的性慾，在「醉鬧葡萄架」那一回，還被西門慶折磨得「目瞑氣息，微有聲嘶，舌尖冰冷，四肢收軃于衽蓆之上。」（二十七回）險些喪了命，半日才甦醒過來。然而潘金蓮未能正視自己只不過是西門慶洩慾對象的事實，反而以搏取西門慶歡心爲榮幸，並且自己也陷入性慾之中，難以自抑。

女性在家庭中的權力受限於妻、妾、婢的等級地位，而獲得地位晉升的唯一方法就是獲得男主人的眷寵。宋蕙蓮自從被西門慶收用以後，自以爲有所憑恃，所以行事說話也漸漸不知收歛。第二十三回，西門慶的各房妻妾都聚在李瓶兒房裏吃酒擲骰子玩時，宋蕙蓮在一旁觀看，還不時揚聲評論：

> 娘，把長么搭純六，卻不是天地分？還贏了五娘。…你這六娘，骰子是錦屏風對兒。我看三娘這么三配純五，只是十四點兒，輸了。

崇禎眉評道：宋蕙蓮「有滿肚皮賣弄意，忍不住忽然說出。」作者在刻劃宋蕙蓮的得寵心態時，不著痕跡的把她恃寵而嬌的得意模樣展露出來。由於作者在刻劃宋蕙蓮這個角色時，用意原是要向讀者灌輸「嚴防上下親疏」的觀念，所以作者自言：

> 看官聽說：凡家主，切不可與奴僕并家人之婦苟且私狎，久後必紊亂上下，竊弄奸欺，敗壞風俗，殆不可制。（二十二回）

宋蕙蓮因受寵於西門慶，忘記了自己的身分，而在主子們面前高聲張揚，儼然沒有尊卑之別，所以作者立刻讓一向沉靜少言的孟玉樓惱怒說道：「你這媳婦子，俺們在這裡擲骰兒，插嘴插舌，有你甚麼說處？」幾句話不但點醒了宋蕙蓮的身分，更把她羞得滿面腓紅，離開李瓶兒的房裏。

作者不但藉著孟玉樓來嚴斥宋蕙蓮的踰舉，並經由奴才們的調侃來諷刺她以色市寵的行徑。當宋蕙蓮和西門慶在藏春塢共宿的次日清晨，平安兒帶笑的調侃宋蕙蓮說:「我笑嫂子三日沒吃飯,眼前花。我猜你昨日一夜不來家。」惹得宋蕙蓮一陣緋紅，拿起條門閂來，赶著平安兒遶院子罵道：「賊汗邪囚根子，看我到明日對他說不。」平安兒又接著說：「耶嚛，嫂子，將就些兒罷。對誰說？我曉得你往高枝兒上去了。」（二十三回）平安兒輕蔑的言語，正傳達出作者對於宋蕙蓮以色市寵的斥責。

雖然孟玉樓和平安兒對於宋蕙蓮的行徑有所不滿，然而宋蕙蓮並不以爲意，不但不知收斂，更有氣焰高張的傾向。一日，爲了上茶水的事，來保的妻子惠祥被西門慶叫到院子跪著，又被吳月娘數罵了一回，她氣憤不過便走來後邊氣狠狠的指著宋蕙蓮大罵說：

> 賊淫婦，趁了你的心了！罷了，你天生的就是有時運的爹娘房裡人，俺們是上竈的老婆來？巴巴使小廝坐名問上竈要茶，上竈的是你叫的？你識我見的，促織不吃癩蝦蟆肉——都是一鍬土上人。你恒數不是爹的小老婆就罷了。就是爹的小老婆，我也不怕你。……你背地幹的那營生兒，只說人不知道。你把娘們還放不到心上，何況以下的人！

由於作者嚴分尊卑之別，所以在他的筆下，奴僕們對於仗著主人的勢力做張做致的同輩有著很深的妒恨之意，惠祥平白受到主人的責罵，更因而把矛頭指向宋蕙蓮，毫不留情的大加怒罵。然而這次的爭吵非但沒有澆熄宋蕙蓮的氣焰，反而使她更加猖狂起來，「仗西門慶背地和他勾搭，把家中大小都看不到眼裏，逐日與玉樓、金蓮、李瓶兒、西門大姐、春梅在一處頑耍。」（二十四回）

宋蕙蓮這種以色市寵的心態還明顯的反映在她和孫雪娥的對罵中：

> 我是奴才淫婦，你是奴才小婦！我養漢養主子，強如你養奴才。（二十六回）

她以出賣色相來換取物質上的好處，並且憑恃著西門慶的寵愛把其他奴僕都看不在眼裏，甚至強調自己是「養主子」，是往高處攀升，強過因「養奴才」而自貶身價的孫雪娥。從這句對話更可以明顯的發現，女性一向是以男性的地位爲自我價値的判準。

這種以色市寵的心態在如意兒的行爲上也得到反映。如意兒原是官哥兒的奶媽，官哥兒和李瓶兒相繼去世以後，如意兒失去了恃以爲生的依靠，深怕自己將被打發出西門府，所以當西門慶允諾她若爲他生長一男半女，就扶她頂李瓶兒的窩時，如意兒感激的西門慶說：「奴情愿一心伏侍爹，就死也不出爹這門。」（七十五回）並學潘金蓮，爲西門慶把尿都咽了，以贏得西門慶的喜愛。

自從被西門慶收用以後，如意兒目恃得寵，腳根已牢，無復求告於人，所以也就每日打扮得喬模喬樣，在丫鬟中也有說有笑，與往日低下卑微的態度有所不同。得寵後的如意兒也常常向西門慶要些東西，而西門慶也瞞著吳月娘，私底下銀錢、衣服、首飾，都拿與她，更令如意兒有恃無恐。所以當春梅使秋菊來向她借棒搥搗衣時，她不但敢拒絕，就連潘金蓮因故來罵她時，如意兒也敢正面對潘金蓮頂嘴。崇禎本眉評於此評論道：

> 如意若知局，此時便宜轉口，何更出抵觸之言？蓋乍得主人寵，驕喜心正盛，未經磨練，不能一時卒平耳。（七十二回）

說明了如意兒恃寵而驕的心態，也顯露了男權在家庭中的尊貴，以至於連一個奴僕在受寵之後，對於主人的小妾也不生畏懼之心。

受了潘金蓮的欺侮辱罵，如意兒便來向西慶哭訴，西門慶笑著要她去向潘金蓮陪罪，如意兒不肯，西門慶爲了安撫如意兒，便允諾每晚都來與她一起歇宿，還尋出了李瓶兒的一套翠蓋緞子襖兒、黃綿紬裙子、一件藍潞紬綿褲兒以及一雙粧花膝褲腿兒給如意兒，這才讓如意兒心甘情願的來向潘金蓮磕頭謝罪。道出了物質的誘惑強過一個人的自尊，只爲了西門慶的青睞和幾件衣物，如意兒便低聲下氣的向潘金蓮磕頭攏絡，把一個婢僕的價值觀刻劃得極爲卑微。

佛洛姆認爲「性慾可以被許多原因激起：因寂寞而產生的焦慮不安，征服與被征服的願望，虛榮，傷害慾，甚至毀滅慾——這些原因正像愛情一樣能夠激起性慾。」〔註 11〕但是只有在由「愛」所激發的情況中，「肉體的關係不帶有貪婪，不帶有征服或被征服慾，而是在柔情中互相融合。」〔註 12〕反觀《金瓶梅》中的女性性慾都是建築在金錢利益關係上，沒有信任、沒有情愛，這除了作者本身對女性所產生的偏見以外，實際也是父權社會對女性所造成的一種負面的影響。

〔註 11〕佛洛姆著，孟祥森譯，《愛的藝術》，頁 72，志文出版社，1994 年。
〔註 12〕《愛的藝術》，頁 72。

第二節　從性壓抑到性放縱

一

在宗族社會中，「婚姻」及「性的活動」主要目的是在於生兒育女，以完成「傳宗接代」的責任。如果婚姻中未能孕育子女，則不但在財產上失去了繼承人，在倫理上也是一種不孝之舉。作爲西門慶的正妻，吳月娘念茲在茲的，正是要爲丈夫生個兒子，延續西門家之香火，繼承西門家的財產。所以她在雪中拜斗焚香時，祈願上天：

> 祈祐夫早早回心，不拘妾等六人之中，早見嗣息，以爲終身之計，乃妾之素願也。（二十一回）

爲了嗣息大計，她堅持每月吃齋三次，逢七焚香拜斗，聽信薛姑子買衣胞符藥，以及唸血盆經。從吳月娘慎重虔誠的態度來看，性生活對她而言的確是以生育子嗣爲大前提。

在吳月娘的道德理念中，她只需勸導西門慶專心於經濟仕途，管束妾婢掌管家務，最後再爲丈夫生個兒子以傳承香火，這樣便完成她人生的使命。因此，積極的籌計嗣息就成爲她在性生活方面的主要目的及正當理由。

道德感極強的吳月娘對於性慾總是持著嚴正批評的態度，主觀上她想表現出清心寡欲以做爲眾妾的表率，因此當她看到西門慶和李瓶兒「二人吃得餳成一塊，言頗涉邪，看不上，往那邊房裡陪吳大妗坐去了」（十四回）；李瓶兒招贅蔣竹山，她責斥罵李瓶兒「沒廉恥的歪淫婦，浪著嫁了漢子，來家拿人煞氣。」（十八回）；西門慶罵她是不賢良的淫婦，她氣憤的辯解道：「他背地對人罵我不賢良的淫婦，我怎的不賢良？如今聳七八箇在屋裡，纔知道我不賢良！」（二十回）；平日見西門慶淫欲過度，好言勸他：「哥，你日後那沒來回沒正經養婆娘、沒搭煞貪財好色的事體少幹幾樁兒。」（五十七回）；斥罵林太太：「描眉畫鬢，搽的那臉倒像膩抹兒抹的一般，乾淨是個老浪貨！」（七十九回）；將西門慶的死怪罪到王六兒身上，並喝責她：「賊狗攮的養漢淫婦！」（八十回）這種種衛道的行爲表現，皆顯露吳月娘對於性行爲的嚴正及鄙斥的態度。

吳月娘的戒色崇德，雖然使她不熱衷於性生活的滿足，而是以禁慾的態度顯露自我的清高。但是眞當西門慶與她歡好時，吳月娘卻又表現出陶醉其中的面貌。在吳月娘焚香拜斗被西門慶發現的那一夜，西門慶被她那一席「不拘妾等六人之中，早見嗣息」的話所感動，忍不住雙手抱住吳月娘，想要與她歡好。吳月娘先是以嚴辭假意拒絕，罵道：「好個汗邪的貨，教我有半個眼兒看的上！」然而一旦眞的和西門慶歡愛以後，卻又「低聲睥幃暱枕，態有餘妍，口呼親親不絕。」（二十一回）

若用性心理學來分析吳月娘的性壓抑，可以用「性過敏症」來解釋。「人的性能力，往往指向兩個極端：一端是性能不足，另一端是性感過敏，亦即對性事物非常敏感，它可能會表現爲性能力強大，但更多的是表現爲對性事物的『畸形的憎惡』或『畸形的愛好』。」〔註13〕正如藹理士在《性心理學》中所說：

> 對於性事物的畸形的恐怖或憎惡，和畸形的愛好，一樣的是建築在過敏狀態之上。〔註14〕

令人產生性感過敏的原因是由於置身在充滿了性刺激的環境中，但性衝動卻又受到多方阻撓，未能適當發洩所造成。〔註15〕

從這個理論來分析吳月娘，我們可以發現她所處的環境是一個人慾橫流、放蕩不羈的家庭，她受到了太多的性刺激，但生活中卻連正常的性衝動都無法適當的發洩，所以會產生「性感過敏」也就在所難免。於是當吳月娘以正經賢良的婦女自恃時，她便滑向「憎惡」的一端，義正辭嚴的指斥潘金蓮：「那沒廉恥趁漢精便浪！」並自許：「俺每眞材實料，不浪！」（七十五回）；一旦自己和西門慶歡好時，卻又滑至「愛好」的一端，「枕上綢繆，被中繾綣」（五十三回）如魚得水，言不可盡。

二

「性是人的本能，由於本能的需要，所以每一個成年的男女都有性交之慾。蒙昧時代，意識文化落後，無法律可言，更無倫理約束，人們根據性慾的需要，就近滿足，於是出現了雜交亂交等現象，這些是人類文化的開始，也是人類性文化的必需階段。」〔註16〕因此，追求感官本能的快感，是人類在以「生殖」爲目的之前，人類對於性行爲所持的主要目的。

〔註13〕李建中，《瓶中審醜——金瓶梅「色」之批判》，頁73，文史哲出版社，1992年。

〔註14〕轉引自《瓶中審醜——金瓶梅「色」之批判》，頁73。

〔註15〕參閱《瓶中審醜——金瓶梅「色」之批判》，頁73。

〔註16〕嵇建珍著，《人類性文化縱觀》，頁37，大陸・南京出版社，1993年。

當父權社會確立以後，在儒家綱常倫理規範的約束下，「生育」成了性行爲唯一的、正大的目的，而單純的追求感官的快樂遂成爲一種負面的、受抑制的行爲。

李瓶兒當初會和西門慶勾搭上，正是由於慾求不滿足。李瓶兒的物質生活非常優渥，但是情感生活卻長期得不到滿足。花子虛是一個落魄飄蕩，漫無紀律的花花公子，對李瓶兒毫不愛惜。正値青春璨爛的李瓶兒無法得到情感的歡樂與情慾的滿足，所以西門慶突然闖入她的生活，並且關心她、體貼她，不但給了她精神方面的慰藉，在性生活方面更能激發她的快感。〔註 17〕因此，在現實生活中是一介流氓市儈的西門慶，在她的眼裏卻成爲一個慷慨豪爽、仗義疏財、知情達禮的「英雄好漢」，相較之下，花子虛十足是一個寡情的窩囊廢。

至於李瓶兒爲何會攆走蔣竹山，亦是因爲他在性生活方面不能滿足李瓶兒的需求。「初時，蔣竹山圖婦人喜歡，修合了些戲藥，買了些景東人事、美女相思套之類，實指望打動婦人。不想婦人在西門慶手裡狂風驟雨經過的，往往幹事不稱其意，漸生憎惡，反被婦人把淫器之物，都用石砸的稀碎丟吊了。」李瓶兒還嫌憎的罵道：「你本蝦鱔，腰裏無力，平白買將這些行貨子來戲弄老娘。把你當成塊肉兒，原來是個中看不中吃，臘槍頭，死忘八。」（十九回）最後經過西門慶蓄意報復蔣竹山，大肆搗亂藥舖以後，李瓶兒氣那蔣竹山沒骨氣，也就把他趕出去了。

蔣竹山那「腰裏無力」的孱弱男人，怎能與西門慶「狂風驟雨」的風月老手相比？所以自此以後，李瓶兒「一心只想著西門慶，又打聽得他家中沒事，心中甚是懊悔。每日茶飯慵餐，娥眉懶畫，把門兒倚徧，眼兒望穿，白盼不見一箇人兒來。」（十九回）最後終於厚著臉皮，把玳安找來，央求他向西門慶求情，心甘情願當排行最小的妾，這才順遂了李瓶兒的心願。

嫁給西門慶以後，李瓶兒成爲僕人們心目中「好性兒」的六娘，西門慶心中「有仁義姐姐」，當初那個氣死花子虛、趕走蔣竹山的兇狠女子，竟然再也不復存在。短時間內產生這麼巨大的性格變化，以至於令人覺得這是作者人物性

〔註 17〕第十七回，西門慶醉中戲問李瓶兒，花子虛如何待她，李瓶兒回答說：「他逐日睡生夢死，奴那里耐煩和他幹這營生！他每日只在外邊胡撞，就來家，奴等閒也不和他沾身。況且老公公在時，和他另在一間房睡著，我還把他罵的狗血噴了頭。……誰似冤家這般可奴之意，就是醫奴的藥一般。白日黑夜，教奴只是想你。」

格塑造上的敗筆，造成讀者極多的詮釋。〔註18〕但我們若從「性慾的滿足」這一方面來看，就能很容易的理解李瓶兒前後的性格轉變爲何如此迥異。

由於花子虛和蔣竹山二人都無法滿足李瓶兒熱烈的情感和性慾的要求，於是她豐沛的情感和性慾便化作滿腔的怨恨，導致某種進攻性，從而使她的性情兇狠無情。然而嫁給西門慶以後，她不但在情感和性慾上得到充分的滿足，更爲西門慶添了一個兒子，在凡事順遂的情況下，她無需再劍拔弩張的武裝自己，反而變成兔羊般的溫順柔弱了。

潘金蓮在嫁給西門慶之前，也和李瓶兒一樣，在性生活方面得不到滿足，書上說：「卻說這婦人自從與張大戶勾搭，這老兒是軟如鼻涕膿如醬的一件東西，幾時得箇爽利！就是嫁了武大，看官試想，三寸丁的物事，能有多少力量？今番遇了西門慶，風月久慣，本事高強的，如何不喜？」（四回）於是她爲了滿足性慾而鴆殺武大，嫁給了西門慶。但潘金蓮的性慾在嫁給西門慶以後，不但無法澆熄，反而愈來愈強烈，甚至到了放縱的地步，與李瓶兒的「溫克性兒」適成強烈的對比。

潘金蓮在《金瓶梅》中，是一個性慾極爲強烈的女子，這固然與她成長的環境有關，但若置於現實世界而論，她這種旺盛得異乎常人的性慾，恐怕與她個人的秉賦有關。潘金蓮在性生活上總是扮演著主動的角色，這和她平日好強、逞能、凶狠、暴戾甚至殘忍的個性有關。李建中認爲在潘金蓮身上發生了「性角色錯位」的傾向，在性生活中有意無意地扮演了男性的角色，從而具有了男性的性心理和性格特徵。〔註19〕

因爲性慾的旺盛，潘金蓮的「獨占意識」也特別強烈，恨不得一年三百六十五天，夜夜獨占西門慶。所以每當西門慶來尋她，便「如同拾了金寶」（三

〔註18〕對於李瓶兒性格的強烈轉變，張業敏提出「二律背反」的解釋。所謂性格的「二律背反」，是指在同一個人物性格中兩個互相排斥、但同樣是可以解釋論證的矛盾因素存在。張業敏認爲李瓶兒「在虎狼面前，他良善如兔羊；而在兔羊面前，他兇狠如虎。」（《金瓶梅的藝術美》，頁89～96，北京教育科學出版社，西元1992年。）

〔註19〕男性在性生活中的主角地位，使得其性心理具有明顯的主動性、進攻性、和「自我中心」意識。在整個性交接過程中，他關心的是自我，是自我勃起能力，是他在女性眼中的自身價值。這種性心理就造成男性爭強好勝，主動進攻等性格特徵。而女性一般來說，在性行爲中處於被動地位，扮演配角，因此她主要關注男子的性能力，即使意自身的魅力，其目的還是爲了進一步激起對方的能量。女性的這種心理特徵，造就了溫柔、體貼，遇事多設身處地等女性性格特徵。參閱，《瓶中審醜——金瓶梅「色」之批判》，頁96。

十三回）或「天上落下來一般」（四十四回）。第五十一回，潘金蓮在吳月娘房裡，聽說西門慶往她房裏去了，「就坐不住，趨趄著腳兒又要走，又不好走」，吳月娘見狀，激了她兩句，「那潘金蓮嚷：『可可兒的——』起來，口兒裏硬著，那腳步兒且是去的快。」潘金蓮對性慾的渴求，在口裏的矜持和腳上的迅速的兩相對比下，鮮明的刻劃殆盡。

然而西門慶不但妻妾成群，在外還有諸多情婦、妓女，有時在妓院鬼混，十天半月不回，其他人尚不在意，唯獨潘金蓮慾火難禁，「捱一刻似三秋，盼盼一時如半夏」（十二回）。索性將琴童叫進房陪她吃酒，把他灌醉後，掩上房門，褪衣解帶，兩人便發生性關係了。

此後，潘金蓮也不再只守著西門慶一人，所以當她見到陳敬濟「生的乖猾伶俐，有心也要勾搭他。」（十八回）而陳敬濟也是好色之人，於是兩人經常在無人處調情做愛。西門慶死後，兩人再也沒有什麼值得擔心懼怕，甚至西門慶屍骨未寒，他們便日日相戲，「或在靈前溜眼，帳子後調笑。」（八十回）往後的日子裏，「日逐白日偷寒，黃昏送暖。或倚肩嘲笑，或並坐調情，掐打揪撏，通無忌憚」（八十二回），所要防的也只有吳月娘一人，所以他們苟且之事也就到了半公開的程度。

但當他們的姦情被春梅撞見後，潘金蓮為防她口舌，也叫她同陳敬濟睡在一塊兒，從此三人淫恣放縱，更不知收斂。有一次三個人吃得大醉，都光赤著身體，潘金蓮和陳敬濟「兩人一來一往，春梅又在後邊推送」（八十三回），簡直放縱到不可復加的地步。

春梅在作者的筆下原是一個「骨格清奇」（二十九回）的丫頭，她一向心高氣傲，雖然出身低賤，但決不安心於為人作奴的鄙微地位。自從被派去服侍潘金蓮以後，耳濡目染之下，也挑起了她心底的性慾。除了被西門慶收用以外，又被潘金蓮拉著與陳敬濟通姦。然而在西門府時，她在性慾方面仍然表現得壓抑與克制，甚至顯得被動，總是把機會主動讓給潘金蓮，以搏取她的歡心。然而嫁給周守備以後，性慾卻急遽地高漲，且如火山爆發，一發不可收拾。

性冷淡的丈夫永遠滿足不了她異常的慾望，所以她費心的把陳敬濟安排入周府，兩人借姑表姐弟之名行夫妻之實（九十七回）。陳敬濟死後，春梅又主動勾引僕人周義，並「常留周義在香閣中，鎮日不出，朝來暮往」，以至於生了「骨蒸癆病」。春梅淫欲無度，甚至直到「體瘦如柴」還依然「貪淫不已」

（一百回），最後終於因爲縱慾過度，死在周義身上，亡年才二十九歲。

李瓶兒的死固然不是因慾火難禁而亡，但在作者的筆下，她的死是要償還爲了感官的滿足而氣死花子虛的罪孽，所以儘管她嫁給西門慶以後變得溫柔體貼，但作者亦從道德的角度，從宗教的因果觀念，論定了李瓶兒的邪惡，而使她因下體流血不止、氣味腐臭不堪而死。至於潘金蓮和龐春梅的結局，前者死於亂刀之下，後者亡於縱慾過度，作者如此安排當然是出於「戒色懲淫」、「善惡果報」的觀念，但若從性學的角度來分析，這種結果也是合情合理的。無論任何事物，一旦踰越了正常的規律和限度，必然導致非正常的死亡或衰竭。潘金蓮雖然不是死於縱慾過度，但爲了滿足個人的性慾而鴆殺武大，勢必會遭到武松的尋仇；春梅淫慾無度，即使體瘦如柴仍不知節制，死於淫樂之中無足怪哉！

第三節　從性眷戀到性變態

一

英國性學大師藹理士曾對「性目的」詮釋出一段頗有深意的話：

> 不錯，天生了我們的性器官，是爲傳種的，不是爲個人逸樂的；但天生了我們的手，目的原在幫助我們的營養功能，如今我們拿它來彈鋼琴，撥琵琶，難道也錯了麼？一個人用他的器官來取得生命的愉快，增加精神的興奮，也許和這器官的原始功用不很相干以至於很不相干，但因爲它可以幫一般生命的忙，這種用法還是完全正當的，合乎道德的，至於我們願意不願意稱它爲「自然的」，那畢竟是次要的一個問題。〔註20〕

藹理士認爲性行爲的目的固然是「生育」，但在某一種程度內，性行爲可以幫助人類達到「生命的愉快」和「精神的興奮」。從他的理論來看，一味的主張「禁慾」並非自然，極度壓抑性慾的結果，反而可能造成「性感過敏」。所以若單從「禁慾」的道德觀點來批評《金瓶梅》中的性描寫，實在有失公允，而且落入傳統衛道觀念的窠臼。但若因此而稱許作者在性描寫方面的表現，卻又遠離了藹理士所說的「生命的愉快」和「精神的興奮」。

〔註20〕轉引自《瓶中審醜——金瓶梅「色」之批判》，頁56～57。

《金瓶梅》中有關性行為的描寫多越常情，〔註21〕尤其書中人物對於「性」所持的觀點多無情愛可言，只是純粹享受性器官的刺激所帶來的快感，以至於使得性行為的價值停留在「肉體」的層次，全無「精神」可言。

儘管如此，《金瓶梅》畢竟沒有墮為「色情文學」。「色情文學就是露骨地描寫性活動或性刺激，但卻沒有任何藝術價值的文學。」〔註22〕但是《金瓶梅》中的性描寫實是作者藝術表現的一種手段，是作者塑造人物、鋪展情節乃至結構篇章、創作意圖的特有方式。所以書中若抽離了有關性行為的描寫，人物也就成為扁平的呈現，而非具有血肉生命的角色了，故我們所討論的女性人物，亦必須從文本中的性行為描寫來分析她們的心理，所以儘管她們的性行為踰越正常，亦不可以由衛道的觀點一概以斥責的態度加以否定，而是應當進一步去分析導致這種行逕的背後因素。

在《金瓶梅》中性慾最為焰盛的女性莫過於潘金蓮。第十二回，西門慶因貪戀李桂姐，半個月不曾回家，「家中婦人，別人猶可，唯有潘金蓮這婦人青青未及三十歲，慾火難禁一丈高。」少婦懷春，性慾旺盛，本是情理之中的事，但潘金蓮的性慾望已大大地超越出常態，而跨入變態的領域。

潘金蓮幾乎可以說隨時處於「性亢奮」的狀態，西門慶在家時，她百般糾纏；西門慶不在家，她就另想辦法，或淫琴童，或和陳敬濟私通；西門慶死後，潘金蓮被吳月娘趕出西門府，暫住於王婆家中，她甚至和王潮兒發生性關係。她的一生都在追求「性的快感」，「從性心理上說，潘金蓮的性欲望永遠也無法滿足。因其性角色的錯位和性心理的變態，她走進了性亢進的怪圈：變態心理誘發異常欲望，渴求超常刺激；而刺激的獲得、性慾的解除，又導致新的欲求，加劇性心理的變態。於是，又開始下一輪惡性循環。」〔註23〕

潘金蓮的性慾似乎永遠無法滿足，正如孫雪娥所說：「淫婦說起來比養漢老婆還浪，一夜沒漢子，也成不的。」（十一回）甚至可以日夜交歡而不厭。潘金蓮在「醉鬧葡萄架」險些喪命，被西門慶扶回房裏以後，兩人依舊極盡

〔註21〕人們要發生性行為，都是出於個人生理和心理的需要。具體說來，導致性行為產生的動力有三：一是美的追求。如對方由於形體美或心靈美，從而對對方產生了愛慕之心。二是性感的追求。通過性行為從而獲得生理或心理上的快感。三是生育的追求。生育是性交的直接後果，可以「重人倫，廣繼嗣也」。參閱《人類性文化縱觀》，頁299。

〔註22〕《瓶中審醜——金瓶梅「色」之批判》，頁118。

〔註23〕《瓶中審醜——金瓶梅「色」之批判》，頁104。

溫存。潘金蓮再度被西門慶逗弄得性慾焰盛時，竟然蹲下身，用一條褲帶拴住西門慶的性器官，並對著「它」說：「你這廝！頭裹那等頭睜睜，股睜睜，把人奈何昏昏的，這咱你推風症裝佯死兒。」（二十八回）進而對「它」百般玩弄起來，是夜兩人更是淫樂無度，不但說明了潘金蓮異於常人的性慾，更顯露出潘金蓮對男性性器官的特別眷戀。

潘金蓮眷戀性慾的程度幾乎到了只在乎「性器官」，而對象則成爲其次了。有時，西門慶尚處於睡眠狀態，但潘金蓮已經慾火難耐，遂不理睡夢中的西門慶，只顧挑弄起西門慶的性器官，以滿足她的性要求（七十三回）。甚至在她和西門慶說話的當時，她也一味眷戀玩弄著西門慶的性器官而愛不釋手（七十四回）。潘金蓮這種嗜慾的心態令讀者最深刻的，是當西門慶從王六兒家回潘金蓮房裏以後，由於醉得不醒人事，搖也搖不醒，潘金蓮「翻來覆去，怎禁那慾火燒身，淫心蕩漾，不住用手只顧捏弄。蹲下身子，被窩內替他百計品咂，只是不起」，於是她便找出了裝有胡僧所贈藥丸的穿心盒，見裏面只剩四粒藥丸，自己先吃了一粒，「還剩三丸，恐怕力不效，千不合，萬不合，拏燒酒都送到西門慶口內」（七十九回），以至於藥效過強，西門慶因而精血流盡，幾近喪命邊緣。

潘金蓮這種不顧西門慶安危，只顧恣肆發洩性慾的瘋狂行逕，並不因爲西門慶的病重而有所悔悟，甚至當西門慶陷入昏迷狀態時，「潘金蓮晚夕不管好歹，還騎在他身上，倒澆蠟燭掇弄，死而復甦者數次。」（七十九回）足見潘金蓮縱欲的程度遠已達到變態的地步。

二

變態的性行爲是指性慾以超出常態的強力發生異常的狀態，〔註 24〕其中以虐待與被虐待的變態行爲在《金瓶梅》中亦有所反映。基本上，論及《金瓶梅》中女性在性慾方面的變態傾向時，必須連同西門慶一併分析。因爲這些女性的變態行逕是與西門慶相互推動的，也就是說「施虐、受虐，是一種

〔註 24〕主要的性變態行爲共有八種，基本上可分爲三大類：第一類包括戀物症和扮異性戀物症，患者對於非人類的物體感到性的偏好。第二類包括那些偏好施加或被加諸折磨，以引發性的快樂，像是性虐待或性被虐待症。第三類的性變態，性興奮通常針對不同意的伴侶，包括戀童症、暴露狂或偷窺症。參閱 Timothy W.Costello and Joseph T.Costello 著，趙居蓮譯，《變態心理學》，頁 274～279，桂冠圖書公司，1995 年。

共衝動的形式，它在性活動與過激活動之間，建立起反饋的關係。」〔註25〕

一般認為凡是向性對象加以肉體的或精神的虐待或痛楚，並以此使自己獲得性的快感，都可稱為性虐待。而西門慶性虐待的方式主要有兩種，一種是「懸股淫亂」，一種是「燒香炙體」。

西門慶經常對他所淫的婦女要求「懸股淫亂」的性交方式，以滿足他那異常的性慾。例如在「潘金蓮醉鬧葡萄架」那一回，他便將潘金蓮的裹腳帶解下來，拴她的雙足，並吊在兩邊的葡萄架上，然後再以異常的姿態和方式和潘金蓮性交，其過程之不堪甚至令潘金蓮因而險些喪命。潘金蓮雖然因為不堪西門慶的虐待性交方式而昏厥，但卻又樂此不疲，甚至陶醉其中。一個施虐、一個受虐，兩相互動之下，以達調情洩慾的目的。

除了潘金蓮以外，西門慶還曾不只一次和王六兒以這種方式性交，更誇張的是他在淫慾之際還想在王六兒身上燒香，然而王六兒對於這種過分的要求不但不拒絕，反而回答說：「你要燒淫婦，隨你心裡揀著那塊只顧燒，淫婦不敢攔你。」西門慶擔心韓道國有所埋怨，王六兒竟然又說：「那忘八七箇頭八箇膽，他敢嗔！他靠著那裡過日子？」（六十一回）不但道出了他們夫婦兩藉色求財的意圖，更張顯出王六兒財色薰心的醜態。

用香炙燒女性的身體以滿足性慾的方式，西門慶除了對王六兒做過以外，林太太和如意兒也都曾被如此對待過。西門慶和林太太雲雨過後，一時興起還在林太太「心口與陰戶燒了兩炷香」。次日，和如意兒歡好時，這種虐待心態再度興起，遂令如意兒仰臥在炕上，把昨天燒林氏剩下的三個香馬兒放在她身上，用安息香一齊點著，然後一邊和如意兒進行性交。當香燒到肉根處時，如意兒「蹙眉齧齒，忍其疼痛」，要求西門慶饒了她。但西門慶仍不罷休，還逼她道：「淫婦原是熊旺的老婆，今日屬於了我的親達達了。」（七十八回）這才滿足了他的性優勢，達到性慾的宣洩。

西門慶的性虐待儘管方式千奇百怪，但究其實質，都是通過對女性施以肉體上的痛苦和精神上的折磨，來獲得性衝動和滿足。而被他虐待的女性亦往往通過被虐待的痛苦而達到快感，潘金蓮每次都被西門慶整得死去活來，但她仍對西門慶依戀不捨，正是因為她能從西門慶的性行為中得到性慾的滿足。王六兒主動讓西門慶吊足、燒香，除了有討好的心理以外，主要還是企圖從異常的方式中，獲得異常的快感。

〔註25〕方迪著，尚衡譯，《微精神分析學》，頁231，大陸．三聯書店，1994年。

《金瓶梅》中的女性除了潘金蓮在性慾方面超乎常人，以至於產生異於常人的性要求與性行爲以外，其他的女性性慾雖亦旺盛，但畢竟是受到西門慶變態的性行爲所影響。因爲女性的性心理特徵，基本上具有溫柔、甘願當配角、甘願爲他人犧牲的傾向，所以王六兒甘願讓西門慶燒香，如意兒也蹙眉忍耐的滿足西門慶變態的要求，多半爲了討好西門慶，以達索求錢財、穩定生活的目的。

然而在傳統衛道的批評方式下，這些女性其實並無程度之別，而一概被冠以「淫蕩」的醜名，鮮少有人願意從心理角度探討她們沉迷於性慾的原因。經過以上簡短的分析，雖不能涵蓋書中所有女性在性慾方面的情況，但亦足以對她們的行爲做了某種程度上的解釋。

小　結

《金瓶梅》中的性描寫一直是學者議論的內容，或認爲《金瓶梅》是「古代中國的性學教科書，以藝術的方式，爲我們今天的性學研究，提供了豐富的材料。」〔註 26〕或以爲「《金瓶梅》一書中性行爲描寫用『淫褻』或『穢褻』是難以概括的。這些描寫儘管令我們這些受過傳統道德洗禮的人『不堪入目』或『穢心自污』，『不堪卒讀』，卻是中國的土產，是中國十七世紀的特產。它不僅是明代中葉熾盛的『淫風』的產物，更是傳統文化對性位置的確定的結果。」〔註 27〕或認爲《金瓶梅》中的性描寫「嚴重缺乏文學作品中健康性描寫所應有的啓示性與聖潔感，因此，它是名著中的敗筆，不值得或不應當予以肯定。」〔註 28〕

無論是褒或貶，總之《金瓶梅》的作者著重「財色」，尤其是性的描寫切入晚明社會生活，從而揭示了這個社會的本質特點，是《金瓶梅》之所以具有時代意義的原因。但是其中對於男女性交過程的細膩刻劃與原態複述，淫器、春藥的詳盡羅列和性變態行爲的反覆渲染，使得《金瓶梅》有流於「春宮畫」之嫌，的確也是作者敘述不當之處。

由於《金瓶梅》中大量的性描寫被人們斥爲「淫穢」，所以有些版本遂採

〔註 26〕《瓶中審醜——金瓶梅「色」之批判》，頁 6。
〔註 27〕陳東有著《金瓶梅文化研究》，頁 121，貫雅文化事業公司，1992 年。
〔註 28〕田耒著〈莫將癰疽作桃花——我看《金瓶梅》中的性描寫〉，《中國古代、近文學研究》，第 5 期，1992 年 6 月，頁 233。

用刪節的辦法來處理這些性描寫的情節。但這些情節的刪節將使人物的性格無法展現。例如第十六回中，西門慶和李瓶兒看著春宮畫，乘著酒意盡興交談與交歡雲雨的過程，便揭示了李瓶兒之所以不滿花子虛而傾心於西門慶的原因，從而表現了李瓶兒性格中的某種側面。第二十七回的「潘金蓮醉鬧葡萄架」，雖然行爲荒唐、落筆淫穢，但畢竟透顯了潘金蓮嫉妒好強的個性，以及西門慶幾近虐待的性行爲，並引出陳敬濟因鞋戲金蓮的情節。

從《金瓶梅》中對女性性慾的描寫，還可以探討社會現象以及人物的心理層面，例如宋蕙蓮、王六兒、李桂姐、賁四嫂等人的藉色求財，反映了女性被拒絕於經濟之外，只能依賴男性的贈予才能擁有錢財，以及顯露了女性爲求財而不顧廉恥的心態。潘金蓮、宋蕙蓮、如意兒等人的以色市寵，則反映在父權社會的壓抑下，女性人格所受的污損與扭曲。

吳月娘的性壓抑，反映了「傳宗接代」的傳統性觀念，李瓶兒的性要求反映了女性在婚姻中對情愛的期待與希求，潘金蓮和龐春梅的性放縱則反映了男性的「女禍」觀念，林太太的性放縱則是作者諷刺當時社會上那些道貌岸然的僞道者。

從以上的分析，可以得知《金瓶梅》中部分關於性慾的描寫有不可或缺的地位，但是除此之外，作者有時以一種不自覺的參與態度，激情贊賞的描寫男女之間的性行爲，因而令讀者產生反感，並予以批評。像這類對於人物、情節沒有關連，而游離在小說中的文字描繪的確爲人所垢病，但卻不能因此而否定性慾的描述在《金瓶梅》中所具有的重要影響。

第五章　綜論：浮沉於父權體制中的女性

《金瓶梅》是一部以男性為中心所表述的小說，〔註1〕其中所透露的「勸世」、「懲戒」意味，都是要勸誡男性掙脫出女性的誘惑。之所以強調掙離「女性的誘惑」，乃是由於傳統中的男性一向將女性的價值侷限在「性」和「生育」的事務中，他們害怕面對女性的肉體時，失去對女性和自己的控制，所以特別以勸誡的態度提醒男性要遠離女色。

在這種前提下，《金瓶梅》中的女性幾乎都蒙上了一層醜陋的面紗，她們的形象被醜化，目的是為了讓男性讀者閱讀了以後，對女性產生更深刻的負面印象。

然而立於剖析「父權體制」的角度來閱讀《金瓶梅》，便能發現這些女性的境遇是值得同情、悲憫的。她們因為生長於絕對父權的制度中，對自我的認知僅限於自己所扮演的社會角色，她們習慣服從男性的命令，仰賴男性的物質供給，因而當本能的反應與社會賦予的規範相牴牾時，遂只能壓抑本能的反應，甚至扭曲人格，而造成性格的轉變。

女性不能適性發展，以至於造成性格轉變的原因，最主要是由於「自主意識」的蒙昧不明。因為習慣於服從男性的命令，以至於「自主意識」始終無法開展，因而她們只能在男性設定的架構下，扮演自己所屬的「社會角色」。

〔註1〕林樹明認為《金瓶梅詞話》是：「男人講述，講給男人們聽，既表述了一名男性自我的道德說教，又呈示了一名處於特定社會階段的男士對於情慾場面的感受和兩性性徵的臆想。」（〈試析《金瓶梅詞話》的男權價值倚重〉，《中國古代、近代文學研究》，第6期，1994年7月，頁186。）

造成女性這種生命型態的原因，則主要來自於「男尊女卑」的迷思。所謂男尊女卑的迷思，意指人爲制定的性別秩序長期地控制人類的思考模式，使人忽略了去判斷這種性別秩序所內涵的不平等性。

以下即由「自主意識的蒙昧」以及「男尊女卑的迷思」兩個部分，分別深入析論《金瓶梅》中的女性。

第一節　自主意識的蒙昧

一、「妻子」角色的侷限

在父權體制中，女性自降生始，就受到父母親族迥異於男性的歧視性待遇。所謂「弄璋」、「弄瓦」之分別，正是這種觀念的反映。女性的一生都是爲了別人而活，從待字深閨就爲事夫做準備，與外面的大千世界相隔絕；一旦出嫁，則又必須承擔侍奉丈夫、公婆，乃至叔妹的負擔。她們必須屈從於男性所設立的規範，一旦偏離規範，即可能蒙上「不賢良」的醜名，這種完全建築於男性的價值評斷，迫使女性的「自主意識」一直處於蒙昧不明的階段。

這種現象也說明了女性一向被當成「客體」來認知，男性以他們心目中的理想伴侶，塑造了忠貞、賢淑、貌美、柔順……等所謂的「正面」條件，而凡是與這些正面條件相背離者，就被指斥爲「不賢良」！姑且不論這些「特質」是否爲女性的本質，〔註 2〕但顯而易見的，這些特質明顯的是以男性爲中心所產生的從屬性行爲。

然而身處於父權體制中的女性，早已將這些所謂的「女性特質」內化爲自我價值的準則。吳月娘在《金瓶梅》中即是一個將社會規範內化爲自我意識的女性人物，一心爲了扮演好賢良妻子的角色，生命便只能在忍受寂寞與掌握權力中渡過。她強烈的道德意識使她壓抑性慾的本能，而宗教的堅信也是抒發她性壓抑的一種方式。儘管她刻意的壓抑自己的性慾，但她也和一般正常的女性一樣需要丈夫的性溫存，因此當她得不到這種應有的溫存而被冷

〔註 2〕一般人印象中的「女性風格」，是否眞能代表「女性」的本質？魯斯文所提出的符號學觀點有助於我們糾正性別風格的偏執。他說：「『女人』並不存在於人類話語形成之前，相反，『女人』是人類話語的產物：既然沒有這種先於推論的、女性特有的『本質』，她就不可能用本質上是女性的方式表達任何東西。」參閱康正果，《女權主義與文學》，北京，中國社會科學出版社，1994 年，頁 102。

漠置之一旁時，內心的痛苦是可想而知的。

「壓抑」是吳月娘面對本能反應與婦德規範相衝突時，經常採用的方法。然而一味的壓抑而無法適當的宣洩，終會有潰堤的時候。在西門慶迎娶李瓶兒的喜筵上，吳月娘壓抑的情緒終於到了極限，內心眞實的感受衝破了婦德規範的假面具，難以自抑！

早在西門慶欲娶李瓶兒爲妾時，吳月娘便與西門慶在意見上產生了衝突。兩人鬥氣，李瓶兒是直接的導因。吳月娘出身官宦人家，三從四德的觀念已在她心中根深蒂固，爲了維持自己在家中的地位及主家夫人的形象，她總是表現得不爭不妒。但做爲一個女人，在一夫一妻多妾的大家庭中，要表現得完全不妒不爭談何容易。儘管她反對西門慶的理由冠冕堂皇，但其中未嘗不夾有一些女性的醋意。

在喜筵上，當李瓶兒一身雍容華貴的出來謝客時，那驚人的美貌吸引了眾人的眼光，贏得了賓客們的讚不絕口，使得吳月娘這個千戶出身的小家碧玉相形失色，被冷落在一旁。加上潘金蓮刻意的挑撥離間，更使得吳月娘心中的酸楚轉爲氣惱。然而在這種場合，吳月娘只能將惱怒藏在心中，以免有失長房身分。但接下來應伯爵對李瓶兒的逢迎吹捧，句句似針刺向吳月娘的心窩，加上李瓶兒僭越了主家夫人賞錢給下人的事，使得四個唱歌的妓女捧著李瓶兒「娘長娘短」的叫個不停，此情此景，加深了吳月娘的失落感，因而憤然離席回房。

此時，吳月娘的情感變化已由內向外，露於形色，因而當玳安將禮物和拜錢送去給吳月娘時，她便耐不住怨怒的發火大罵，並令玉簫把錢物都掠到床頭上去。本來，掌管府中財物是她的權力，但對於西門慶直到宴會結束才想到她這個正妻，彷彿把她視爲管帳的僕婦一般，不由得借著罵玳安來發洩怒氣。但玳安畢竟是個下人，她只能借題發揮，不能直抒胸臆。直等到吳大舅來到她房裡，面對自己的親兄長，吳月娘終於控制不住心中的苦悶，大哭大罵地渲洩壓抑的情緒。吳大舅此刻以三從四德的方式來勸慰吳月娘已經沒有任何效用，因爲吳月娘自知此時賢良溫順、三從四德的「品性」，簡直無法與李瓶兒嫵媚動人、富貴氣派的「財色」相比擬。她明白在西門慶的心目中，「財色」的誘惑遠勝於「品性」，因此這便令她產生了一股危機意識。從吳月娘自哀自憐的對親兄長哭訴，可以看出她對西門慶的不滿、對李瓶兒的嫉妒，以及對自己出身與地位的自怨自艾。

在這整個事件的過程中，値得討論的還有一個觀念，亦即當吳月娘心中的道德堤防已經不勝負荷情緒的洶湧波濤時，吳大舅竟仍以三從四德的規範來勸慰自己的妹妹：

> 自古痴人畏婦，賢女畏夫。三從四德，乃婦道之常。今後他行的事，你休要攔他，料姐夫他也不肯差了。落的做好好先生，纔顯出你賢德來。（二十回）

從吳大舅的話中，可以了解男性所希望的賢德妻子，無非是「畏夫」的「好好先生」，凡事以丈夫爲中心，而不應有自己的情緒、自己的思考、自己的價値判斷。像這樣凡事以男性爲主的生命型態，怎能開發出鮮明的自我意識？像這樣不能以自己的價値觀來決定生活，怎能活得有尊嚴？

中國傳統社會的宗法制，是對「宗」進行等級劃分。等級劃分的方式是以輩份爲先，性別爲後。而家庭中家長的權力一向隸屬於男性，除非身爲「家長」的男性死亡，家長的權利才能由其配偶掌握，否則女性只能處於服從的地位。〔註 3〕但對權力的崇拜與趨從是人類與生俱來的天性，「如尼采認爲，權力意志是一切生物固有的本能，凡是有生物的地方，那裏便有追求權力的意志。」〔註 4〕所以儘管在家庭中，女性必須服從於丈夫，但妻妾間爭奪權力的情況恐怕不亞於社會上的權力競爭。

吳月娘雖然高居正妻的地位，從禮法上而言，她可以宰制其他妾婦，但是面對妾婦們的爭寵，吳月娘仍必須時時擺出正妻的威嚴，提醒妾婦們不得踰越本份。爲了樹立自己的權威，在其她女性面前，她的一言一行無不充滿著權力的意味，罵潘金蓮「賊不識高底貨」（十八回），罵李瓶兒「沒廉恥的歪淫婦」（十八回），罵僕婦們「賊臭肉們」（二十四回），處處顯露主家夫人的氣勢。

正妻的地位並不能令吳月娘的權威得到百分之百的鞏固，於是她秉持著貞節以自恃，對那些未能從一而終的女性顯露鄙夷的態度。所以面對潑灑放肆的潘金蓮，她毫不示弱的反擊道：「我當初是女兒塡房嫁他，不是趁來的老婆。」（七十五回）並扣緊潘金蓮不守貞節的淫浪個性嚴加斥責，令一向強悍的潘金蓮無力反擊。

吳月娘身爲正妻，又謹守男性所訂定的婦德規範，自能在西門府中掌有

〔註 3〕有關中國人的家庭等級之劃分，請參閱翟學偉，《中國人的臉面觀》，頁 127～134。

〔註 4〕朱永新，〈論中國人的戀權情結〉，《中國人的心理與行爲》，頁 191。

不少的權力。雖然西門慶在世時，她尚不能干涉家中的人事變動，西門慶死後，西門府的掌管大權便全都落在吳月娘身上。所以當她發現潘金蓮、春梅和陳敬濟之間的姦情時，她有權賣掉春梅和潘金蓮，並將陳敬濟趕出西門府。然而這種權力的轉移，並未透顯出女性的「自主意識」，只是一種「男性威權」的轉移罷了。〔註 5〕

「妻子」的社會角色固然侷限了女性的生命型態，但身爲一位妻子所擁有的「權力」如果不被妥善使用，則可能導致更多女性的不幸！當春梅還是女婢時，便已藉著西門慶和潘金蓮的勢力而自恃於其他奴僕之上，甚至對主家夫人吳月娘也敢有所不敬。一旦躍升爲周守備夫人，「妻子」的權力更讓她爲所欲爲，有恃無恐。例如她將孫雪娥買來家中，予以辱罵責打，最後又將孫雪娥賣入娼家。這種濫用權力欺壓女性的行爲，儼然是藉男性的威權以逞個人的私怨，無異是對「同性」的戕害，而未能以同情的態度反思女性處於父權體制中所遭受的不平等對待。

當春梅仍是個女婢時，非常看重自己，決不安於「爲人作奴」的地位，以至於李銘在教琴時，略爲施力的按了春梅的手，春梅氣狠狠的把李銘臭罵了一頓（二十二回）；吳神仙說她將來「必戴珠冠」，吳月娘對此不以爲然時，春梅卻說：

> 常言道凡人不可貌相，海水不可斗量，從來旋的不圓，砍的圓，各人裙帶上衣食，怎麼料得定？莫不長遠只在你家做奴才罷！（二十九回）

崇禎本評論者評論道：「春梅心眼自寬，非一味說大話。」正道出她渴望改變地位，不甘心一輩子處於婢女境遇的心態。

春梅是一個心高氣傲的婢女，雖然她與潘金蓮沆瀣一氣，性格中的刻薄、狠毒、淫蕩也與潘金蓮相似。但當她嫁給周守備，並成爲周夫人以後，並沒有藉著她的地位對吳月娘施以報復，〔註 6〕反而對吳月娘表現出不忘根本的捐

〔註 5〕女性的自主意識所透顯的意義應是反省「權力結構」本身，而不是用一種權力來代替另外一種權力。「中國傳統社會，以至當代文化中的一個現象；即婦女，或者母親形象，在象徵意義上充分地男性化，成了西方人所說的『長有陽物的母親』。」（胡纓、唐小兵，〈婦女運動・女權女義・女性論——關於策略的理論和理論之對策〉，《當代》，二十七期，1988 年 7 月，頁 113。）

〔註 6〕西門慶死後，潘金蓮和春梅主僕二人與陳敬濟通姦事發，吳月娘極爲冷酷絕情的命薛嫂將春梅帶出去發賣，連衣服也不讓她帶一件。心高氣傲的春梅於是「頭也不回，揚長決裂」而去（八十五回）。這種不辭而別的行爲和表情，

棄前仇的態度，這種恢宏的氣度正顯現了「骨格清奇」的性格，並且因而得到更高程度的驕傲和虛榮。

在身爲丫頭時，春梅倚仗著主子的地位，作賤同身份的秋菊，也不把李嬌兒和孫雪娥看眼裏，但這只是一種低劣的自尊自傲的態度，並未能眞正符合吳神仙所說的「骨格清奇」。至於她成爲周守備夫人以後，雖藉著夫人的權力殘忍的報復孫雪娥，但她對故主吳月娘的厚道，依然顯露了她「清奇」而不卑下的性格。她以勝利者的姿態化解前隙，又以衣錦還鄉的心情重遊舊家的池館，她待人愈謙厚，愈能表現出她高貴顯赫的地位，在某種意義上，這種態度也是報復的一種方式，〔註 7〕只不過不同於迫害孫雪娥的低劣手段罷了。

春梅有幸由女婢成爲周守備夫人，但卻不能使她自尊自重、清奇而不卑下的性格得到正面的發展，反而因爲權力的獲得而令靈魂淪陷於殘忍和縱慾的泥淖！生活的富裕無慮，使春梅的精力轉向性慾的追求。由於周守備的勤於職守、忽於情慾，以至於不能滿足春梅日漸旺盛的慾望，於是春梅便主動將陳敬濟安排住入周府，兩人藉姐弟之名行夫妻之實，陳敬濟死後，她更主動誘惑老僕人周忠之子周義，兩人朝來暮往，淫慾無度，甚至因縱慾過度死於周義身上而不悔。然若深入探究，春梅因養尊處優而縱慾的性格轉變，其實和林太太有某種程度上的相似之處。

以身分而言，王招宣府的林太太是一位地位顯赫的人物，養尊處優的物質環境令林太太無須爲生活費心，因而更加襯托出她在精神生活上的貧困、空虛。多年寡居所產生的性飢渴使她備受煎熬，但是官太太的身份斷絕了她再嫁的念頭，因而唯一可以滿足性慾的方式就是偷情。作者如此安排似乎是要諷刺「世代簪纓」之家的腐敗墮落，〔註 8〕但卻也說明了由於女性不能參與

充分表現了她對吳月娘的憤恨。但當她被賣給周守備當小妾後，因爲生了兒子而成爲寵妾，後來周守備夫人去世，她便平步青雲成了有誥封的守備夫人。清明節，與吳月娘在永福寺巧遇，春梅不記前嫌，對吳月娘插燭似的磕頭，表現出知恩有禮的態度。（八十九回）

〔註 7〕早在永福寺巧遇時，春梅即不計前嫌恭敬地對待吳月娘，她並對吳大妗子說：「奴不是那樣人。尊卑上下，自然之理。」然而崇禎本評論者卻評道：「春梅曰：『奴不是那樣人。』則吳月娘是那樣人，可知矣。」又云：「（春梅）語語知恩報恩，自令結怨人内愧。」深入人物的内心，評論出春梅恭敬行爲下的微妙心態。

〔註 8〕作者通過西門慶入招宣府所見，說明林太太居住的府邸是一個十分堂皇顯赫、

政治、經濟、文化的活動，以至於林太太精神生活困乏，多餘的精力只能關注於性慾上了。

在《金瓶梅》中，每一個女性無論個性如何強悍、精明或圓融、善良，她們終究不能發展自己的才華、參與社會的活動。她們的生活中既然沒有供她們學習成長的環境，再加上她們又被視爲「性的存在」，以至於生活的走向很容易的便傾向於性慾的追求，生命也因而沉淪於慾念中難以昇華。

作爲一個負面的女性角色，春梅因縱慾而亡，固然反映了《金瓶梅》勸善懲惡的創作宗旨，但春梅身爲女婢時所具有的「骨格清奇」的性格，在小說中反倒成了對父權體制的一種諷刺！

一位「骨格清奇」的女子，何以最終竟以縱慾而亡？除了上述的社會因素以外，是否也說明了身爲一名男性的作者，對於女性所具備的「清奇」特質的認知，只限於「不甘爲奴」？作者的認知其實代表了當時社會對女性所反映的態度。春梅的不甘爲奴並不能由自己的能力向上成長，而是藉由婚姻取得地位的躍升，這不但說明了女性若要掙脫地位的限制唯有藉助於男性的能力及地位，而女性的不甘於地位低下，其實也只反映了人們不甘受人使喚的心理罷了！

再觀吳月娘一心鞏固賢良妻子的名位和地位，卻只求得「善終而亡」，難道所謂的「善終」就是一個固守婦德的女性所要追求的人生價值？西門慶未死之前，吳月娘以丈夫的成就爲自己的榮耀，西門慶死後，孝哥兒出生，吳月娘又把人生的希望寄託在孩子身上，豈知孝哥的投生只是爲了償還西門慶生前所做的罪孽，以至於最後不得不讓玳安入籍西門氏，改名西門安，承受家業，奉養吳月娘至終老。

女性的一生中在家從父、出嫁從夫、夫死從子的命運，使得吳月娘只希圖透過丈夫、兒子來完成她的願望，由丈夫、兒子代替她生長創發，未能自覺的由自己來豐富生命。這種被動的、依賴的生命型態，不但透露了傳統女性的悲哀，也顯示了父權體制對於一名「妻子」所造成的生命箝制。而春梅的「骨格清奇」，最終也只是藉男性的地位而躍升至主家夫人的地位。諷刺的是，春梅雖然是掙脫了女婢的卑下地位，但卻反而跳入了慾海中而難以自拔！

肅穆莊重的所在。迎門「節義堂」硃紅匾，以及兩壁隸書一聯：「傳家節操同松竹，報國勳功並斗山。」一切都顯得那樣尊貴莊重而又清雅瀟灑，「節操」二字在這裏尤其顯眼，對於林太太不顧身分的追求淫欲，實具入木三分的諷刺效果。

如果女性不能清楚地發覺自己生命型態的困乏，如果不能突破生活的格局，那麼終將一輩子活在男性設制的框架中，而難以開展出自己的生命價值，自主意識也終將蒙昧難明！

二、「妾婦」角色的無奈

在父權社會中，男性以「廣繼嗣」為由，得以正大光明的娶妻納妾，以至於男性可以享有眾多女性的眷愛，但無論是妻或妾都必須和其他女性共事一位丈夫。然而男女之間的情愛中存有一種母愛和兄弟愛所沒有的「排他性」，「是一種希望和另一個人完全融合，完全合為一體的慾望」。〔註 9〕但觀傳統的婚姻制度卻違背了人類的這種天性，以至於女性必須忍受寂寞、壓抑嫉妒。這種不平等的對待在父系社會中不但鮮少為人所自覺，反而被視為倫理綱常般奉行不已。

身為一名妻子，恪守婦德或許還有助於權力的鞏固，但身為一名妾婦而謹守婦道，似乎並未能予以現實利益上的獲得。因此她們工妍、獻媚，目的就是要求得丈夫的寵眷，以得到權力的依憑以及物資的享受。

但正因為每一個妾婦都希望能得到丈夫的眷寵，因此「嫉妒」便成了不可避免的衝突，而尋求「自我安身」也成了妾婦消極的處事態度。

潘金蓮的好強、逞能以至於凶狠、暴戾雖然是作者刻意塑造描繪，但這也顯露了父權體制對女性的箝制，使得她無法盡情展現生命中的才華，只能變相的把精力用在家庭中，爭取丈夫的寵愛，與其妻妾周旋。所以潘金蓮一進西門府就排擠孫雪娥；見宋蕙蓮贏得寵愛，便運用機心，置宋蕙蓮於死地；日後更挑撥吳月娘和李瓶兒之間的感情；李瓶兒生下官哥兒之後，她甚至費盡心思的謀害官哥兒、氣死李瓶兒。一切都只為了獨佔西門慶，滿足個人的慾望。

潘金蓮一心想獨佔西門慶，從小說的表面敘述來看，是為了滿足她那異乎常人的慾望，但若深入探析她的內心，可以發現其實她是怕「寂寞」，怕獨自一人的孤寂與落寞。

潘金蓮一向以潑辣好強的形象呈現在小說中，但這個平日「一路開口一串鈴」、〔註 10〕風風火火般來去的悍婦，也有相思等待、靜如秋水的時候。潘金蓮鴆殺武大以後，「每日門兒倚遍，眼兒望穿」，一心期盼著西門慶的來臨，

〔註 9〕佛洛姆，《愛的藝術》，頁 70。
〔註 10〕〈批評第一奇書金瓶梅回評〉第六十一回，《金瓶梅資料匯編》，頁 137。

卻始終見不到西門慶的蹤影。她「每日長等短等」，「挨一日似三秋，盼一夜如半夏，等得杳無音信。不覺銀牙暗咬，星眼流波。」（八回）由於無事讓她分心，她只好拿起紅繡鞋占卦，表現了女性的無奈，既不能主動去找西門慶，只好依託於鬼神命運，祈求達成心願。

此外，無論是嫁給西門慶以前或之後，每當深夜獨自一人時，她便短歎長吁，耐不住寂寞的獨彈琵琶，自唱小曲，以解相思之情。尤其自從李瓶兒生了官哥兒以後，西門慶便經常守著他們母子倆，不曾進潘金蓮的房門了。一日，她又「在房內銀燈高點，靠定幃屏，彈弄琵琶」，藉彈唱來抒解苦悶。〔註11〕

愁悶、空虛使她備感苦悶和怨恨，於是一逕把琵琶的音階彈得高高的，並大聲的唱著曲子，以發洩她此刻極度傷心、絕望、酸楚與嫉恨的心情。高亢的琵琶和歌聲終於引起西門慶的注意，在李瓶兒的唆使下，西門慶這才來到潘金蓮房裏。卻只見她「坐在床上，紋絲兒不動，把臉兒沉著」，半日才冷冷的對西門慶說：「我的苦惱，誰人知道，眼淚打肚裡流罷了！」亂了一回，李瓶兒見她一幅酸臉，體貼的讓西門慶留在潘金蓮這裏過夜，這才平息了潘金蓮的怨恨與苦悶。

潘金蓮雖然在父權體制中活得如此主動，掙脫種種規範的束縛，但她終究被困在父系社會的權威觀念中，無法自覺女性所應得到的基本尊嚴，只是一味追求私欲的滿足。也因此，儘管已有許多學者立於社會制度為潘金蓮的行為予以辯白，使潘金蓮的形象由一個印象式批評的「淫婦」，成為作者筆下成功的一個「典型」，但依然只能是個「淫婦的典型」，並未能具有反映女性自主意識、指陳社會不平等對待的意義。

何以強調潘金蓮只能是個「淫婦的典型」？因為小說中潘金蓮的噬慾、惡毒、工於心機，是如此的鮮明！她的所做所為都只是為了滿足個人的私慾，社會制度固然壓迫了她的成長，但她不能向社會制度提出反抗，卻反而對其她女性造成更深的迫害，這也說明了她的自主意識蒙昧不明，只能聽憑慾望而使生命沉淪於暴戾之中。

孟玉樓是《金瓶梅》的女性人物中唯一不受潘金蓮嫉妒、攻擊的角色。

〔註11〕崇禎本對於潘金蓮此時寂寞悲苦的心情，亦有深入同情的評論：「人只知隔越相思之苦，孰知眼前相思之苦如此。人只知野合相思之苦，孰知閨闈夫妻相思之苦尤甚。可勝嘆息。」（二十八回眉評）婉轉道出妻妾之間分享一位丈夫的淒苦之情。

由於孟玉樓只是一名妾婦，在地位上既然低於吳月娘，在性格上又沒有潘金蓮的強悍，所以她面對妻妾爭寵的形勢時總是採取了藏拙的態度，持著不爭不競的態度，隨機應變、明智圓通，不被捲進事非的漩渦，客觀冷靜的應對家中的變化。她一向表現得無爭無競，但這並不表示她不需要西門慶的溫柔呵護、不怕寂寞所帶來的孤獨感受，只是她善於隱藏情緒，不輕易顯露心中的想法罷了！

在第七十五回，作者便明顯的描寫出孟玉樓心中的委屈，藉著嬌嗔含酸的態度，把她平日鬱積的苦悶抒發出來。由於孟玉樓身體微恙，西門慶得知以後，便急得立刻來到她房裏探望，表現出他的關懷之意。孟玉樓平日雖然不輕易將情緒表露出來，但人處於生病的狀態，心靈總是比平常來得脆弱，尤其西門慶對她又是親膩殷勤的叫喚呵護，溫柔的態度軟化了孟玉樓平日的心防。終於把鬱積的委屈與苦悶藉著奚落的話語一併渲洩出來：

> 俺每不是你老婆，你疼你那心愛的去罷！……今日日頭打西出來，稀罕往俺這屋裏來走一走兒。……可知你心不得閒，自有那心愛的扯落著你哩。把俺們這僻時的貨兒都打到贅字號聽題去了，後十年挂在你那心裏。

這一番含酸的抱怨，說明了孟玉樓並不像她平日所表現的那般豁然大度。她酸柔的態度不但予人楚楚可憐的感受，尤其那奚落委屈的口吻，更令人感受到她心中的淒楚無奈，也反應了平日雖然事事對潘金蓮多所忍讓，實際上只是不想捲入爭端，而暗暗將對潘金蓮的不滿放在心中罷了。

在作者的刻劃下，孟玉樓凡事都顯得無爭無競，最後嫁給李衙內也過著如魚似水的恩愛生活，足見孟玉樓這個角色的表現，是作者欣賞認同的。孟玉樓事事都盡量做得圓融周到，並且能冷靜的觀看事情的演變，始終置身事外，故能免於捲入妻妾之間的紛爭。正因爲孟玉樓能保持清醒的頭腦，所以她雖然常聽潘金蓮訴說委屈或挑撥離間，但仍不會受潘金蓮所左右，反而是潘金蓮常會受到孟玉樓言論的影響。

張竹坡說孟玉樓是個「乖人」，正說明了孟玉樓能明白自己的處境，安分守己的爲自己尋得一個寧靜無爭的角落。這種隨遇而安、不與人爭的態度，其實正反映了中國傳統社會中，大部分女性的自處之道。

在兩性互異的社會化過程中，女性的性格傾向於接納、配合與依賴。所以男性所制定的規範很容易被她們內化爲自我的意識，無形中主宰著女性的行爲及思考。所以當初張四舅勸孟玉樓不要嫁給西門慶時，孟玉樓卻回答說：

自古船多不碍路。若他家有大娘子，我情愿讓他做姐姐。雖然房裡人多，只要丈夫作主，若是丈夫歡喜，多亦何妨。（七回）

從孟玉樓的回答，可以得出二個觀點：一、孟玉樓具有忍讓的性情，能忍能讓則能在紛爭中尋出一條退路，而不會與人發生衝突。二、凡事由丈夫作主，只要丈夫喜歡，她便能順從的配合。這種忍讓、配合的態度，正是女教所灌輸的觀念，不但反映出一般女婦自處之道，也說明了女性慣於受男性支配的傾向。

嚴格而論，孟玉樓可以說是西門慶的諸多妻妾中，「自主意識」較爲明確的一位女性。她雖亦身陷於不平等的社會制度中，但她清晰的頭腦和精明的判斷，使她在西門府中獲得最多人的親近和信任。西門慶死後，她未像吳月娘不知變通的固守貞節，選擇了李衙內做爲終身的依託，而婚後恩愛的生活也證明了她的判斷無誤。因此在這個凡事必須仰賴男性的社會中，孟玉樓的確是一個善於經營自己生命型態的聰明女子。

李瓶兒在西門府中可以說是最受西門慶寵愛的妾婦，西門慶對她的寵愛固然與她所帶來的大筆嫁粧有關，但李瓶兒貌美的容顏、白晰的肌膚以及溫克性兒，都是吸引西門慶的條件，不過最重要的關鍵則是她爲西門慶產下了第一個子嗣。

這些優渥條件雖然爲李瓶兒贏得西門慶的寵愛，但卻也使她成爲被嫉妒的主要對象。吳月娘對她有怨，潘金蓮則對她展開一連串的排擠與陷害。李瓶兒面對潘金蓮的攻擊一向以逆來順受的態度應對，以至於造成潘金蓮無所畏懼的一再迫害。

李瓶兒的逆來順受固然受她當初身爲大名府梁中書的小妾時，爲了保生而養成凡事退讓的性格所影響，另一種可能則與她的「自省意識」有密切的關連。「所謂『自省意識』，是指人用自己所認識和掌握的道德規範，反省自身行爲時產生的一種內在情緒，一種情感體驗。」〔註 12〕然而《金瓶梅》中的人物大多不曾對自己所做的事反省自責，潘金蓮更是死無反悔，一惡到底，宣稱「明日街死街埋，路死路埋，倒在洋溝裡就是棺材。」（四十六回）這種只追求現世快樂的心態，可說絲毫沒有一點「自省意識」。

正由於李瓶兒能「自省」，所以她不會恃寵而驕，不會憑靠西門慶的權勢

〔註 12〕邱勝威、王仁銘合著，《笑笑生話金瓶》，頁 169。

欺壓西門慶的其他妻妾。亦因爲她能「自省」，所以她的道德意識使她在臨終前，對生前所做的錯誤產生自責。在這一部分的情節中，作者所運用的方式是描述李瓶兒的夢境，使得反覆出現的夢境披露了她心底的自責：

> 李瓶兒臥在床上，似睡不睡，夢見花子虛從前門外來，身穿白衣，恰似活時一般。見了李瓶兒，厲聲罵道：「潑賊淫婦，你如何抵盜我財物與西門慶？如今我告你去也。」被李瓶兒一手扯住他衣袖，央及道：「好哥哥，你饒恕我則個！」花子虛一頓，撒手驚覺，卻是南柯一夢。（五十九回）

對於夢境的解釋，作者亦由西門慶的口中道出：「此是你夢想舊境。」而若從心理學的角度來看，「我們在夢境裏，不只能透視我們和別人或別人和我們的關係，判斷價值並作預見，同時心智的作用也比清醒狀態時更加優越。」〔註13〕所以作者在這裏所描寫的夢境，其實是反映了李瓶兒病臥中的自省內容，她深疚於私自盜運花家財物給西門慶，所以才會請求花子虛的原諒。此外，她對花子虛的病死，也有著負罪感，才會夢見花子虛抱著已死的官哥兒一同前來接她。這種心理上的恐懼到了李瓶兒臨死前，愈發嚴重的威脅她的精神，終至日夜疑神疑鬼的提防，無一刻安寧。她對西門慶說：

> 我不知怎的，但沒人在房裡，心中只害怕，恰似影影綽綽有人在跟前一般。夜裡要便夢見他，拏刀弄杖，和我廝嚷，孩子也在他懷裡。我去奪，反他推我一交。說他又買了房子，來纏了好幾遍，只叫我去。（六十二回）

李瓶兒這些夢境雖也包含著宗教意識的虛幻，但排除了虛幻成分之後，由「日有所思、夜有所夢」的經驗論來談，亦可推斷出李瓶兒在清醒時所思所想的內容是什麼了。

當初李瓶兒將花家的財物轉移到西門慶家，卻向花子虛謊稱錢財都用在處理官司的費用上。而花子虛想查問西門慶使用銀子爲他打司的情況時，又被李瓶兒臭罵了一頓。正因爲李瓶兒和西門慶串通一氣，才害得花子虛「得了這口重氣」，隨後又不幸得了一場傷寒，「初時（李瓶兒）還請太醫來看，後來怕使錢，只挨著。一日兩，兩日三，挨到二十頭，嗚呼哀哉，斷氣身亡。」（七四回）李瓶兒當時一心只想嫁西門慶，所以對於花子虛的死並沒有任何愧疚之意，然而當她面臨死亡的威脅時，面對著宗教上「地獄審判」的恐懼，

〔註13〕佛洛姆，《夢的精神分析》，頁48。

她開始反省自己生前的所做所為，因而對於花子虛的死感到愧疚，才會接二連三的夢到花子虛前來索命。這種痛思生前罪孽的心理，深刻的反映了人們面對死亡時的恐懼，也說明了李瓶兒較其他人具有更濃厚的道德意識。

李瓶兒固然具有強於他人的道德意識，但卻仍開展不出「自主意識」。所以當花子虛不能滿足她的情愛要求時，她很容易的衷情於西門慶；花子虛死後，西門慶因楊提督被參劾而家門深鎖，躲避災厄，她在孤寂無依的情況下，未經深思熟慮又匆促地招贅了蔣竹山。豈知蔣竹山是個「腰裏無力」的蝦鱔，李瓶兒後悔之際，又低聲下氣的攜帶家產嫁給了西門慶。

同樣是為自己選擇依靠的對象，孟玉樓表現的態度是深思細慮、果決堅強，李瓶兒則顯得粗率匆促、猶豫軟弱。也正由於性格的差異，決定了兩人生命的不同走向。

三、「性」及「生育」的設限

作為一個人類，當他失去了政治參與、經濟能力與文化修養時，唯一能顯露他特性的徵兆，就只剩下「性別」，而性別最明顯的分別亦即是否具有孕育的能力了！

在父權社會中，男性獨佔了政治、經濟與文化的領域，女性既然不能從政治、經濟及文化的活動中來認識自己，遂只能由家庭職能、性、生育來肯定自己生存的意義。然而家庭職務的權力幾乎為「妻子」所掌握，以至於社會角色不是「妻子」的女性，更只能從性和生育來證明自己的存在。

相對的，傳統男性對女性的認知也侷限在家庭職能、性以及生育三者，以至於這三者成了女性生存的主要價值所在。潘金蓮因超強的性慾獲得西門慶的眷寵，吳月娘和李瓶兒因子嗣的孕育受到西門慶的眷愛，宋蕙蓮、李桂姐、王六兒、如意兒、賁四嫂等人則是藉著色相獲得西門慶的物資給予。性及孕育成了女性爭取權力、獲得財物的主要方式。這種扭曲女性人格生命的原因，實是父權體制所造成的悲劇！

正由於男性將女性視為「性的存在」，所以作者對於女性的描繪亦著重在外貌的形容，幾乎個個都以妖媚的形象出現，以極盡誘惑的妝扮蠱惑男性。例如潘金蓮有著「一捻捻楊柳腰兒，軟濃濃粉白肚兒，窄星星尖趫腳兒，肉妳妳胸兒，白生生腿兒。」（二回）令西門慶見了酥了半邊。形容李桂姐「羅衣疊雪，寶髻堆雲。櫻桃口，杏臉桃腮；楊柳腰，蘭心蕙性。」（十一回）把西門慶歡喜的沒入腳處。形容宋蕙蓮愛喬裝打扮，「把鬏髻墊的高高的，頭髮梳的虛籠籠的，水鬢描的長長的。」（二十二回）因而被西門慶睃在眼裏。形容王六兒「檀口輕開，勾引得蜂狂蝶亂；纖腰拘束，暗帶著月意風情。」（三十七回）令西門慶見了，心搖目蕩，不能定止。

由於男性總是直接將女生視爲「性的存在」，以至於女性亦變相地將「性」視爲謀生的方式，以身體交易財物。例如奶媽如意兒讓西門慶收用，完全是從生計上來考量；賁四嫂勾搭西門慶也是變相的從西門慶那裏賺得些許財物；王六兒樂於把「不値錢的身子」任西門慶糟踏，亦是爲了物質上的需求。尤其當韓道國一家人從東京回清河縣的途中，爲了掙盤纏更讓妻子王六兒和女兒韓愛姐接客營生，這更鮮明的反映了無論男性和女生，都將「性」視爲女性存在的主要價値。

在論及「性」對於女性價値的設限問題時，宋蕙蓮是必須討論的女性人物。因爲她的角色涉及了「性的價値」及「人格尊嚴」的衝突，深刻的反映了女性對於「自主意識」的蒙昧！

宋蕙蓮是美麗的，但或許正由於她的貌美，使她多了一份得意與虛榮。宋蕙蓮嫁給來旺以後，便在西門府中上灶供人使喚。作者塑造她的性格是「性敏明，善機變，會粧飾」（二十二回）所以工作了個月有餘，因見孟玉樓、潘金蓮打扮亮麗，竟也把頭髮梳得虛籠籠的，反映出她愛慕虛榮的個性。自從和西門慶勾搭上以後，她更把自己打扮得花枝招展，常和眾人打牙犯嘴，全無忌憚。西門慶垂涎她的美色，而她也心甘情願以色事人，換取物質上的享受。這種行爲一方面顯露了她的輕薄，一方面也反映了女性將「性」視爲一種交易的心態。

由於西門慶對她特別的照顧，竟使她自以爲也是半個主人，因而對其他奴僕頤指氣使起來，又常常參加女主人們的活動，如打鞦韆，走百病，看花燈，更「每日和金蓮、瓶兒兩個下棋、抹牌，行成夥兒」（二十三回）把家中大小都看不到眼裏。這種恃寵而驕的心態，固然顯露了一定程度的「自大」，但在「自大」的態度中，並不見有「自主」的成分，因爲她畢竟是把權威建築在男性的依憑上，而非由自身的能力所顯現。

但是當來旺兒從杭州辦完事回來以後，發現宋蕙蓮的不貞，使得事情開始變得複雜。潘金蓮抓住機會唆使西門慶陷害來旺兒，以間接向宋蕙蓮報奪愛之仇。此時，宋蕙蓮的個性發生急遽的變化，她一反輕佻、貪婪的態度，極力爲丈夫洗脫罪嫌，央求西門慶饒恕來旺兒。豈知在西門慶和潘金蓮的矇騙下，來旺兒終究被毒打得皮開肉綻，並遞解回徐州。宋蕙蓮得知實情之後，哀泣得痛徹心扉，並一度含羞自縊。

此回自縊未遂，被救以後，宋蕙蓮心灰意冷，自尊勝過了虛榮，她態度堅決的不與西門慶妥協，每日只是哭泣，粥飯不吃。潘金蓮又見西門慶一心只在宋蕙蓮身上，氣惱之下，又使一了計，讓宋蕙蓮和孫雪娥結仇生怨，因故揪打在一起，惹得吳月娘走來罵了兩句。宋蕙蓮原已低瀰的情緒，經不起吳月娘的責罵，忍氣不過，遂用腳帶自縊了！

宋蕙蓮前後極端的反應，其實並非是性格的矛盾，而是良心、情感的浮現，主導了她堅決反抗的態度。正如潘金蓮回報西門慶所說的：「他一心只想他漢子，千也說一夜夫妻百夜恩，萬也說相隨百步，也有箇徘徊意。」（二十六回）說明了宋蕙蓮對來旺兒並非沒有感情，亦如孫述宇所分析的：「其實她的情感是窮人和窮人共同生活久了而生出的感情，是天涯淪落人的互相憐惜。……這個生長在晚明糜爛的社會裏的窮人家女兒，別的道德原則都堅持不起的了，唯一執著不放的是一點仁愛之心；她承認有財有勢的人有特權，所以肯和西門慶苟且，甚至肯離開來旺，只要來旺能另有妻室另有生活就是；可是當她看出西門施用毒計要屈殺來旺之時，她覺得她自己以及仁心的原則（她稱之爲『天理』）都給完全背棄了。這背棄出賣之感，就是她坐在冷地上極度灰心的原因。」〔註 14〕

宋蕙蓮因來旺兒受害而反應的強硬態度，的確沒有太多的人爲道德意識，多是發自內心的情感。而這一點支持她反抗西門慶的力量，可以說是「自主意識」的萌發，她確切的明白自己所要爭取的是什麼，確切的了解到尊嚴比任何事情都重要！令人感嘆的是，當宋蕙蓮有了這一點自主意識時，仍然被一群沒有自主意識的女性所抑制，以至於被迫走上了自縊的不歸路，怎不叫人悲憐？

和宋蕙蓮相較，潘金蓮的居中挑撥無非是自私心態的作祟，她自私的想獨自佔有西門慶的眷愛，所以教唆西門慶陷害來旺兒，逼宋蕙蓮於死地，唯有如此她才能獨霸西門慶；吳月娘雖曾經勸阻西門慶陷害來旺兒，但遭西門慶一陣喝罵後，因而作罷，顯露出吳月娘畏懼丈夫的威權，行事未能按自己所判斷的是非而據理力爭；至於孟玉樓在此時也顯露了狹小的心胸，得知西門慶要爲宋蕙蓮在外購置屋舍，來個金屋藏嬌時，故意去向潘金蓮告狀，以

〔註 14〕《金瓶梅的藝術》，時報文化出版公司，1981 年，頁 42～43。

至於激怒了潘金蓮，導致潘金蓮必置宋蕙蓮於死地而後快的結局。

因此，嚴格地說，宋蕙蓮的死，吳月娘和孟玉樓都脫不了責任，若非吳月娘畏懼夫權，她大可化解這樁悲劇；若非孟玉樓有意向潘金蓮告狀，潘金蓮也許不至於非要置宋蕙蓮於死地不可。總之，女性自主意識的蒙昧，致使她們畏懼夫權、自私短視，因而生活總是陷在家庭職能、性以及孕育的侷限中，不能有所突破，生命也因而黯淡無光。

雖然自主意識的蒙昧是《金瓶梅》中的女性無法拓展生命的原因，但造成女性自主意識蒙昧的背後因素，終歸是父權體制箝制女性自由發展所造成的結果。《金瓶梅》中部分女性雖然不知廉恥的出賣身體，但正是因爲社會將女性視爲「性的存在」，才使她們以出賣身體爲手段。如果女性也可以參與社會經濟活動，女性的經濟來源無須仰賴男性的給予，女性無庸屈從於男權，那麼藉色求財的行爲或許就不會如小說中所描寫的那麼泛濫。這也是做爲一個現代讀者在閱讀《金瓶梅》時，所應有的一個省思。

第二節　男尊女卑的迷思

一、支配與屈從

父權體制對兩性的尊卑對待，自嬰兒呱呱墜地之初，便有明顯的差別。《詩經・小雅・斯干》云：

> 乃生男子，載寢之床，載衣之裳，載弄之璋。……
>
> 乃生女子，載寢之地，載衣之裼，載弄之瓦。

這種抑女揚男的態度不只強調了男尊女卑的觀念，同時也說明男性的優越和女性的卑下並不是人類的本性，而是「人爲的設置」。

這種人爲的設置隨著時間的久遠，根深柢固的深植在中國人的心中，未曾有所執疑、動搖。以至於男性習慣處於支配的地位，而女性則習慣扮演屈從的角色。

在《金瓶梅》中，西門慶是一個在家中掌有絕對權力的家長，沒有人可以干涉他的行爲，更不可能有人敢批評他的作爲。吳月娘曾幾次對於西門慶的行事態度予以勸諫，例如她勸西門慶少與應伯爵一夥人交往，少飲酒玩樂（第一回），勸西門慶少做貪財好色之事（五十七回）。若遇西門慶心情好時，他只是笑笑地敷衍答應，一旦西門慶怒從心起，吳月娘自是免不了受到一頓責罵。如當她替來旺兒求情時，西門慶圓睜二目，喝道：「你婦人家，不曉道理！」（二十六回）當下令吳月娘羞赧而退。吳月娘在西門府中地位僅次於西門慶，然她尚且受到西門慶的怒責，如此更有誰敢向西門慶的權力挑釁？

西門慶是西門府中的支配者，除了可以任意指使他人以外，更可以執行處罰、責打他人的權力！第十八回，西門慶因得知李瓶兒招贅蔣竹山的事，氣惱之下踢了潘金蓮一腳以示洩憤。潘金蓮無端受這一踢，也只能在背後喃喃抱怨，不敢與西門慶正面衝突。第十二回，李嬌兒和孫雪娥向西門慶告發潘金蓮和琴童的姦情，西門慶一怒之下，令潘金蓮裸身跪在他面前，並以馬鞭責打。潘金蓮平日一向強悍潑撒，如今面對盛怒的西門慶也只能噙著眼淚，低聲下氣的任西門慶羞辱責罵。另外在第十九回，李瓶兒厚顏的嫁來西門府的當天，西門慶因氣憤她先前招贅蔣竹山一事，亦令她脫了衣裳跪著，狠狠的抽了幾鞭子。至於李瓶兒的反應，也是戰兢恐懼地含淚求饒，充分顯露了「屈從」的卑微地位。

一般來說，人們總是想當然的把「性別氣質」與「生理上的性別」等同視之，並由此來解釋男性的「支配性」與女性的「屈從性」。弗洛依德的「陰莖羨慕」說（Penis envy），即是把這種觀念加以理論化。「按照弗洛依德的說法，女孩子發現自己身上缺少男孩子身上所長的東西，便產生了生而被閹割的感覺，由此導致了她消極、受虐和自戀的傾向，女性的謙遜和嫉妒都與她的『陰莖羨慕』有關。」〔註15〕

弗洛依德的理論顯然是由男性本位出發，其實男女兩性的生殖器都只是長在身體上的器官，本無貴賤之分，女性所顯露的消極實是由於長期受到男性支配的結果。至於以生理的不同來抑女揚男，不過是爲男尊女卑尋找最直接的生物學根據罷了。

然而這種由生殖器的不同，解釋男女之間的從屬關係，實是反映了父權體制的男性優越意識。在《金瓶梅》中，西門慶即是以他的陽物爲優越的象徵，對他而言，陽物越具有攻擊的威力，越充分發揮它的功能，他便越像個男子漢。他的肉體和他的自我是合一的，他的筋肉就是力氣，當他把肉體暴露在女性面前，既無恐惶，也不覺羞恥，甚至引以爲傲！

因爲他有這種觀念，所以當他服用了胡僧所贈送的藥丸以後，立刻去向

〔註15〕引自《女權主義與文學》，p19。

王六兒炫耀他那壯觀的陽物，而王六兒則顯露了崇拜的神色（五十回）；爾後西門慶又在鄭愛月兒面前展露，亦換來她吃驚般的反應（五十九回），充分的反映了男性以陽物為優越象徵的心態。

除了以露陽為傲之外，西門慶的支配作為還反應在虐待性的性行為上。例如他經常對她所淫的婦女要求「懸股淫亂」的性交方式，以及對她們「燒香炙體」以滿足他那異於常態的性心理。

這種種不堪的性行為實在嚴重污損、貶低了女性的尊嚴，但是潘金蓮卻顯得樂此不疲，王六兒、林太太及如意兒亦毫無怨言的任憑西門慶作弄。這不但反映了女性甘願屈於男性的支配，也顯示了女性長期生活在如此不堪的生活環境中，尊嚴亦一點一滴的被消磨殆盡。

二、女禍的觀念

在傳統的英雄傳奇中，許多人物被寫得栩栩如生，卻很少涉及他們的妻妾，對他們的性生活更是諱莫如深。傳奇英雄不近女色，似乎成為一種不成文的慣例。例如《三國演義》、《水滸傳》這兩部代表性的英雄傳奇小說中，作者所著力歌頌的英雄無不如此。這種「不近女色」的現象與儒、道兩家的思想有著密切的關連，〔註 16〕尤其是「女色禍水」的觀念，更是自先秦就已形成的偏見。〔註 17〕

在歷代得寵的后妃中，如妹喜、妲己、褒姒、楊貴妃等，她們在亡國的悲劇中或許有著一定的影響，但不會是決定性的因素。把一切罪名推到美女身上，無疑是為男性的抵禦不了女色誘惑而開脫罪責，同時也反映出身為女性的悲哀。

《金瓶梅》中對於女性的描寫，總的來說，亦貫穿著一種鄙視女性、視女性為「禍水」的觀念。其中有許多論述，重複「女禍」的觀念，例如小說中論「色」的利害時說：

〔註 16〕中國文化中的兩大顯學儒家和道家，對於「性」一向是採取壓抑和鄙視的態度。道家所追求的是無情無欲，超脫塵世的一切誘惑，而道德修養的理想是達到「虛靜」的眞人境界。一切功名、利祿、欲望，完全摒棄，色慾當然也不例外。儒家雖然不像道家那般講求境界的超脫，但除了延續子嗣的需要之外，也同樣對「性」採取一種淡漠，甚至是鄙視的態度。

〔註 17〕《詩經・大雅・瞻卬》云：「哲夫成城，哲婦傾城。懿厥哲婦，為梟為鴟。婦有長舌，維厲之階，亂匪降自天，生自婦人，匪教匪誨，時維婦寺。」詩人明顯的將禍亂之由，歸之於婦人，更將婦人比作不祥的鴟鴞。

那石季倫潑天豪富，爲綠珠命喪囹圄；楚霸王氣概拔山，因虞姬頭懸垓下。（一回）

把石崇和項羽的死亡歸咎於綠珠和虞姬，只道其然而不能道出其所以然，反映了歷來將禍亂歸咎於女性的偏見，而不能正視歷史的眞實現象。

從兩性平等的角度來看，「女禍」史觀是一種歪曲歷史眞相、歧視女性人格的男權社會的偏見。這種偏見是中國人的慣性思維方式和保守心態所產生的結果，「既然前人塑造了一系列的『女禍』典型，既然前史已將婦人與亡國扯上因果關係，後代史家也樂得因循前例，以完成特定的模式。」〔註 18〕尤其他們在判定女性的人格時不是「賢良持家」便是「妖姬禍國」，一切複雜的史事因二分法而變得簡單明白。凡是女主專政的局面，就是陰居陽位，大部分的傳統史家也不探析事件的究竟，不從行政首長的角色來論政務的優劣，而純由女性的身份予以評價，這便犯了以「性別」論事的錯誤。

基本上《金瓶梅》的作者是立於男性角度來創作小說，書中的勸戒內容也是針對男性讀者，所以作者是將女性視爲「第三者」，由作者自己和男性讀者的觀點來評論女性。因而他警告男性讀者「女色」的可怕，要他們敬而遠之：

二八佳人體似酥，腰間仗劍斬愚夫；

雖然不見人頭落，暗裡教君骨髓枯。（一、七十九回）

這是認爲女性會對男性顯露出不可抗拒的魅力，且又隱隱約約露出致命的威脅，儼然會令好色的男性於不經意之間命喪黃泉。

無論是寫縱慾還是禁慾，作者始終是把女性置於被污損的位置，她們在性行爲的過程中，總是低聲下氣的被西門慶當成洩慾的對象，有時還要忍受肉體上的痛苦，以滿足西門慶變態的性交方式。儘管如此，她們最終還是成爲作者聲討指責的對象，似乎她們是使男性性命不保、事業成灰的原因，而縱慾身亡則是她們應該受到的懲罰。故云：

可怪金蓮遭惡報，遺臭千年作話傳。（一百回）

潘金蓮的行爲在某一程度上，的確不值得肯定，例如計害他人、虐待奴僕，但若不加思索的便將她視爲罪大惡極的人，實又有失公允。

正如潘金蓮自己說的：

我是箇不帶頭巾的男子漢，叮叮噹噹的婆娘！拳頭上也立得人，胳膊上走得馬，不是那膿膿血搠不出來鱉！（二回）

〔註 18〕《女性與歷史》，頁 7。

她的聰明、果敢若能得到適性的發展，必能使她的人生創發出一番光彩。但是在那一個絕對父權的時代裏，一名強悍、積極的女性是不被男性所欣賞、認同的。所以潘金蓮的生命被殘酷的掐陷在家庭當中，緊箍於爭寵奪權的生活中，以至於性格被扭曲、心靈千瘡百孔！

潘金蓮的行爲的確不值得稱頌，但她的遭遇卻令人備覺唏噓感嘆。做爲一個女性讀者，如果在閱讀《金瓶梅》時仍受到作者「女禍」觀念的灌輸，而斬釘截鐵的指責潘金蓮，視潘金蓮爲十惡不赦的淫婦，那麼亦是透過傳統男性的價值判斷來看待女性，而無法開闢出客觀平等的價值觀。

《金瓶梅》中的「女禍」觀念，還表現在對妓女的觀感，認爲妓女往往貪求錢財，一旦流連於妓戶，必將散盡家財，後悔莫及：

> 工妍掩袖媚如猱，乘興閒來可暫留。
>
> 若要死貪無饜足，家中金鑰教誰收？（十二回）

妓女以工於獻媚的姿態，百般誘惑男性，並在諂媚殷勤的方式中，不斷搜刮顧客的錢財，甚至令他們家財散盡的事，固然反映了部分的社會現實，但縱觀歷史，中國古代妓女並非僅僅是爲了金錢而賣身的女子，她們本身是黑暗社會的產物，是社會醜惡的體現者，同時又是社會罪惡的受害者。她們當中不乏出污泥而不染的女子，也不乏色藝俱佳，人品高尚者。〔註 19〕

但悲哀的是，一般世俗對妓女的印象不是集中在風流逸事，就是以道學的姿態視她們爲妖魔禍水。正因爲這種現象的普遍存在，才使得人們主觀認爲妓女不但令男性沉迷於性慾，更是令男性陷入家道中落的罪魁禍水。無怪乎《金瓶梅》中的妓女，幾乎每一個都包藏禍心，貪淫不已。

雖然在《金瓶梅》也曾出現對女性的同情態度，如「爲人莫作婦人身，百年苦樂由他人。」（十二回）但基本上，還是無法從對「人」應有的尊敬來看待女性，反而經常有貶低女性人格的評論，例如：

> 水性從來是女流，背夫常與外人偷。
>
> 金蓮心愛西門慶，淫蕩春心不自繇。（三回）

這一段評論固然是要批評潘金蓮的淫行，但文中以「水性楊花」來論定女性，

〔註 19〕歷代名妓中，爲人敬佩讚賞的是她們亦追求純潔忠貞的愛情，或能將滿心的苦哀，轉化爲藝術創作，從而在艱難的生活中創作出璀璨的藝術作品。如西晉的綠珠爲石崇墜金谷樓自殺殉情；唐代的薛濤詩歌、書法皆精妙超倫；杜秋娘以善唱時調〈金鏤衣〉曲而著名；宋代的琴操頗通佛理，善解言辭，辯名遠播。有關歷代名妓小傳，請參閱嚴明，《中國名妓藝術史》，頁 289～354。

視「淫蕩」爲女性的天性，幾乎不予女性辯解的機會與權利，簡直從基本的人格上否定了女性。

更甚者，是將女性視爲可怕的死亡象徵，例如認爲那「朱唇皓齒、掩袖回眸」的女性「便是閻羅殿前」的「鬼判夜叉」；指稱「羅襪一彎，金蓮三寸，是砌墳時破土的鍬鋤」，一味的認爲女性是引誘男性陷入「五殿下油鍋中生活」（一回）的罪魁禍首；將女性視爲「粉骷髏」，喻爲百媚千嬌的「花狐狸」（七十八回），非但把女性物化，更透露了《金瓶梅》中「女禍」觀念的濃厚與固執。

小　結

《金瓶梅》這一部完成於明代的古典小說，一向被視爲「淫書」，它的淫穢固然是要曲盡人間醜態，從審美的觀點來看，它是「化醜爲美」，〔註20〕但它也反映了當時所呈現的男尊女卑的生命型態。

在父權體制中，男性一向可以自由發展他們的生活空間，發揮生命中的才華，而女性卻被拘限在家庭中，不但生活空間被限制，連生命型態亦不得自由發展。正由於女性的一生都在家庭這個最小的社會單位中生活，以至於她的生命價值也被縮小至家庭職務、生育以及性這三方面。然而當一個女性她的社會角色不是一名「妻子」，而她也未曾孕育子嗣，那麼她的價值便更限於「性的存在」了！這即是父權體制中對女性價值的一般認知。

當男性將女性視爲「性的存在」，卻又極力克制面對女性時所產生的慾望衝動，這種矛盾的心態致使他們將女性視爲「禍水」，藉此壓抑對女性所產生的情慾衝動。傳統的觀念中認爲「女禍」是指那些單憑美色和媚術贏得男人寵愛的女性，主觀的認爲她們最終都會使男性受到致命的誘惑，因而把種種災難都歸罪在她們頭上。在古代史書和文學作品中，大量否定性的美人形象都體現了「尤物」的危害性。〔註21〕她們扮演著誘惑者的角色，她們的魅力

〔註20〕「作者眞實地描寫那個社會的黑暗、官場的腐敗、商場的欺詐、情場的放蕩，描寫各色人物『性目的』的骯髒、性方式的病態、性關係的虛僞，無疑具有較高的審美認識和審美教育的價值，因爲這些赤裸裸的文字，有助於我們去認識那個社會的醜惡，去認識那個時代注定走向衰亡的必然性。尤其是書中具有典型意義的『醜類』人物，對於欣賞者的審美教育來說，是不可多得的反面教員。」關於《金瓶梅》的「美醜論」請參閱《瓶中審醜》，頁153～168。

〔註21〕《左傳》昭公二十八年傳文中，記載了一段「女禍論」:「子靈之妻，殺三夫、

被描繪成一種妖異的現象，她們成了矛盾的綜合體，其中既有男性對女性的性幻想，也有男性對女性的原始恐懼。〔註 22〕

基於以上論述，可以發現父權體制中，男性先是限制了女性的生活範圍，以至於貶低了女性的存在價值。在這種情況下對女性的認知僅限於「性的存在」，但爲了避免「性」的誘惑，他們又將女性視爲禍水，藉以控制情慾的衝動。這一連串的反應其實都是由男性本身所造成，但女性卻無知、被動的在其中浮沉。從這個認知來看《金瓶梅》中的女性人物，我們則能以同情、悲憫的態度，了解她們的無奈與淒涼；由這個立場來閱讀《金瓶梅》，我們則能明瞭情色描寫的背後，隱藏了何種女性的悲哀！

一君、一子，而亡一國、兩卿矣，可無懲乎！吾聞之，甚美必有甚惡，是鄭穆少妃姚子之子，子貉早死無後，而天鍾美於是，將必以是有大敗也。昔有仍氏生女，黰黑而甚美，光可以鑑，名曰玄妻。樂正後夔取之。生伯封，實有豕心。貪惏無厭，忿纇無期，謂之封豕。有窮后羿滅之，夔以是不祀。且三代之亡，共子之廢，皆是物也。女何以爲哉？夫有尤物，足以移人，苟非德義，則必有禍。」叔向之母顯然警告兒子，女人有貌，即是無德，甚至貌越美，越不祥，連生下的孩子都是災難性的人物。顯露了女禍的觀念甚至連女性也深受影響，對於貌美的女性有著主觀上的偏見。

〔註 22〕「作爲一種供男人使用的性策略，房中術的全部理論建立在一個基本的假設上，即男人的性能力是脆弱的，易受損傷；而女性的性能力則得天獨厚，具有優勢。」「房中書始終都很提防女人固有的性優勢，……更爲積極的防禦機制是對與之交歡的女人提高警惕，把她同時也當成交戰的敵手。在房中書中，成功的性交常常被理解爲擊敗對方的勝利。更爲確切地說，哪一方在性交中吸取了對方的元氣以補充了自己的元氣，哪一方就算獲得了最後的勝利。因爲不只男人在採陰補陽，女人也可能採陽補陰。」因而男性對女性總是一方面持著性幻想，另一方面又懼怕被女性吸收了元氣，導致喪命的危險。參閱《重審風月鑑》，頁 29～49。

第六章　結　論

一

張竹坡認爲：「《金瓶梅》切不可令婦人看見，世有銷金帳底，淺斟低唱之下，念一回於妻妾聽者，多多矣。不知男子中尚少知勸戒觀感之人，彼女子中能觀感者幾人哉！」〔註 1〕這種貶低女性的言論固然與當時婦女知識水平低落有關，唯恐她們讀了以後只喜其淫逸，未能得書中的勸戒之旨。但張竹坡的認知卻也透露了傳統男性對女性的輕視，反映了女性的次等身分！

這部在明、清之際切不可令婦人看見的小說，在今日不但已被女性所閱讀，甚至經由多元的角度，對小說提出各種閱讀觀感，這也證明了《金瓶梅》在今日仍具有其時代意義。

當女性逐漸從傳統社會裏各種支配力量交會的陰影中走出來時，其實對於自己如何被定位仍於蒙昧不明的狀態。尋思「女性」自我的定位，固然有多種管道，但從男性作者的作品出發，從他們對女性的認知進而思考一些女性的問題，更可以幫助女性了解這個以男性爲中心的文化，與女性在歷史中所具有的象徵意義。從《金瓶梅》中的女性人物當然無法全面地得知男性印象中的女性形象，甚至可說只能得到男性對女性的負面看法，但這至少是一部分的釐清工作，也是筆者目前能力所能及的部分。

本文並未論及《金瓶梅》的版本、作者以及技巧分析等外緣和形式的部分，而直接論及小說中所透顯的深層意涵，在研究方法上雖有失周全，但爲了求精求新，筆者只就《新刻繡像批評金瓶梅》此版本的「文本」做一探析，

〔註 1〕〈批評第一奇書金瓶梅讀法〉八十二則，《金瓶梅資料匯編》，頁 42。

目的在於避免不必要的篇幅和議題，而直接切入本文所論的主題。除了希望令《金瓶梅》的生命得到另一種新生的擴展之外，更希望提供女性讀者一項新的思考路逕，俾對自身有更深一層的體會。

二

研究男性作家筆下的「婦女形象」，實際上就是研究虛假的婦女形象。以往有關女性的形象與特質，都是由男性所定義，以至於當女性赫然發現自己也應擁有基本的人權時，卻往往只是要求與男性獲得等同的對待，最明顯的例子就是「男性能做的事，女性一樣也可以做」。但這種情況只是讓女性成為另一個「複製的男性」，而無法眞正為「女性」尋得屬於自己的人生價値判斷。

父權體制中的女性對於自己的認知一向是蒙昧不明的，所以當西門慶死後，吳月娘只是取代了西門慶的職權，不但未能思考如何安置府中的其他妾婦，不能幫她們開發新的生命型態，反而濫用她的權力加速了西門家族的蕭條。春梅成為周守備夫人後，更只是濫用「妻子」的權力，對孫雪娥施以報復，並在養尊處優之際沉淪於縱慾之中。這都是因為女性的自主意識蒙昧，所以當她們一旦掌握權力以後，即成為另一個「複製的男性」對女性進行壓制，而無法開展出對同性的悲憫與同情。

在父權體制中，男性一向握有支配的權力，而女性則慣於扮演屈從的角色，「用西蒙娜・德・波伏瓦的話來說，男人的優勢具有『超越性』，而女人的劣勢是由於陷入了『內在性』。前者標誌著無拘無束的存在，它使男人享有創造和開拓的自由。後者是一種約束和囚禁，它使女人肩負缺乏創造性的職責，始終從事重複性的工作。」〔註2〕因此即使如潘金蓮這般強悍有才華的女子，終究還是受限於家庭的環境中，她的生活中沒有積極的目標使她前進、成長，以至於陷在爭寵奪權的泥淖中，無法使生命得到昇華。

「家庭」可以說是女性生活的全部空間，在這麼狹小的範圍中，無論是妻或妾又都希望能獲得丈夫的情感與關愛，「嫉妒」因而對這些女性的人格造成極大的影響。如果吳月娘的嫉妒是壓抑而委屈的表現，潘金蓮的嫉妒是明顯而強烈的反應，那麼孟玉樓的嫉妒則是隱藏而陰森的機心。當我們看到這些人物被扭曲的心態，怎能不升起一股哀憐之意。

〔註2〕《女權主義與文學》，頁8。

人類應當是生而平等的，但從「弄璋」、「弄瓦」的習俗可以看出男女自出生的那一刻，便被「人為設置」的尊卑限定了生命的發展。女性從小被教導要服從男性的命令，壓抑與屈從使得她們原本應該擴展的生命不斷被壓縮，就像纏足的陋習使得原應長大得足夠支撐全身重量的雙足，被纏腳布限制了成長的空間，因而令骨骼變形扭曲，形狀極為醜陋。

這種病態美不但反映了傳統男性的審美觀，也說明了被「壓抑」之後所呈現的不健康、不自然的人為結果。如果女性在閱讀了《金瓶梅》以後，仍只從文本的表面敘述來論斷、否定這些女性人物，亦是落入了以男性為主的價值判斷，無法客觀地分析父權體制對於兩性的不平等對待，更難以從悲憫的態度同情這些女性的遭遇。

三

《金瓶梅》中有關「性」的描寫一向是人們議論的主題，小說中大量的性描寫，以及作者極盡渲染的鋪陳，令人不禁懷疑作者「戒淫惡」的創作動機。對於作者道德懲戒的理念和小說情節之間不諧調的矛盾情形，許多學者皆提出自己的看法。〔註3〕且不論作者如何使「性描寫」和「道德訓誡」達到一種平衡狀態，筆者所要探討的重點是如何看待小說中有關「性」描寫的部分，從中了解男性如何界定女性？

在第一回中，作者論及財色的利害時便說：「就如那石季倫潑天豪富，為綠珠命喪囹圄；楚霸王氣概拔山，因虞姬頭懸垓下。」很明顯的承襲了傳統的「女禍」觀念，視女性為破壞男性成就的因素。這種創作態度，可以說是一種「厭女症」的表現。

〔註3〕陳東有認為：「作者具有宣傳某種整體主觀意識的理性行動，但作者在自己的創作審美活動中再現真實的個人意識是十分強烈的，並因此而促進了自己的藝術思維的形成，這種思維反過來使作者在進行創作時偏離或遠離自己原來的創作動機，而向真實歸依或接近。於是，說教沒有去扭曲形象，沒有去擺布人物，諸般人物的命運軌跡依其『自然』而向前延伸。」（《金瓶梅文化研究》，貫雅文化事業有限公司，1992 年 11 月，頁 260。）李建中則由「性心理學」的角度來分析作者的創作心態，他認為「作者對『房中之事』的好惡心理，突出地表現在：《金瓶梅》一邊津津有味繪聲繪色地描寫性感情欲的細節，一邊振振有詞、義正辭嚴地對他描寫的對象作道德譴責倫理批判。……當作者描寫男女主人公的性活動時，他是如此醉心於斯，以至於自己也進入了角色。……一旦他將那些性描寫作為客觀對象來審視評論，他的心理天平馬上傾斜於另一邊，他的『性感過敏』馬上呈現『厭惡』症狀。」（《瓶中審醜》，頁 75～76。）

「厭女症（misogyny）是女權主義批評批判男性中心文學常用的一個術語，它指文學中歪曲、貶低婦女的形象，把一切罪過都推到女人頭上的情緒或主題。」〔註4〕《金瓶梅》中的女性幾乎個個淫蕩愛財，但我們若深一層探析，其實這些女性的淫蕩正反映了傳統男性一向將女性視爲「性的存在」，也因此在小說中刻意描寫了女性妖媚的外貌與誘人的肉體，誇大地敘述了女性對於男性陽物的崇拜，這些都是傳統男性內心對女性認知的一種反映。

此外，女性將「性」視爲求財的方法，一方面說明了女性在傳統觀念的影響下，也以「性」視爲自己存在的價值，另一方面則說明了女性被阻絕於經濟之外，以至於她們不得不以身體做爲謀取財物的工具。潘金蓮每每於性交過後向西門慶要求衣物，宋蕙蓮在床笫間獻媚，王六兒任憑西門慶百般玩弄，如意兒蹙眉齧齒忍受燒香炙體的疼痛，賁四嫂爲西門慶吮淨穢物，這一幅幅女性卑下的向西門慶乞求財物的畫面，怎不叫人感到氣憤與悲憐？

女性主義者一向反對、否定有關淫穢的文學作品，她們「對劃分淫穢的界限並不感興趣，她們徹底否定它，認爲它渲染和美化了性暴力。她們並不單就它『刺激和挑逗讀者的性欲』這一點指責它，她們的宗旨在於維護婦女的形象。」〔註5〕女性主義者始終關注的是女人在淫穢形象中如何被表現爲色情暴力的受害者。認爲一個女性讀者若接受了默默忍受色情暴力的形象，就等於她甘願被人當作無意義的肉體對待。這樣的理念固然無誤，但若只是將「現象」掩蓋，並不能眞正解開人們心中對女性的錯誤認知，不過是使它置於「黑暗」中罷了！

「維護婦女的形象」無疑是必須的行動，但一味的反對淫穢作品，只是消極的方式，反對或查禁淫穢作品，或許可以達到維護女性形象的目的，但是否能眞正改變人們偏差的觀念？是否能令女性存在的價值躍升於「性的存在」之上？若不能從人們根本的觀念上予以突破，即使查禁任何有關性描寫的作品，亦難以使女性的價值有正面的提升。

因此，一味的反對並無法眞正達成遏止色情暴力的效果，「抑制」淫穢作品的方法，其實是重蹈傳統男性「壓抑」女性的處理態度罷了！積極的方法應該是讓人們有辨識的能力，有平等看待男女尊嚴的觀念。能夠建立人們平等對待的價值觀，自能消弭色情作品的產生。

〔註4〕《女權主義與文學》，頁45。
〔註5〕《女權主義與文學》，頁61。

由此推論，《金瓶梅》在今日的時代意義，在於使人們從閱讀中深省男尊女卑所造成的不平等對待。我們不再順著作者的敘述對小說中的女性有所貶抑，而是透過一幅幅女性被壓抑的畫面，了解女性的人格如何被扭曲、女性的生命如何被摧殘，發現傳統的父權價值觀所呈現的偏差。

筆者尚不敢自許此書能爲兩性之間的價值觀帶來新的建設，但透過對《金瓶梅》細密的閱讀思索，躍離文本敘述所傳達的「女禍」觀念，深層地分析女性人物的行爲及心理，以期對她們能有悲憫和同情的認知，了解造成她們人格扭曲的體制因素，做爲對《金瓶梅》的另一種闡釋。

重要參考書目

古籍部分

1. 齊煙、汝梅校點：《新刻繡像批評金瓶梅》，台北・曉園出版社，1990 年。

專書著作（按著者筆畫順序）

1. W.C.布斯：《小說修辭學》，北京・北京大學出版社，1989 年。
2. 于承武：《金瓶梅平議》，北京・文津出版社，1992 年。
3. 中國金瓶梅學會編：《金瓶梅研究第二輯》，江蘇・江蘇古籍出版社，1991 年。
4. 中國金瓶梅學會編：《金瓶梅研究第三輯》，江蘇・江蘇古籍出版社，1992 年。
5. 中國金瓶梅學會編：《金瓶梅研究第四輯》，江蘇・江蘇古籍出版社，1993 年。
6. 王汝梅、侯忠義編：《金瓶梅資料匯編》，北京・北京大學出版社，1986 年。
7. 王汝梅：《金瓶梅探索》，吉林・吉林大學出版社，1990 年。
8. 王志武：《金瓶梅人物悲劇論》，陝西・陝西人民教育出版社，1992 年。
9. 王銘仁、邱勝威：《笑笑生話金瓶——市井風月》，台北・生智出版社，1995 年。
10. 白國維編：《金瓶梅辭典》，北京・中華書局，1991 年。
11. 石云、章義和：《柔腸寸斷愁千縷——中國古代婦女的貞節觀》，陝西・人民教育出版社。
12. 石昌渝主編：《金瓶梅鑒賞辭典》，北京・北京師範大學出版社，1989 年。
13. 吉林大學中國文化研究所編：《金瓶梅藝術世界》，吉林・吉林大學出版社，1991 年。

14. 吳晗、鄭振鐸等著：《論金瓶梅》，北京・文化藝術出版社，1984年。
15. 李建中：《瓶中審醜——金瓶梅「色」之批判》，台北・文史哲出版社，1992年。
16. 李時人：《金瓶梅訢論》，上海・學林出版社，1991年。
17. 杜維沫、劉輝編：《金瓶梅研究集》，山東・齊魯書社，1988年。
18. 沈天佑：《金瓶梅紅樓夢縱横談》，北京・北京大學出版社，1991年。
19. 亞倫・強森著，成令方總校訂，成令方、王秀雲等譯：《性別打結：拆除父權違建》，台北・群學出版有限公司，2008年。
20. 周中明：《金瓶梅藝術論》，台北・貫雅文化事業公司，1990年。
21. 牧惠：《金瓶風月話》，江蘇・江蘇古藉出版社，1992年。
22. 韋溪、張萇：《中國古代婦女禁忌禮俗》，陝西・陝西人民出版社，1994年。
23. 孫述宇：《金瓶梅的藝術》，台北・時報文化事業出版公司，1981年。
24. 孫遜、詹丹：《金瓶梅概説》，上海・上海古籍出版社，1994年。
25. 宮城音彌著、邱金枝譯：《愛與恨》，台北・幼獅文化事業公司，1989年。
26. 徐君慧：《從金瓶梅到紅樓夢》，廣西・廣西人民出版社，1992年。
27. 徐朔方：《論金瓶梅的成書及其他》，山東・齊魯書社，1988年。
28. 康正果：《重審風月鑑——性與中國古典文學》，台北・麥田出版公司，1996年。
29. 張國星主編：《中國古代小說中的性描寫》，天津・百花文藝出版社，1993年。
30. 張國風：《金瓶梅描繪的世俗人間》，北京・書目文獻出版社，1992年。
31. 張業敏：《金瓶梅的藝術美》，北京・教育科學出版社，1992年。
32. 張業敏：《雙姝怨對金瓶梅》，台北・開今文化事業公司，1993年。
33. 陳東有：《金瓶梅文化研究》，台北・貫雅文化事業公司，1992年。
34. 陳翠英：《世情小說之價值觀探論——以婚姻爲定位的考察》，台北・國立臺灣大學出版委員會，1996年。
35. 陳鵬：《中國婚姻史稿》，北京・中華書局，1994年。
36. 寧宗一、羅德榮主編：《金瓶梅對小說美學的貢獻》，天津・天津社會科學院出版社，1992年。
37. 翟學偉：《中國人的臉面觀》，台北・桂冠圖書公司，1995年。
38. 赫爾穆特・舍克著，王祖望、張田英譯：《嫉妒與社會》，台北・時報文化出版公司，1995年。

39. 趙元信，何錫蓉：《中國歷代女性悲劇大觀》，安徽・安徽人民出版社，1993 年。
40. 劉詠聰：《女性與歷史》，台北・臺灣商務印書館，1995 年。
41. 鄭天剛：《金瓶梅探心錄》，北京・文化藝術出版社，1993 年。
42. 鄭思禮：《中國性文化》，北京・中國對外翻譯出版公司，1994 年。
43. 魏子雲：《小說金瓶梅》，台灣・學生書局，1988 年。
44. 魏子雲：《金瓶梅的幽隱探照》，台灣・學生書局，1988 年。
45. 鐘雯：《四大禁書與性文化》，黑龍江・哈爾濱出版社，1993 年。
46. 顧鑒塘、顧鳴塘：《中國歷代婚姻與家庭》，台北・臺灣商務印書館，1994 年。

單篇中文論文（按著者筆畫順序）

1. 丁乃非：〈鞦韆、腳帶、紅睡鞋〉，《中外文學》，二十二卷，六期，1993 年 11 月，頁 27～54。
2. 王彪：〈無所指歸的文化悲涼——論《金瓶梅》的思想矛盾及主題的終極指向〉，《中國古代、近代文學研究》，十一期，1993 年 12 月，頁 237～247。
3. 王溢嘉：〈從精神分析觀點看潘金蓮的性問題〉，氏著：《古典今看——從孔明到潘金蓮》，台北・野鵝出版社，1989 年。
4. 王肇亨：〈論《金瓶梅》的悲劇性〉，《中國古代、近代文學研究》，二期，1994 年 3 月，頁 222～228。
5. 田耒：〈莫將癰疽作桃花——我看《金瓶梅》中的性描寫〉，《中國古代、近代文學研究》，五期，1992 年 6 月，頁 233～236。
6. 伊蘭・修華特著，張小虹譯：〈荒野中的女性主義批評〉，《中外文學》，十四卷，十期，1986 年 3 月，頁 77～114。
7. 朱永新：〈論中國人的戀權情結〉，楊國樞、余安邦主編：《中國人的心理與行爲——理念及方法篇》，頁 255～291，台北・桂冠圖書公司，1994 年。
8. 吳禮權，〈明清：中國言情小說的鼎盛期（上）〉，氏著：《中國言情小說史》，台北・臺灣商務印書館，1995 年。
9. 宋美瑾：〈經驗論與理念論——女性主義批評之修辭兩極〉，《中外文學》，十四卷，十二期，1986 年 5 月，頁 34～47。
10. 周中明：〈論潘金蓮的形象結構及其典型本質〉，氏著：《中國的小說藝術》，廣西・廣西教育出版社，1992 年。
11. 周鈞韜：〈關於金瓶梅作者的二十三說〉，《中國古代、近代文學研究》，三期，1987 年，頁 230～234。

12. 孟銳、戴錦華：《浮出歷史地表——中國現代女性文學研究．緒論》，台北．時報文化出版公司，1993 年。
13. 林樹明：〈試析《金瓶梅詞話》的男權價值倚重〉，《中國古代、近代文學研究》，六期，1994 年 7 月。
14. 南矩容：〈一條突不破的人生閉合之路——西門府中妻妾之間悲劇衝突說〉，《中國古代、近代文學研究》，七期，1994 年 8 月。
15. 姚莽：〈金瓶梅價值新論〉，《中國古代、近代文學研究》，十一期，1996 年 4 月，頁 213～217。
16. 胡纓、唐小兵：〈婦女運動、女權主義、女性論——關於策略的理論和理論之對策〉，《當代》，二十七期，1988 年 7 月，頁 108～115。
17. 夏志清：《中國古典小說導論．第五章：金瓶梅》，安徽．安徽文藝出版社，1994 年。
18. 張振軍：〈弱小生靈的抗爭——論《金瓶梅》奴婢形象的塑造〉，氏著：《傳統小說與中國文化》，廣西．廣西師範大學出版社，1996 年。
19. 郭適豫：〈論金瓶梅〉，氏著：《中國古代小說論集》，上海．華東師範大學出版社，1992 年。
20. 黃清泉、蔣松源、譚邦和著：〈金瓶梅：市儈封建社會的醜惡世界〉，氏著：《明清小說的藝術世界》，台北：洪葉文化事業公司，1995 年。
21. 楊中芳：〈試論中國人的「自己」：理論與研究方向〉，楊中芳、高尚仁合編：《中國人．中國心——人格與社會篇》，頁 93～145，台北．遠流出版公司，1991 年。
22. 楊昌年：〈金瓶梅詞話析評〉，氏著：《古典小說名著析評》，台北．五南圖書公司，1994 年。
23. 董芳：〈古典小說《金瓶梅》悲劇內涵初探〉，《中國古代、近代文學研究》，十期，1991 年，頁 217～221。
24. 廖炳惠：〈女性主義與文學批評〉，《當代》，五期，1986 年 9 月，頁 35～48。
25. 廖炳惠：〈試論當前意識型態研究及女權批評的得失〉，《中外文學》，十四卷，十一期，1986 年 4 月，頁 40～76。
26. 齊魯青：〈明代《金瓶梅》批評論〉，《中國古代、近代文學研究》，四期，1994 年 5 月，頁 199～207。
27. 劉紀蕙：〈女性的複製：男性作家筆下二元化的象徵符號〉，《中外文學》，十八卷，一期，1989 年 6 月，頁 116～136。
28. 厲平：〈論中國古代小說人物形象塑造審美思維機制的嬗變〉，《中國古代、近代文學研究》，二期，1994 年 3 月，頁 41～47。
29. 蔡美麗：〈女性主義哲學〉，《當代》，五期，1986 年 9 月，頁 25～26。

30. 鄭培凱：〈天地正義僅見於婦女：明清的情色意識與貞淫問題〉，《當代》，十六期，1987 年 8 月，頁 45～58。
31. 燕國材：〈中國傳統文化與中國人的性格〉，楊國樞、余安邦主編：《中國人的心理與行為——理念及方法篇》，台北·桂冠圖書公司，1994 年，頁 41～85。

晚明水滸人物評論之研究
——以金聖嘆評《水滸傳》為範例

林淑媛　著

作者簡介

林淑媛，生於臺灣高雄，少年成長於臺南，現定居臺北，高雄師範大學國文系畢業，國立中央大學中文所博士。

曾任清雲科技大學通識教育中心副教授，現任國立臺北商業技術學院通識教育中心中心主任並兼華語文中心主任。

研究方向主要爲觀音信仰與文化，佛教文學、敘事學。專書出版計有《慈航普渡——觀音感應故事敘事模式析論》、《臺灣宗教文選》（與康來新教授合編）、《歷代寓言》（合著）以及期刊研討會論文等。

教學理念稟持懷古以開新的態度，期許將中國文化經典的生命智慧與創意思維，轉化爲學生的慧命泉源。

提　要

《水滸傳》在晚明十分風行，受到廣泛的閱讀與引起熱烈的評論。而評論的重點幾乎集中在水滸人物身上。關於人物的評論依據本文的研究大約可分為存在意義的詮釋以及小說人物的塑造兩種範疇。

本論文以晚明水滸人物評論為命題，研究這兩種範疇中的觀念與意義。其中金聖歎的觀點是晚明水滸人物評論的集大成，因此特別以他為範例，了解晚明這種評論的內涵與意義。

論文內容共分六章十三節，以下逐項介紹章節安排的次序與目的：

第一章介紹晚明《水滸傳》評論的概況，研究的主題與目的，以及研究的方法與資料的運用。

第二章首先論述傳統中人物識鑒的思想；其次晚明無論在政治、社會、學術思想等等方面都有劇烈變動，對人的價值判斷有新的眼光，故特別論述晚明對人性的思考；另外晚明每以英雄或俠稱呼水滸人物，故對英雄與俠的性格特徵亦予論述。本章的論述乃作為研究晚明水滸人物評論的理論基礎。

第三章探討晚明一般水滸人物評論的概況，分為存在意義的詮釋與人物塑造兩部分來討論。

第四章以金聖歎為範例，分析其批評水滸人物的觀念，了解其批評的標準與方法。批評的觀念往往受批評者個人性情、際遇、對人存在的認知與時代背景等影響，因此本章先論述金聖歎的生平、思想及時代背景，而後論述他對水滸人物存在意義的詮釋。

第五章論述金聖歎對於小說人物的塑造觀念，金聖歎提出「性格說」作為小說創作的核心，它的內涵為何？本章皆加以分析論述。

第六章總結以上論述，並且提出水滸人物評論研究的新途徑。

序言：回首松濤舊蹤跡

民國七十八年辭去公立學校教職入學中央中文所成爲第二屆碩士生，當時中國哲學有曾昭旭王邦雄岑溢成老師，文學有張夢機顏崑陽老師，文字學有蔡信發老師，頗有一番新氣象，既有師長嚴格要求學生治學，學生也組讀書會彼此切磋。因爲大學時期曾參與牟宗三先生的哲學十九講之類讀書會，自省對研究義理的信心不足，遂選擇中國文學理論爲研究目標，感謝高師大何淑貞老師的引薦，很幸運得到顏崑陽師的同意，成爲老師的指導生，自此結下深遠的師生緣份。如同傳統所云一代有一代之文學：唐詩宋詞元曲明清戲曲小說，當時戲曲小說研究尚未被中文系重視，我擇定金聖歎的文學理論研究，因而遂專心於他對小說評點的看法，對敘事學遂有粗淺的接觸。

金聖歎對小說戲曲的看法所以倍受重視，乃因他將傳統視爲小道的小說戲曲提高到《莊子》、《史記》、《杜詩》的地位，這是明代李贄者輩的創見，對能洞燭時代的先行者，對當時的我相當有吸引力，因此遂以小說人物評論爲議題核心，處理中國文化人倫評鑑與小說人物的關係。

牟宗三先生曾說中國的學問是生命的學問，所有的學問都應出自對生命的肯定與方向的貞定，或在道德或在美感或在才情，而我因個人早年生命情性自傷傾向對晚明的末世氣氛特有共感體會。

面對時代與個人遭遇的莫可奈何中，如何在電光石火的人生中寄此一生？如王船山、黃宗羲、顧炎武等學者的堅強自持亦或像金聖歎之輩以批點文章作爲生命之所憑？無論那種抉擇都面臨時代變革之痛，在政治主權無法掌握時，宣示文化主權是另一種身份認同的策略。

轉眼之間，個人後來已完成博士學位，中央的舊日師友也已多所變化，碩士班研究所的老師除了岑溢成老師尚在雙連坡作育英才，其他師長都已離開，連張夢機老師竟已棄世。今因花木蘭出版社擬出版舊稿，得已重閱舊作，重閱過程曾擬大幅修改包括新近的研究成果以及行文引用格式，後考慮保持舊作模樣以作爲歷史的見證。感謝在中央就讀期間的所有人事物，松濤已遠，恆保感恩之心。特別感謝長年來對愚魯如我依然不捨不棄教導的顏崑陽老師，因爲老師對學術研究的敬愼態度，使我不再輕言放棄研究之路，這本小書若有所得乃因老師當時的嚴謹指導，若有缺漏則爲個人的怠惰，願自今日起，重拾舊日志趣，以更多的著述以報答曾提攜過我的所有師友。

目次

第一章　導　論

第一節　晚明《水滸傳》評論概況

《水滸傳》與《三國演義》、《西遊記》、《金瓶梅》合稱明代說部四大奇書，它的藝術價值和在小說發展史的地位，自晚明以來，便經李贄、金聖嘆等人的揄揚肯定，而近代魯迅《中國小說史略》亦列專章討論《水滸傳》和相關類型的小說。〔註 1〕關於《水滸傳》的研究，自胡適著《水滸傳考證》以來，研究者的努力一直不斷，研究範圍包括小說版本、作者、藝術結構與技巧，故事的流變，社會影響與戲曲的應用等方面，視野不可謂不闊。

從《水滸傳》的論釋史來看，晚明居重要關鍵時期，晚明指萬曆至崇禎的七十二年（西元 1573～1644 年）這段時期，這期間對《水滸傳》的性質、特色、思想主題、藝術技巧與價值，皆有深入的探討，留存至今可見的資料豐富。例如李贄、金聖嘆抬舉《水滸傳》的價值，金聖嘆甚至將《水滸傳》與《史記》、《莊子》、《離騷》、《杜詩》、《西廂》並列爲六才子書，突破傳統視小說、戲曲爲小道的成見。

以下從評論的方式與內容兩方面說明，勾勒晚明評論《水滸傳》的概況。

一、評論的方式

晚明評論《水滸傳》的方式，主要是評點、序跋、筆記、尺牘、詩文等

〔註 1〕魯迅在《中國小說史第十五篇元明傳來之講史》介紹水滸故事的流變與版本問題，台北谷風出版社。

形式。評點是隨文批語，於關鍵處加以圈、點或施丹朱，以顯其目。往往寥寥數語，即能抉幽剔微，以見奧旨，於文中的大意、警策、血脈、能中其的。序跋則是當書籍發行時，附於刊首或卷末，總論此書的特色與價值。筆記乃各家讀書心得或靈思的記錄。至於在尺牘中談論，發抒意見評議文章，是傳統書信常見內容，詩文則透過吉光片語，抒發思想和見解。

如果要廣泛臚列以上所採的方式，逐一介紹其資料，恐難備覽。僅以其中重要方式：評點、序跋與筆記三種論述其情形。論述的資料年代以出版或完成年代爲限，不以作者生卒年爲斷代依據，例如金聖嘆乃明末清初人，而其批點《水滸傳》完成於崇禎十四年，故列入討論。

（一）評　點

評點乃我國傳統特有的批評方式，施諸經史、詩文、小說、戲曲，運用範圍廣泛。評點的源流、體例、功能價值，近年來經過各家的研究探討，大致上已有一定的理解。〔註 2〕

評點作爲文學批評的方式，始於劉勰《文心雕龍》與鍾嶸《詩品》，章學誠云：

> 評點之書，其源亦始鍾氏《詩品》，劉氏《文心》；然彼則有評無點；且出自心裁，發揮道妙；又且離詩與文，而別自爲書，信哉其能成一家言矣！自學者因陋就簡，即古人之詩文，而漫爲點識批評，庶幾便於揣摩、誦讀。（《校讎通義》卷一）

又曾國藩亦云：

> 梁世劉勰、鍾嶸之徒，品藻詩文，褒貶前哲，其後或以丹黃識別高下，於是有評點之學。（《曾文正公全集·經史百家簡編序》）

章、曾二氏皆以劉勰、鍾嶸是評點的始作者，但當時有評無點。若論在文章旁側施以圈點之符號，而表徵褒貶評價，則可能是唐宋以後才形成的文評方式。其始或與中國人的讀書習慣有關，鄭明娳先生云：

> 唐人讀書，已喜抹畫圈點；原始的抹畫止施於文章的關鍵處，從來也施於警策之句。施於關鍵之處的是長畫，施於警策之句的是短畫，短畫逐漸變爲點，由點又擴充爲圈。這原是古人讀書的習慣。迨宋明時，科場作文，有勾股點句之例；試官評定甲乙，用硃墨旌別其

〔註 2〕評點受到注目，原因在古典小說理論中，小說評點是重要批評方式，康來新先生在《晚清小說理論研究》緒論及第一章論述詳盡，台北大安出版社。

> 旁，名爲圈點。後人模仿其法，以塗抹古書，乃「大圈密點，狼籍行間。」評點詩文的風氣因而大盛。(《古典小說藝術新探・小說評點學初探》頁278～279)

以丹墨施於所讀之書的關鍵處，是唐人讀書的習慣，由長畫、短畫的方式，逐漸有圈、點的產生。至宋呂祖謙《古文關鍵》選出唐宋文可以作爲軌範者約六十餘篇，詳加抹畫圈點，指出文章精神筋骨處；其後眞德秀《文章正宗》、謝枋得《文章軌範》相繼而作，目的爲取科舉，作應孝士子的參考之助。

不加文字，不落言詮，只靠圈點便能將全書微言大義，意脈指陳出來。例如歸有光《歸氏史記評點》評價很高，例如方孝岳云：

> 有光這部圈點，簡直是一種很精心結撰的著作。他對於全書只加圈點，不曾有評語，一切精神命脈，首見於圈點之中，只附帶有一篇圈點例意。(《中國文學批評・第三十七章》頁118)

純以圈點的批評手法，卻能深窾穴，難怪被譽爲呂祖謙評點文章以來，「評點學」的上乘之作。

品藻詩文，褒貶前哲是評，丹黃識別，抹畫圈點是點，這種批評方式，由於科舉考試的推波助瀾，運用於文章軌範，章法結構與遣詞造句的指導，輔助士子應考的利器，評點的運用在明清以來，更爲蓬勃發展。而明清小說、戲曲的創作也蔚成風潮，評點也運用在小說、戲曲方面，遂成爲明清通行的批評方式，小說評點儼然成爲「小說評點學」一門專門學問。〔註3〕

小說評點雖然蔚爲風氣，但對於它的功能價值卻褒貶不一。貶抑評點價值最力者，首推清末張之清與胡適的主張，張之洞視小說批評語「不可以爲考據，不可以爲詞章，不可以爲義理。」論金聖歎「誚爲粗人，譏其不學，視之若烏頭、巴豆。」〔註4〕輕視、否定小說評點的態度明確。胡適雖然肯定金聖歎提高小說地位的貢獻，但仍攻擊金聖歎的評點是「機械的文評」、「八股選家的流毒」。〔註5〕案金聖歎乃小說評點之大成者，批評他的評點不啻攻擊小說評點的價值。相對的，傳統中推崇評點的價值，如吳汝綸說歸有光批點的《史記》:「極能開後人讀書法門」而馮鎮巒稱譽金聖歎的評點《水滸》、

〔註3〕參見註2。

〔註4〕邱煒萲《客雲廬小說話・菽園贅談》引述張之洞的意見。見阿英編《小說戲曲研究卷》頁390～392，中華書局。

〔註5〕同註4。

《西廂記》則是「靈心妙口，開後人無限眼界，無限文心。」(〈讀聊齋雜說〉)近代由於受到「新批評」觀念的觸發，〔註6〕講求作品字質、結構與形式的研究，評點的特質受到肯定，康來新先生說：

> 小說評點是從作品本身出發，道道地地是實用的文學批評，所有的評點者無不正視文學作品本身的權威性，他們最關心的是作品本身，全力以赴的是怎樣對作品本身作最精確的分析與闡釋，評點可以說是一種極爲徹底的研讀。如果評點者本身具備高度的文學修養與鑑賞能力，則在評點之際自然會流露出相當可貴的眞知卓見，如此理論與批評的結合，自然要比脫離作品的某些先驗性空洞理論批評來得具體切實許多。(《晚清小說理論研究，第一章評點對小說實用批評的建樹》頁 36)

指出評點隨文而評，切實具體的特色，而且優異的評者，由於具備良好的文學能力與賞鑑能力，更能掌握作品的思想內容、藝術特徵、形象塑造等等，予以適當評價。關於小說評點的目的，袁無涯的說明十分具體：

> 書尚評點，以能通作者之意，開覽者之心也，得則如著毛眼睛，畢露神采；失則如批頰塗面，污辱本來，非可苟而已也。今於一部之旨趣，一回之警策，一句一字之精神，無不拈出，使人知此爲稗家史筆，有關於世道，有益於文章，與向來坊，刻敻乎不同。(《忠義水滸傳全書・發凡》)

則評點的效用，當然不只限於作品本身的分析，更兼具文學教育，社會教化功能，而其目的在發明作者之意，揭其深旨。

以上有關小說評點褒貶不一的意見，應該抱持何種態度？小說評點因受時代環境的限制，沾染八股文氣、道學氣，兼具機械瑣碎的缺點，但作爲中國古典小說理論的重要遺產，其深具審美觀念與讀書指導的效果，則不容抹煞，我們理應抱持客觀性的態度，評估它的價值。

小說評點逐漸發展，蔚成風氣乃在明代中葉以後，當時因小說創作量豐質佳，寫作與出版的風氣興盛，而文人也加以重視，故影響小說批評與理論的發展，李贄、葉晝的評點紛紛出現，而金聖歎批點的《水滸傳》更視爲小說評點集大成之作。

〔註 6〕 見龔鵬程先生《文學批評的視野・細部批評導論》頁 388～391，認爲小說評點價值的重估乃受到新批評的刺激，台北大安出版社。

小說評點的體例，首先有「序」，接著有「讀法」數條至數十條不一，具有總綱提示性質。每回前或末有總評，乃就此回的問題加以評述。在每一回中，又有眉批、夾批或旁批。眉批施於書頁天地欄，夾批、旁批則附於行文間。重要警策、精采句子往往給予圈或點，更加顯目。

《水滸傳》的版本繁富，加以天災人禍原因造成失佚或殘葉現象，增加考證的困難。同樣的，附麗於版本刊行的評點，自然也有相同的命運，本文根據陳兆南先生改訂的〈水滸傳版本知見目〉，〔註 7〕介紹晚明重要的水滸評點本，至於版本之間關係，則不予考辨。若評點本涉及評者僞托情形，則略作說明。

1、李贄先生批點《忠義水滸傳》。

袁中道云：

> 袁無涯來，以新刻卓吾批點《水滸傳》見遺。予病中草草視之。記萬曆壬辰（西元 1592 年）夏中，李龍湖方居武昌朱邸。予往訪之，正命僧常志抄寫此書，逐一批點。(《遊居柿錄・卷九》)

案此書原刊已佚，據聶紺弩的說法，日本享保一三年（西元 1728 年）及寶暦九年（西元 1750 年）重刊乃是依照此本，但刻本現僅存一～二○回。

2、虎林容與堂刊李贄先生批評《忠義水滸傳》，一百卷一百回，明萬曆三八年（西元 1610 年）容與堂刊行。

案此書並非李贄所評，乃是僞託。僞託李贄出版的書籍自明代即存在。單以小說而言，數量便不少。〔註 8〕因爲對於水滸人物的看法與李贄《焚書・雜說》中所論觀點相左，李氏許之「忠義」，而此書則訐之「強盜」。詳細分辨，以聶紺弩的說解詳細。〔註 9〕至於僞作者，據聶紺弩和葉朗的說法，以葉晝的可能性最大。〔註 10〕

〔註 7〕陳兆南將艾熙亭在 1969 年發表的「知見版本書目表」加以整理，增加後出的資料，〈《水滸》版本知見目〉，《書目季刊》第二十一卷第 2 期。

〔註 8〕根據孫楷第《中國通俗小說書目》記錄，題作「李卓吾先生批評」的有建陽刊行的一百廿回本《三國志》，題作「李卓吾批評」的有《石珠演義》，《龍圖公案》，《武穆精忠》。題李氏「批點」的有明刻英雄譜本《三國志》、《殘唐五代演義》。題作溫陵李氏參定的有《大隋志傳》、《薛家將平西演義》等。題「評點」的有《列國志傳》等，台北木鐸出版社。

〔註 9〕聶紺弩的意見見〈水滸五論〉，此文收入《水滸研究》，台北木鐸出版社。

〔註 10〕葉朗認爲從評語所署名號，評論觀點可以證明容與堂本乃葉晝所評，見《中國小說美學・附錄——葉晝評點水滸傳考證》，台北天山出版社。

3、《忠義水滸全傳》，一百廿回，明萬曆四二年（西元 1614 年）袁無涯刊，楊定見改編，全稱爲《李卓吾評忠義水滸全傳》。

案此書雖經袁無涯、楊定見略加刪增，但大致上較符合李卓吾原作。

4、《忠義水滸傳》，一百卷一百回，明日啓年間四知堂刊本，是書全名《鍾伯敬先生批評忠義水滸傳》。

5、《京本增補校正全像忠義水滸志傳評林》，廿五卷一百零三回，明萬曆二二年（西元 1594 年），福建雙峰堂刊，余象斗評。

6、《忠義水滸全傳》，文杏堂評點，卅卷，明寶翰樓刊。

7、《第五才子書水滸傳》，七十回，明崇禎十四年（西元 1641 年），貫華堂刊，金聖歎批點。

儘管晚明《水滸傳》評點本數量頗豐，不過最常被研究者列爲研究對象的，主要是《容本》、《袁本》《金本》，原因是批評文字豐富，掌握藝術形象特點發揮，最具有文學研究價値。

（二）序　跋

小說的序跋在小說評點未形成前，即負有小說理論及批評的任務。自魏晉六朝開始，即有以小說序跋形式闡述小說的觀念，如《山海經》、《西京雜記》、《搜神記》即附有序跋。明代以來，隨著小說創作與發行量的增加，在出版刊行時往往附有序跋。如果略去原評者之序不計，關於水滸序跋方面，計有：

1、汪道昆〈水滸傳序〉，見《忠義水滸傳》卷首，明萬曆十七年原刊，清康熙五年石渠閣補修本。

2、懷林〈水滸傳述語〉，〈梁山泊一百單八人優劣〉，〈又論水滸傳文字〉，見《李卓吾先生批評忠義水滸傳》卷首。

3、五湖老人〈忠義水滸全傳序〉，明萬曆二十三年雙峰堂刊本。

4、楊定見〈忠義水滸全書引〉，明萬曆年，袁無涯刊本，見《忠義水滸全書》卷首。

5、袁無涯〈忠義水滸全書發凡〉，明萬曆二年，袁無涯刊本，見《忠義水滸全書》卷首。

6、大滌餘人〈刻忠義水滸傳緣起〉，明末芥子園刊本，見《忠義水滸傳》卷首。

7、熊飛〈英雄譜緣起〉，〈英雄譜弁言〉，明崇禎雄飛館刻，見《英雄譜》卷首。

8、楊明琅〈敘英雄譜〉，明崇禎雄飛館刻，見《英雄譜》。

序跋的作用，主要說明刊行的目的以及介紹《水滸傳》的內容與價值。

（三）筆　記

筆記是指以散行文字抒寫記錄的著述方式，如《文心雕龍・總術篇》云：「今之常言，有文有筆，以爲無韻者筆，有韻者文也。」筆記的取材範圍廣泛博雜，文字則零星雜碎長短不一。以筆記形式論述對小說的觀念，著名者如羅燁的《醉翁談錄》、胡應麟的《少室山房筆叢》等俱涵括重要的史料與觀念。明代以筆記形式批評《水滸傳》，從史料中爬梳整理，約計二二項，未記錄者則尚待日後補足。〔註 11〕

1、李開先《詞謔・時調》。

2、高儒《百川書志・卷六》。

3、李贄《焚書・童心說》、《續焚書・與焦弱候》。

4、徐渭《徐文長佚稿・呂布宅詩序》。

5、胡應麟《少室山房筆叢・卷四一》。

6、陳繼儒《國朝名公詩選》。

7、袁宏道《袁中郎全集・聽朱先生說水滸傳》。

8、袁中道《遊居柿錄・卷九》。

9、沈德符《萬曆野獲編・卷五》。

10、鄭瑄《昨非庵日纂》。

11、莫是龍《筆塵》。

12、盛于斯《休庵影語》。

13、許自昌《杶齋漫錄》。

14、錢希言《戲瑕・卷一》、《桐薪》。

15、陸容《菽園雜記》。

16、周暉《金陵瑣事》。

17、徐樹丕《識小錄・卷一》。

18、惠康野叟《識餘・文考》。

19、笑花主人《今古奇觀・卷首》。

20、綠天館主人《古今小說・卷首》。

〔註 11〕資料依據主要來自《水滸傳資料彙編》，台北里仁書局。

21、談遷《北遊錄》。

22、陳洪綬《水滸牌》文字。

二、評論的內容

從評點、序跋、筆記三種主要論述方式介紹晚明評論《水滸傳》的資料，已概述如前。分析這些資料可以區別爲作者、史事、文學批評三方面。

（一）作者問題

關於《水滸傳》的撰著者，有主張施耐庵與羅貫中二說。主張乃施耐庵潤飾整理而成的，如胡應麟云：

> 余偶閱一小說序，稱施某嘗入市肆，細閱故書，於敝楮中得宋張叔夜擒賊招語一通，備悉其一百八人所由起，因潤飾成此編。（《少室山房筆叢》）

主張羅貫中所撰的，例王圻云：

> 《水滸傳》，羅貫著。貫字貫中，杭州人。編撰小說數十種，而《水滸傳》，敘宋江事，奸盜脫騙機械甚詳。（《續文獻通考》）

此二說並無確證。案《水滸傳》和明代其他小說如《三國演義》、《西遊記》等相同，並非一人一時一地之作，而是經由許多人，長時期，多次整理修改而成，可說自宋代迄於明代的集體創作。聶紺弩指出它的創作過程可以說經歷三種階段：「第一、社會大眾口頭傳說階段。第二、民間藝人講述和記錄階段。第三、作家的編輯、加工或改寫階段。」（《水滸研究・水滸五論》頁 1）由成書過程考察，很難說它一定完成某一人之手，可能施耐庵、羅貫中都曾經參與編寫、整理的工作。

（二）史事問題

史事方面，包括對故事背景、人物和地理的考證。援引史書記載批評《水滸傳》，普遍出現在明代的各類評論資料。原因是評者對《水滸傳》的性質，往往視爲稗史，尚未視爲純文學的作品，而以虛構、想像爲特色，反而著重故事題材的來源，視《水滸傳》描寫的情事爲實際發生或存在；其次《水滸傳》的素材確實可能來自南宋末年的民間傳說，而《宋史》中〈侯蒙傳〉、〈張叔夜傳〉皆有宋江的記錄。因此混合史實與小說之間的關係，徵引考證梁山泊的人物、地點，自然產生。

（三）文學批評方面

從文學批評角度，探討《水滸傳》的主題、功能價值，與藝術特徵，居評論資料的重心，可見晚明對《水滸傳》的認知並不囿限於通俗娛樂作品看待，能從文學角度深入探討其意義與價值。

論《水滸傳》的主題爭議很大，有的主張《水滸傳》透過一群綠林好漢表現忠義的精神，如李贄〈忠義水滸傳敘〉。另有主張這是描寫一群亡命之盜，終歸難逃國法的故事，如金聖歎的意見。

就《水滸傳》的價值而言，李贄曾云：

> 故有國者不可以不讀，一讀此傳，則忠義不在《水滸》，而皆在於君側矣；賢宰相不可以不讀，一讀此傳，則忠義不在《水滸》，而皆在於朝廷矣；兵部掌軍國之樞，督府專閫外之寄，是又不可以不讀也。苟一日而讀此傳，則忠義不在《水滸》，而皆爲干城心腹之選矣。否則不在朝廷，不在君側，不在干城心腹，烏乎在？在《水滸》！（《忠義水滸傳・敘》）

這是從實用主義觀點，讚揚《水滸傳》具有教化的意義，含有濃厚道德意味。

金聖歎則強調《水滸傳》具文學教育的功能：「《水滸傳》到底只是小說，子弟極要看？及至看了時，卻憑空使他胸中添了若干文法。」（《第五才子書・讀第五才子書法》）

第二節　研究的命題與研究的方法

一、研究的命題與目的

由以上的概述，可以確認晚明對《水滸傳》的評論，存在相當豐富的資料。關於這時期資料的研究，注意的焦點概分成兩方面：版本的考證、故事的演變與小說理論的探討。

關於版本的考證、故事的演變方面。以版本而言，一般視之爲水滸研究最易下手處。《水滸傳》的版本複雜，有簡本系統與繁本系統之分，關於繁本、簡本的關係一直存在著爭論，究竟是簡本先出現，繁本乃依照簡本增加改造而來，還是簡本出於繁本，簡本乃繁本的刪節？迄今尚無定論。研究者本著求眞的精神戮力於歷史眞相的抉發，從各種內容不一，版式不同，且有的已經殘缺的資料中，考證各種版本的眞僞與相互之間的關係，累積不少豐富成果。艾熙亭在西元 1966 年發表的〈知見版本書目表〉可謂是自胡適、魯迅、孫楷第、鄭振鐸以來的成果表現。

造成這種現象的原因，與《水滸傳》的成書過程有關，也由研究者的取向決定。《水滸傳》的成書並非一時、一地、一人所完成，在長時期的演化中，自然存在許多不同內容的版本。加以出版商爲商業利益，更改版本內容，迎合大眾的需要，版本的問題更加撲朔迷離。〔註 12〕何況尚有人爲的破壞，自然的災害。〔註 13〕《水滸傳》的版本確實留給後人一團迷思。其次以考據的立場研究小說，乃自乾嘉學風和胡適以來的路向，後繼者矻矻於此，沒有中輟。

至於水滸故事的演變，由南宋流行民間的口頭傳說，《宋史》中〈徽宗本紀〉、〈張叔夜傳〉、〈侯蒙傳〉的記載，《大宋宣和遺事》，保存早期水滸故事的大致輪廓，至明代豐富的面貌，其間演化的原因、過程種種問題的探討，已累積豐富成果。例如鄭振鐸〈水滸傳的演化〉、何心《水滸研究》、嚴敦易《水滸傳的演變》、孫述于《水滸傳的來歷、心態與藝術》等等。

至於抉發晚明評論《水滸傳》中蘊藏的文學創作觀念、小說美學，是近年來另一重要的研究思潮。其根本動機在積極肯定古典小說理論的地位，由於我國古典詩論、文論擁有相當完整、成熟的理論與作品，古典小說理論相較之下，不免相形見絀。兼之小說在傳統觀念中，被視爲小道，長期受到輕視，〔註 14〕對於小說的研究自然輕忽。晚明風氣改變，李贄、金聖歎等人突破傳統，肯定當時流行市民間的通俗文學，小說戲曲之類，對於小說的價值才有深入的研究，表達寶貴的創作觀念。因此學者肯定古典小說理論時，自然會注意晚明這些人的意見。例如葉朗《中國小說美學》、康來新先生《晚清

〔註 12〕劉大杰在《中國文學發展史・第二十六章《水滸傳》與明代的小說》頁 1067～1071，說明水滸版本種種相關問題，台北華正書局。

〔註 13〕明清兩代曾頒布法令嚴禁《水滸傳》的流傳，如崇禎十五年六月嚴禁《滸傳》令中云：「凡場間家藏《滸傳》並原板，勒令燒燬，不許隱匿，施行。」見《水滸資料彙編》，台北里仁書局。

〔註 14〕小說之名，最早見於莊周：「飾小說以干縣令」（《莊子・外物》）此指瑣屑之言，非謂今之小說。班固《漢書・藝文志》云：「小說者流，蓋出于稗官，街談巷語，道聽途說者之所造也。孔子曰：『雖小道，必有可觀者焉，致遠恐泥。』是以君弗爲也，然亦弗滅也，閭里小知者之所及，亦使綴而不忘，如或一言可采此亦芻蕘狂夫之議也。」班固的意見影響深遠，代表傳統對小說的看法。

小說理論研究》、王先霈、周傳民《明清小說理論批評史》等皆緣此而論。

若藝術作品的完整活動，包括作品、作者、宇宙、讀者四個基本要素，〔註 15〕則《水滸傳》的考證、集中在作品，而且是作品的構成過程，關於作品本身所蘊藏的意義與價值，難免忽略；而特別挖掘評論者在批評《水滸傳》所表達的美學見解，難免對評論者關於《水滸傳》深義的闡釋部分，較無深入分析。

事實上，同樣一本書，不僅存在同時代的讀者有不同的意見之現象，不同時代的看法也不相同。例如金聖歎評水滸人物爲盜賊，違法犯紀，但在晚清燕南尚生的眼中則成爲反抗專制政權的英雄。很明白地顯示，受時代背景、評者意圖的影響，同樣的作品可以產生相異的評語。若以讀者的角度出發，《水滸傳》自晚明迄今所形成的詮釋史，無寧是豐富、呈現多面貌的心靈樣貌。〔註 16〕

如果選擇晚明《水滸傳》的評論爲範圍，去了解在《水滸傳》的讀者詮釋史上，晚明的成就與意義，結果是全面、完整的。但是涉及的資料，層面太過廣泛，自非本論文篇幅所能負荷，也不易呈現清晰的論點。因此在研究的命題上，乃是以晚明《水滸傳》人物評論爲基礎，而又特別以金聖歎的評論爲範例。

金聖歎在《水滸傳》的詮釋史上，居重要地位。我們已熟知他突破傳統成見，提昇《水滸傳》與經史的地位並列，實是打破視小說爲小道的成見。他在肯定《水滸傳》的價值，具有相當深遠的貢獻。其以敏銳的才思、獨到的眼光，細密而深入的批評，對《水滸傳》作精確的分析。經他腰斬而成的七十回本，後來甚至成爲清代惟一流行的本子。金聖歎被視作小說評點學的關鍵人物。葉朗云：

> 到了明代末年，出現了一位大評點家：金聖歎確實是中國美學史上的一位天才。他對小說藝術有很深的理解和研究。他的美學思想極其豐富。由李贄葉晝等人發端的中國小說美學，到了金聖歎，才開

〔註 15〕亞伯拉姆斯在《鏡與燈》一書中主張構成一件藝術作品的整個情況，計有四個要素：作品、藝術家、宇宙、觀眾。

〔註 16〕依亞伯拉姆斯的觀念，文學可以簡分成世界、作品、作者、讀者四個要素，如此文學研究則可以僅就某一要素探討，也可以研究兩種要素之間的關係。西方文學理論流派眾多，肇因於注意的焦點不同。例如即使同樣關注作品，便有結構主義、敘事學、新批評等等流派。

> 始形成自己的體系。(《中國小說美學・第三章金聖歎的小說美學——評點《水滸傳》頁 53)

又康來新先生云：

> 如果說李贄和葉晝是小說評點的開創者，是他們的努力才將小說評點變成一種文學批評與小說美學的新形式，但在他們的評點中，社會的、政治的評論多過美學的評論。那麼金聖歎承襲李葉二氏的工作，更加發展了評點與美學上的形式，使之接觸面、涵蓋更加寬廣，靈活與自由。金氏便無疑是啓發影響後來毛宗崗、張竹坡與脂硯齋的評點關鍵人物了。(《晚清小說理論研究・第一章評點對小說實用批評的建樹》頁 49)

他們都指出金聖歎在中國小說理論發展上，具有重要的地位與貢獻。也由於肯定他在「批評與美學上的形式」之貢獻，因此研究者往往偏重其在小說美學觀念的探討，如康來新先生《晚清小說理論研究》陳萬益先生《金聖歎的文學批評考述》等等。

金聖歎在小說理論，尤其是小說人物的塑造觀念——性格說，確實是中國古典小說理論中非常重要的創作觀念，而他對《水滸傳》人物形象，詳細分析其性格，更令人津津樂道。〔註 17〕

本論文研究命題以金聖歎水滸人物論爲範例，涵蓋對水滸人物性格的評價與小說人物創造觀念兩個範疇，有關金聖歎的文學觀念的研究已獲相當大的成果，然則本文的研究又具有何種意義或新的觀點？〔註 18〕主要基於兩項思考結果：

（一）已有的研究成果，對於金聖歎評價水滸人物的問題，不是受囿於研究者意識型態的左右而染上色彩，便是以「官逼民反、亂自上作」的觀點說明金聖歎的政治立場，忽略評價的問題不僅只有政治思想，尙包含詮釋者存在意義的認知，對人的思考。〔註 19〕金聖歎在〈讀第五才子書法〉中明白

〔註 17〕同註 2。

〔註 18〕例如康百世〈金聖歎評改《水滸傳》的研究〉1971 年國立政治大學中文研究所碩士論文。陳萬益先生〈金聖歎的文學批評考述〉、1973 年國立台灣大學中國文研究所碩士論文。劉欣中《金聖歎的小說理論》，大陸河北人民出版社等等。

〔註 19〕本論文中使用「存在意義」一詞，乃緣於肯定人是意義的存在，而不是動物生命的存在，是中國文化普遍的認知，至於人的生命有何意義與價值，更是中國文化的中心客題。論文中所說的存在意義與西方存在主義的內涵無涉。

將《水滸傳》重要人物加以分列等級，如「一百八中，定考武松上上，時遷宋江是一流人，定考下下。」(〈讀第五才子書法〉) 上上、下下的判斷依據爲何？〔註20〕

事實上，晚明對水滸人物的認知與評價，一直是評論的焦點，所謂分邪正，辨忠奸與別眞僞，嚮往讚揚某種人物的生命型態，而金聖歎也注重這方面的問題。換言之，若要客觀、公正地理解金聖歎對水滸人物的評價，進而探討晚明評價的傾向，關於金聖歎品評人物的部分，應該予以深入的探討。

其次，中國文化極富人文精神，重視人存在的意義與價值。〔註21〕歷史的活動以人物爲核心，錢穆說：「歷史本是由人創造，列傳體特別以人物爲主，正合中國傳統人文主義的文化精神。」(《中國學術通義》頁 17) 自先秦以來品評人物，已屢見不鮮，東漢人論鑒識更形風尚。關懷生命的存在意義，中國的學問皆由此而發，可稱作眞正的「生命的學問」。小說理論作爲文化中的一種表現，自然蘊涵著重視生命存在意義的觀念。晚明評水滸人物忠義或金聖歎評爲強盜，基本上都是由於對人存在意義理解上的差別。水滸的評論，無論是晚明諸人或金聖歎，皆非視作純文學的欣賞，只是爲閱讀而閱讀。

(二) 由李贄、葉晝開啓的小說美學形式，到金聖歎才形成體系化，其中以小說人物塑造觀念更具系統。布羅凱德說：「人物便是一切情節的資源。」(《世界戲劇藝術欣賞》56 頁) 又賈文昭、徐召勛云：

> 小說的表現對象是人，人的生活與思想感情。熟悉人和表現人，任何時候都是小說家注意的中心和焦點。典型人物的創造，任何時候都是小說創作的中心問題，都是擺在小說家面前的頭等重大課題。
> (《中國古典小說藝術欣賞．創造典型人物》頁 69)

可以確認人物塑造在小說中的重要地位，相同地對小說的批評自然也注重人物塑造方面。金聖歎在批評《水滸傳》人物形象的美學觀念，有重要的成就。

因此本論文研究命題便以金聖歎水滸人物論爲核心，不僅研究其小說創作論的問題，而且將其置入中國人物識鑒的傳統中，以及晚明水滸人物評價的詮釋系統裡，給予金聖歎《水滸傳》人物論合理的評價。

〔註20〕康百世認爲金聖歎品評水滸人物的部分，可以成爲獨立研究的論題對象，由於篇幅所限，故只能作簡單介紹。見〈金聖歎評改《水滸傳》的研究〉頁 87。

〔註21〕這類對中國文化精神的體認之論述很普遍，已成公認的觀念。

二、研究的方法和資料的運用

由於思考的進路，並非視金聖歎的水滸人物論爲孤懸現象，〔註 22〕不以探索金聖歎一人的觀念爲足，在論文章節的設計上，必須涵蓋文化背景的介紹。以下藉章節設計的程序，說明研究的方法與進路：

（一）中國文化中有人物品鑒的傳統，其品鑒標準，頗受人性觀的影響，重要著作如劉劭《人物志》、劉義慶《世說新語》等等。不同時代，由於人性觀不同，也影響評價標準。故首先概述人物品鑒的思想；其次，晚明無論在政治、社會、學術思潮方面俱有劇烈變動，對人的價值判斷，產生新的眼光，通過晚明對人性的思考，有助於澄清晚明對水滸人物的看法。而水滸人物是特殊的生命類型，晚明多以英雄或俠稱之。〔註 23〕因此我們有必要進一步討論英雄或俠的性格問題。

（二）晚明對《水滸傳》的評論資料豐富，由第一節的概述可以確知。其中無論是就價值判斷或美學觀念，對人物的批評，皆是注目的焦點。探索晚明一般水滸人物論的詮釋觀點，將更能突出金聖歎的意見。這是第三章的重心。

（三）第四章分析金聖歎批評水滸人物的觀念。批評的觀念往往受批評者個人性情、際遇、對人存在意義的認知，以及時代文化背景等因素所影響，因此逐項加以論述。至於他的批評角度、標準與方法，當然必須一一加以詳細分解。他的人性觀影響評價，更是探討重點所在。

（四）金聖歎稱讚《水滸傳》寫作的成就，對作者構思、運筆的苦心，皆加以點明。他對水滸人物性格塑造的成功，前已提及。第五章便專就金聖歎論人物塑造的觀念，加以論述，其中「性格說」爲其核心主張，必須詳作討論。

（五）第六章結論，綜合以上論述，說明晚明與金聖歎水滸人物論的特色。並且對水滸人物評論方向的開展，嘗試建議新的研究面向。

在資料的選用方面：

金聖歎的著作豐富，由於大多是弟子及友人搜集遺稿刊刻而成，因此確

〔註 22〕一般皆因金聖歎評水滸人物爲強盜，貶斥宋江，而紛紛大作文章，如葉朗辯解他具有民主思想傾向，見《中國小說美學·金聖歎的小說美學——評點《水滸傳》》。事實上容與堂刊本亦採此觀點，評爲「假道學，眞強盜」等等，可見宋江形象在晚明已存在不同的評價，詳細內容待本論文第三章詳論。

〔註 23〕參見第三章。

切的著述，並不能定論。本論文以他對水滸的批評爲對象，因此第一序資料自然是批點《水滸傳》，根據目前較可靠的版本，則爲清代刊本，《天下才子必讀書》，藏於台大文學院圖書館，台灣三民書局《貫華堂原本水滸傳》則是據之影印出版。本論文引用資料便以此清刊本爲準。其次若必須參考其他著述，則以台灣長安書局出版的《金聖歎全集》爲依據，以其所搜錄資料豐富，便於引証。〔註 24〕第二序資料則是學者們對金聖歎批評《水滸傳》的種種論述，由於數量豐富，不一一列敘，可由參考書目得知。

晚明，除金聖歎之外，其他對水滸人物的批評，由第一節概述中已知其大概。較具完整性、系統性的主張，以容與堂刊本、袁無涯刊本，簡稱《容本》、《袁本》最具特色，另外李贄的意見非常具有代表性，因此第三章概論晚明水滸人物論則這三種資料爲主，其他第一節所列資料則作爲佐證。版本方面，則以台灣天一出版社依據海內外珍本影印出版的《明清善本小說叢刊初編》爲主。

關於本論文的問題，將隨後展開討論。

〔註 24〕長安出版社出版的《金聖歎全集》共四冊，比較與陳萬益先生〈金聖歎的文學批評考述〉重要參考書目所列：《唱經堂才子書》、《杜詩解》、《貫華堂選批唐才子書》、《西城風俗記》皆收有收錄。

第二章　存在意義的詮釋——傳統人倫識鑒的歷史淵源、理論基礎與發展

晚明諸家及金聖歎評論《水滸傳》中的人物，指涉兩個層面，一、論水滸人物的生命型態，即予以存在意義的詮釋。二、論小說人物的創作問題。由於小說這種文體的本質，審美規範與價值一直到明代才真正被正視與熱烈討論，如李贄肯定《水滸傳》的價值，視爲至文，金聖歎則提高其地位與《史記》、《莊子》、《離騷》、《杜詩》等同列。因此於小說人物的這一部分，則一併在討論晚明諸家及金聖歎的評論內容時陳述。而關於存在意義的詮釋所涉及人性的觀念與實際人物的評鑑，這種觀念有其源遠流長的文化背景，因此先在第一節加以論述。

由於英雄或俠的評語常被用來指稱水滸人物，而英雄或俠的生命類型在傳統人性觀念中也有重要的詮釋，故對英雄與俠的性格特徵先做概括的認知，自然有助於掌握晚明與金聖歎對水滸人物評價的內涵及意義。第二節專論這部分。

晚明的文化思潮，尤其是對存在意義的認知與生活態度方面，更是攸關水滸人物的評鑑。第三節將論述晚明對存在意義的認知與態度。

第一節　人倫識鑒的歷史淵源、理論基礎與影響

人倫識鑒是中國文化重要活動之一，標示了中國人的文化理想。自歷史發展而言，春秋時代即已開始出現品評人物，詮次優劣的現象。這種現象肇因此時已漸脫離神靈主宰人類生活的原始宗教信仰，而興起人文自覺的思

潮。〔註1〕諸子百家紛紛對人的存在意義予以探討，而基本立場則肯定人自身的生命價值，也就是重視主體性。人不僅是自然物質的存在，更是價值意義的存在，《易經》:「觀乎天文以察時變，觀乎人文以化成天下。」人文化成的涵義就主體而言，人是開創或顯發價值的根源，相對於客觀環境，具有轉化提昇客觀現實的能力，與主宰宇宙的地位，能夠上下與天地同流。因此歷史記錄特重人物，二十四史的體例注重列傳，如錢穆先生所說:「中國人一向以人物爲歷史中心。」(《中國歷史研究法・第六講如何研究歷史人物》)，便點出人物在歷史進程中的主導地位。

其中儒道二家皆肯定人的主體價值，但思考的方向不同。儒家立仁爲道德實踐之形上依據，透過仁心的發用，肯定人文禮樂制度的價值。而道家認爲人爲造作，禮樂制度等等，妨礙主體的自由，故主張無爲，崇尚自然之道。因此二家雖同樣提舉聖人爲理想人格，而內涵意義則不相同，儒家的聖人必須內能修身立德，外能王天下。道家則以能心齋坐忘，回復道的自然境界者爲聖人，這是從哲學立場論理想人格。就實際論人而言，孔子本諸道德標準談君子小人之辨，亦言人有不同的才能表現。〔註2〕孟子則分析聖者之清、和、任、時四種類型，並有從言辭、眸子察人的主張。〔註3〕荀子在〈儒效篇〉中區別俗人、俗儒、雅儒、大儒四品等等。其他如《尚書・虞夏書》有「知人則哲」之語，《逸周書・官人篇》、《大戴禮・文王官人篇》旨有專論，但皆片語抉要，若就批評的理論化、系統化則難與魏初劉劭《人物志》相提並論。

《人物志》的完成有其時代背景，與政治敗壞，經學衰微，察舉制度名實不符等等因素有關，乃漢代人倫識鑒風氣之結晶。而人倫識鑒的成長，肇自漢代，迄魏晉六朝更形成風尚。因此溯其淵源則以漢魏六朝爲主。

至於人倫識鑒的思想，則是以人性論爲其基礎，爲人性看法不同，往往影響人倫識鑒的方向。其次，魏晉六朝興起個人的自覺，文學價值獨立也形成思潮，論文常直接從人倫識鑒的觀念中轉用，故論人倫識鑒之影響則著重

〔註 1〕參見徐復觀先生《中國人性論史先秦篇——第二章周初宗教中人文精神的躍動》，台灣商務印書館。

〔註 2〕孔子言君子是「其行己也恭，其事上也敬，其養民也惠，其使民也義。」(《論語・公冶長篇》)而小人是「喻於利」、「懷土」、「懷惠」(俱見《論語・里仁篇》)。又將自己的門生分爲德行、言語、政事、文學四科，見《論語・先進篇》。

〔註 3〕孟子對觀人的方法，參見《孟子・離婁上篇》、《孟子・公孫丑上篇》。

在與文學批評之關係。

關於這方面的研究已有相當豐富的成果，本節則予以整理介紹，以勾勒其大概面貌。〔註4〕

一、人倫識鑒的歷史淵源與理論基礎

察舉與徵辟是政府選拔人才的制度，西漢初即有設立，但未長期舉行；逮東漢光武定茂材孝廉為歲舉，次數與人數增加，故開人倫識鑒的風氣。察舉、徵辟的目的主要是選賢與能，分官設職，乃基於政治實用意義之考量，雖旨在選拔人才，卻易受閥閱、宦官左右。而太學清議是另一種人倫識鑒的形態；東漢時，太學生多居京師，目睹世局之黑暗，對政治社會實際問題，放言高論，稱之「清議」。此輩每與朝廷大臣聲氣相通，例如桓帝時，郭林宗、賈偉節為太學生領袖，與李膺、陳蕃、王暢互相褒重，有「天下模楷李元禮，不畏強禦陳仲舉，天下俊秀王叔茂」之語，清議力量往往影響實際政治之推移，其後促成黨錮之禍。〔註5〕太學清議，推重領袖人物，鞏固團體，而領袖人物志匡天下，以薦拔人才為己任，對於人性皆具洞察力，故逐漸發展出就人性本身加以評鑑的學問，而不必為政治實用之目的。例如李膺夙性高簡，為領袖人物，得通謁者稱為「登龍門」，郭林宗始入京師，時人莫識，符融介紹於李膺，由此而知名。而許劭、郭林宗亦以善於月旦人物著名。

察舉、徵辟，太學清議，品鑒才性為人倫識鑒的三種形態，批評的方法則是從才能、個性、品德三方面來考量。察舉、徵辟具有政治實用目的，太學清議則是危言高論，批評時政，二者較傾向個人在政治、社會的表現，而品鑒才性則有欣賞人物才性品德之美的傾向。自黨錮之禍迄魏晉，士人易遭政治迫害，故談論避免涉及時政，轉為玄虛之清談，人倫識鑒乃逐漸剝落用世之意，純粹欣賞才性品德體貌流露的美感。

人倫識鑒歷時久而流弊生，所謂厲行者不必知名，詐偽者得播令譽，遂致名實不符。東漢末年情形更加嚴重，《抱樸子・名實篇》形容當時情形：「漢

〔註4〕例如牟宗三先生《才性與玄理》，徐復觀先生《中國藝術精神》等著作。學位論文則有顏承繁〈人物志在人性學上之價值〉（67年師大國文研究所碩士論文），賈元圓〈六朝人物品鑒與文學批評〉（74年東吳大學中文研究所碩士論文）等。

〔註5〕關於漢代察舉與徵辟的制度，參考錢穆《國史大綱・第十章士族之新地位》，國立編譯館。

末之世，靈獻之時，品藻乖濫，英逸窮滯，饕餮得志，名不準實，賈不本物，以其通者為賢，塞者為愚。」故有識之士如崔實、仲長統等，思救流弊，探求名實相符之理。

從具體的識鑒經驗歸納理則，配合名實相符之道理，而有種種著作，這是承漢代人倫識鑒之風的著作，依《隋志》所錄：《士操》魏文帝撰、《人物志》劉劭撰、《刑聲論》作者不明、《士緯新書》姚信撰、《姚氏新書》姚信撰、《九州人士論》魏司空盧毓撰、《通古人論》撰者不明，總共九種皆識鑒人倫之作。其中則以劉劭《人物志》論理精密，最具系統，誠集當世識鑒之術，金聲玉振之作。

《人物志》以循名責實為宗旨，攝有量材任官的政治實用目的，歸結漢代人倫識鑒的經驗，分析得失，建立鑒識理則，內容特色是：「主於論辨人才，以外見之符，驗內藏之器，分別流品，研析疑似。」（《四庫全書總目提要》）品題人物的情性：

> 蓋人物之本，出乎情性。情性之理，甚微而玄，非聖人之察，其孰能究之哉？凡有血氣者，莫不含元一以為質，稟陰陽以立性，體五行而著形；苟有形質，猶可即而求之。（《人物志・九徵》）

由質（元一）到性（陰陽）到形（五形）的形上架構是《人物志》的理論基礎，顯然受漢儒陰陽五形說的影響。情性是人之本質，由陰陽二氣所凝聚決定，每人稟氣不同，故情性殊異。此情性非指人人本具而且相同的道德之性，其理甚明。人物具備情性、賦有形質，發於中則形於外，故憑藉外顯形質如形容聲色情味，可觀察內蘊之情性（或言材質、才性）。依兼德、兼材、偏材三度立所成才性人格，則有中庸（聖人）、德行（大雅）、偏材（小雅）依似（亂德）、間雜（無恆）五種層級。不同的資質有其特色與長短優劣，就其所適宜的職分分為：清節、法家、術家、國體、器能、臧否、伎倆、智意、文章、儒學、口辨、雄傑十二流業。總之《人物志》是關於人物才性或體能、性格的論述。牟宗三先生指出《人物志》的特徵為視每一個個體的人皆是生命的創造品，其生命有種種生動活潑的表現形態，直接就生命的表現形態，整全地、如其人地加以品鑒，這才是眞正關於人的學問，是中國學術文化所特重視的一個方向。〔註6〕

〔註 6〕參見牟宗三先生《才性與玄理，第二章「人物志」之系統的解析》，台北學生書局。

人倫識鑒的理論基礎是人性論，對人性的認知影響識鑒內涵與方向。牟宗三先生分析中國對人性的觀點區分為兩個方向：

> 說到中國全幅人性的了悟之學問，我們知道它是站在主流的地位，而且是核心的地位。這全幅人性的學問是可以分兩面進行的：一、是先秦的人性善惡問題，從道德上善惡觀念來論人性；二、是「人物志」所代表的「才性名理」；這是從美學的觀點來對於人之才性或情性的種種姿態作品鑒的論述。（《才性與玄理‧第二章「人物志」之系統的解析》頁 46）

性的涵義出現很早，意指生的意思。由對生命的內涵思考，產生種種對性的內涵規定。從道德的善惡觀念論人性，對生命本體的提舉，則有孔子言仁、孟子之言性善、《中庸》之天命之謂性、《大學》之明明德，而結穴於宋明儒之義理之性。這一言性之系統是肯定人人皆具有道德之心性，此性乃普遍而共具，是道德實踐的形上依據。而對人物姿態作品鑒的論述，是指出人人之差別性，特殊性，也就是對個人之不同材質或情性加以品鑒，《人物志》正屬於這一系統。這兩部人性論構成全幅人性的了悟，牟宗三先生指稱「是中國學問的主脈，由之以決定中國文化生命之獨特。」（《才性與玄理‧第二章「人物志」之系統的解析》頁 47）

《人物志》所品鑒的情性是個別的材質，此乃順氣言性的進路，東漢王充亦持此種言性立場：「人稟氣於天，各受壽夭之命，以立長短之形。」（《論衡‧無形篇》）性是氣之下委於個體，故言氣性。每人稟氣不同故其性異，因此可說個性，即個別之性。氣分陰陽，其凝結、組合狀態有種種不同。氣有強弱、厚薄、清濁、善惡之分化，具此說壽夭貧富、貴賤等等，故稱此為「材質主義」。又稟氣為性，性由先天決定，後天外力習染皆無法改變，因此為「命定主義」。董仲舒以陰陽五行說言性，人之性受之陰陽之氣，氣分陰陽，性則有仁貪，並立聖人之性、中民之性、斗筲之性三品。董仲舒、王充論性，性指的是氣性，其衡量人性落在人性善惡層面；而《人物志》則直接就人物之個別材質品鑒，不論善惡，雖立聖人一格乃是從材質論，非德性義。才性系統其極致是論英雄，而非聖人。英雄是人性最盡致表現者。

因此可以說人倫識鑒的基本觀念是才能、道德、個性，漢代人倫識鑒主要從道德判斷論人與才能，其目的是政治官人任人的考量。而《人物志》雖亦基於政治實用目的，而來詮量人物，但卻是對人物的材質情性予以品鑒，品鑒的內容包括內心之姿態與外形之儀容聲色種種姿態形相。這種順才性之品鑒可開出人格上的美學原理與藝術境界，以及心智境界與智悟境界，但無法開出德性領域與道德宗教之境界。〔註 7〕這也是魏晉六朝人倫識鑒之特徵。由於政治的敗壞，儒學本身的墮落，仁義禮智已成僵化條目，士人受政治迫害，老莊思想的抬頭等等因素，〔註 8〕人倫識鑒從講究政治實用目的，而轉變成超實用的美感觀照，作人倫的判斷。〔註 9〕其內涵是品鑒才性生命所流露的神彩或風姿，以及先天後天所蓄養之趣味。根據《世說新語》的記錄，這時期人倫識鑒所重視的是「神」，亦稱精神，指的是由本體所發於起居語默之間的作用。作爲一個人存在的本質，《人物志》稱爲性，而人倫識鑒經藝術性轉換後，則稱爲神。例如「弘治膚清，叔寶神清。」（《世說新語．品藻篇》）又「王戎云：太尉（王衍）神姿高徹。」（《世說新語．賞譽篇》）等等。神的全稱是精神，最早出現於《莊子》，人之心稱爲精，心之妙用稱爲神，合稱精神，如「今子外乎子之神，勞乎子之精。」（《莊子．德充符》）而魏晉六朝所說「精神」承此而來，但落在神的一面。與「神」聯結的詞很多，如神情、風神、神韻等等，而當時人倫識鑒所運用的題目，如清、虛、朗、遠等等皆是對神的描述。〔註 10〕徐復觀先生指出這種人倫識鑒的特徵主要受到莊學的啓發，「由一個人的形以把握到人的神，由人的第一自然的形相，以發現出第二自然的形相，而成就人的藝術形相之美，人倫識鑒實已擺脫道德的實踐性，政治的實用性，成爲當時的門第貴族對人自身的形相之美的欣賞。」（《中國藝術精神．第三章釋氣韻生動》頁 157）

由以上對人倫識鑒的歷史淵源與理論基礎的概述，可以了解人倫識鑒主要是從才能、道德、個性三方面考量。識鑒的目的則有政治實用目的與超實用的美感欣趣二大類。識鑒的理則是即形徵性，由外在之儀容聲色姿態等等徵驗內蘊的情性，而「情性」在魏晉六朝則以轉以「神」代替，關於形與神的關係不斷的有演進，並擴及文學藝術的領域。

〔註 7〕同註 6。

〔註 8〕參考錢穆《國史大綱》第三編秦漢之部、第四編魏晉南北朝之部，以及牟宗三先生《歷史哲學》，台北學生書局的論述。

〔註 9〕參考徐復觀先生《中國藝術精神．第三章釋氣韻生動》，台北學生書局。

〔註10〕例如《世說新語．賞譽篇》：「武元夏目裴。王曰：『戎尚約，楷清通。』」，《品藻篇》：「孫承公云：『謝公清於無奕，潤於林道。』」又「王孝伯道謝公『濃至』，又曰長史『虛』，劉尹『秀』，謝公『融』。」

二、人倫識鑒與文學之關係

人倫識鑒在漢代形成，至魏晉蔚爲風尚，由具體的品鑒經驗而有《人物志》的理論建構，不僅人倫識鑒的活動本身累積豐富的經驗與理則，同時也影響文學領域。考察人倫識鑒與文學藝術之關係，可以借魏晉時代關於文學藝術活動的思想作說明。因爲此時期不僅人倫識鑒風氣興盛，而且對文學也開始嘗試擺脫從漢代以來，自道德教化立場論文學價值的實用觀點，眞正視文學爲獨立的存在，思考本質及意義，由人的自覺進而有文的自覺。

人倫識鑒與文學之關係，簡言之，人倫識鑒的理則與方法往往轉用於文學批評的活動。但人倫識鑒的對象爲人，文學批評的對象爲文學，二者根本不同，如何產生關係？錢穆先生曾言：

> 此時代人因喜品評人物，遂連帶及於品評詩文。故讀此一時代之文學批評，亦可窺測此一時代之人物標準與人生理想，而爲謂時代精神，亦可於此乎見。（《中國學術思想史論叢三、略論魏晉南北朝學術文化與當時門第之關係》）

錢先生指出魏晉文學批評的發展，受人倫識鑒的影響。究其實，中國文化重視主體性，論文學創作也特重創作主體的問題，先秦時孟子已有「頌其詩，讀其書，不知其人可乎？」（《孟子・萬章下》）的言論，指出創作主體與作品之間的密切關係。因此運用品評人物的觀念來批評文學，是相當自然之事。除此之外，尙包括客觀因素，也影響人倫識鑒轉移文學批評的情況，由於當時名士受到迫害，不敢論議時事，轉而寄託於文學；其次當時門第之風盛行，爲提高家風名望，鞏固社會地位，則致力於文義的研析，蔚成風氣；而人倫識鑒層面擴大，不僅從政治才具方面品評人物，亦注意文學才能的表現，凡此皆是影響人倫識鑒轉用在文學批評的原因。許文玉亦云：

> 夫競爭正統，指斥僭號；矜尚門第，區別流品；既悉爲當時政治風俗習見之例，則其他文化學術，有不蒙其影響者乎？歷覽藝林，前世文士，頗矜作品，鮮事論評；及曹丕褒貶當世文人，肆爲之辭，於是搦筦論文，多以甄別得失爲己任。在梁一代，蕭子顯秉其史論之職以繩文學；劉勰更逞其雕龍之辨，以評眾製；……鍾嶸亦錄五言之詩家而次之爲三。衡鑒之作，於斯稱最矣。（〈詩品釋序〉）

其說指出文學批評深受當時政治風俗，品評人物習尙之影響，而劉勰《文心雕龍》、鍾嶸《詩品》是精心之作。

因此，可以明證人倫識鑒與文學批評關係密切。至於具體而言，可以說文學批評中重要理論的建立與批評的手法，大多淵源於人倫識鑒，具體內涵可歸納三項說明：

（一）文學創作的根源：人倫識鑒重視內蘊之情性，以情性爲人之本質，而文學批評往往亦視情性爲文學產生之根源，沈約、蕭子顯、劉勰、鍾嶸等等皆持此觀點。例如鍾嶸說：「氣之動物，物之感人，故搖蕩性情，形諸舞詠。」（〈詩品序〉）指出詩歌產生的根源，是因爲人們的性情受到外界事物的感動和激發；劉勰亦云：「人稟七情，應物斯感。」（《文心雕龍・明詩篇》）又「春秋代序，陰陽慘舒，物色之動，心亦搖焉。」（《文心雕龍・物色篇》）等等，俱是此意。而因爲對性、情、氣、志的內涵界義不同，亦產生「緣情」或「言志」的差異觀點。「言志說」最早見於《尚書・堯典》：「詩言志，歌永言，聲依永，律和聲。」又《毛詩序》：「詩者，志之所之也，在心爲志，發言爲詩。」對志的解釋較偏於理性的認識，具有指導人的行爲、反映人的要求和志意，如《左傳・昭公九年》：「氣以實志，志以定言。」又劉勰：「觀其時文，雅好慷慨，良由世積亂離，風衰俗怨，並志深而筆長，故梗概而多氣也。」（《文心雕龍・時序篇》）「言志說」經過儒家的詮釋，成爲儒家對詩歌創作原則的指導與審美本質的界定。一方面要求作家反映對政治社會的認識與判斷，使詩歌具有影響政治社會的功能；一方面要求作家之志皆能符合儒家道德、倫理規範。而「緣情說」最早提出的是西晉陸機，他說：「詩緣情而綺靡。」（〈文賦〉）突出情感在詩歌創作的特徵。「緣情」相對於「言志」而言，較偏重作家的感情。關於「言志」與「緣情」的內涵，在文學批評史中不斷有演變。

（二）作品的風格：風格的始源意義指稱人物的風度品格，劉義慶《世說新語・德行篇》：「李元禮風格秀整，高自標持，欲以天下名教是非爲己任。」人倫識鑒對人物才性的衡量，往往從他的風度與品格著眼。各人才性不同，故風格殊異。至於作品的風格，其內涵是作家生命力具體表現在作品中的一種整體藝術形貌。由於「中國學術文化中所特著重的一個方向」是「全幅人性的了悟」〔註 11〕因此基本上文學批評通常將作品與作者聯結，把作品看成是作者生命的一種展現，兩者之間構成一種完整的連續體，其極致就是「文如其人」的觀念。人物才性既殊，作品視如整全的生命有機體，故其風格自然不同。例如劉勰云：

〔註 11〕同註 6。

> 是以賈生俊發，故文潔而體清；長卿傲誕，故理侈而辭溢；子雲沉寂，故志隱而味深；子政簡易，故趣昭而事博；孟堅雅懿，故裁密而思靡；平子淹通，故慮周而藻密；仲宣躁銳，故穎出而才果；公幹氣褊，故言壯而情駭；嗣宗俶儻，故響逸而調遠；叔夜雋俠，故興高而采烈；安仁輕敏，故鋒發而韻流；士衡矜重，故情繁而辭隱；觸類以推，表裏必符。豈非自然之恆資，才氣之大略哉！（《文心雕龍・體性篇》）

劉勰的這種理論顯然已直接從作者才性推論作品的風格。

（三）文學批評的用詞與方式：人倫識鑒的語彙與方式往往轉用以論文。人倫識鑒所用的語彙，例如精、神、風、骨、氣、韻等等，常出現於文學批評中，如「氣」的轉用，曹丕《典論論文》：「文以氣爲主，氣之清濁有體，不可力強而致。」指出文氣有清濁之別，無法以外力勉強改變，其「氣」的概念，顯由人倫識鑒中「氣性」之「氣」轉用而成。又如「風」的轉用，劉勰云：「詩總六義，風冠其首。斯乃化感之本源，志氣之符契也。是以怊悵述情，必始乎風。」（《文心雕龍・風骨篇》）風指的是作者內心之情思志趣，表現於作品謂之風。至於人倫識鑒的方式包括以譬喻法形容人物以及比較不同人物的長短優劣，亦轉用在文學批評方面。以譬喻法形容作家的作品風貌，例如鍾嶸評晉黃門郎潘岳的作品：

> 其源出於仲宣。翰林嘆其「翩翩然如翔禽之有羽毛，衣服之有綃縠，猶淺於陸機。」謝混云：「潘詩爛若舒錦，無處不佳，陸文如披沙簡金，往往見寶。」嶸謂益壽輕華，故以潘爲勝，翰林篤論，故歎陸爲深。余常言陸才如海，潘才如江。（《詩品》）

其說顯然採取「翩翩然如翔禽之有羽毛，衣服之有綃縠。」或「爛若舒錦」、「如海」、「如江」等等形象譬喻形容作品。關於詮次作家之高下，例「陸才如海，潘才如江。」而鍾嶸《詩品》主旨則是評述漢魏至齊梁的一百二十四位詩人，分爲上中下三品，加以品第。

人倫識鑒重視人物內蘊之情性，因此文學批評往往也重視作者之情性，認爲作品產生的根源來自作者情性；而不同的才性有不同的風格，在文如其人的前提下，不同作者也有殊異的風格；最後人倫識鑒的用詞與方式更是直接運用於文學批評活動中。經由以上之綜述，可以明證人倫識鑒與文學批評的關係密切，論人的內涵與方式常轉用於批評作家與作品。

第二節　英雄與俠的性格特徵

晚明評價水滸人物，往往以英雄或豪俠稱呼之。出現在《容本》、《袁本》等等的評語「義」與傳統對「俠」的評價有密切關聯。本節分析英雄、俠在歷史中的形象與內涵，將有助於掌握晚明、金聖歎評價水滸人物的觀念。

一、英雄的涵義

《人物志》用氣言性的系統，對聖人無相應之理解，但順才性觀人，終極在論英雄，而非論聖賢。循《人物志》的解釋，可以透顯英雄一格的涵義。何謂「英雄」：

> 夫草之精秀者爲英，獸之特群者爲雄，故人之文武茂異，取名於此。是故聰明秀出謂之英，膽力過人謂之雄，此其大體之別名也。(《人物志．英雄第八》)

英，依《說文》解釋：「英，艸榮而不實者。」英是華，是植物生命歷程中最精秀美麗的部分，故《詩經．鄭風》云：「顏如舜英。」而雄字，《說文》：「鳥父也，從隹聲。」本爲雄鳥，引申作雄性動物之統稱，更引申以指涉具有力量之人。劉劭借動植物生命的特徵取譬引喻，形容人「聰明秀出」謂之英，「膽力過人」謂之雄。英指智方面，涵有聰、明特質，故能運籌帷幄，見微知機，如張良者流。雄指勇方面，涵有膽、力特質，故能以力伏人，排難成事，如項羽者輩。兼具英、雄二者方能開創功業以立天下，如劉邦即是。

劉劭詳論英雄，深受時代背景影響。英雄乃魏晉間月旦人物的名目之一；因爲東漢末年，天下大亂，豪傑并起，以英雄自居，意圖平定天下，建立功業。王粲著《漢末英雄記》，便透露當時訊息。

所謂人生三不朽：「立德、立功、立言。」英雄所成就的是「立功」這一方面。如果從生命力來說，英雄的生命力充沛，元氣無礙，能盡氣表現，生機靈活不滯。〔註 12〕劉邦能開創帝業賴生命力充沛，善能發揮智、勇二者，這是天才盡氣的表現。爾後傳統文化對智勇過人，能建立功業者，謂之英雄。

〔註 12〕參考牟宗三先生《歷史哲學．第三部楚漢相爭綜論天才時代．第一章天才時代之來臨》，台北學生書局。

二、俠的涵義

「俠」的定義、來源、與歷代對它的認知，非常複雜，〔註 13〕不是本文範圍所能或必須探討，故僅就原始記載及《史記》的記錄來勾勒「俠」的性格、特徵。

論俠的定義，可以追溯「俠」一詞的出現，最初見於《韓非子・五蠹篇》：「儒以文亂法，俠以武犯禁。」五蠹指學者、言談者、帶劍者、串御者、工商者五類人物，帶劍者指的是「俠」。俠者犯禁的情形是：「其帶劍者，聚徒屬，立節操，以顯其名，而犯五官之禁。」（《韓非子・五蠹篇》）又：「行劍攻殺，暴傲之民也，而世尊之曰廉勇之士。活賊匿姦，當死之民也，而世尊之曰任譽之士。」（《韓非子・六反篇》）韓非本法家法治立場抨擊「俠」乃危害社會的不良分子。

《史記・游俠列傳》透過具體的人物件，賦予游俠更清晰的面貌：

> 今游俠其行雖不軌於正義，然其言必信，其行必果，已諾必誠，不愛其軀，赴士之阸困，既以存亡死生矣，而不矜其能，羞伐其德，蓋亦有足多者焉。且緩急人之所時有也。（《史記・游俠列傳》）

又

> 至如朋黨宗彊比周，設財役貧，豪暴侵凌孤弱，恣欲自快，游俠亦醜之。（《史記・游俠列傳》）

司馬遷對游俠的根本判斷是「不軌正義」。何謂「義」？段玉裁《說文解字注》言義之本訓謂「禮容各得其宜。」「義」有合宜的意思，《中庸》：「仁者，人也，親親爲大；義者，宜也，尊賢爲大。」朱熹解釋：「宜者分別事理，各有所宜也。」儒家對義的說法常見，如《論語》：「子曰：『見義不爲，無勇也。』」（〈里仁篇〉）又：「子曰：『君子之於天下也，無適也，無莫也；義之與比。』」（〈顏淵篇〉）。《孟子》：「仁，人心也；義，人路也。」（〈告子篇〉）又：「仁，人之安宅也；義，人之正路也。」（〈離婁篇〉）「義」皆具有合理、合宜之涵義，其根本依據則爲仁。司馬遷所指的正義，應指具有正當、合宜，而爲群體所共同、普遍遵循的行爲標準，如國家法律規範，人群之間的倫理規範。俠者不軌正義即指其行爲並不依循群體必需遵守的國家法律、社會規範。根據這個判斷，則俠者並不足論。不過由於具有「言必信、行必果」「赴士之阸

〔註 13〕參考龔鵬程先生《大俠》，台北錦冠出版社。

困」種種德行，故仍可稱譽。司馬遷據此標準，選擇郭解、魯朱家、劇孟諸人為典型代表人物。

《說文》:「俠、俜也，從人夾聲。」段玉裁引荀悅曰:「立氣齊作威福，結私交以立彊於世者，謂之游俠。」又引如淳曰:「相與信為任，同是非為俠，所謂權行州里、力折公侯者也。」引或曰:「任氣力也。」(《說文解字注》)俠者是任使勇力，同氣相求，結黨權行州里者。

「義」後來與俠結合，換言之，義使俠的行徑具有理想性。唐李德裕〈豪俠傳〉:「義非俠不立，俠非義不成。」義成為俠的精神表徵，故有「俠義」的連稱。文學作品對俠的形象塑造，以表現「義」為宗旨。

關於俠者的行為特徵，劉若愚、田毓英、崔奉源等等曾予以歸納說明，內容甚接近，茲引劉若愚的說法:

1、重仁義，鋤強扶弱、不求報施。

2、主公道，能路見不平、拔刀相助。

3、放蕩不羈(或傾向個人自由)，不拘小節，不矜細行。

4、個人性的忠貞，或士為知己死。

5、重然諾、守信實，如藉少公雖不識郭解，卻甘心為他守密自戕。

6、惜名譽，也就是司馬遷所說的:「修行砥名，聲施天下」。

7、慷慨輕財。

8、勇，包括體力與道德上的勇氣。〔註14〕

這八項特徵具有「道德意義」，即沿司馬遷對俠的稱許:「言必諾」、「行必果」、「不愛其軀」、「赴士阨困」等等美德。但是仔細分辨俠者所謂的「義」往往是個人性或集團性的，並不是具有普遍性、公理性，為眾人必可遵行的規範，此即史公所云:「不軌正義。」且行為往往是一時意氣所激，例如俠不愛其軀，可為知己者死，知己只是對俠者而言;戰國時，侯嬴刎頸以報信陵君知遇之厚恩，但是如果是信陵君的敵人先禮遇侯嬴，侯嬴亦可為其所用，反過來刺殺信陵君。

若據史書記載，俠的形象並不是如劉若愚所分析的那麼美好，且有時為百姓所惡，例如《後漢書・董卓列傳》形容他:「由是以健俠知名」，但董卓劫持漢獻帝，焚掠洛陽，殘暴不仁，當其亡，百姓歡舞歌呼。又《北齊書・單義雲傳》:「義雲少麤俠，家在袞州北境，常劫掠行旅，州里患之。」不過

〔註14〕轉引自龔鵬程先生《大俠・第四章正義的神話》頁37所列舉。

不可否認的是俠在文學中，在百姓心目中佔有崇高的地位。究其原因，俠已成爲「義」的表徵。

俠何以形成「義」的表徵？此處所云「義」，並不完全合乎儒家的道德意義，而另具有政治的內涵。由於道德之需求和對政治公道之期望，構成對俠的尊崇，賦予俠理想的意義——「義」的化身。〔註 15〕人類對道德的需求，往往落實於政治權力對社會公道的維繫。從政治而言，人人應守國家法律，因爲法律維持公道，國家被視爲保障百姓生存、權利的機構。公道則爲社會道德基礎。當國家失序，綱紀不振，無法保障百姓，即是無法維持公道、主持正義時，則百姓必企盼具有力量者出而代之。而俠者任氣使力，於國家法律之外行事，當其能維護正義時，則爲百姓爲崇拜敬仰。而知識分子面對政治腐化，官吏視百姓如魚肉，卻又無法依循體制加以改革時，不免寄予俠者深切的期許，如章炳麟著〈儒俠〉、梁啓超著《中國武士道》皆激於當時國家危弱，綱紀不振諸種亂象而發揮「俠」的精神。

因此，當天下無道、國家失序的亂世時，特別揄揚俠者的精神。俠者由基於一己道德、個人價值行事的美德，進而躍昇替天行道、主持正義的英雄。劉劭所云英雄具文武之才、建立功業的特質，俠者至此顯然具有同類意義。爾後英雄、俠往往混用，借指某一類型人物。

了解「俠」的性格特徵、形象，以及何以成爲主持正義的表徵，對於晚明評價水滸人物「忠義」或評某人「有義氣」時，其評價標準何在？則將有清楚的掌握。

第三節　晚明人物識鑒的理論基礎與傾向

論金聖歎評水滸人物的觀念，必先了解晚明諸家評論水滸人物的情形，方能掌握金氏在晚明《水滸傳》詮釋史的地位與意義。晚明諸家批評水滸人物生命形態的觀念，深受當時思潮的影響，充滿反禮教、追求主體自由的精神。

明代學風宗程朱，以「即物窮理」爲學道工夫，加以朝廷訂定宋儒註解的四書五經爲科舉考試的依據，程朱理學被崇爲「正學」。自陳獻章、湛若水、

〔註 15〕龔鵬程先生認爲俠之崇拜已成爲一種迷思，是由於人們內在有某種道德的需求，將俠神話化，形成迷思。並且認爲這種道德需求，爲人們在政治社會方面對正義與公道的渴望。《大俠・第四章正義的神話》大頁 48。

王守仁出，學風丕變。王守仁掃除學者專務章句記誦之習，倡「致良知」、「知行合一」學說，一時風行。師承繼起之王學流派，據黃宗羲《明儒學案》依地域區分浙中、江右、南中、楚中、北方、粵閩及泰州七個學案，影響可謂深廣。黃宗羲云：

> 陽明先生之學，有泰州龍溪而風行天下，亦因泰州龍溪而漸失其傳。泰州龍溪時時不滿其師說，益啓瞿曇之秘而歸之師，蓋躋陽明而爲禪也。然龍溪之後，力量無過於龍溪者，又得江右爲之救正，故不致十分決裂。泰州之後，其人多能赤手搏龍蛇，傳之顏山農、何心隱一派，遂非名教所能羈絡矣。(《明儒學案》卷三十二)

由於泰州龍溪之學極爲平民化和富實踐精神，且熱心講學，故向學者眾。而其後學極富豪傑之氣，多能「赤手搏龍蛇」，故傳統的價值標準不能規範，每被當道譏爲毀壞名教。李贄雖與泰州諸子並無師承關係，但甚同情彼輩，故思想淵源於王陽明與王畿王艮等人，批判傳統，發揮自王畿王艮以來的自由解放精神。其著名的「童心說」乃承自龍溪近溪二人，主張良知見於人倫日用之間，以純眞去假的童心描述良心本體，影響晚明「獨抒性靈」的文學思潮。〔註 16〕本節從人性觀的思考出發，概分四項特徵：(一) 混合德性、才性以言人性，(二) 對「眞」的肯定，(三) 崇尚主體自由，(四) 肯定人欲，以綜述這股批判傳統、追求主體自由的思潮。

一、混合德性、才性以言人性

陽明「良知說」，良知指道德本體，「良知者、孟子所謂是非之心，人皆有之者也，是非之心，不待慮而得知，不待學而能，是故謂之良知。」(《王文成公全書．大學問》) 指出良知是先天本具，非後天外力積習而成，是善惡是非判斷之本源。「知善知惡是良知」(《傳習錄》) 所謂良知與孔子言仁、孟子言良心善性、宋儒言義理之性相同，是道德實踐之本體，也是善惡是非標準之依據。陽明復言「四句教」：「無善無惡心之體，有善有惡意之動，知善知惡是良知，爲善去惡是格物。」(《語錄．天泉證道記》) 指出善惡是意之動而來，但就心體之境界而言是無善無惡，不過不應懸想此境界而宜致力爲善去惡之工夫。王畿復主「四無說」、「見在良知」之說，「四無說」乃由陽明「四

〔註 16〕參考曹淑娟先生〈晚明性靈文論的心性基礎〉，收入《晚明思潮與社會變動》，台北弘化文化事業公司。

句教」轉變而來：

> 先生謂夫子立教隨時，謂之權法，未可執定。體用顯微，只是一機：心意知物，只是一事。若悟得心是無善無惡之心，意即是無善無惡之意，知即是無善無惡之知，物即是無善無惡之物。(《語錄・天泉證道記》)

此論頗近禪宗說法，如六祖惠能所說：「菩提本無樹，明鏡亦非臺，本來無一物，何處惹塵埃。」形容眞如的境界，王畿並運用禪宗頓悟與漸悟二種修學方法，來說明不同根器的學法不同。因此不免有將王學禪學化之譏。所謂「見在良知」:「先師提出良知二字，正指見在而言，見在良知與聖人未嘗不同者，能致與不能致耳。」(《語錄・天泉證道記》) 認爲人人具有的良知是現成的。

而李贄承襲這些說法，主張「童心說」:

> 夫童心者，眞心也。若以童心爲不可，是以眞心爲不可也。夫童心者，絕假純眞，最初一念之本也。若失卻童心，便失卻眞心；失卻眞心，便失卻眞人，全不復有初矣。(《焚書卷三》)

以「童心」喻良知本體，能護持「童心」便爲眞，不能護持則爲虛假，有眞心則有眞人，無眞心則爲假人。由於以護持與否論眞假，道德判斷的善惡問題轉變爲眞假的判斷。關於「眞」的問題容後再敘。先談他人性論的另一部分——才性觀。

李贄肯定人性中普遍共具有的「童心」，復言人有不同材質：

> 蓋聲色以來，發於情性，因乎自然，是可以牽合矯強而致乎？故自然發於情性，則自然止乎禮義，非情性之外復有禮義可止也。惟矯強乃失之，故以自然之爲美耳，又非於情性之外復有所謂自然而然也。故性格清澈者音調自然宣暢，性格舒徐者音調自然疏緩，曠達者自然浩蕩，雄邁者自然壯烈，沉鬱者自然悲酸，古怪者自然奇絕。有是格，便有是調，皆情性自然之謂也。莫不有情，莫不有性，而可以一律求之哉。然則所謂自然者，非有意爲自然而遂以爲自然也。若有意爲自然，則與矯強而異？故自然之道，未易言也。(《焚書・讀律膚說》)

情性指的是人的才性，才性有不同姿態，作爲文學創作的根源，自然形成不同風格的作品，故言「有是格，便有是調」，將傳統「文如其人」的思想加以發揮。前已指出李贄的人性觀乃自陽明良知心體變來，所謂「故自然發於情性，則自然止乎禮義，非情性之外復有禮義可止也。」故李贄的人性觀實乃混合德性與才性二義。

二、肯定情性之「眞」

李贄提出「童心」以言人之本心，與孟子云：「大人者，不失其赤子之心者也。」（《孟子・離婁篇》）類似，也與老子：「知其雄，守其雌，爲天下谿。爲天下谿，常德不離，復歸於嬰兒。」（《老子・二十八章》）相近。皆以人生最初階段設喻，不同的是李贄藉以形容本心，老子則喻境界形態。李贄復言「童心」爲「眞心」爲「絕假純眞」。關於「眞」的涵義，必須先澄清。顏崑陽先生曾界定「眞」具七種意義：

> （一）形上實體或原理之眞：這是形上學所承認絕對唯一的眞實。此一眞實原不可說，但在西方的知識論中，則通過嚴密的理論形式加以証明。在中國思想中，則往往通過實踐以體會。（二）萬有生命情性之眞：生命泛指萬有生息變化的連續活動相，包括生物與非生物，當然包括人在內。這可以視爲實體的顯相。人的眞性情，物的眞性質都屬於這一層內在於萬有的眞。（三）萬有生命形象之眞：相對於上一層內在於萬有的性情之眞。這一層眞乃指生命外在形象的眞實在而言，例於人的形軀相貌。西方早期的素樸實在論（Der Naïve Realismus）以萬有的表象爲眞實在，即是這種「眞」。這是很通俗、很常識地被認識的「眞」。造型藝術上所要求的形似、逼眞，大多指的就是這種「眞」。（四）形式理則之眞：通過嚴密的形式判斷，所獲致的必然之理，數學上的一些公理、公式、定理，及理則學上的一些定律等等，都屬於這層「眞」。（五）實驗証明之眞：科學上通過物理、化學等實際的驗證，所獲致的眞實。（六）價值規範之眞：在價值判斷上，共同認定爲正確的眞理，例如道德上的忠、孝、義等等行爲規範。這層「眞」，有時常與善、好、正確、是等字詞同義。（七）發生事實之眞：指在現實界已發生過的事實，也就是歷史的事實。第三層生命形象之眞，比較側重空間的存在，而這第七層眞則比較側重時間的存在。（《莊子藝術精神之析論、第三章莊子藝術精神之體性》頁97、98）

析分「眞」具七層眞實義，顯然較朱光潛將眞實略分：歷史的眞實，邏輯的眞實、詩的眞實三種更能蓋括宇宙萬事萬物的眞實。(《談文學・想像與寫實》)李贄所指的「眞心」應該是第二層萬有生命情性之眞，此眞若能去僞絕私，回歸本來面目，可與實體相同。中國的儒、道、釋皆可從這生命性情求得此絕對之眞。不過就儒、道而言，儒家主於言「誠」，道家則尚「眞」。儒家言誠爲道德形上實體，必經道德實踐歷程方臻此境界，而道家之眞則直指生命的本質。李卓吾言「眞心」與他深受道家思想影響有關。此最初之本心如何喪失？

> 童心胡然而遽失也？蓋方其始也，而聞見從耳目而入，而以爲主於其內而童心失。其長也，有道理從聞見而入，而以爲主於其內而童心失。其久也，道理聞見日以益多，則所知所覺日以益廣，於是焉又知美名之可好也，而務欲以揚之而童心失；知不美之名可醜也，而務欲以掩之而童心失。夫道理聞見，皆自多讀書識義理而來也。古之聖人曷嘗不讀書哉！然縱不讀書，童心固自在也，縱多讀書，亦以護此童心而使之勿失焉耳，非若學者反以多讀書識義理而反障之也。(《焚書・童心說》)

童心之失乃因道理、聞見、知美名之可好、知不美名之可醜所造成。此數者如何障蔽童心？究其意非關道理、聞見、知美名之可好、知不美名之可醜本身，而是操持之心的問題，因道理聞見得自讀書識義理，聖人讀書識義理而童心自在。故其關鍵乃因以聞見、道理、知美名之可好、知不美之名可醜爲「主於其內」、「欲以揚之」、「欲以掩之」有意作爲、違反自然，而童心日失。李贄的「童心說」則轉爲眞假之分辨，近似老子所言：「天下皆知美之爲美，斯惡已；皆知善之爲善，斯不善已。」(《道德經・第二章》) 又：「爲學日益，爲道日損，損之又損，以至於無爲，無爲而無不爲。取天下常以無事，及其有事不足以取天下。」(《道德經・第四十八章》) 於成心的執著，落於現象界的相對概念名相中，造成爲道之障。如莊子：「眞者，所以受於天也，自然不可易也。」(《莊子・漁父篇》) 成玄英疏云：「眞實之性，稟乎大素，自然而然，故不可改易也。」李贄所指的童心、眞心則接近於道家的眞，但仍有層次之不同。「童心」指眞實的喜怒哀樂之情緒心，如：「不憤而作，譬如不寒而顫，不病而呻吟。」(《焚書・雜述》) 與莊子的常心層次不同。

道家尚眞，如老子所說：

> 道之爲物，惟恍惟惚。惚兮恍兮，其中有象；恍兮惚兮，其中有物。

> 窈兮冥兮，其中有精；其精甚眞，其中有信。自古及今，其名不去，以閱眾甫。吾何以知眾甫之狀哉？以此。（《道德經・第二十一章》）

此言道之精粗，「有象」、「有物」爲道之粗，形容宇宙之現象界；「有精」、「有信」、「甚眞」則是描述本體，這是以眞說明形上實體「道」的性質。又：「人法地，地法天，天法道，道法自然。」（《道德經・第二十五章》）河上公註：「道性自然，無所法也。」故自然亦可形容道之性質，天眞與自然遂可視爲同義語。另老子每以嬰兒來說明眞的境界，如前所述。又言：「守其辱，爲天下谷，常德乃足，復歸於樸。」（《道德經・第二十八章》）「樸」依《說文》曰：「樸木素。」有素質之義，亦可通天然。

莊子論眞處獨多，所指眞乃受於天不可易，自然而然。《莊子・大宗師》對「眞人」的解釋詳盡，此處不詳舉。莊子言眞人亦言至人、天人、神人、聖人，此皆異名同實，皆謂得道之人。如：「不離於宗，謂之天人。」（《莊子・天下篇》）成玄英疏：「冥宗契本，謂之自然。」「天」指「道之自然」。

道家本乎自然，反爲人文禮制及人之慾望的造作，反歸自然，純任無爲。故其言眞，可通自然、樸等名。李卓吾所謂童心雖不同於老莊所謂之常心、道心，但就其反對人爲造作，虛僞來看，與老莊所謂自然相近。

晚明關於眞的理論，其實深染道家色彩，自李贄以及深受李贄影響的公安三袁和同流皆富有道家思想，李贄具有三教合一的思想，認爲「三教聖人，頂天立地，不容異同，明矣。故曰天下無二道、聖人無二心。」（《李卓吾遺書・三教品序》），袁宏道嗜讀《莊子》，其論詩重趣韻，而「夫趣得之自然者深，得之學問者淺。」（註）可見偏於道家。至如同屬公安派的雷思霈說：「眞者，精誠之至。不精不誠，不能動人。強笑者不歡，強合者不親。夫惟有眞人，而後有眞言。」（《瀟碧堂集》序）其說與《莊子・漁父》近似。〔註 17〕

李贄「童心說」的人性觀轉用於文學創作的觀念，則強調創作主體性情之眞，主張有眞人方有眞言、眞文、假人所爲則是假言、假文：

> 夫既以聞見道理爲心矣，則所言皆聞見道理之言，非童心自出之言也。言雖工，於我何與？豈非以假人言假言，而事假事，文假文乎？蓋其人既假，則無所不假矣。由是而以假人與假人言，則假人喜；

〔註 17〕《莊子・漁父》原文是：「孔子愀然曰：請問何謂眞？客曰：眞者，精誠之至也。不精不誠，不能動人。故強哭者悲不哀，強怒者雖嚴不威，強親者雖笑不和。眞悲無聲而哀，眞怒未發而威，眞親未笑而和。」

以假事與假人道，則假人喜；以假文與假文談，則假人喜。然則雖有天下之至文，其湮滅於假人而不盡見于後世者，又豈少哉？何也？天下之至文，未有不出于童心焉者也。(《焚書・童心說》)

由創作主體性情之眞假決定文章的眞假，明顯地也成爲判斷作品價值之標準。而深受影響的公安、竟陵之文學主張也強調眞。如袁宏道：「弟小修詩，大多獨抒性靈，不拘格套，非從自己胸臆流出不肯下筆。」又云：

猶是無聞無識，眞人所作，故多眞聲。不效顰于漢魏，不學步于漢唐，任性而發，尚能通于人之喜怒哀樂嗜好情欲，是可喜也。(〈敘小修詩〉)

從肯定創作主體情性之眞，進而主張個別的情性、思想、欲望皆是文學表現的對象，可謂「文學表現論」。

「眞」的對立面即假，所謂矯情僞性，李贄認爲所以如此，乃由讀書聞見識知所拘，不識本源眞相之故。而其重功業、輕名教，每詆儒臣是「名爲學而實不知學」。其中奸詐者被目爲「假道學」：

彼講周、程、朱、張者皆口談道德而心存高官，志在巨富爾。既已得高官巨富矣，仍講道德說仁義自若也。又從而嘵嘵然語人曰，我欲厲俗而風世。(《焚書・與焦弱侯書》)

他嚴厲地指出講周、程、朱、張之學者口是心非，本爲重視道德實踐之心性之學反而成爲干求利祿之工具。

由於尙眞，因此反對虛假造作，也反對造成虛假造作之因，諸如禮教規範的束縛，而亟力擺脫人爲規範之約束，崇尙主體的自由、逍遙自在的境界。

三、崇尙主體的自由

晚明士人普遍心態是追求主體之自由，此主體之自由指的是自我能夠自由做主，不受外物外境所宰制，表現隨意自適的態度。因爲晚明政治敗壞，君主昏庸、宦官持政、黨爭迭起、流賊之亂頻生、外敵侵擾時至，種種衰象叢生，令人易生無力感，故士人普遍對政治採取退離默守的態度。而儒釋道三教交合的思想爲士人生命價值的依靠。

上文曾說晚明的人性論綜合德性與才性義，尤以李贄的「童心說」肯定自我的價值，不以古人爲尙，表現自由之精神。而道家主心齋坐忘工夫，回復逍遙無待之境界。釋家則主銷磨妄識，恢復眞如本性。雖然三家思想根本不同，但就其心體境界則似。晚明士人追求這心體境界的展現，基本上並非依儒家通過內聖外王之道德實踐路途，也不知道家去除情執造作的忘我工夫，更非釋家持戒忍辱等等修持過程，而是任心自由適物，此心斷非道德心或虛靜心。從晚明流行之清言作品的內涵與表現之意識型態可作證明，例如著名的《菜根譚》雖然被推崇爲修養勵志作品：

> 其間有持身語、有涉世語、有隱逸語、有禪語、有趣語、有學道語、有見道語。詞約意明，文簡理詣。設能熟習沉玩而勵行之，可以補過，可以進德，且進於律，亦進於道矣。(〈三山病夫序〉)

此書表面似乎強調顯發天地之精神，教人收攝心氣，涵養天和，澆息妄念造作，但思想博雜，例如在處世方面重明哲保身，與儒家開務濟物之思想不合，反而類似鄉愿哲學。〔註 18〕

晚明重視主體自由往往通過實際人生的觀照而來，生老病死之苦痛，榮華富貴之不可保，時間消逝之無常感，煙消雲滅之歷史悲情，例如陸紹珩：「恍覺百年幻泡，世事棋枰，向來傀儡，一時俱化。」(《醉古堂劍掃》自序）又「三九大老、紫綬貂冠，得意哉？黃梁公案；二八佳人、翠眉蟬鬢，銷魂也？白骨生涯。」(《娑羅館清言》）等等。

面對幻化無常之人生，如何自處？晚明士人採取的是從生活心態上改變，視人生爲可觀賞之對象，卻不宜介入的存在。這是欣賞人生、品味人生而非正面處理人生的態度，雖主觀地消解生命之困境，但同時也無法對客觀環境有積極作爲，王思任云：

> 海上憨先生者，老矣。歷盡寒暑，勘破玄黃，舉人間世一切蝦蟆傀儡、馬牛魑魅、搶嚷忙迫之態，用醉眼一縫，盡行囊括。日居月諸，堆堆積積，不覺胸中五嶽墳起。欲嘆則氣短、欲罵則惡聲有限、欲哭則爲其近於婦人，於是破涕爲笑，極笑之變，各賦一詞，而以囊括天下之苦事。(《屠本唆笑詞序》)

面對人生莫可奈何之事，賦詞記之，借書寫活動而排遣之，無法正面處理客觀現實的問題。因此晚明士人的生活極重視審美情趣，舉如品茗、賞花、琴棋詩畫、遊山玩水等等活動，十分盛行。也因爲只須改變心理感受，不必厭

〔註 18〕一般認爲《菜根譚》的性質是修身養性的寶典，但龔鵬程先生卻認爲它是以一種審美態度對人生問題作一觀照，並飽含空靈美感的作品。《文化、文學與美學・由《菜根譚》看晚明小品的基本性質》，台北時報文化出版公司。

世逃世，隱遁山林，所謂大隱隱於市，小隱隱於山林，與傳統隱逸思想不同。

綜括晚明對主體自由之思考，由面對人生如幻夢、終歸泡影，生存的種種問題而追求自我主宰權，但其理念卻只落於心理感受的層次，只須改變心理的觀感，不必逃避世界，故其對客觀世界無力改變，只有做到主觀上入世而不滯於物而已。龔鵬程先生曾言晚明士人對人生持觀賞審美態度，不正面處理人生問題而是觀賞與玩味。〔註 19〕這是爲維護個體生命，因而表現一種冷冷觀照態度，如沈承所說：「弟於世間，絕意不望相知，於人前絕意不開相知口。」（〈與山陰王靜觀〉）因此容易轉變爲愛賞個人超俗姿態，或者標榜退讓不爭的處世態度。

四、肯定人欲

關於主體自由之追求，既非儒家正面擔負開務濟物之實踐態度，而表現出維護個體自主，擺脫現實生存之拘束的心理。其生活型態頗似道家，但實質不同。道家反對禮樂教化、情緒欲望之束縛，而晚明人對情緒欲望採取的卻是肯定接受的態度。

自宋學以還，關於天理與人欲之關係，皆主張存天理去人欲，天理與人欲呈二律背反的關係。而李贄根據王艮「百姓日用即是道」的觀點，加以發揮：

> 穿衣吃飯，即是人倫物理；除卻穿衣吃飯，無倫物矣。世間種種，皆衣與飯類耳，故舉衣與飯而世間種種自然在其中，非衣飯之外更有所謂種種絕與百姓不相同者也。（《焚書・答鄧石陽》）

這段話即指種種包括飲食男女本能欲望在內的人性，被視作自然存在，其地位獲得肯定。他指出社會倫理道德並非三綱五常一套外在於人的禮教規範，而是存在穿衣吃飯的日常生活中的倫理。又言：「人必有欲」、「雖聖人不能無勢力之心」（《李氏文集、明燈道古錄》）更大膽地將自私自利視作人之本性。

天理、人欲的區分不能成立，君子小人之判別便喪失根據。李贄重功業而輕名教，言正義必須謀利，詆儒臣無用與假道學。所謂正義必須謀利，孟子義利之辨乃重新翻案，以此論史，凡有勳業者皆可名列聖賢之列，故稱始皇千古一帝，項羽不世英雄。〔註 20〕至於商鞅、吳起等人圖功業，毀名教則

〔註 19〕同註 18。
〔註 20〕見李贄《藏書・世紀總論》。

優於守道之儒，他視儒臣是「儒臣雖名爲學而實不知學」（《藏書・紀傳總目後論》）

這種肯定人類欲望之觀念也表現在晚明士人的生活中，如衛泳編輯的《枕中秘》中的一篇文章：

> 誠意如好色，好色不誠是爲自欺者，開一便門矣。且好色何傷乎？堯舜之子未有妹喜妲己，其失天下也，先於桀紂。吳亡越亦亡，夫差卻便宜了一西子。文園令家徒壁立，琴挑卓女而才名不減。郭汾陽窮奢極慾，姬妾蒲前而朝廷倚重。安問好色哉。若謂色能傷身者尤不然。彭籛未聞鰥居，而鶴齡不老，殤子何嘗有色，而鳧殀莫延。世之夭者病者戰者焚溺者扎厲者相率以死，豈盡色故哉？（《枕中秘・達觀》）

從歷史事例中舉證，所謂「好色」並非惡事，也不影響世間的成敗榮枯，年壽存歿。古來對「好色」一事皆加以誅伐，從道德判斷好色爲淫，是爲敗德，但晚明人卻一反傳統而另就功利態度立論，「好色」與政治興衰，風俗厚薄，身體好壞並無必然關係。而其眞正關鍵是：

> 人只爲虛怯生死，所以禍福得失，種種惑亂，無怪乎名節道義當前，知而不爲，爲而不力也。倘思修短有數，趨避空勞，勘破關頭，古今同盡。緣色以爲好，可以保身，可以樂天。可以忘憂，可以盡年。（《枕中秘・達觀》）

只因不明生死有命，徒勞妄作而致，如果能勘破生死，所謂好色亦能忘憂得樂。

這是從曠觀生死，轉而肯定生命種種欲望情緒，建立任情適欲的人生態度。這雖與李贄就人欲亦是眞實存在的看法不同，但卻同樣肯定了人類的欲望。從明人清言之類作品可以明顯透露出這種訊息，如龔鵬程先生所說：「是從歷史人生空虛性的感悟中，生出了審美的態度，但隔離的智慧與美感，卻終究可能只是讓他們走上隨順情慾嗜好的路子。由欣賞品味人生，變成了享受人生。」（《文化、文學與美學・由《菜根譚》看晚明小品的基本性質》頁160）故衛泳編輯《枕中秘・談美人》言及時行樂，袁中郎〈與龔惟長先生書〉提出「人生五快活」之說等等，皆是享樂主義的說法。

總而言之，對於人類之欲望，晚明普遍持肯定之看法，也表現了任情適性的生活態度，甚至有縱情享樂之情形。

第三章　晚明水滸人物評論的概況

明代萬曆年間，小說戲曲的評論才眞正發展。主要原因是自古代傳說、魏晉南北朝志怪志人小說、唐代傳奇、宋代話本的長期發展，已累積豐富的作品與創作經驗，值得加以研究。而提倡個性解放的思潮，讓文人可以揚棄視小說爲小道的成見，注意小說這類文體的成就。兼以經濟繁榮、市民階層壯大，小說戲曲等成爲好尙，印刷術的進步、出版業的興盛等等因素，造成小說戲曲的創作成長，十分蓬勃。因此研究小說戲曲的觀念相對地發展。

《水滸傳》在當時，由於本身作品的成就，吸引了廣大的讀者群，對它的評論相當多，從第一章第一節所列的資料，即可證明。

關於對《水滸傳》人物的評論，可以區分爲兩種範疇，一是對水滸人物生命的評價，即存在意義的詮釋，二是從審美角度，討論小說人物創作的問題。本章各列一節分別論述這兩種範疇，希望能夠掌握晚明評論水滸人物的主要概念及面貌。

第一節　晚明對水滸人物存在意義的詮釋

考察李贄評水滸人物、容與堂刊本（以下簡稱容本）、袁無涯刊本（以下簡稱袁本）以及其他評論資料的見解，可以歸納成三項主要的觀念：忠義說與強盜書的分辨、崇尙眞實與主體的自由、才性美的欣賞。本節逐項分疏說明。

一、忠義說與強盜說的分辨

水滸人物在晚明便已形成兩種不同的評價——忠義說或強盜書。李贄、

《袁本》、汪道昆、余象斗、五湖老人、大滌餘人、熊飛等等主張忠義說；而《容本》、懷林認爲是強盜。〔註1〕

何謂忠義說？即表彰《水滸》的精神爲忠義。案忠義的涵義，分別釋名。忠，《說文》：「忠，敬也。盡心曰忠。」指的是竭誠，盡心盡意，如《論語・學而篇》：「爲人謀而不忠乎？」朱熹註解爲盡己之謂忠。從儒家義理系統而言，忠是做人的基本德目，代表具有普遍性意義的美德，《論語》：「子以四教：文、行、忠、信。」（〈述而篇〉）又：「子曰：『言忠信，行篤敬，雖蠻貊之邦，行矣。』」（〈衛靈公篇〉）等等皆是此義。這是具有普遍性道德意義的「忠」，其倫理內涵，適用於全部的人，是傳統君主，下至臣民都應該具備的美德，是儒家思想的重要核心觀念之一。而自戰國時代以後，「忠」的倫理卻是強調臣民對君主的奉獻，特定的政治意義被凸顯，董仲舒《春秋繁露》、唐武則天《臣軌》等皆特別強調臣子必須忠君的精神。〔註2〕

至於義，《釋名》：「義，正也。」、《孟子・告子篇》：「義，人路也。」簡言之義可以包括，正、人路之涵義。儒家言義，如第二章第二節所解釋，指的是以仁心爲本，正當合理的行爲，是具有道德實踐的內涵，普遍性的意義，行爲的規範，人人應遵守的。忠義，簡言之，盡己之謂忠，行爲正當之爲義，這是涵有道德實踐的倫理規範意義。評水滸爲「忠義」，便是賦予水滸人物行爲道德價值化，其實質內涵，尙待分析。李贄有名的〈忠義《水滸傳》敘〉特別表揚忠義的精神，晚明以忠義名水滸人物，皆是沿襲、引申其主張，分析李贄的觀點，可以掌握此詮釋意義的內涵。李贄是從三個方向說明的：

（一）作者創作意圖：李贄提出「發憤說」說明作者創作的心理動機與目的。他首引司馬遷的意見，謂「《說難》《孤憤》，聖賢發憤之所作也。」（〈忠義《水滸傳》敘〉）憤，依《說文》解釋：「懣也，從心賁聲。」懣則是：「煩也。」段玉裁注解：「煩者，熱頭痛也。引申之，凡心悶皆爲煩。」因此憤指的是一種煩悶的心理狀態，是意有所塞滯的感受。發憤就是將這種感受表達

〔註1〕主張忠義者，例如余象斗〈題水滸傳敘〉：「有爲國之忠，有濟民之義。」袁無涯〈忠義水滸全書發凡〉：「忠義者，事君處友之善物也。不忠不義，其人雖生已朽，而其言雖美弗傳。此一百八人者，忠義之聚於山林者也；此百二十回者，忠義之見於筆墨者也。」主張強盜者，例如懷林〈梁山泊一百單八人優劣〉：「予謂不能殺身成仁，舍身取義便是強盜耳。」

〔註2〕參考劉紀曜〈公與私——忠的倫理內涵〉，收入《中國文化新論——天道與人道》，台北聯經出版社。

出來，以此指述創作者的創作目的。結合其著名的「童心說」，作品價值以能表達眞實情感爲高，故「不憤而作，譬如不寒而顫，不病而呻吟也。」（〈忠義《水滸傳》敘〉）而「《水滸傳》者，發憤之所作也。」（〈忠義《水滸傳》敘〉）施耐庵、羅貫中所憤的是宋朝之事，宋朝末年綱維不振，奸逆當道，賢者處於厄困或卑微之位，而當時外族侵犯，君相猶以納幣稱臣，苟安屈膝事之。施羅二氏激於宋代歷史的可悲，故借事寄懷，發洩幽憤：

> 是故憤二帝之北狩，則稱大破遼以泄其憤；憤南渡之苟安，則稱滅方臘以泄其憤。敢問泄憤者誰乎？則前日嘯聚水滸之強人也。欲不謂之忠義不可也。是故施、羅二公傳《水滸》，而復以忠義名其傳焉。（〈忠義《水滸傳》敘〉）

指出施、羅二氏創作動機在借水滸這干強人的故事，發洩內心的憤慨，特別要彰顯忠義的精神，以批判當時現實環境的黑暗。這種借事寄懷的觀念，也可見於李贄評《西廂記》、《拜月亭》「余覽斯記，想見其爲人，當其時必有大不得意于君臣朋友之間者，故借夫婦離合因緣以發其端。」（《焚書・雜說》）

因此，所謂「忠義」是創作者賦予這些人物故事題材的深義，簡言之，通過這些人物身上，表達作者創作意圖，彰顯忠義的精神。

（二）作品中人物行爲特色：作者創作意圖既然在泄憤、表彰忠義精神，如此人物本身的形象必然符合作者的理想，宋江則是理想的象徵：

> 則謂水滸之眾，皆大力大賢有忠有義之人可也。然未有忠義如宋公明者也。今觀一百單八人者，同功同過，同死同生，其忠義之心，猶之乎宋公明也。獨宋公明者，身居水滸之中，心在朝廷之上，一意招安，專圖報國，卒至於犯大難，成大功，服毒自縊，同死而不辭，則忠義之烈也，眞足以服一百單八人者之心，故能結義梁山，爲一百單八人之主。（〈忠義《水滸傳》敘〉）

根據宋江的存心——「一意招安」，與實際行爲——「接受招安」，征方臘，服毒自縊而不悔，宋江可謂具體表現忠義精神。大滌餘人亦言：「亦知《水滸》惟以招安爲心，而名始傳，其人忠義也。」（《《忠義水滸傳》・刻《忠義水滸傳》緣起》）又楊明琅云：「公明主盟結義，專圖報國，雖爲亞夫之交歡可也。」（《英雄譜・敘》）皆是同一詮釋觀點。

（三）作品對讀者的影響：《水滸傳》對政治可以發揮澄清作用，匡扶朝政：

> 故有國者不可以不讀，一讀此傳，則忠義不在《水滸》，而皆在於君側矣；賢宰相不可以不讀，一讀此傳，則忠義不在《水滸》，而皆在於朝廷矣；兵部掌軍國之樞，督府專閫外之寄，是又不可以不讀也。苟一日而讀此傳，則忠義不在《水滸》，而皆爲干城心腹之選矣。(〈忠義《水滸傳》敘〉)

李贄強調《水滸傳》的感染力量宏深，朝廷中各種職位身份者，假如能閱讀此書，則皆會因此而激勵自己，實踐忠義精神。這也是評論者評論的本懷；借表彰水滸忠義精神，達到議論政治，改革政治的目的。國君選賢任能，宰輔或掌軍權者皆能各盡其職，如此必能天下太平。

「忠義」的評價便在作者創作意圖、水滸人物形象特色與作品的影響中構成。

忠義的涵義，前已指出在儒家道德價值系統中，是具有普遍性的倫理規範。但在晚明使用這個名詞時，則賦予特定的內容，施於特定的對象。「忠」意謂忠君、報國的行爲，所謂忠君與報國是一體之兩面，蓋傳統帝制時代每以君主表徵國家。李贄、袁無涯、大滌餘人皆主之。義的涵義則各說略有差異。李贄〈忠義《水滸傳》敘〉中所指「結義」、「義於友」等等，義指涉朋友之間的倫理規範，余象斗則將義的內涵加以擴大，云：

> 先儒謂盡心之謂忠，心制事宜之謂義。愚因曰：盡心於爲國之謂忠，事宜在濟民之謂義。(《水滸志傳評林・題《水滸傳》敘》)

周濟百姓謂義，是將朋友之間的道德標準加以擴大。如此水滸人物更成爲英雄人物的代表了。

考察評點本中的評語，所謂義通常指的是路見不平，拔刀相助之類的行爲，如《袁本》第二十九回總評：「磨劍問不平，士爲知己死。武松打蔣門神一則，純是義氣用事。」

從友道、濟民說義，乃是概括說明。實質而言，義往往成爲水滸人物的行事準則，而評論者每以「路見不平、拔刀相助、救人輕生」等等行爲評爲「義」，如前引袁本之評。第二章第二節曾說到「義」是評價英雄或俠者的用語，因此晚明評論者也每以俠或英雄視水滸人物，如汪道昆稱揚他們是「有俠客之風，無暴客之惡。」(《忠義水滸傳・《水滸傳》敘》)即連評水滸人物爲強盜的《容本》論魯智深拳打鄭關西，義救金氏父女時，亦許之英雄、漢子。

故晚明評論水滸人物，特以「逼上梁山」的角度，諒解他們的落草遭遇，而賦予「替天行道」的使命，如此水滸人物便成爲「忠義」的表徵。這樣的詮釋立場，實與評論者所處的時代環境具有相當密切的關聯。晚明政治腐化，君主昏庸、宦官掌權，士大夫黨爭，外患頻仍，民變迭起，種種衰象叢生，有識之士雖無法力挽狂瀾，但透過小說評論爲媒介，抒發政治議論，以昭警誡，實屬自然之理。鍾惺云：

> 噫！世無李逵、吳用，今哈赤猖獗遼東，每誦秋風思猛士，爲之狂呼叫絕，安得張、韓、岳、劉五六輩掃清遼蜀妖氛，剪滅此而後朝食也。(《鍾伯敬批評忠義水滸傳·《水滸傳》序》)

此說明顯表示詮釋者將心中的渴望，自然投射到評論上。

總之，詮釋者試從作者創作意圖及水滸人物形象的角度，特顯發其忠義精神，並期望藉小說之評論，以影響實際政治社會風氣。

至於主張水滸人物爲強盜，則特別從國家法紀的角度而論：

> 李卓吾曰：施、羅二公眞是妙手，臨了以夢結局，極有深意。見得從前種種都是說夢，不然天下那有強盜生封侯而死廟食之理？只是借此以發洩不平耳。讀者認眞，便是癡人說夢。(《容本》第一百回總評)

此說指出作者創作意圖在發洩不平。以「夢」作爲結局的安排，正是透露此一深意，作者實際並不贊成這一干強人，而只是藉這個故事抒憤。同樣指出作者創作意圖在於發洩不平，但卻導致對故事中人物有不同的評價。由此可見讀者在詮釋活動中的地位，所持的角度不同，同樣作品、人事也會產生不同的批評，西方讀者接受理論談的便是讀者的問題。〔註 3〕《容本》的立場著眼於水滸人物落草爲寇，結黨搶劫的行爲，乃違犯法紀的不良份子，因此評爲強盜。至於行爲的動機並不在考慮之內，此純以行爲結果作批判。例如懷林云：

> 或曰其中儘有事窮勢迫，爲宋公明勾引入夥，如秦明、呼延灼等輩，豈可概以強盜目之？予謂不能殺身成仁、舍身取義，便是強盜耳。(《容本·梁山泊一百單八人優劣》)

秦明、呼延灼皆是朝廷派去討伐梁山泊的將士，後來被宋江勸服入伙，懷林不計他們是事窮勢迫，而亦歸之強盜。

〔註 3〕文學接受理論主要強調讀者的閱讀活動、接受程度，對作品的意義、價值及歷史地位具有決定性的作用。關於接受理論的源起、內容與批評方法，可參看《接受理論》，大陸四川文藝出版社。

以是忠義說與強盜說的內容概述，前者基於賦予水滸人物「替天行道」的理想表徵，故言「忠義」；至於落草爲寇，則以時勢所迫，所謂「逼上梁山」而寬恕其犯法違紀的行爲。這一派的詮釋觀點，吻合歷史中中每以「不軌正義」的俠代表匡扶正義的表徵，這都是緣於政治不公，亂象叢生，而寄望英雄豪傑主持正義的心理反映，〔註4〕因此水滸人物被視作英雄，同於三國時代諸豪傑，明末雄飛館刊刻《英雄譜》正是此詮釋進路的必然結果。〔註5〕相同地，從維護國家法治立場抨擊水滸人物違法亂紀，是另一種詮釋觀點的表達。不過，這一派的評論，往往呈現「獨惡宋江」的傾向，如《容本》對宋江常詆爲「眞強盜」、「假道學」；至於其他人物，若能表現救人困厄，濟弱扶傾諸種美德時，亦加以讚美，如魯智深救金氏父女及林沖的行爲。金聖歎基本上也是這一派詮釋進路，詳細內容則待第四章說明。

二、崇尚眞實與主體的自由

晚明批評水滸人物爲盜賊，歸惡宋江時，都往往從其虛僞矯詐立論，崇尚眞實是晚明重要的文化思想之一，特別表現在批判假道學。由於崇尚眞實，故也著重主體自由精神的表現。

（一）崇尚真實與批判假道學

尚眞是晚明重要思潮之一，淵源於王陽明、王艮、何心隱、羅汝芳、李贄等關於道德本質的體悟，而由李贄「童心說」轉變道德善惡問題爲性情眞假的問題，因此影響公安性靈說的文學主張。關於眞的種種問題，第二章第三節已詳述，不再贅舉。所謂道學指儒家性命義理之學，以道德形上主體爲依據，制定一套包括國家到個人的倫理規範，如忠、孝、仁、義等等條目。當實踐的主體精神不顯，而行爲規範形式化、僵化時，每每激起有識之士的批判。因此假道學每用來指稱外則稱頌仁義禮智，內則心存名利祿位，而害人利己者。

關於對主要人物宋江的評價，依忠義與強盜之分，有殊異意見，但重視眞實則是一致的立場。五湖老人云：

> 夫天地間眞人不易得，而眞書亦不易數覯。有眞人而後一時有眞面

〔註4〕參見第二章第二節，頁51。

〔註5〕楊明琅：「《英雄譜》者，《水滸》《三國》之合刻也。」見〈敘《英雄譜》〉。

目，眞知己；有眞書而後千載有眞事業，眞文章。(《忠義水滸全傳・序》)

其見解明顯地與李贄「童心說」觀點相近。又云：

茲余於梁山公明等，不勝神往其血性。總血性發忠義事，而其人足不朽。(《忠義水滸全傳・序》)

案血性一詞沒有明指，詞典解釋意指行俠仗義，忠烈之性。五湖老人強調宋江等輩是眞能發揚忠義精神者，也由於如此才受到替崇。他接著說：

今天下何人不擬道學，不扮名士，不矜節俠，久之而借排解以潤私槖，逞羽翼以翦善類，賢有司惑其公道，仁鄉友信其義舉，茫茫世界竟成極齷齪極污蔑乾坤。此輩血性何在，而忠義何歸？(《忠義水滸全傳・序》)

指出當時充滿擬道學，扮名士，矜節俠以搏令譽，以中私囊的虛矯風尙。以這些虛冒名聲之徒作對比，更突顯水滸人物行爲的價值。

五湖老人強調眞，肯定宋江輩的作爲，而《容本》亦強調眞，而否定宋江，在《容本》眼中，宋江十足是僞君子、假道學。例：

李和尚曰：宋公明凡遇敗將，只是一個以恩結之，所云知英守雌也，的是黃老派頭。吾嘗謂他「假道學、眞強盜」，這六個字實錄也，即公明知之，定以爲然。(《容本》卷五十五第五十五回總評)

老子曾言守柔與無爲之義，其說法涵蓋原則與技術兩種意義，但自韓非以後，人即常截取其技術意義，而建立一套純權術之原則。所謂「黃老」或習「黃老之術」者，莫不與刑法之說相表裏，假借道家所持之權術原則，以符合其支配事物之要求。原則指虛靜自養與守柔以適應外界，前者能養成冷靜之觀察能力，後者能不濫用能力，制敵取勝。〔註6〕《容本》指出宋江純以權術籠絡人，並非出自眞誠，此即道家所說的機心、成心。既懷詐僞之心，則表現在對國、對父、對友種種美德，不過是作僞，故稱其假道學。懷林亦云：

若夫宋江者，逢人便拜，見人便哭，自稱曰：「小吏，小吏。」或招曰：「罪人，罪人。」的是假道學，眞強盜也。(《容本・梁山泊一百單八人優劣》)

皆是就宋江用心不眞，故其行爲多僞詐而矇人眼目立論。

〔註6〕參見勞思光《中國哲學史・第二章漢代哲學》，台北學生書局。

（二）崇尚主體自由

由於崇尚眞實，反對淪爲形式化、教條化的禮教，因此特彰揚主體自由的表現，率性的行爲：

> 王矮虎還是個性之的聖人，實是好色卻不遮掩，即在性命相併之地，只是率其性耳。(《容本》第四十八卷第四十八回總評)

王矮虎嗜好美色，只因其坦率不遮掩，便目之聖人，此聖人不詞非德性義，而是稱揚其直率表現。好色乃人類七情六慾之一，晚明自李贄倡言飲食男女之欲亦是正常，天理在人欲中表現，故好色亦非罪惡。〔註 7〕

所謂主體自由表現，就其本體境界而言乃無是非、善惡，如李逵，懷林評之：

> 李逵者，梁山泊第一尊活佛也，爲善爲惡，彼俱無意，宋江用之便知有宋江而已，無成心也，無執念也。(《容本・梁山泊一百單八人優劣》)

因晚明儒、釋、道三教盛行，評論者很自然地借宗教名詞以喻小說人物。所謂佛，本義指自覺覺他，覺行圓滿，徹悟宇宙人生眞理者。佛教主張眾生皆有佛性，惟因無明障蔽，迷失本性，故必須勤修戒定慧三無漏學，息滅貪瞋癡三毒，回復本來面目。稱李逵活佛，乃借本體境界爲喻，因爲佛教所言本體，稱佛性、自性、眞如，乃絕對存在、不一不異；而是非人我、善惡、計執種種是現象界存在，是眾生迷失本性時所產生之妄識。

主體自由的境界便是沒有是非善惡之成心，而任意自然。論主體自由的實現，儒家必須道德意志顯露，挺立道德主體，經由進德修業工夫完成。道家則本諸虛靜心，通過心齋坐忘工夫消解種種造作，以臻此境界。釋家以禪宗爲例，則須掃蕩種種妄執、苦參實究，方能明心見性，見本來面目。就本體境界而言，李逵無成心、任性自然表現，似乎與道釋二家之消解妄執類似，不過卻略去修養工夫的層面。而崇尚主體自由的極致，便是略去形跡了：

> 李和尚曰：人說魯智深桃花山上竊取了李忠、周通的酒器，以爲不是丈夫所爲，殊不知智深後來作佛，正在此等去。何也？率性而行，不拘小節，方是成佛作祖根基；若瞻前顧後，算一計十，幾何不向假道學門風去也。(《容本》第五卷第五回)

「率性而行」重點在「率」字，「性」指本體，眞實內涵何指，並不是重點。

〔註 7〕參見第二章第三節，頁 66～69。

強調主體自由，任性而爲，對於偷盜小節自然不必計較，頗有「直心作道場」之意。略去形跡的極致，如喝酒打人，無所不爲、無所不作，亦不能妨礙主體一絲一毫。

反對禮教形式化，特重主體之自由，梁山泊如李逵、魯智深、武松等人物，主體自由表現程度最高，最不受禮教規範拘束，故每被稱許。而崇尚眞實，與反對僵化之禮教有密切關聯。從存心論眞與假，以無是非、無成心爲高，故李逵被推舉爲活佛，至於宋江，則因其心矯詐，又重禮教，便成爲假道學的代表。

三、才性美的欣賞

才性的品評亦貫串晚明的水滸評論，才指才能，性指個性，與宋儒所指義理之性有別。晚明人性論的傾向是混合德性與才性以言人性，如第二章第三節所論。對水滸人物的評鑑兼攝德性範疇，如言忠義，另外論水滸人物的才性也佔重要份量。

（一）人物的才能

評論者品評水滸人物，常注意其才能方面。例如余象斗論宋江調度梁山泊人馬，評道：「觀宋江調撥諸將足有將佐之才。」〔註 8〕《容本》的立場是評宋江「眞強盜」、「假道學」，前已屢言及，但是亦不忽略宋江的才能，例如第三十八回宋江論李逵爲「忠直漢子」，《容本》旁批道：「具眼。」稱讚宋江有知人之明；又如懷林說宋江是假道學，亦云：「然能以此收拾人心，亦非無用人也。」（〈梁山泊一百單八人優劣〉）

贊揚水滸人物的才能，評論者每常致意於人才不能爲國所用。主張這一群好漢是忠義化身，如李贄稱其爲「大力大賢有忠有義」，惜時勢所迫，被逼上梁山。汪道昆亦云：「使國家募之而起，令當七校之隊，受偏師之寄，縱不敢望髯將軍、韓忠武、宋夫人、劉岳二武穆，何渠不若李全楊氏輩乎？」（〈忠義水滸傳卷首〉）

評判水滸人物爲爲強盜的，也深歎良材美質，遭時不遇：

> 魯智深、楊志卻是兩員上將，只爲當時無具眼者，使他流落不偶。若廟堂之上得有一曹正、張青其人者，亦何至此哉！李卓吾爲之放

〔註 8〕《京本》評水滸人物爲忠義，每著眼人物的行爲合乎倫理規範。

筆大笑一場。(《容本》第十七卷第十七回總評)

《容本》此說指出魯智深、楊志皆是千里馬，可惜不遇伯樂，徒呼奈何。

從政治立場談人物的「用與不用」，是聯結傳統政治舉賢任能的思想，以及士人效忠國家，發揮才能的價値觀，故論人才不免落於實用主義。

（二）注重人物性格

才性系統觀人，人物的殊異處，即不同的材質，往往是關懷的焦點。考察晚明對水滸人物的評論，輒注意人物的性格，例如評論石秀：

> 李生曰：嗚呼！天下豈少有用之人哉！特無用之者耳。如石家三郎，楊雄用之，便得他氣力。且石秀爲人，非一勇之夫，委婉詳悉，矢不妄發，發無不中，的的大有用人。嗚呼！今天下豈少石秀其人哉，特無楊雄耳！可嘆，可嘆！又曰：描畫淫婦人處，非導慾已也，亦可爲大丈夫背後之眼，鄭衛之詩俱然。(《容本》第四十五卷第四十五回總評)

此說論石秀「非一勇之夫」指出他思慮周密，行事謹愼，故能「矢不妄發，發無不中」而成大事。《容本》第四十六卷第四十六回總評：「卓翁曰：石家三郎作事精細，勇而且智。如楊雄者，特草草耳。雖然，當局迷旁觀淸，一雄已哉。」亦是此意。

對傳中重要人物如李逵、魯智深輩，《容本》常指出其性格爽快、允爲直人。例如評李逵：

> 李生曰：我家阿逵，只是直性，別無迴頭轉腦心腸，也無口是心非說話。如殷天錫橫行，一拳打死便了，何必誓書鐵劵？柴大官人到底有無貴介氣，不濟，不濟。(《容本》第五十二卷第五十二回總評)

「直性」的性應是指氣性，個性之義，非義理之性。《容本》頗讚李逵性格直率，不拐彎抹角。又如第三回描寫魯智深、史進、李忠三人相遇，李忠彼時正在擺攤賣膏藥，魯智深不願等候，直言去便同去。《容本》旁批道：「直人。」

《容本》亦頗多描繪傳中人物性格語，例如第三回形容魯智深聽說金氏父母被鄭屠欺凌的事，便欲去打死鄭屠，眉批是：「直恁爽利。」又第三十一回描寫武松入張都監家殺人，行徑極俐落，眉批道：「如此精細。」

綜而言之，指出水滸人物各別的性格，透過人物種種動作、語言、行爲，以判斷人物的性格，這是評論者注意的焦點。

所謂「直」、「爽利」等性格形容詞，本來只具描述義，不具評價義，但如前所論，晚明思潮反對虛僞禮教，重視主體自由，因此特別欣賞任性自然，不經文飾的性格，所謂天眞爛熳，因此「直」、「爽利」等詞也就涵具評價意義。

四、小　結

分析晚明對水滸人物存在意義的詮釋，可以獲得五項結論：

（一）詮釋者主觀認知往往影響評論結果：受詮釋者各自不同的政治觀念、存在理想等等因素影響，水滸人物便具有不同的評價和地位。主張忠義說者，往往爲了達到警誡作用，改革政治的目的，而特別彰顯水滸人物的忠義精神，提高他們的地位，成爲愛國愛民的英雄。而從維護國家法治角度，以及反對禮教空洞化，便抨擊水滸人物爲強盜，其中一直表現忠君孝子義友等道德倫理行爲典範的宋江，往往被視爲假道學，相反的對任性自然，沒有文飾的李逵之輩，則特加稱揚。

（二）水滸人物本身的曖昧性：不同的評價當然由於角度不同所致，不過水滸人物本身的曖昧性，卻也影響評論者的視點。俠的生命形態本就充滿矛盾色彩，一方面落草爲寇，聚義山泊確是「不軌正義」的行爲，而另一方面救人危難、不顧己身，重信諾、報恩情等，卻又是讓人稱許的美德。

（三）時代思潮影響人物評價標準：晚明反禮教而追求個性解放的思潮，對人物的評價標準產生極大的影響。李逵特受推崇，而宋江卻受貶抑，明顯地是此一思潮影響的結果。

（四）評價活動呈現全面性與層級性的思考：所謂全面性的評價是指評價人物不僅只就一種面相衡量，如宋江被評爲強盜、假道學時，但其統御梁山人物的能力卻獲肯定。而所謂層級性評價，指的是以道德、才能論人時，道德仍居最高層次，可見評價標準是有層級性。

（五）人物性格成爲評論焦點：在各評本中，時常出現「直人」、「爽利」、「急性」、「精細」等等用語，這都是對人物性格的描繪。可見人物性格是評論水滸所注意的焦點。

第二節　晚明論水滸人物塑造的觀念

晚明評論《水滸傳》，尙注意小說藝術創作的問題，尤其《水滸傳》以人物爲核心，關注小說中人物塑造的觀念，乃屬自然之理。其中《容本》對《水滸傳》在人物塑造方面的成就所作的分析，可以看作是「中國美學史（中國文藝思想史）上最早關於塑造典型人物的理論。」（《中國小說美學・第二章古典小說美學的先驅＼李贄、葉晝、馮夢龍》頁 37～38）其所提舉的觀念，既是對小說創作經驗的成果歸納，也同時透露評論者的美學立場。

小說人物創作的理論，爲了便於分析，將它概分成兩方面進行討論：一、審美的標準：即衡量人物描寫是否成功的準則，「逼眞」與「傳神」是兩項重要的美學標準。二、塑造人物的技巧原則：強調人物描寫的個性化，重視語言、行動、心理在人物描寫中的表現效用。

一、審美的標準

（一）逼　眞

「眞」是重要的藝術基本性質，中國的藝術理論與實踐，非常強調它的重要性。關於「眞」的意義，第二章第三節，列引顏崑陽先生所作的界定與分類，意義可謂十分明瞭。又論藝術的眞實，可分爲三種層次，首先，以第一層形上實體或原理之眞爲最高依據，藝術是表現宇宙人生所蘊含的眞理或理想；其次，藝術以第二層萬物生命性情之眞爲內涵，此層次分爲主體性情之眞，與客體性情之眞，中國藝術強調主客合一的性情之眞，西方藝術則偏重客體性情之眞的追求。又，藝術以第三層萬有生命形象之眞爲形式，且在繪畫、建築、雕塑等著重空間性、視覺性的造型藝術，更特別講求這種形式之眞。〔註 9〕因此判斷藝術是否合乎眞實性，即是檢驗藝術所表現的眞理或理想，是否合乎形上實體或原理，其內涵是否合乎主客體的性情，以及形式是否合乎萬有生命之形象。

「逼眞」命題的提出，正是表示小說對眞實性的要求，眞實性成爲判斷小說藝術成功與否的指標。所謂眞實性的具體內涵是什麼？

> 《水滸傳》文字不好處只在說夢，說怪，說陣處，其妙處都在人情物理上，人亦知之否？（《容本》第九十七卷第九十七回總評）

所謂「人情物理」簡單地說，指的是人之常情、事物之理，是人在現實生活中可以眼見、耳聞、感受或經驗到的，可以憑經驗判斷、常理推想而得。如夢、怪、兵陣等題材事件，並非實際生活可以經驗，或可依常理推想而得，

〔註 9〕參見顏崑陽先生《莊子藝術精神析論・第三章莊子藝術精神之體性》頁 93～113，台北華正書局。

故言「不眞實」。

中國小說的發展，自魏晉志怪、唐代傳奇、宋元話本、稽神話怪成分漸減，世俗感與人情味漸增。明代更有從靈異奇幻的題材轉向人情生活的趨勢，《容本》也反映了這個潮流。諸如「近之野史諸書，乃捕風捉影，以眩市井耳目。孰知杜撰無稽，反亂人觀聽。」（《隋煬帝豔史・凡例》）更批判這種捕風捉影、無稽之小說。

重視「眞實性」，並不代表反對「虛構」。唐人傳奇憑幻作語，宋元話本取事敷演，一直存在憑藉「虛構」進行創作的傳統。

> 天下文章當以趣爲第一。既然趣了，何必實有其事，並實有其人？若一一推究如何如何，豈不令人笑殺？（《容本》第五十三卷第五十三回總評）

「實有其事」、「實有其人」即是視小說爲存在於現實生活或歷史中已經發生的「實錄」。持這種觀念的讀者，讀小說時每喜比附、考證，透過小說的蛛絲馬跡去臆測現實生活中的人事物。

關於「虛構」與「眞實」的關係，藉晚明李日華的說明，可以更清晰：

> 因記載而可思者，實也，而未必一一可按者，不能不屬之虛。藉形以托者，虛也；而反若一一可按者，不能不屬之實。（《廣諧史序》）

「因記載而可思者，實也，而未必一一可按者，不能不屬之虛」指「可能有」而不必「實有」，即理上應然而事實上不必一定存在。「藉形以托者，虛也；而反若一一可按者，不能不屬之實」指作者寓思於客觀事物中，即使是實際存在的事物，一旦成爲文學作品，也必須寄托情理，因此「虛者實之，實者虛之。」作者突破生活事物表象的限制，而發揮想像力，自由地創作。

準此則強調小說的眞實性，並不排斥虛構。晚明論《水滸傳》的藝術成就，強調「逼眞」指的並不是符合客觀世界的眞實，而是能寫出蘊藏於現實生活現象中的「人情事理」。從基本的題材而言，是現實生活中透過感官、心思可以經驗或推想的現象，但作者並不必受囿於現實生活中實際存在或歷史中發生的人物事件，而運用藝術之虛構創造出另一個主觀情理的世界。

（二）傳　神

「傳神」是中國藝術理論與批評中，重要的審美概念之一。「傳神」理論之產生，乃是六朝人物畫創作經驗之總結，以後不僅對人物畫創作發生指導作用，並且廣泛運用於詩歌、戲曲、小說等創作與批評上。第二章第一節討論人倫識鑒對藝術的影響部分，曾對傳神理論的發展，傳神與寫形，神似與形似的問題，已作說明，故不重述。

所謂藝術之傳神，基本觀念是人或事物都具有內在的精神或特質，且會外現爲某種獨特的狀貌情態，以傳達人或事物精神特質。藝術家在創作時通常會掌握人或事物的特徵，給予概括、提煉，描寫出對象生動的神態情狀，以傳達內在的精神特質，這就是所謂「傳神」。以人物繪畫爲例，顧愷之論「點睛」:「四體妍蚩本無關於妙處，傳神寫照，正在阿堵中。」(《世說新語・巧藝》) 他指出眼睛是畫家掌握人物內在精神的訣竅所在。

運用「傳神」理論在小說人物塑造，具有何種實際內涵？以下將作說明。

二、人物塑造的技巧原則

分析水滸人物塑造的成功，是達到傳神的審美效果，人物皆具有鮮明的個性：

> 描寫魯智深，千古若活，眞是傳神寫照妙手。且《水滸傳》文字妙絕千古，全在同而不同處有辨。如魯智深、李逵、武松、阮小七、石秀、呼延灼、劉唐等眾人，都是急性的。渠形容刻畫來各有派頭，各有光景，各有家數，各有身分，一毫不差，半些不混，讀去自有分辨，不必見其姓名，一睹事實，就知某人某人也。(《容本》第三卷第三回總評)

「同而不同處有辨」指的是人的性格是「共性與個性的統一」〔註 10〕共性可以指人人皆具的普遍性格，或者某一時代、地域、社會階層的人物所同具的類型性格，例如，依「魯智深、李逵、武松、阮小七、石秀、呼延灼、劉唐

〔註 10〕小說人物塑造理論有各種主張，例如「統一說」、「二重組合原理」等等。統一說如蔡儀:「文學藝術中的典型人物的所以是典型人物，不僅是個別性和普遍性的統一；而是以鮮明生動而突出的個別性能夠顯著充分地表現他有相當社會意義的普遍性。」二重組合原理由劉再復提出，他認爲在人物性格的深層結構中，存在正反兩極的矛盾；這一正反兩極的矛盾，是決定人物性格具有深層的複雜性，從而具有立體感和豐富性的內在機制和內在泉源。人物性格的二重組合的具體表現，歸結爲美——醜，善——惡，悲——喜，崇高——滑稽，崇高——秀美，勇敢——怯弱。一個優秀的文學典型，其性格的構成因素不可能是單一的。它們往往以其二級性的特徵交叉融合，成爲一個多維多向的立體網絡結構。以上詳細內容可參看樂昌大著《文學典型研究的新發展》，大陸遼寧大學出版社。

等眾人，都是急性的」來判斷，指的應是某種類型的性格。而個性指的是不同於他人的性格，「各有派頭，各有光景，各有字數，各有身分」即是不同性格者，自然有不同的行為舉止、音容笑貌，體態風度等各方面的特徵。人物描寫的個性化，是藝術形象成功的原因。

《容本》在人物塑造的技巧上指出不同個性各有「派頭、光景、家數、身分」的原則，而《袁本》則兼注意到人物在語言表達方式上，也隨個性不同而有差異，這是屬於小說中人物「對話」的問題。以楊雄與石秀為例，第四十五回石秀找楊雄欲告知潘巧雲勾搭僧人之事，石秀表現出欲語還休模樣，楊雄催說直言無妨。《袁本》眉批道：「精細的人待說不敢，性急的人但說不妨。」石秀心思細密，楊雄個性急率，故語言表達方式不同。

其次水滸人物塑造，往往具有某些典型性：

> 施耐庵、羅貫中眞神手也！摩寫魯智深處，便是個烈丈夫模樣；摩寫洪教頭處，便是忌嫉小人底身分；至差撥處，一怒一喜，倏忽轉移，咄咄逼眞，令人絕倒。異哉！（《容本》第九卷第九回總評）

其說，指出魯智深是烈丈夫典型，洪教頭是忌嫉小人典型，差撥是見錢眼開典型。

典型性是與個性相較而言，小說創作的觀念上，通常將人物分為兩種類型：一為典型人物，一為個性人物。所謂典型人物，就是將某一類型的性格特徵，集中在一個人物身上表現出來，而這個足以代表同類性格特徵的人物，就是典型人物。由於人類的性格複雜，所以典型人物亦有各式各樣，譬如守財奴、夢想家、偽君子等等。個性人物恰與典型人物相反，大凡一個人具有某種獨特的性格，而這種性格為世人其他人所沒有的，便稱之個性人物。〔註 11〕

這種二分法，只是方便說明，所謂典型人物與個性人物並非可以截然劃分清楚。實際上，人的性格非常複雜，絕非如此簡單的二分法所能涵括，所謂典型人物，也具有個性成分，只是其典型性被強調出來，而使他的個性容易被忽略。同樣地，個性人物也往往具有典型性，由於強調個性，故其典型性模糊。

至於對人物具體的描繪，在原則上特別強調形、神的關係，也就是人物的形貌與心理、精神是否相為表裡，而達到生動的具現：

> 此回文字逼眞，化工肖物。摩寫宋江、閻婆惜並閻婆處，不惟能畫

〔註 11〕參見鄧綏寧《編劇方法論・第五章戲劇的人物》，國立編譯館出版。

眼前，且畫心上；不惟能畫心上，且並畫意外。顧虎頭、吳道子安能到此？（《容本》第二十一卷第二十一回總評）

所謂「眼前」是指人物可見的形貌「心上」、「意外」，則是指人物精神、心理活動，且一層深入一層。小說人物刻畫就是要以形寫神，終而形貌、神氣皆生動地具現。

又如第十四回形容劉唐外貌是紫黑闊臉鬢邊一搭硃砂記，《袁本》眉批道：「寫眞。」不僅指出劉唐的容貌，兼寫出他精神上的特徵。又如第三十八回形容李逵是黑凜凜的大漢，《袁本》眉批道：「又三字神采俱現。」亦是此意。

三、小　結

綜觀晚明論《水滸傳》人物塑造的觀念，主要是強調人物個性化、典型化的特色。人物刻畫則注意到語言表達方式，外貌、心理活動等方面，並藉此揭示人物的性格。將這些理念加以系統化，深入化，則有待金聖歎的完成。

第四章　金聖歎的生平、思想及其對水滸人物存在意義的詮釋

金聖歎評點《水滸傳》，立意於闡發作者深意，所謂「觀物者審名，論人者辨志。」（《金本‧序二》）又：「大凡讀書，先要曉得作書之人是何心胸。」（《金本‧讀第五才子書法》）等等，可見他以理想讀者自許，發明作者之意圖。表面看來是如此，但在評點中卻實際含有金聖歎主觀的意念，姑且不計他常借《水滸傳》的故事情節，發揮自己的見解，如以刪改《水滸傳》爲七十回本而言，由此即可明證金聖歎對《水滸傳》的批評預設了強烈的主觀意圖。〔註 1〕評點《西廂記》時更明白透露這種傾向：

> 古人實未曾有其事也，乃至古亦實未曾有其人也。即使古或曾有其人，古人或曾有其事，而彼古人既未嘗知十百千年之後，乃當有我將與寫之而因以告我，我又無從排神御氣，上追至於十百千年之前，問諸古人。然則今日提筆而曲曲所寫，蓋皆我自欲寫，而於古人無與。（《貫華堂第六才子書西廂記》卷四）

因此金聖歎批評《水滸傳》不只是「眼照古人，」發明作者深意，而且

〔註 1〕從《水滸傳》演化的歷史而言，在金聖歎之前，《水滸傳》有一百一十五、一百回本、一百一十回本、一百二十回本等等，篇幅較《金本》多，一般研究者認爲金聖歎截取了前七十一回本，改第一回爲楔子，加上「梁山泊英雄驚惡夢」的情節，例如何心《水滸研究》，陳萬益先生《金聖歎的文學批評考述》等等。金聖歎修改的原因，胡適認爲金聖歎處在流賊遍生的時代，痛惡強盜之禍故加以修改，參見《水滸傳與紅樓夢》。陳萬益先生更指出金聖歎腰斬水滸乃基於他一套批評觀點，爲達到作品結構的完美而作的處理，參見《金聖歎的文學批評考述》。

是借抒機杼，寫我心聲。這種批評的態度，並非爲閱讀而閱讀，客觀分析，反而是「借客爲主」的活動。故欲理解金聖歎評論《水滸傳》的思想，宜對金聖歎本人有適當的認識。第一節即介紹金聖歎所處的時代背景與其思想。而關於他對水滸人物存在意義的詮釋，將在第二節論述其內涵。

第一節　金聖歎的生平與思想

金聖歎，明末清初人，原名采，字若采，明亡之後，始改名人瑞，聖歎是他的法名。生年不詳，卒於順治十八年，因與諸生檢舉吳縣縣令任維初淫虐百姓，齊聚文廟哭廟一案而遭逮捕，以聚眾倡亂，搖動人心的罪名與諸生被處決。〔註 2〕關於他的生平事蹟，性情，思想與遭際，清廖燕〈金聖歎傳〉、近人陳登原《金聖歎傳》、陳萬益〈金聖歎的文學批評考述〉等等皆有詳論。簡單地說，金聖歎生於貧寒之家，爲人倜儻高奇，每放言高論，動人耳目。博覽群籍，而不求仕進，善於衡文評書，以著述爲務。嘗言天下才子之書有六，一莊、二騷、三史記、四杜詩、五水滸、六西廂記，並加以品評。所評水滸、西廂兩種，頗爲世俗傳誦。一般許之爲傑出的批評家，如林欣仁云：

> 人瑞善衡文評書，始終不拾人牙慧，卓識博洽，天才傑出，解易評詩，並嘗自選、自批、自刻六才子書，兩百年來，堪稱爲第一家。(《蕉窗隨筆・談金人瑞》)

本節擬從金聖歎的時代背景、人生觀、人性觀與小說觀四方面介紹他的思想特徵，作爲論述金聖歎評論水滸人物的參照基礎。

一、明末清初的時代背景

孟子首倡「知人論世」，〔註 3〕欲確切掌握金聖歎的思想，宜認識其所處的時代背景。

明末清初這段時期，正是天崩地解，動盪不安的時代，由明末的混亂世局，最後亡於異族，可謂極爲慘烈。明末國勢，神宗萬曆年間即已問題叢生。政治方面，神宗自中期以後，二十多年深居宮中，不視朝政、不親郊廟、不

〔註 2〕關於金聖歎的生平事蹟、性情、思想，清廖燕《金聖歎傳》、近人陳登原《金聖歎傳》、陳萬益〈金聖歎的文學批評考述〉等等皆有詳論。

〔註 3〕「知人論世」見於《孟子・萬章篇》下：「頌其詩，讀其書，不知其人，可乎？是以論其世也，是尚友也。」

御講筵，不答奏章。而宦官把持政權，如熹宗時魏忠賢誅害異己，大捕東林黨人，楊漣、左光斗慘死。士大夫雖尚氣節，直言抗事，但因各梗意氣，黨爭迭起。〔註4〕不肖的稅吏監使，到處擾民，政風敗壞已極。財政方面，因官員人數增多，薪俸給付自然加重；其次，內部叛亂與邊界的侵擾，軍事行動頻繁，所需軍費龐大；另外宗藩人口增多，祿米每欠缺不足；上自王公、權臣、勳戚、宦官，下至里胥，貪污成風；而皇家、宗藩更窮奢極欲、揮霍無度，使明末財政，府庫日漸枯竭，至崇禎時已入不敷出。社會方面，由於政府敗壞與財政枯竭，百姓深受其害。朝廷為了救財政之急，則加重賦稅，百姓生計日漸困難。又如徭役，經年累月驅使萬人或數十萬人修河、營造宮室等等，使得上戶凋敝，中戶破產，下戶則更家滅破人亡。加上自然災害，百姓生計維艱，最後只有鋌而走險，成為流寇，社會更加當動盪不安。

明代學術初尚程朱理學，但經陽明提倡良知之說，學風丕變。明末，心學盛於一時，傳播極廣，但流弊也相當嚴重，士人侈言良知，卻不求實踐，乃至習靜談性以求領悟，或有放浪自恣，毀棄名教的情形。國防方面，東北的滿州繼蒙古之後成為大敵，海疆則有倭寇侵擾，而明朝防衛兵力卻日益削弱，無法禦邊剿平。最後滿州入關，入主中原，明朝遂亡。

滿人入關，對漢人兼施高壓與懷柔政策，力謀鎮服。以高壓手段而言，例如厲行薙髮，不從則殺。若有反清復明者，更行濫屠，以鞏固政權，著名的「揚州十日」，恐怖絕倫。而滿軍所至之處，焚燒掠奪，無所不極。至於士人，順治初年尚加寬待，沿明代餘風，可以上書言事，爾後則嚴禁士人「上書言事，干與詞訟，交結權勢，立誓結社。」嚴重摧殘士氣。

至於懷柔政策則有葬祭思宗，迎合明人心理，並對殉節而亡，追贈謚號，表彰其忠義精神；而投降官員，則以爵祿收服其心，為清廷所用。對於山澤遺賢，遣人徵聘，委以重任。至於民生凋敝則力圖解救，舉凡廢除三餉苛捐，濟助鰥寡孤獨與無力謀生者，防止官吏貪污及土豪劣紳漁肉鄉民，凡此種種

〔註4〕萬曆二十二年，吏部郎中顧憲成因與神宗意見不合，被革職，回到江蘇無錫，與高攀龍、錢一本、史孟麟等，講學無錫東林書院。在講學中往往議論朝政，臧否人物，獲得社會的擁護和朝中一些正直之士的支持。他們互通聲氣、志同道合，使東林書院成為社會輿論的中心。東林黨就是由這個書院得名的。他們反對橫徵暴斂，反對宦官的為非作歹，引起宦官的憎惡。天啓四年，宦官魏忠賢陷害東林黨人，例如楊漣、左光斗、魏大中等人被施以酷刑而死。天啓五年，御史張訥奏請拆毀天下所有書院，停止講學，以壓制對時政的議論。

措施，目的在收服人心。

金聖歎處在明末清初這種動盪不安的世局中，有那些作爲？換言之也如何面對這種客觀現實與歷史處境，由他的人生觀可以幫助我們了解。

二、人生觀

「仕」與「隱」是傳統知識分子處世的二種基本型態。在強調君子以道自任的儒家思想體系裏，仕進是達到兼善天下的途徑，而退隱則是不得已的選擇，也含有對當政者不滿的間接抗議與批判。孔子指出「邦有道，則仕；邦無道，則可捲而懷之。」（《論語・衛靈公篇》）以及孟子強調「窮則獨善其身，達則兼善天下。」（《孟子・盡心上》）明顯表示仕與隱皆是具有道德意義的政治行爲。而在道家的思想體系中，隱則是對於個人生命的珍惜。《莊子・繕性篇》曾指出：「不當時命而窮乎天下，則深根寧極而待，此存身之。」其終極目的則是能達到逍遙無待的心靈境界。

明末的知識分子面臨社會喪失應有的綱紀，表現兩種不同的生活型態，一種是秉持儒家積極用世的觀念，而以振衰起敝，拯救生民爲已任，期望能整頓當時腐敗的政治，東林黨是著名的代表，在朝時，則盡臣責，匡輔君主。在野時，則聚徒講學，裁量人物，批評國政，以清議力量，對官僚及士大夫的行止加以針砭糾正，這是依循儒家價值標準處世的態度。另一種則是對政治採取靜默退守態度。無論是爲官或在野，冀求自我能超越現實的缺憾，達到自由逍遙的境界。〔註5〕

金聖歎的態度傾向於後者，明代科舉以八股取士，聖歎兒戲科舉的行爲，顯示他無意仕進的態度。〔註6〕日常生活則飲酒評文，與好友吟詩唱和，或講學著述，這完全是明末江南文人的生活方式。當時江南，儒釋道三教合一之論高倡入雲，知識分子不免沾染三教思想氣息，金聖歎自不例外。

聖歎才氣橫益，於儒釋道三家道理研精淬華，達到出入自由的境界。評《易》、《論語》、《大學》、《中庸》每援引佛理解釋。例如評《易》：

> 六十四卦爲一部經，八卦爲一經，十六卦爲一經，乃至一卦爲一經，

〔註 5〕參見第二章第三節的論述，頁 52～69。

〔註 6〕陳萬益先生指出金聖歎是純粹的文人，向學、講道、著書三部曲是其一生所盡力從事者。參見《金聖歎文學批評考述・第壹章金聖歎的生平及其思想性情》頁 16，民國 62 年，臺灣大學中國文學研究所碩士論文。

乃至卦中一爻，爻中一句，亦自爲一經，是五千四十八卷的一把算子。六百卷般若經爲乾卦，四十卷涅槃經，八十卷雜華經爲爲坤卦。妙法蓮花，乾之始也。涅槃，坤之終也。講乾坤卦，要把六十四卦來講，所謂咸卦者，乾卦之某字也。所謂恒卦者，坤卦之某字也。六十四卦，乾，裏邊具足；坤，亦然。乾卦自初九潛龍勿用起，至用九見群龍無首吉，恰是六十二字，一個字，頂一個卦，如初字既屯卦，九字及蒙卦是也。(《語錄纂》)

又評《大學》：

《大學》八條目，用華嚴迴綴之法，曰彼彼各異，執礙不通，曰物；彼彼互通，神變無方，曰天下。「寂然不動」，無拘可指，曰心；「感而遂通」，紛然異名，曰物。閑聚一處，強認爲我，曰身；無量毛頭，莫知爲誰，曰天下。本極會活，死在那邊，曰心；明明不活，有無量活，曰意。本指一體，無有主伴，曰身；一人爲主，餘人作伴，曰家。本無有主，強自名主，曰家；各各住持，皈依一主，曰國。昔所未有，因師而有，曰知；昔所本有，非師所破，曰意。親而言之，各秉內德，曰意；疏而言之，統成外德，曰天下。(《語纂錄》)

凡般若經、涅槃經，華嚴迴綴之法俱是釋家名相，聖歎引用釋《易》、釋《大學》，極爲靈活。

聖歎博學廣聞而自成一家之言。依據廖燕在《松堂文集》的描述，聖歎設高座，召徒講經，經名《聖自覺三昧》，舉凡一切經史子集，箋疏訓詁，與夫釋道內外諸典，稗官野史，九彝八蠻之記載，無不供其齒頰，縱橫顚倒，一以貫之，毫無剩義。準此，可見聖歎於儒釋道三家道理乃自出慧心加以詮釋。

聖歎的人生觀，基本上是偏向釋家，對人生充滿苦空無常之感，宛如幻夢一般。〔註 7〕曠觀歷史，產生人世無常如夢的存在意識，在其批點《水滸傳》、《西廂記》的文字中，常常出現：

今夫浩蕩大劫，自初迄今，我則不知其有幾萬萬年月也。幾萬萬月皆如水逝雲卷，風馳電掣，無不盡去，而至於今年今月而暫有我。此暫有之我，又未嘗不水逝雲卷，風馳電掣而疾去也，然而幸而猶

〔註 7〕對人生充滿苦空無常之感，是晚明士人普遍心態之一，參見第二章第三節的論述。

尚暫有於此。（《貫華堂第六才子書西廂記・序一曰慟哭古人》）

他由歷史消逝不留的體悟中，思及個體的存在也是暫時，最後亦將水逝雲卷，迅速消失。因此宛如夢幻的感覺自然隨之而生：

昨者因亦細察其書，既已第一章無端而來，則第十五章亦無端而去矣。無端而來也，因之而有書，無端而去也，因之而書畢。然則過此以往，眞成雪淡，譬如風至而竅號，號濟而竅虛，胡爲不憚煩，又多寫一章，蛇本無足，卿又爲之足哉？及我又再細察之，而後知其有大悲生於其心，即有至理出乎其筆也。今夫天地，夢境也。眾生，夢魂也。無始以來，我不知何年齊入夢也。無終以後，我不知何年齊出夢也。（《貫華堂第六才子書西廂記卷七》）

他指出《西廂記》正是「入夢是狀元坊，出夢是草橋店。」其所描寫諸情事不過歸諸一夢，而世人沈於夢境，茫茫不自覺也。

聖歎視宇宙人生皆是夢境，由於這種空虛幻化的存在意識，所以對客觀現實便沒有積極正面的承擔，尤其明末清初世局混亂，只是徒增虛幻無常之悲感而已。處明末之時，他所注的是重個體自我安身立命的生命態度。明亡入清，依然如此。當時知識分子，選擇反抗滿清，如黃道周、張煌吉；或選擇投降，如洪承疇、李光地、錢謙益；或選擇遯隱，如孫士奇、方以智。而聖歎並沒有走上述任何一種途徑，而只是致力著述，卻以此暫有之我，權作消遣。〔註8〕

三、人性觀

聖歎的人性觀，主要表現在天理與人欲兩者關係的思考上，他承認人欲實際存在，謂之自然；同時他又不反對天理，及依據天理所制定的道德規範。在《天下才子必讀書》批點蕭望之〈入粟贖罪議〉，及辨解《西廂記》，批評《水滸傳》等言論中，時常流露他對人性的見解：

例如蕭望之〈入粟贖罪議〉首言：「民函陰陽之氣，有仁義欲利之心，在教化之所助。」聖歎批道：

〔註 8〕《貫華堂第六才子書西廂記・序一曰慟哭古人》：「天地生而適然是我，而天地終未嘗生我，是則我亦聽其水逝雲卷，風馳電掣而去而已矣。我既前聽其生，後聽其去，而無所於惜，是則於其中間，幸而猶尚暫在，我亦於無法作消遣中，隨意自作消遣而已矣。」

> 民陽，故有仁義之心；民陰，故有欲利之心，二者並函於心，全賴上之教化。如此說，方是聖賢語，不是頭巾語。(《天下才子必讀書》)

其說以爲人受天地陰陽之氣，而有仁義欲利之心，這種人性觀乃「用氣爲性」的進路。仁義、欲利皆並存於心，此心爲陰陽之氣所生故非道德心體，不言可喻。而仁義、欲利既受之於天而內在於心，外力無法泯除之，只能以教化引導，使之趨向仁義而已，故蕭望之繼言：「堯在上，不能去民欲利之心，而能令其欲利，不勝其好義也；雖桀在上，不能去民好義之心，而能令其好義，不勝其欲利也。」而聖歎讚賞此論乃「十成透語」，指出其理之通透。由他肯定蕭望之所說是「聖賢語」，我們可以推論聖歎亦同意仁義、欲利並函於心的見解。

考察聖歎的著作，並未從道德實踐的形上依據討論人性，而主要是就天理與人欲的關係去思惟，特別闡發人欲實屬自然，不應抹殺。在《西廂記》的批點中，反覆分析「禮」與「情」的問題：

> 有人謂《西廂》此篇最鄙穢者，此三家村中冬烘先生之言也。夫論此事，則自盤古至於今日，誰人家中無此事者乎？若論此文，則亦自盤古至於今日，誰人家中有此文者乎？誰人家中無此事，而何鄙穢之與有？誰人手下有此文，而敢謂其有一句一字之鄙穢哉？(《貫華堂第六才子書西廂記》卷七)

《西廂記》描寫鶯鶯、張生戀愛的故事，是才子佳人的典型。在古代傳統禮教森嚴的環境中，這樣的作品，便被視爲「誨淫」。而卷七的情節主要描寫兩人深夜約會歡好的情景，故衛道者視作鄙穢。聖歎提出「夫論此事，則自盤古至於今日，誰人家中無此事者乎？」從事實俱存的理由，肯定男女之間的感情欲望乃是常事。他爲了支持這個論點，援引《詩經》中的〈國風〉，既經「先師仲尼氏之所刪改」，又是「大聖人之文筆」，即依然頗多關涉男女情愛歡好的描繪，作爲有力證據。〔註9〕

聖歎的看法，頗類於李贄的「童心說」、公安派的「性靈說」等，皆肯定

〔註 9〕《貫華堂第六才子書西廂記》卷七之卷前總評中云：「古之人有言曰：『《國風》好色而不淫』。比者聖歎讀之而疑焉，曰：嘻，異哉！好色與淫相去則又有幾何也耶？若以爲發乎情止乎禮，幾乎情之謂好色，止乎禮之謂不淫，如是解者，則吾十歲初受《毛詩》，鄉塾之師早既言之，吾亦豈謂之聞，亦豈聞之而遽忘之？吾固殊不能解。」又云：「夫好色而曰吾不淫，是必其未嘗好色者也。好色而曰吾大畏乎禮而不敢淫，是必其不敢好色者也。」

吾人眞實的情感欲望，所謂喜怒哀樂嗜好情欲種種，爲人所實有。不過聖歎並未走上任情縱欲的方向，而肯定禮教作用。例如在《西廂記》賴婚一折中評鶯鶯、張生皆是「情種」，非狂生倡女。評紅娘教張生彈琴明心，以寄衷曲：

> 紅娘之教張生以琴心，何也？聖歎喟然嘆曰：吾今而後知禮可以坊天下也。夫張生，絕對之才子也；雙文，絕代之佳人也。以絕代之才子，驚見有絕代之佳人，其不辭千死萬死，而必求一當，此必至之情也。……然而吾每念焉，彼才子有必至之情，佳人有必至之情，然而才子必至之情則但可藏之才子心中，佳人必至之情則但可藏之佳人心中。即不得已久之久之，至於萬萬無幸，而才子爲此必至之情而才子且死，則才子其亦竟死，佳人且死，則佳人其亦竟死，而才子終無由能以其情通之於佳人，而佳人終無由能以其情通之於才子。何則？先王制禮，萬萬世不可毀也。《禮》曰：「外言不敢或入於閫，內言不敢或出於閫。」斯兩言者，無有照鑒，如臨鬼神，童而聞之，至死而不容犯也。夫才子之愛佳人則愛，而才子之愛先王則又愛者，是乃才子之所以爲才子，佳人之愛才子則愛，而佳人之畏禮則又畏者，是乃佳人之所以爲佳人也。（《貫華堂第六才子書西廂記》卷五）

論才子、佳人，必明先王之禮，不敢毀犯，此爲道德觀念。因此才子佳人，必聽由父母之命，媒妁之憑，敬告鄉黨親友，方可結合。因此聖歎力辨鶯鶯、張生已蒙相國夫人許諾婚約，他們之所以偷期相會，乃夫人違信背諾之故。他在琴心一折總批道：「若夫人而既許之矣，張生雖至無所忌憚而儼然遂煩一介之使，排闥以明告之雙文，我謂此以更非禮之所得隨而議之。何則？曲已在彼不在此也。」又評題目總名時說：「一部書，十六章，而其第一章大筆特書曰：老夫人開春院，罪老夫人也。」說明老夫人才是罪魁禍首，以此寬囿張生、鶯鶯二人。

由此可見金聖歎並未否定道德，一般論者認爲金聖歎「背蔑禮教，詭激自喜」，「即於男女色欲之間，亦復不顧舊習慣之拘囿，大放其『人所欲說而不敢說』之詞。」〔註 10〕這只見於聖歎時發違背儒教，不與世俗苟同的言論，因而導致這種評價。例如對於儒教奉爲必讀的四書五經，他說：

> 吾年十歲，方入鄉塾，隨例讀大學、中庸、論語、孟子等書，意惛

〔註 10〕參見陳登原《金聖歎傳》，香港太平書局。

如也。每與同塾兒竊作是語：不知習此將何爲也。(《水滸傳》序三)

他從小無法體會四書五經的價值；及長，標榜《莊子》、《離騷》、《史記》、《杜詩》、《水滸》、《西廂》爲六才子書。而《水滸》、《西廂》當時被視作稗官之作，不登大雅，且內容有倡盜誨淫，敗壞風俗之嫌，故其言駭驚流俗。又對於《論語》、《孟子》等等經典時出新解，不以聖人之是非爲是非，不以古人之是非爲定奪。如在《貫華堂第六才子書西廂記・序一曰慟哭古人》中論《國風》好色不淫之辨等等，令人對金聖歎產生「背蔑禮教」的印象。

究其實，聖歎自恃才高，性情尚奇，又深死吳中名士之風尚，喜放蕩，不受拘束，故每有令人側目之論。但若據此斥其爲名教罪人，誨盜誨淫，則非穩當公平。他辨解鶯鶯、張生爲至情，而且時時從禮教立論加以維護，又批評宋江是強盜，加言「忠義說」之非，(《金本・序三》) 準此可知，聖歎實有道德觀念，只是既立言道德，何來倡盜誨淫之譏？

聖歎的道德觀念，其本上是傳統三綱五常之道理，對於立道德的根本，儒家所謂的仁心——道德實踐的本體，可能無切實掌握。他對人性的看法，實質上趨向以「自然」言性，採取順性的態度：

統而言之爲人，分而言之爲性命，「順」字不要用聰明才智，死及爛醉時，都是性。性順命之理，命順性之理，不須用你著力。(《唱經堂語錄纂》)

「死及爛醉時，都是性」，則一切行爲表現皆是性，只須隨順性命之理，毋需運用聰明才智，籌謀算計。此說，似近道家思想，皆採隨順自然，不造作的態度，但二者實質不同，道家體悟到人倫規範已形式化，故主張消解之，回復自然，而人的欲望也是回復自然的障礙，故亦除泯之。聖歎既肯定人的種種欲望，主張隨順之，則其所謂自然，實已包括了形軀生命，而不同於道家只以精神生命爲自然。這亦受時代風氣之影響，晚明蔚起反對僵化禮教的人性思潮，重個體自由與尚眞的精神，構成聖歎思想的核心。這是自然與名教之辨，魏晉名士生活放蕩、不守禮法，即是先例。

強調任性而爲，不加文飾；對人物的評斷，是讚揚率性任眞的生命形態，如武松、李逵輩。關於聖歎對水滸人物的評論，本章第二節將詳論。

聖歎的人性觀，主要強調「順性而爲」的觀點，所謂的性則非道德心體，而是涵攝仁義、欲利之心，由於肯定人的喜怒哀樂種種情欲，故順性而爲的內涵，自然不同於儒家克己復禮，以及道家消解情識造作的用心。雖然強調順性而爲，但同時又肯定道德作用，只是也卻不能掌握創發道德的本源，故其所謂「道德」既不是指形式化的社會行爲規範，也不源自儒家所謂的良心善性，更不源自道家所謂的「虛靜心」，終而落向自然氣性一端矣。

四、小說觀

金聖歎的文學觀表現在批評《西廂記》、《水滸傳》、古文、唐詩等等著述中。本節擬討論其小說觀念，以作爲研究金聖歎評論水滸人物的參照基礎，至於全部完整的文學觀念，則非論文研究目的，故略而不論。〔註 11〕討論的重心計三項：（一）論小說的價值、（二）論寫實與虛構、（三）評論《水滸傳》的目的。

（一）論小說的價值

小說的本質與價值，在中國傳統觀念中，一直被視爲小道，難登大雅之堂。班固《漢書・藝文志》的序文中指出小說家源出於稗官，街談巷語、道聽塗說者所撰述；又舉孔子之言論斷小說是小道，雖有可觀，但致遠恐泥，故君子弗爲等等。因此，雖然小說家始終列入子部，但是一直不受重視。而班固的論斷卻根深柢固，陳陳相因，歷來史家藝文志都沿襲這類說法。其次雖然史書在「小說家類」之下，收錄不少作品，但其性質卻相當駁雜。例如《新唐書藝文志》所收錄，劉義慶《世說》、劉孝標《續世說》等，集錄名人言行之作；干寶《搜神記》、吳筠《續齊諧記》之類，則是編纂神怪之談。各種性質的著述混雜收入一類，很難釐清「小說」的性質，遑論其價值。

這種鄙視小說的情況，至明代中期有了新的契機。李贄、袁宏道揄揚在前，而金聖歎倡導在後，他們肯定小說的價值，對當時而言，無疑是革命性的主張。關於他們的貢獻，已受到研究者的肯定。以金聖歎而言，陳萬益先生提出正面的肯定：

> 金聖歎是明末清初的一個大批評家，他所評點的才子書是流行甚廣的著作；其中尤以水滸傳和西廂記的評點，把小說戲曲由街頭巷隅提昇到文學的崇高領域中，它的影響更是既深且遠，這是研究中國文學批評的人都會首肯的一個事實。（《金聖歎的文學批評考述・序言》）

他指出金聖歎將《水滸傳》、《西廂記》的地位提高與《史記》、《離騷》、《杜

〔註 11〕關於金聖歎的文學觀，可參見陳萬益先生〈金聖歎的文學批評考述〉。

詩》、《莊子》同列六才子書，打破傳統知識分子視小說爲小道的成見。

問題是金聖歎肯定小說的價值是居於何種層次，那種角度的考量？

> 然其實，六部書聖歎只是用一副手眼讀得，如讀西廂記，實是用讀莊子、史記手眼眼讀得，便讀莊子、史記亦只用讀西廂記手眼讀得，如信僕此語時，便可將西廂記與子弟作莊子、史記讀。（《貫華堂第六才子書西廂記‧第六才子書讀法》）

「一副手眼」的實質內涵並無明確規定，不過金聖歎重視作品的結構，所謂「字有字法、句有句法、章有章法、部有部法」；加上在《古詩解》中稱古人用筆講究，所謂「一篇之勢，前引後牽；一句之力，下推上挽。後者之發龍處，即是前首之結穴處；」〔註 12〕指出作品文字，一字一句都有關聯，是作品不可缺少的部分，而如此才能構成作品的完整性。因此「一副手眼」具體內涵是透視作品完整的結構，分析每部分的關係，了解作品的主題。聖歎持此「一副手眼」批評六才子書，基本上並非指出《水滸傳》本身特有的價值，而是從其與《莊子》、《離騷》、《史記》等等共具的特色上立論。

由聖歎肯定《莊子》、《離騷》、《史記》、《杜詩》、《西廂記》、《水滸傳》爲六才子書的判斷基準，更能體會聖歎之所以肯定小說，並不是基於對小說文體的價值而論：

> 夫古人之才也者，世不相延，人不相及。莊周有莊周之才，屈平有屈平之才，馬遷有馬遷之才，杜甫有杜甫之才，降而至於施耐庵有施耐庵之才，董解元有董解元之才。（《金本》序一）

他由作者創作才能的角度審定六書具有同等地位及價值，非由文體角度而論，其義甚明。

其次由聖歎認爲讀《水滸傳》的效用，可以獲得佐證：

> 《水滸傳》章有章法，句有句法，字有字法。人家子弟稍識字，便當教令反覆細看，看得《水滸傳》出時，他書便如破竹。（《金本》‧讀第五才子書法）

《水滸傳》的文法精嚴，若能細讀，便能學會閱讀一切書籍的方法。又「《水滸傳》到底只是小說，子弟極要看，極至看了時，卻憑空使他胸中添了若干文法。」（《金本》‧第五才子書讀法）凡此皆點明聖歎亦基於文學教育之效果，

〔註 12〕金聖歎極講究文法，對文章的結構，遣詞用字的安排極重視，見《金本‧讀第五才子書法》。

而肯定小說的價值，這是實用主義的態度。

因此，聖歎雖然提高小說的地位，承認它的價值，但是否對小說這一文體本身的價值與意義有眞正的評估，尚值得商榷。其實晚明肯定小說地位的李贄、袁宏道、馮夢龍何嘗直接就小說文體本身價值作論斷。李贄基於「童心之作必爲下至文」的觀點，由肯定創作者情性之眞，而論斷此依創作之作品皆是至文，所謂「苟童心常存，則道理不行，聞見不立，無時不文，無人不文，無一樣創制體格文字而非文者。」（《焚書・童心說》）至於各種文體本性的特徵則不納入衡量。馮夢龍亦肯定小說的價值，但是基於社會教育目的，編輯《三言》的動機非爲文學而爲教育，故肯認小說的作用可以使「怯者勇，淫者貞，薄者敦，頑鈍者汗下。雖明誦孝經、論語，其感人未必如是之深且捷也。」（〈喻世明言〉序）。故我們評估聖歎提高小說的地位，自然要嘉許其打破傳統成見的膽識，但是也應該客觀了解其評價的層次。大致上可以說聖歎並未眞正從小說本身的文體來衡量它獨立的價值。

（二）論寫實與虛構

「寫實」與「虛構」是美學範疇上的一對觀念，就小說而言，可以論小說本質是「寫實」或「虛構」，也可以從技巧層面論「虛構」或「寫實」的手法運用，或者討論寫實與虛構之間的關係。詳細探討寫實與虛構所涵攝的問題，非本論文研究目的，故僅就明代人對小說之「寫實」與「虛構」的思考加以簡單陳述，而金聖歎對此一問題又有何主張。

明代對小說「寫實」與「虛構」的問題，主要側重在比較史書與歷史小說之間的差異與關係。歷史小說的界義爭議很大，王德威先生區分歷史小說爲兩種原始類型，一種是歷史小說可以指涉所有將時空範圍放置於過去某一時代、並描寫與該時代相應合之舉止儀節與道德規範的敘事性文體。這一類型小說主要的目標在於建立一種過往的氣氛；透過模擬，重建、描繪出作者與其讀者心中認爲從前可能發生、但不一定眞正發生過的實際細節。另一種歷史小說是以史書上均是信而有徵的人、事、活動等爲題材的敘述性文體。就後一種情形而言，小說家往往有心爲其所敘述之事物尋求可信的歷史背景，但寫作的焦點則放在讀者可能熟悉及感到興趣的人物與事件上。（《從劉鶚到王禎和・歷史・小說・虛構》頁 276～277）由明代《三國演義》、《隋唐志傳》、《列國志傳》、《大宋中興通俗演義》等等著述內容來看，明代的歷史小說是傾向後一類型。

由於史書在傳統文化中的重要地位以及歷史小說取材與歷史的關係密切，因此論歷史小說的意義與價值時，往往與史書作比較，庸愚子爲《三國志通俗演義》所撰之序，便透露這種訊息：

> 若東原羅貫中，以平陽陳壽傳，考諸國史，自漢靈帝中平元年，終於晉太康元年之事，留心損益，目之曰《三國志通俗演義》。文不甚深，言不甚俗，事紀其實，亦庶幾乎史。蓋欲讀誦者人人得而知之，若詩所謂里巷歌謠之義也。(《三國志通俗演義．序》)

《三國志通俗演義》根據陳壽《三國志》等史籍記載而撰述，因此所謂「事紀其實」指的是歷史小說的編寫必須以歷史記載爲依據，而二者的差別在於歷史小說將史事「留心損益」。

因爲歷史小說與史書關係密切，故形成歷史小說具有「正史之補」及「羽翼信史」功能之批評觀念。〔註 13〕林瀚序《隋唐志傳通俗演義》指出：「後之君子能體予此意，以是編爲正史之補，勿第以稗官野乘目之，是蓋予之至願也夫。」(《隋唐志傳通俗演義．序》) 寫作目的既在補正史之遺，因此歷史小說在編述原則上必需合乎歷史的眞實性，注重客觀的記載。羽翼信史則更強調歷史小說在歷史知識普及化與道德教育上的功能。余邵指出《列國志》著述原則是編年取法麟經、記事一據實錄，充分強調《列國志》寫實的性質。而其目的則在於道德教化：

> 且又懼齊民不能悉達經傳微辭奧旨，復又改爲演義，以便人觀覽，庶幾後生小子開卷批閱，雖千百年往事，莫不炳若丹青，善則知勸，惡則知戒，其視徒鑿爲空言以炫人聽聞者，信天淵相隔矣。繼群史之遐縱者，舍茲傳其誰歸？(《題全像列國志傳引》)

史書記錄已發生的人物事件活動，其書寫原則是「眞實」。而歷史小說一方面取材於史書，與史書關係密切；一方面又要求具有補史之作用及勸懲之功能。因此對於歷史小說而言，「寫實」成爲創作的原則，其所描寫的對象是歷史中發生過的人事物或史書所記錄者，凡超過這個標準，就是虛妄不眞。

金聖歎視《水滸傳》具有史的性質，他在說明史進命名之義時，借題發揮，縱論「史」的含義：

> 史者，史也，萬言稗史亦史也。夫古者史以記事，今稗史所記何事？

〔註 13〕參見劉大杰《中國文學批評史．第五編第三章明代的小說批評》關於歷史小說批評之部分。

> 殆記一百八人之事也。記一百八人之事，而亦居然謂之史也何居？從來庶人之議皆史也。庶人則何敢議也？庶人不敢議也。庶人不敢議而又議，何也？天下有道，然後庶人不議也。今則庶人議矣。何用知天下無道？曰：王進去，而高俅來矣。(《金本》第一回總評)

《水滸傳》記一百八人之事，其性質爲稗史，金聖歎則提高其地位，視之史書之類。而〈宋史目〉、〈宋史綱〉則是針對《宋史》中記載宋江事蹟的部分加以評論，可以證明聖歎視《水滸傳》爲史書性質。

不過異於「依史實錄」以徵實爲原則的觀點，聖歎又另提出「虛構」的觀念：

> 某嘗道，水滸勝似史記，人都不肯信，殊不知某卻不是亂說。其實史記是以文運事，水滸是因文生事，以文運事，是先有事生成如此如此，卻要算計出一篇文字來，雖是史公高才，也畢竟是吃苦事。因文生事即不然，只是順著筆性去，削高補低都繇我。

「以文運事」指史書的書寫活動必須遵守徵實原則，其時空背景人物事件皆有客觀限制，事件之間的因果關係也已確定，因此撰述者僅能在這些前提之下加以敘述。「因文生事」意謂作者可以憑其想像力，以語言文字虛構人物事件情節，不必受限於題材的客觀性。金聖歎以「以文運事」說明《史記》寫作的特徵與「因文生事」說明《水滸傳》寫作的特色，將史書與歷史小說的性質作概括的區分。因文生事的「生」即是「虛構」，是作者想像力的發揮，因此金聖歎賦予歷史小說具虛構性的特徵。

他肯定虛構在創造歷史小說的地位，並不表示反對寫實。從基本題材以及批判現實的層面來說，是寫實；但從敷演情節，刻劃人物之形貌、動作、心理而言，卻是虛構。

（三）評論《水滸傳》的目的

金聖歎評論《水滸傳》的目的，可以區分爲三項來談；1、禁止天下之人胡亂著書；2、辨明作者之志；3、欣賞其藝術成就。

1、禁止天下之人胡亂著書

金聖歎認爲書契、六經之作必居聖人之位、或有聖人之德者始可爲之，而後世巧言之徒，卻紛然而作，惑亂民心，故替秦始皇焚書翻案，認爲是燒盡妖書，免其禍害於民。(《金本》序一)

其次，讚賞莊周、屈原、馬遷、杜甫、施耐庵、董解元皆爲才子，所撰之書爲才書。其書能夠完成，是所謂「心絕氣盡，面猶死人，然後其才前後繚繞得成一書者。」（《金本》序一）他以此說明創作之慎重與苦心。而一般人「不肯審己量力，廢然歇筆。」（《金本》序一）創作態度既不謹慎，而才力又不足，卻依然著書，故作品價值不高。

金聖歎抱著禁止一般人亂著書的用意，因此批點《水滸傳》，明白表示眞正有價值的作品應該具有那些特質。這是金聖歎評論《水滸傳》的目的，冀圖達到澄清文化之功。

2、辨明作者之志

自晚明以來，對《水滸傳》的評論十分熱烈，其中有一流行的觀念，就是替《水滸傳》冠上「忠義」的名目，金聖歎認爲這是不正確的說法，與作者創作意旨相違背。他認爲「觀物者審名，論人者辨志。」（《金本》序二）評論者應該指出作者眞正的用意，而作者本意是視水滸人物爲盜賊，深惡宋江，並不是視水滸人物爲忠義的表徵。金聖歎爲了澄清錯誤的觀念，因此以理想讀者自許，評論《水滸傳》，以發明作者創作深義。

3、欣賞其藝術成就

《水滸傳》的藝術成就，不僅達到「人有其性情，人有其氣質，人有其形狀，人有其聲口。」（《金本》序三）對人物的塑造已臻傳神與寫照的境界。而且其文章是：「字有字法，句有句法，章有章法，部有部法。」（《金本》序三）也就是說小至每一字句，大至全書結構，皆有精密的考量與設計。

其次《水滸傳》有許多文法，皆是寶貴的創作技巧，例如有倒插法、夾敘法、草蛇灰線法、大落墨法、綿針泥線法、背面敷粉法、弄引法、正犯法、略犯法等等。（《金本》讀第五才子書法）金聖歎皆詳加分析，希望讀者能明白良匠之苦心。

金聖歎基於以上的理由，因此評論《水滸傳》。其中關於矯正一般對水滸人物錯誤的評價，是本論文要論述的重點之一，本章第二節將會詳論。

第二節　金聖歎對水滸人物存在意義的詮釋

這一節論述目的，在於說明金聖歎對水滸人物存在意義的詮釋內容。分析金聖歎的觀點，可以歸納爲五項重點：一、評價水滸人物爲強盜、二、崇尙眞實、三、崇尙自由的生命境界、四、尙義的精神、五、才性的品鑒。以下則逐項一一加以闡明。

一、評價水滸人物爲強盜

在金聖歎之前，晚明對水滸人物的存在意義即有主張「忠義」與「強盜」二說，〔註 14〕金聖歎在這評價脈絡中，強調水滸人物應爲強盜，臚列理由駁斥「忠義說」。

金聖歎認爲水滸人物爲強盜，並非忠義的象徵，主要是從作者創作意圖的角度論證。他頗以理想讀者自許，評點目的在發明作者深意，將作者寄託於字裏行間與文字之外的微言大義彰顯出來，讓一般讀者明白作者的苦心孤詣。故論證水滸人物爲強盜，便從作者創作目的出發：

> 觀物者審名，論人者辨志，施耐庵傳宋江而題其書曰水滸，惡之至迸之至，不與同中國也。而後世不知何等好亂之徒，乃謬加以忠義之目。（《金本》序二）

他指出施耐庵深惡水滸人物，而一般讀者不明作者苦心，亂冠上「忠義」的名目。

水滸人物爲強盜並非忠義的論斷，基於以下三項理由：

（一）「水滸」涵義

書名「水滸」，即寓深惡之意：

> 若夫耐庵所云水滸也者，王土之濱則有水，又在水外則曰滸，遠之也。遠之也者，天下之凶物，天下之所共擊也。天下之惡物，天下之所共棄也。若使忠義而在水滸，忠義爲天下之凶物惡物乎哉？（《金本》序二）

他本著彰名釋義的原則，認爲「水滸」乃天子疆土之遠處，寓有不同中國，遠斥於外之意，乃凶惡之徒所居。而所謂「忠義」，「忠」意指事上之盛節，「義」意指使下之大經，是倫理規範之德目，稱許「水滸」忠義，便是反以忠義名凶惡之徒。（《金本》序一）

（二）水滸人物的行為違法亂紀

由水滸人物的行爲違犯國家法治，故實屬強盜無疑。水滸人物「其幼皆

〔註 14〕參見第三章第二節的論述，頁 75～83。

豺狼虎豹之姿也，其壯皆殺人奪貨之行也，其後皆敲朴劓刖之餘也，其卒皆揭竿斬木之賊也。」（《金本》序一）幼時即有豺狼虎豹凶殘貪狠之資質，長大則有殺人奪貨的行動，爲豎竿倡亂之徒，應課以敲朴劓刖的刑罰。綜觀《水滸傳》中此一輩凶殘之徒，聚嘯山林，搶劫行旅，攻擊城莊，抵抗官軍種種違犯國家法治的行爲，豈可名之忠義。

（三）推許忠義的流弊

宋江等一百八人的行爲是干法亂紀，但卻有人謬許忠義。這是名實牴牾、是非乖錯的情形，也因此會產生不良的影響：

> 繇今日之忠義水滸言之，則直與宋江之賺入夥，吳用之說撞籌無以異也。無惡不歸朝廷，無美不歸綠林，已爲盜者讀之而自豪，未爲盜者讀之而爲盜也。（《金本》序二）

他認爲若以忠義名「水滸」，實際寓有陰謀之動機，宋江誘服呼延灼、索超、關勝等等人物，皆勸「聚梁山泊乃是聚義之行爲」因而收服眾人；宋江與吳用身懷權術，以「忠義」誘人爲賊，其背後皆懷有陰險企圖。這種忠義之法如果流傳，則強盜據此以標榜其行爲之正當性，一般人亦視宋江一百八人爲忠義典範，可能也會淪落爲盜賊。因此稱許水滸人物爲忠義會對社會產生不良影響。

依據以上三項理由，金聖歎論斷水滸人物爲強盜，並無忠義精神。金聖歎的論斷，明顯地基於維護名教的立場。爲了強調他的看法，故反對招安及征方臘之說，借《宋史》記載侯蒙欲赦免宋江使討伐方臘一事，力言此議有八失。一、用赦與贖的詞語不當，這是溫語求息，有失朝廷之尊；二、就法律立場而言，殺人者死，造反者族，劫掠至於十郡，卻輕與議赦，壞國家之法；三、借綠林三十六人掃蕩方臘，顯朝廷無人；四、招撫流寇以剿除其他強盜，將造成流寇的猖狂；五、以武功爲盜匪出身之地，將使壯夫削色；六、朝廷無人能掃蕩賊寇，有負朝廷平日養士之功；七・有罪者可赦，無罪者將起而效尤，此後國家無治人之術；八・宋江輩若爲有才者，宰相卻不能用於未爲盜時，這是顛倒失序等等。（《宋史目》）其次金聖歎截斷《水滸傳》七十回後的情節，以盧俊義之夢作爲結局，警誡水滸人物無好下場。而評價水滸人物，則認爲「水滸傳獨惡宋江，亦是殲厥渠魁之意，其餘便饒恕了。」（《金本》第五才子書讀法）他本著獨惡盜魁，寬恕其他人物的原則，對宋江貶謫有加，深惡痛絕。

金聖歎修改《水滸傳》的動機，據諸多研究者的論述結果，可能與其所處的時代背景有關。〔註 15〕晚明的世局，流賊時起，社會動盪不安，民生疲弊，〔註 16〕金聖歎深惡流賊之禍，故不惜更改《水滸傳》原本的內容，將宋江由忠君愛國、濟民靖亂的英雄形象轉變成深諳權術的賊寇。事實上，《水滸傳》在明代流傳很廣，對社會已產生不良影響，當時便有人認爲《水滸傳》有誨盜之嫌。例如崇禎十五年左懋第上書陳述剿除盜賊的方法中，即力言《水滸傳》的不良影響，盜賊皆依此書行事，不以作賊爲非，故國家多盜寇，乃《水滸傳》崇盜之罪，實應焚燒之、禁止刊刻與閱讀，以端正人心、息滅盜風。

基於維護道德的立場，金聖歎批評水滸人物爲強盜，這是就人物行爲的表現結果所下的判斷。但是，他另一方面也考量人物淪爲強盜的原因，對水滸人物寄予同情。一百八人的初心，是要「討箇出身，求半世快活，如何肯把父母遺體便點污了。」（《金本》第二回回前總評）但是他們結果卻入於水泊，原因何在？

> 蓋自一副才調，無處擺劃，一塊氣力，無處出脱。而桀驁之性，既不肯以伏死田塍，而又有其狡猾之尤者起而乘勢呼聚之，而於是討箇出身既不可望，點污清白遂所不惜，而一百八人乃盡入於水泊矣。（《金本》第二回回前總評）

這是深歎水滸人物的才能、氣力不能爲國家所用，終淪入水泊。而他們之所以不得發揮才能，貢獻力量，主要原因是奸佞當道，迫害忠良：

> 一部大書七十回將寫一百八人也，乃開書未寫一百八人，而先寫高俅者，蓋不寫高俅，便寫一百八人，則是亂自下生也，不寫一百八人，先寫高俅，則是亂自上作也。亂自下生不可訓也，作者之所必避也，亂自上作不可長也，作者之所深懼也，一部大書七十回而開書先寫高俅，有以也。（《金本》楔子）

高俅是《水滸傳》一書中奸佞的典型，迫害王進，作威作福。其他諸如高衙

〔註 15〕例如陳登原指出金聖歎長於明末流賊肆擾之際，故痛恨盜賊，見《金聖歎傳》頁 37，香港太平書局。

〔註 16〕晚明流寇之禍爲烈，其發展歷史可分三期，天啓七年至崇禎六年冬季是初起時期，六年冬至十七年春爲極盛期，並可區分三個階段，崇禎七年至九年，高迎祥聲勢最盛，崇禎十年至十三年，張獻忠獨盛，崇禎十四年後，李自力量增強，後來破西安，下北京，改元稱帝。李自成佔領北京後，是也極盛時期也是衰弱的開始。關於晚明流寇的問題，可參看《晚明流寇》，台北食貨出版社。

內仗其威勢，陷害林沖，以及殷天錫奪佔他人宅宇，凡此之輩皆是高俅的黨羽，水滸人物便是被這干惡人所迫害，只得淪入水泊。因此金聖歎對水滸人物被「逼上梁山」的處境，實頗同情。

不過同情水滸人物被「逼上梁山」，並不是肯定他們的行爲具有「替天行道」的理想色彩，其根據的理由，前已剖析明白。金聖歎在《水滸傳》中標榜王進，認爲王進是此書中理想人物，即處於奸邪當道的亂世時，採取隱退的作法，是最恰當的抉擇：

> 一百八人，則誠王道所必誅矣，何用見王進之庶幾爲聖人之民？曰不墜父業，善養母志，猶其可見者也。更有其不可見者，如點名不到，不見其首也，一去延安，不見其尾也，無首無尾也，其猶神龍歟。誠使彼一百八人者盡出於此，吾知其免耳，而終不之及也一百八人終不之及，夫而後知王進之難能也。(《金本》第一回回前總評)

所謂「無首無尾者，其猶神龍」意謂王進處此亂世，能夠埋名藏身，自亂世中隱退。而水滸諸人不明此保身之理，終難逃王道之誅。金聖歎特別標榜王進「隱」的思想，乃爲中國知識分子傳統的存在價値觀念，即「治世則進、亂世則隱」。〔註17〕亦與晚明知識分子自政治中抽離，採靜默退守的態度有關。

金聖歎基於維護道德的立場，論斷水滸人物爲強盜，對晚明評論水滸人物爲忠義或強盜的爭辨，正式站在「強盜說」的立場，而給予分析論明，以掃除李贄、《袁本》等賦予他們「替天行道」的理想色彩。

二、崇尚眞實

崇尚眞實，鄙斥虛假，是金聖歎評論水滸人物時，另一個重要觀念。

由於獨惡宋江，故對宋江一言一行皆加諷刺。金聖歎如何論述宋江盜魁的罪名？主要針對宋江深諳權謀，爲人虛僞造作，假仁假義著手。這是眞假之辨，以主體性情之眞假作爲判斷的標準；爲了突出宋江虛假的面目，則以李逵的天眞作對比：

> 只如寫李逵，豈不段段都是妙絕文字，卻不知正爲段段都在宋江事後故，便妙不可言。蓋作者只是痛恨宋江奸詐，故處處接出一段李逵朴誠來，做箇形擊，其意思自在顯宋江之惡，卻不料反成李逵之

〔註17〕《論語・泰伯篇》：「危邦不入，亂邦不居，有道則現，無道則隱。」

妙也。此譬如刺鎗，本要殺人，反使出一身家數。(《金本》讀第五才子書法)

「形擊」意指對比，借相反的人或事，以突出主要對象特色。所謂「奸詐」意指主體性情不眞，善良的言行背後深藏惡意。例如宋江號「及時雨」意謂能周濟人之急，如及時甘霖；金聖歎卻認爲他不過只是以銀子收買人心，徒冒美名。〔註 18〕而李逵性情眞樸，無絲毫造作：

李逵是上上人物，寫得眞是一片天眞爛熳到底，看他意思，便是山泊中一百七人，無一箇入得他眼。孟子富貴不能淫、貧賤不能移、威武不能屈，正是他好評語。(《金本》讀第五才子書法)

「天眞爛熳到底」是形容李逵性情之眞，不因任何情境順逆而改變。金聖歎認爲宋江假借「忠義」之名，網羅豪傑入水泊。(《金本》第六十回夾批)屈己待人，以博令譽。其性情奸詐，由李逵口中道出。第六十六回記宋江要盧俊義坐第一把交椅，盧俊義不肯，宋江再三拜讓，李逵高聲叫道：「哥哥偏不直性。」夾批指出：「快人快語，如鏡如刀。」(《金本》第六十六回夾批)

省察金聖歎批判虛假，肯定主體性情之眞，這不是由道德上判斷是非善惡，而是從性情上分辨眞假虛實，只要符合「性情之眞」的原則，則行爲是否爲惡，便可不論。例如第六十二回，宋江調度兵馬，擬攻大名城，李逵便道：「我這把大斧，多時不曾發市，聽得打州劫縣，他也在廳邊歡喜。」金聖歎在此處夾批：「眞正妙人，有此靈心妙舌。」

他這種肯定性情之眞而批判虛假的觀念也表現在對「君子」的諷刺：

嗟乎兄弟之際，至於今日尚忍言哉，一壞於乾餱相爭、鬩墻莫勸；再壞於高談天顯、矜飾虛文，蓋一壞於小人而再壞於君子也。夫壞於小人，其失也鄙，猶可救也；壞於君子其失也詐，不可救也。(《金本》第二十三回回前總評)

君子、小人在儒家的思想體系中，是依道德實踐而作的評價；君子指的是能夠實踐道德者，小人反是，故君子的價值崇高。但是在金聖歎的評論中，由於君子只是口談仁義，行爲非實，故更劣於小人。

綜觀金聖歎崇尚眞實，批判虛假的觀念，乃從道德是非善惡的判斷，轉

〔註 18〕《金本》第三六回回前總評云：「。此書寫一百七人都有一百七人行逕心地，然曾未有如宋江之權詐不定者也；其結識天下好漢也，初無青天之曠蕩，明月之皎潔，春雨之太和，夏霆之逕直，惟一銀子而已矣。」

變爲性情眞假之辨，這是較接近道家的思想，〔註 19〕但卻失其解消情欲而虛靜無爲之勝義。

三、崇尚自由的生命境界

金聖歎稱許任性自由，無拘無礙的生命境界。所謂「任性自由」之性，意指可以自作主宰的氣性主體，並非道德主體。他肯認此一主體能夠任性而發，不受客觀世界禮教規範的限制，而達到自由無礙的境界。在所有水滸人物中，武松的生命型態最符合金聖歎的標準：

> 上文寫武松殺人如菅，眞是血濺墨缸、腥風透筆矣。入此回忽然就兩箇公人上三翻四落，寫出一片菩薩心胸，一若天下之大仁大慈又未有仁慈過於武松也者，於是上文屍腥血跡洗刷淨盡矣。蓋作者正當寫武二時，胸中眞是出格擬就一位天人，憑空落筆，喜則風霏露洒，怒則鞭雷叱霆，無可無不可，不期然而然。固久非宋江之逢人便哭，阮七李逵之搦刀便撼者，所得同日而語也。(《金本》第二十七回回前總評)

「天人」意謂主體自作主宰，不受拘滯，達到自由無礙的境界，是盡氣之極致。其爲人行事並無定格，喜怒哀樂皆隨意而發，但自然中節，此謂「無可無不可，不期然而然。」即非善非惡，不受固定道德標準所繩束，也不受一己情性之偏所限制，超越善惡是非，卻又自然而合乎善惡是非。故可以殺人如菅，亦可以仁慈寬和，完全應機而現。至於宋江逢人便哭，落入虛假權術的格套；阮小七、李逵則性嗜殺人，受制於個人的一遍之性。因此金聖歎評武松爲「天人」。以性格而言，其他水滸人物皆有其個人的特徵，惟有武松性格兼具眾人的特徵，難以特定的名義稱呼，因爲每一種名義皆只能符合其性格的某一部分內涵：

> 武松天人也，武松天人者，固具有魯達之闊，林沖之毒，楊志之正，柴進之良，阮七之快，李逵之眞，吳用之捷，花榮之雅，盧俊義之大，石秀之警者也，斷曰第一人不亦宜乎。(《金本》第二十五回回前總評)

武松兼具「闊、毒、正、良、快、眞、捷、雅、大、警」的性格特徵，隨情

〔註 19〕參見第三章第一節，頁 83～88。

境而任意表現，不拘一格，故金聖歎稱許他是水滸「第一人」。

尊崇主體自由表現，故只欣賞生命是否表現「自由無礙、不受拘束」，而對人物行徑則不加計較，武松之殺人或善待公人的行爲是善是惡，並不是評價的焦點，其主體的自由揮洒才是他鑒賞的重心。從評論魯智深偷桃花山酒器一事，可爲佐證：

> 要盤纏便偷酒器，要私走便滚下山去，人曰堂堂丈夫奈何偷了酒器，滚下山去，公曰堂堂丈夫做甚麼，便偷不得酒器，滚不得下山耶？益見魯達浩浩落落。(《金本》第四回回前總評)

偷酒器、滾下山的行徑，一般認爲非丈夫所當爲，但金聖歎反許魯智深「浩浩落落」坦蕩無礙，即因他重視的是率其性，自由任意的境意，故不拘於世俗的道德規範。

金聖歎推許武松爲天人及稱贊魯智深浩浩落落，皆是由於他尊崇主體自由，自作主宰的生命境界。由這個觀念來看，金聖歎並不是不重視道德，只是他反對善惡的判斷以世俗的禮教規範爲依據，但他又不能理解孔孟義理之性的觀念，遂將道德的超越依據歸諸氣性之眞，而以武松爲理想的人格類型。

四、尚義的精神

金聖歎批評以忠義名水滸人物是錯誤的觀念，前已論述，但是他亦以「義」稱許他們某些行爲表現。此「義」的內涵，並非儒家思想體系中所謂的正義；而是近似俠者的精神，所謂路見不平、拔刀相助，知恩圖報，不顧生命等等的江湖義氣。例如評論魯達爲人時，指出他打抱不平的義行：

> 寫魯達爲人處，一片熱血直噴出來，令人讀之，深愧虛生世上，不曾爲人出力。孔子云，詩可以興，吾於稗官亦云矣。(《金本》第二回回前總評)

這段評語是對魯智深替金氏父女打抱不平，三拳打死鎮關西而犯罪脫逃的情節，所作的評價。又林沖被高衙內陷害，羅織罪名，刺配軍州，押送途中，魯智深一路護送林沖，免遭公人暗算。魯智深的行徑，正是具有濟人之急，解人危難的美德，金聖歎讚揚這種美德。

濟人危急，往往表現不顧己身安危。第五十七回記魯智深得知史進被賀太守囚禁在監牢中，不聽武松勸告先回梁山泊商討對策，而孤身前往營救，表現不顧生命的精神。金聖歎云：「使我敬，使我駭，使我哭，使我思。寫得便與劍俠諸傳相似。」（《金本》第五十七回夾批）他明白指出魯智深的行徑猶如劍俠，即具有俠客的精神，也就是「義」的表徵。

路見不平，拔刀相助，濟人危難，捨身忘己，是傳統賦予俠者的精神面貌，第二章第二節即已詳論。不過金聖歎基於維護道德的立場，並未將整體水滸人物轉化爲「替天行道」的表徵，而只是肯定他們的江湖義氣。魯智深救金氏父女，表現俠者主持正義的理想性，但是這種行爲並不多；綜觀水滸人物的行爲，主要是表現在江湖好漢之間的情誼，劫牢攻城的行動往往爲了營救同黨。

例如金聖歎評燕青救主，燕青甘於行乞度日以候盧俊義回城，及至盧俊義被繫囹圄，刺配充軍，燕青沿途暗中保護，凡此等行徑，皆表現朋友道義。金聖歎指出燕青如同豫讓。「只二十餘字，以抵一篇豫讓列傳矣。」（《金本》第六十一回夾批）根據司馬遷在《史記・刺客列傳》中的記載：豫讓，晉人，受智伯尊寵，後來趙襄子聯合韓、魏滅智伯，甚至漆智伯之頭以爲飲器。豫讓漆身爲厲，吞炭爲啞，自毀形軀，俟機以刺趙襄子，事敗自刎而亡。豫讓的舉動是因爲士爲知己者死，女爲悅己者容。智伯知遇豫讓，故爲智伯報仇，金聖歎指出燕青救主，也是出於報答知己之心。

金聖歎肯定水滸人物的仗義精神，主要包括濟人危困、捨己忘身、報答知己等等。但並未提昇他們成爲代表正義的英雄。

五、才性的品鑒

對水滸人物的性格；金聖歎有更深入的體會與說明，並且顯露好惡的情緒，特別欣賞某種性格，也特別厭惡某種性格。

（一）水滸人物的性格

「性格」一詞是金聖歎特別運用來評論《水滸傳》的藝術特徵：「別一部書，看過一遍即休，獨有水滸傳，只是看不厭，無非爲他把一百八箇人性格，都寫出來。」（《金本》讀第五才子書法）「性格」的涵義更可由以下這段話表明：

> 水滸所敘，敘一百八人，人有其性情，人有其氣質，人有其形狀，人有其聲口。（《金本》序三）

由這段話的意思，「性格」指的是個人的特殊性。性情、氣質指的是抽象的內在精神，形狀、聲口指的是具體的外在表徵。〔註20〕依循才性觀才的進路，「即形徵性」，由人物種種語言、動作、行爲可以徵驗其內蘊的情性。關於「性格」的詳細內容，第五章再作說明。

水滸一百零八人，其中重要人物，金聖歎對其性格皆有評語。個人性格並非共有單一特徵，例如：

> 魯達自然是上上人物，寫得心地厚實、體格闊大。論麤鹵處，他也有些麤鹵，論精細處，他亦甚是精細。(《金本》讀第五才子書法)

其說「麤鹵」、「精細」皆是魯智深性格的特徵。因此所謂個人性格並非只有單一特點。

但是判斷人物的性格，必定以突顯其特色爲原則。第二十五回回前總評，列敘《水滸傳》中重要人物的性格特徵：

> 或問於聖歎曰，魯達何如人也？曰闊人也，宋江何如人也？曰狹人也。曰林沖何如人也？曰毒人也，宋江何如人也？曰甘人也。曰楊志何如人也？曰正人也。宋江何如人也？曰駁人也。曰柴進何如人也？曰良人也，宋江何如人也？曰歹人也。曰阮小七何如人也？曰快人也，宋江何如人也？曰厭人也。曰李逵何如人也？曰眞人也，宋江何如人也？曰假人也。曰吳用何如人也？曰捷人也，宋江何如人也？曰呆人也。曰花榮何如人也？曰雅人也，宋江何如人也？曰俗人也。曰盧俊義何如人也？曰大人也，宋江何如人也？曰小人也。曰石秀何如人也？曰警人也，宋江何如人也？曰鈍人也。(《金本》第二十五回回前總評)

在這段話中，明顯地金聖歎爲了達到鄙斥宋江的目的，列舉其他人物的性格，一一作爲對比，以醜化宋江的形象。不過，這段話卻也正好對人物的性格做了很概括性的品評。以下將一一說明金聖歎的評論，並且以散見全書中的評語爲佐證。

1、宋　江

「狹、甘、駁、歹、厭、假、呆、俗、小、鈍……」等等評語，極力形容宋江之惡。金聖歎對宋江處處指出其「奸詐」、「奸猾」、「純用權術」(《金本》序二) 之性格，這些評語皆指涉有主體性情不眞的涵義。金聖歎本於崇

〔註20〕聲口指人的說話表情，語態。

尙眞實的觀念，對宋江如此批評。更甚的是宋江明明權術籠絡人，卻口說自己心地樸直。例如口稱恪遵父訓，寧死不肯落草，卻收拾花榮、秦明、燕順等等歸之水泊。（《金本》第四十四回回前總評）在金聖歎眼中，宋江十足是個僞道學、假君子，是水滸第一惡人。

2、吳用——捷人

智多星吳用，才智過人，善定計策，金聖歎稱之有「軍師之體」。將他與宋江比較，兩人皆爲奸猾，但是吳用明白表示自己運用權術，而宋江則口稱自己心志質樸，實際上卻運用權術。（《金本》序二）

3、魯智深——闊人

「闊」形容魯智深豪邁疏放，不計小節的性格，例如入五台山落髮出家，卻依然嗜酒、吃肉，不守戒律。又桃花山偷酒器，翻滾下山的舉動，皆表現出蓋天蓋地，浩浩落落的性格。

4、林沖——毒人

在〈讀第五才子書法〉中形容林沖：「看他算得到，熬得住，把得牢，做得徹，都使人怕。」他指出林沖性格深沉，可以忍耐橫逆以待時機。例如妻子被高衙內調戲，卻迫於威勢，可以忍氣呑聲，爲求安身之處，可以忍受王倫的排斥冷落。凡此種種皆是林沖深沉陰忍的性格表現。

5、楊志——正人

在〈讀第五才子書法〉中說楊志是「舊家子弟」。楊志是三代將門之後，五侯楊令公之孫，曾應過武舉，做到殿司制使官。但時運不濟，因運送花石綱的任務失敗，懼罪而逃。又王倫曾邀他落草，楊志不肯答應。因爲楊志不肯點污父母遺體，只願報效朝廷，博得功名，封妻蔭子，榮祖耀宗。金聖歎認爲楊志性格純正，因其守法遵禮。

6、柴進——良人

柴進是後周柴世宗之後代，專一招集天下往來好漢，對流犯亦加周濟，有戰國時代養士之風。金聖歎稱其爲良人，指的是其心善良，熱誠助人。

7、阮小七——快人

在〈讀第五才子書法〉中指出小七：「一百八人中，眞要算做第一箇快人，心快口快。」小七的性格爽快，在第十四回吳用游說三阮共劫生辰綱，小七聽了他的話後，說：「我們幾時去？」金聖歎夾批指出：「五字天生是小七語，小二小五不說。」正是說明小七性格粗快。

8、李逵——真人

上文說明金聖歎爲了突出宋江的虛假，特以李逵的天眞作對比。所謂「眞」指其主體性情之眞，即不染任何人文僞飾，純是自然。案李逵並非如道家經過一番虛己坐忘的修養工夫，而是自然如此。金聖歎指李逵之眞，是指其原始生命未受染污而言。

9、花榮——雅人

「雅」指人爲修飾得宜，〔註 21〕在儒家思想體系中，以「雅」形容人格指的是禮儀修飾與自然本質配合得宜，所謂「文質彬彬，然後君子。」在第三十二回之回前總評中稱花榮「文秀之極」、「翩翩儒將」，即指出花榮性格合乎儒家文質彬彬、修飾合宜之美。

10、盧俊義——大人

「大」有崇高之意，盧俊義是英雄員外，第六十一回盧俊義被賺上梁山泊，宋江欲邀其入伙，他自道在家無死法，到梁山則無存活之望，要殺便殺不用戲弄。金聖歎稱讚他：「數語畫出一位英雄員外，讀之令人起敬起愛，歎名下眞無虛士也。」（《金本》第六十一回夾批）形容盧俊義具有不貪生怕死的性格。

11、石秀——警人

「警」指敏捷之意，石秀思慮周密，行事謹愼。在全書中處處指出其性格「精細」，例如設計勘破潘巧雲與裴如海的姦情，以及到祝家莊探路，皆表現其性格精細的特徵。「石秀探路一段，指出全副一個精細人。」（《金本》第四十六回回前總評）宋江擬攻打祝家莊，楊林與石秀先行探路，結果楊林被擒而楊秀卻能完成任務。

12、武松——天人

稱武松「天人」，是指其具有以上諸人正面的性格特徵，而不受任何的成套限制，上文已經解釋，此處不再贅舉。

（二）金聖歎欣賞的性格

水滸眾人皆各有其性格，金聖歎不憚其煩一一指出，並且也表現特別欣

〔註 21〕參見顏崑陽先生《莊子藝術精神析論・第三章莊子藝術精神之體性》頁 149 至 149，台北華正書局。

賞某種性格，及特別憎惡某種性格。他所憎惡的人物性格是「虛假」、「奸猾」如宋江者。特別欣賞的人物性格則是「率直」，例如魯智深、武松、李逵、阮小七皆有率直的個性，故金聖歎特別喜愛，評爲上上人物。第三回記趙員外帶魯智深到五台山投拜智眞長老出家，他責備魯智深不應該和長老同坐，魯智深道：「洒家不省得。」金聖歎在此批道：「爽心直口，我慕其人。」由此可知金聖歎多麼欣賞性格率直者。

性格率直，因此遇事往往不能忍耐，也不委屈自己。例如林沖的性格能夠忍耐橫逆，以待時機，金聖歎雖表敬畏，稱爲「毒人」並評爲上上人物，肯認他能夠成就一番事業，但是卻又評其「琢削元氣」（《金本》序二）顯見並不非常喜歡林沖。

因此所謂性格率直，更深的涵義是指人元氣淋漓充沛，生命力強盛，突破任何限制，沒有任何文飾。在金聖歎的觀念中，所謂英雄的理想形象應當如此，這是盡氣表現所呈現的狀態，與第二章第二節討論英雄的特質的理路相同。

六、小　結

根據上文的論述，對金聖歎評論水滸人物的觀念，可以獲得五項結論：

（一）金聖歎基於道德的立場，批評水滸人物爲強盜。晚明「忠義」與「強盜」之分辨，金聖歎站在「強盜說」的立場上，提出有力的論述。本著獨惡宋江的觀念，對他極端諷斥，故與當小偷的時遷同列下下等。（《金本》讀第五才子書法）因此可以說金聖歎的評價標準實含有道德意義。

（二）批判宋江爲盜魁，主要的論據是基於宋江虛僞狡詐，這是轉道德之善惡判斷爲主體性情眞與僞之辨。他特別提出對比的方法，以李逵之眞爲映襯，以突顯宋江虛假的形象。所謂「眞」近似道家排除人爲造作而回復自然的思想，不過，由於金聖歎肯認人的情感欲望爲自然存在，不必消解，因此所謂「眞」，其涵義便是任性表現，而性則指自然情性，故李逵的嗜殺，魯智深的毀戒嗜酒，也是眞的表現。

（三）崇尚自由的生命境界，追求超越生命種種的限制，此限制包括形式化的禮教規範以及個人形軀生命的極限，氣質的偏向等等。金聖歎認爲武松是天人，便是指出武松能夠超越生命的種種限制，其勇力過人，可以徒手搏虎，又可以殺人不眨眼，也可以慈悲待人，凡此種種表現，武松已達到自由的生命境界。

（四）金聖歎不許水滸人物爲忠義的表徵，即否定他們替天行道的理想色彩，因此水滸人物便不是拯濟天下的英雄。但是金聖歎對於他們表現打抱不平，濟人之急的行爲也很讚賞，稱爲「有義氣」，以義氣屬於江湖情誼。與儒家道德意義之「義」不同，後者必考慮行爲的合理性，而水滸人物之義氣則往往只問朋友情誼而不考慮行爲是否合理，如爲救人而劫牢，或劫法場等皆觸犯法律。金聖歎對儒家之義理並未掌握，故對水滸人物之所謂義，並無確當之分辨。

（五）金聖歎特別欣賞率直的性格，他所激賞的水滸人物如武松、李逵、魯智深等等皆具有這種性格。這是因爲金聖歎喜愛自由的生命境界，不受任何拘束，而這種率直的性格所表現的正是任性而發的自由生命境界。

第五章　金聖歎論《水滸傳》人物的塑造——「性格說」

《水滸傳》的藝術成就，尤其關於人物塑造的部分，是金聖歎格外注意的重點。在〈讀第五才子書法〉與正文中的回前總評、眉批、夾批中，處處可見對人物塑造的技巧與成就，加以分析與讚賞的評語。

金聖歎論人物的塑造，特別提出「性格說」，以「性格說」作爲《水滸傳》人物塑造的核心觀念。包括從作者方面，認爲「水滸所敘，敘一百八人，人有其性情，人有其氣質，人有其形狀，人有其聲口。」（《金本》序三）每個人物皆有特色，並非千人一面的原因，是作者「十年格物，一朝物格」，長期觀察社會人情百態的心得。作品也因此具有吸引讀者「百讀不厭」（《金本》讀第五才子書法）的藝術魅力，甚而淨化讀者的心靈。

本章論述的重心是探討金聖歎「性格說」的內涵及意義。第一節討論「性格說」的界義，第二節討論「性格說」在藝術創作上的體現，即如何表現人物的性格，藉由此論述，以掌握金聖歎對《水滸傳》人物塑造的觀念。

第一節　「性格說」的涵義

一、「人物性格塑造」在小說創作中的地位

性格塑造的成敗決定小說對讀者的吸引力，即小說的美感力量之大小。金聖歎認爲《水滸傳》能夠感動讀者，百讀不厭的關鍵原因，肇因於《水滸傳》的人物之性格成功地塑造出來：

別一部書，看過一遍即休。獨有《水滸傳》，只是看不厭，無非爲他把一百八人性格都寫出來。(《金本・讀第五才子書法》)

其說實將人物性格之塑造與小說美感力量兩者之間密切連繫。這種強調人物之性格在小說中的關鍵地位，與金聖歎對《水滸傳》的性質之看法相關；他視《水滸傳》如史書列傳：

《水滸傳》一個人出來，分明便是一篇列傳。至於中間事跡，又逐段自成文字，亦有兩三卷成一篇者，亦有五六句成一篇者。(《金本・讀第五才子書法》)

《水滸傳》記敘一百零八人的故事，換言之，即一百零八人之列傳。有的人物必須兩三卷才完成其傳，有的五六句便足以完成，主要在一百零八人之中，尙有主要人物、次要人物的區別。主要人物出現的次數多，所需的篇幅較長。

視《水滸傳》爲列傳性質的觀念，本質上即肯定人物在小說中的主導地位，這殆與中國傳統重人文精神，歷史活動以人物爲中心的特質有關。〔註 1〕爲了凸顯金聖歎肯定人物在小說中居最重要地位的觀點，試以亞里斯多德的看法作比較。亞里斯多德《詩學》詳細討論悲劇與悲劇有關的問題。在《詩學》第六章，亞氏替悲劇所下的定義是：「悲劇，是對一嚴重、完整、及有某種長度之行動的模仿；在戲中各部份的語言都經過各種藝術的修飾，在方式上是表演的，而不是敘述的；通過憐憫與恐懼造成這些情感的淨化。」而悲劇組成之六要素爲情節、人物性格、思想、語法、旋律與場面。其中以情節最重要，它與性格、思想以及悲劇模仿之對象皆有密切關係。亞氏定義情節爲行動之模仿或事件之安排。關於行動，亞氏未定義，不過由《詩學》中推敲，行動可以視爲由性格及思想所支配的人爲事件，由亞氏對悲劇以及情節的定義，可以肯定情節在悲劇六要素中最重要。〔註 2〕而金聖歎則因認爲《水滸傳》的性質是一百零八人之列傳，重點在於人物，所以人物的性格居最重要的地位。這種視人物爲小說之核心，在他批評《西廂記》時亦持相同之看法：〔註 3〕

若更仔細算時，《西廂記》亦止爲寫得一個人。一個人者，雙文是也。

〔註 1〕參看第二章第一節頁 31～32。

〔註 2〕關於悲劇人物的性格原則亞里斯多德認爲有四項：一、最重要且必須爲善良的，二、性格適合，三、性格逼眞眞實，四、性格表現必須前後一致，姚一葦譯《詩學箋註》，台北中華書局。

〔註 3〕金聖歎評點《西廂記》沒有注重其爲戲曲的特色，表演的部分，視《西廂記》爲成功的作品，故論《西廂記》人物部分，可作爲評《水滸傳》的參考。

> 若使心頭無有雙文，爲何筆下卻有《西廂記》？《西廂記》不止爲寫雙文，止爲寫誰？然則《西廂記》寫了雙文，還要寫誰？（《貫華堂第六才子書西廂記・讀第六才子書《西廂記》法》）

《西廂記》是才子佳人戀愛故事，金聖歎提高崔鶯鶯在故事中的重要性，視之爲《西廂記》的靈魂，《西廂記》故事情節的開展以崔鶯鶯爲核心。

因此，可以肯斷金聖歎視人物爲小說戲劇中最核心要素。關於人物，他提出「性格」一詞，性格的涵義宜予說明，這是金聖歎「性格說」的核心

二、「性格說」的涵義

「性格」是金聖歎論小說人物所使用的專門名詞。性格一詞最初始見於唐代李中〈獻張拾遺〉詩：「官資清貴近丹墀，性格孤高世所稀。」歷來文學理論常出現的是「氣」、「性」、或「性情」之類的詞，例如〈二刻拍案驚奇序〉中論《西遊記》人物：「然據其所載，師弟四人，各一性情，各一動止，試摘取其一言一事，遂使暗中摸索，亦知其出自何人。」以性情概括內在精神。

我們若將「性格」分開解釋，每個字皆有淵源流長的發展。性，本是關於人性的概念，既指人生來具有的生理方面的本能，「食、色，性也。」，也指道德實踐的根源，如孟子「性善說」。在文學藝術中則指體現在作品中的藝術家的思想或感情。另有「氣」字，本指構成宇宙萬物的材質，人是萬物之一，當然也稟此材質而生，如王充：「人稟元氣於天，各受壽夭之命，以立長短之形。」（《論衡・無形篇》）。在文學藝術中，則指創作者的個性，決定作品的思想藝術高度和審美價值，如曹丕：「文以氣爲主。」（《典論・論文》）因此綜合而言，無論「性」或「氣」，本是哲學上關於人的材質問題的探討，以後遂運用在討論文學藝術的領域。〔註4〕

其次，「格」本是人物美的標準或型範，也就是人表現於外的品質、風度、儀態。人物有格便美，如：「言有物而行有格也。」（《禮記・緇衣》）又：「李元禮風格秀整，高自標持，欲以天下名教爲己任。」（《世說新語・德行篇》）。在文學藝術方面，作者的人格——即作者理性與感性生命的綜合，往往決定作品的「格」，這是以「文如其人」的觀念而建立的理論，如裴度：「故文之異，在氣格之高下，思致之淺深，不在其磔裂章句，隳廢聲韻也。」（〈寄李

〔註4〕參看第二章第一節頁31～44。

翱書〉）他指出作品的氣格有高下，是由作者思致的淺深所決定。「格」又常被引申指作品境界所達到的高度，如王國維：「有境界自成高格。」（《人間詞話》）。另外又指不同體裁的藝術作品在形式上的一定法則，以及某一流派或某一時代眾多作家的創作經驗所形成的格式、準範，如李東陽：「古詩與律不同體，必各用其體乃為合格。」（《懷麓堂詩話》）總之，格的概念，最早衹用於品評人物，以後被引進文學藝術的領域。

綜觀「性」與「格」皆是與人物有關的概念，性是關於人的本質意義的探討，格是人的風格、儀態。「性格」合稱以喻人物之特徵，極為合理。

「性格」具體的內涵，金聖歎另一項批語可作為恰當註解：

> 《水滸》所敘，敘一百八人，人有其性情，人有其氣質，人有其形狀，人有其聲口。（《金本》序三）

「性情」、「氣質」意謂抽象的內在精神，「形狀」、「聲口」意指具體的外在狀態。「性情」的涵義為何？性的解釋，有種種觀點，已在第二章第一節論述，故不覆舉。由於金聖歎論「性格」重在個別，故此性的涵義應指個性，也就是氣質性。而情由性所產生，如《樂記・樂本》:「人生而靜，天之性也，感於物而後動，性之欲也，物至知知，然後好惡形焉。」「性」在現實環境中，感於物而動，才產生人的好惡，好惡也就是情。性情合義，應該是「性之情」，在金聖歎的觀念中，指的就是由氣質性所生的喜怒哀樂好惡的情感。「氣質」的涵義為何？是在用氣為性的理論中所指涉人的材質，故亦是指個別性之義，指的是剛柔、清濁、智愚等。「形狀」指外表儀容，舉凡五官之形相，身材之長短胖瘦。「聲口」指聲情口吻，指說話的內容以及語態、句法。所謂言為心聲，語言是表達思想最直接的工具，受人物的思想、個性影響。例如第十回描寫林沖投靠梁山泊，向王倫自白云：「林沖雖然不才，望賜收錄，當以一死向前，並無諂佞。」金聖歎夾批：「林沖語。須知此四字，與前為人最朴忠句，雖非世間齷齪人語，然定非魯達李逵聲口。故寫林沖，另是一樣筆墨。」案林沖性格思慮周密，衡量情勢，不冒然逞一己之能，能忍受橫逆以保身，故不免委屈自己以待時機。妻子被高衙內調戲，迫於長上威權能忍住一口怨氣。而為達到安身梁山泊的目的，可以對王倫低聲下氣。與魯智深、李逵直人直語，不委屈自己相異。性情、氣質，形狀、聲口是性格的分化表現，綜合而言構成一個人的性格。這四者具有一貫性，沒有矛盾，所謂「即形徵性」，性情、氣質與形狀、聲口是吻合的。

「性格」指的是人物的個別性，由用氣爲性的理論解釋，每個人稟之於天不同，氣之分化、組合狀態殊異，故有種種不同材質。金聖歎認爲性格從類型上說雖有某些相似，但就其個體而論，則各有差別：

> 此回方寫過史進英雄，接手便寫魯達英雄；方寫過史進粗糙，接手便寫魯達粗糙；方寫過史進爽利，接手便寫魯達爽利；方寫過史進剴直，接手便寫魯達剴直。作者蓋特地走此險路，以顯自家筆力。讀者亦當處處看他所以定是兩個人，定不是一個人處，毋負良史苦心也。(《金本》第二回回前總評)

史進與魯達兩位人物性格皆具「英雄」、「粗糙」、「爽利」、「剴直」的類型特徵，但是二者個別性格依然不同，這是因爲性格乃多方面的組合狀態，不是單一的，故判斷性格，不能只憑某類行特徵，即推測具有何種性格。金聖歎更進一步發揮這個觀點：

> 《水滸傳》只是寫人粗魯處，便有許多寫法，如魯達粗魯是性急，史進粗魯是少年任氣，李逵粗魯是蠻，武松粗魯是豪傑不受羈勒，阮小七粗魯是悲憤無說處，焦挺粗魯是氣質不好。(《金本・讀第五才子書法》)

「粗魯」是粗略魯莽的行爲表現，金聖歎指出同樣是粗魯的表現，但每個人形成這種表現的根本原因不同，也就是受個別差異與心理因素的影響而投射於行爲之表現，各不相同。

綜論以上對「性格」涵義的解析，性格意指人物的個性，獨特性；「性格」由各種因素組成，故性格非單一狀態，人物往往有各種行爲特徵，雖然有的人物之間某些行爲特徵相同，但是金聖歎所強調的卻是人物的特殊性，即個別差異，而個別差異才是辨識人物性格的標誌。性格的實質內涵是性情、氣質與形狀、聲口，由內至外，由抽象與具體可感的結合。
金聖歎特別強調藉由外在的行爲動作與語言彰顯人物的性情、氣質。

從個別人物角度強調人物的性格，即個別性。不過，金聖歎也不完全忽略類型人物：

> 蓋耐庵當時之才，吾直無以知其際也。其忽然寫一豪傑，即居然豪傑也；其忽然寫一奸雄，即又居然奸雄也；甚至忽然寫一淫婦，即居然淫婦；今此篇寫一偷兒，即又居然偷兒也。(《金本》第五十五回回前總評)

豪傑、奸雄、淫婦、偷兒是社會中某一類型人物，作者以語言文字描繪某類人物，必掌握其共相特徵。這些特徵是從一群人身上歸納其共同具有之特質，故爲共相。

第二節　人物性格之體現

「性格」的重要性與涵義已如前述，金聖歎強調小說人物性格的塑造，主張這是構成《水滸傳》藝術之核心。因此在批點《水滸傳》的文字中，強調某段描寫或某個句子透露人物性格，處處可見。本節擬就這方面的批語加以歸納分析。〔註 5〕

一、形狀與動作的性格化

形狀與動作的描寫，可以體現人物的性格，換言之即形狀與動作性格化。

人物外形，是刻畫小說人物時必定注意到的環節。有的以簡筆，三言兩語勾勒出人物的外形，有的則加以詳細描繪，鉅細靡遺。金聖歎強調人物性格與外形之間有密切關聯。例如第三十七回，宋江初見李逵的一段情節，《水滸傳》形容李逵是「黑凜凜大漢」，宋江看了，大吃一驚：

> 黑凜凜三字，不惟畫出李逵形狀，兼畫出李逵顧盼，李逵性格，李逵心地來。（《金本》第三十七回夾批）

這是「即形徵性」的觀點的發揮，透過外在具體的形狀以傳達人物的性格，達到傳神的目的，而且形神具現。

人物的動作是性格的表現，具有何種性格，其動作亦表現出性格的特徵。例如第二回魯智深同情金蓮父女的遭遇，教二人離開旅店出城，店小二不肯放人，魯智深大怒動手打店小二：

> 一路魯達文中皆用只一掌只一拳只一腳，寫魯達闊綽，打人亦打得闊綽。（《金本》第二回眉批）

闊綽是豪侈俐落之意，是魯智深性格的特徵之一，「只一掌只一拳只一腳」的打人動作極俐落豪邁，表現魯智深的性格。

其次魯智深性格具有路見不平，拔刀相助的精神，因此聽到金氏父女被

〔註 5〕文學創作中塑造人物形象的手法稱之人物描寫，一般包括人物的肖象描寫、心理描寫、行動描寫、對話描寫等等，要求能表現人物的主要特點。

鄭屠欺凌的遭遇，立刻要去修理鄭屠，被眾人暫時勸阻，當晚回到經略府前下處，不吃晚飯，氣憤憤地睡了，金聖歎認為這段描寫：

> 寫魯達寫出性情來，妙筆。（《金本》第二回夾批）

魯智深與金氏父女本不認識，欲修理鄭屠是出自其仗義的性格，且視他人之事如同己事，無法立即行動，難忍一口憤氣，故不吃即睡。金聖歎指出魯智深的行為表現符合他的性格。

金聖歎強調人物的形狀與動作皆是性格的向外投射，同時，對於讀者可以透過人物的形狀和動作掌握人物的性格。

二、人物語言的性格化

所謂「言為心聲」，語言是人物性格的直接表現，故金聖歎特提出「聲口」一詞，說明人物各有其聲口，無論是說話的內涵、語態、句法皆可以表現人物的性格。

強調人物語言和其性格之間的一致性，是金聖歎不斷點明的重點。在〈讀第五才子書法〉中一則話是批評人物語言與性格一致性的原則：「《水滸傳》並無之乎者也等字，一樣人，便還他一樣說話，眞是絕奇本事。」水滸人物並非書香子弟，飽讀詩書，而是草莽本色，未加文飾的原始生命，其語言自然不講文縐縐「之乎者也」那一套，而是坦白本色語。金聖歎又強調人物個性差異，性格不同，語言自然不同。本著「一樣人，便還他一樣說話。」的原則，各回批語常見這個原則的發揮，例如：

> 是魯達語，他人說不出。（《金本》第四回夾批）
>
> 定是小七語，小二小五說不出，爽快奇妙不可言。（《金本》第十四回夾批）
>
> 五字天生是小七語，小二小五不說。（《金本》第十四回夾批）
>
> 林沖語。（《金本》第十八回夾批）
>
> 如此妙語，自非李大哥，誰能道之。（《金本》第五十二回夾批）
>
> 句句使人洒出熱淚，字字使人增長義氣。非魯達定說不出此話，非此語定寫不出魯達。妙絕！妙絕！（《金本》第五十七回夾批）

凡此種種皆是說明人物的語言與性格一致，具有何種性格，自然會有何種語言表現。

以對林沖性格的分析爲例，林沖性格是「算得到，熬得住，把得牢，做得徹。」（《金本・第五才子書讀法》）處事周密，能隱忍等待機緣。例如欲投梁山泊安身，王倫初不肯收留，林沖忍耐委順，最後得以安身山寨，雖然心理不服王倫，亦暫時忍耐。與人應對交接，思慮精細的性格特徵，表露無遺：

> 此六字令我讀之駭然。蓋寫林沖便活寫出林沖來，寫林沖精細便活寫出林沖精細來。何以言之？夫上文吳用文中乃說柴進肯薦林沖上山也，林沖卻忽然想到：「他説柴進薦我上山，或者疑到柴進不肯留我在家耶？」説時遲那時快，便急道一句「非他不留林沖」，六個字千伶百俐，一似草枯鷹疾相似。妙哉！妙哉！蓋自非此句，則寫來已幾乎不是林沖也。（《金本》第十八回夾批）

此段情節記晁蓋、吳用七人投奔梁山泊。林沖夜見晁蓋等人，交待自己由柴進薦舉故來此安身。林沖性格精細，立即解釋並非柴進不收留，而是負罪之身不願意連累柴進。

不僅語言的內涵配合人物的性格，由句法亦可體現人物性格。金聖歎創造「不完句法」說明人物的性格特徵：

> 此回突然撰出不完句法，乃從古未有之奇事。如智深跟丘小乙進去，和尚喫了一驚，急道師兄請坐，聽小僧説，此是一句也。卻因智深眼著眼在一邊夾道你說，你說，於是遂將聽小僧隔在上文，說字隔在下文一也。智深再回香積廚來，見幾箇老和尚正在那里怎麼此是一句也，卻因智深來得聲勢，於是遂於正在那里四字下，忽然收住二也。林子中史進聽得聲音，要問姓甚名誰，此是一句也，卻因智深鬥到性發，不睬其問，於是姓甚已問名誰未說三也。凡三句不完，卻又是三樣文情，而總之只爲描寫智深性急，此雖史遷未有此妙矣。（《金本》第五回回前總評）

此回主要描寫魯智深來到瓦官寺與丘小乙道人、生鐵佛崔道成廝鬥及史進翦徑赤松林卻遇上智深的情節。「不完句法」指的是句子未結束，卻中斷，插入另外句子，最後再補完前句的意思。金聖歎指出，「將完整句子截斷」也是表現人物性格的一種方式。魯智深聽幾位老和尚的訴苦，擬向崔道成問罪，崔道成佯稱辯解，反誣老和尚等人。依照句法應是「師兄請坐，聽小僧說，在先敝寺……。」而經金聖歎解釋，變成：「師兄請坐，聽小僧，智深睜著眼道，你說你說，說在先敝寺……。」在「聽小僧說」的僧字後插入智深的一句話，以此表現魯智深性格急燥，急欲了解事情眞相，因此打斷崔道成的話。另外赤松林與史進相逢，史進聞智深聲音很熟悉，擬問其名，只開口問何姓，尙未說名誰，問句未完卻已被智深打斷，這是爲表現智深性格急燥而創造的句法。

金聖歎對於人物語言作了許多具體的分析，其原則是本於人物語言體現人物的性格，兩者之間具有一致性的關係，正是所謂「適如其人」。〔註6〕

三、情節爲塑造人物性格而服務

人物性格作爲《水滸傳》藝術創造的核心，情節的開展乃隨著人物性格而展開，葉朗肯定地說：「情節就是典型性格的歷史。」（《中國小說美學・第三章金聖歎的小說美學——評點水滸傳》頁107）他指出《水滸傳》的情節不脫離人物的性格，而是緊緊圍繞著性格的塑造。

《水滸傳》中的情節，目的是爲人物性格的體現而服務。例如石秀精細狠毒的性格由大鬧翠屏山、探察祝家莊的情節表現出來；魯智深仗義的性格由拳打鎭關山、大鬧野豬林的情節表現；武松的勇猛及仗義報恩的性格由景陽崗打虎、殺潘金蓮、醉打蔣門神、血濺鴛鴦樓等情節表現；李逵直率天眞的性格由打死殷天錫、下井救柴進等情節表現。以石秀爲例，金聖歎在第四十五回總評指出石秀是「巉刻狠毒之惡物」，石秀爲了讓楊雄相信潘巧雲紅杏出牆並除此淫婦而作種種設計，金聖歎在第四十五回中有許多夾批指出石秀狠毒之性格，例如：

> 石秀可畏，筆筆寫出咄咄相逼之勢。（《金本》第四十五回夾批）
>
> 石秀又狠毒，又精細，筆筆寫出。（同上）
>
> 多恐楊雄不肯，且先說是休棄，到得是非對畢，颼地遞過刀來，石秀節節精細，節節狠毒，我畏其人。（同上）
>
> 石秀可畏，語言咄咄來逼。（同上）

又如第四十六回總評：「石秀探路一段，描出全副一箇精細人。讀之，益想耐庵七竅中眞乃無奇不備。」梁山泊兵分二路攻打祝家莊，宋江遣楊林、石秀爲細作，先行探路。結果楊林中圈套被縛，石秀機警完成任務。金聖歎處處

〔註6〕章學誠云：「敘事之文，作者之言也，爲文爲質，惟其所欲，期如其事而已矣；記言之文，則非作者之言也，爲文爲質，期於適如其人之言，非作者所能自主也。」（《文史通義・古文十弊》）

夾批，點出石秀精細的性格，例如：

是石秀此等處，一山泊人都不及也。(《金本》第四十六回夾批）

問得精細。(同上)

是石秀，機警之極。(同上)

便不更說閒話，寫石秀機警出人處，筆筆妙絕。(同上)

透過獻計除去潘巧雲的情節和祝家莊探路的情節，石秀狠毒精細的性格清楚展現。

另外以武松為例，武松打虎的情節展現武松的神勇，第二十二回總評稱武松是「神人」指出武松，其力勇猛，能赤手殺虎，超乎常人。在此回中金聖歎的夾批，也處處指出武松的神勇，例如：「活寫出武松神威。」(《金本》第二十二回夾批）又「有此一折，反越顯出武松神威，不然，便是三家村中說子路，不近人情極矣。」(《金本》第二十二回夾批）武松初因不相信店主之忠告，硬要過景陽崗，直至看到榜文通告始相信崗上有虎，卻不退怯，仍然前行，遇虎則與虎搏打，顯示武松的神威。

總之，在金聖歎的觀點中，《水滸傳》的情節主要在體現人物的性格，因此無論是總評或夾批，處處提醒某段情節正是人物性格的表現。

四、表現人物性格的技巧

金聖歎曾提出：作者使用對比法這種主要的技巧來塑造人物的性格。

關於「對比描寫」是文學創作中的一種描寫手法，分「正對」、「反對」兩種。所謂正對意指將被描寫的主體與其相類似的人物或事件放在同一條件下，加以對照描寫，於交相輝映中，便主題得到襯托，顯得更加突出。反對意指將彼此之間互相對立的人物、事件或同一人物、事件的兩個截然相反的方面對照起來描寫，以突出人物性格。〔註7〕「反對」意指透過相反性格的人物之對比，凸顯性格的特徵，在《第五才子讀法》中有一則讀法，將這個道理說明的很清楚：

只如寫李逵，豈不段段都是妙絕文字，卻不知正為段段都在宋江事

〔註7〕參見《文學詞典》頁32，關於「對比描寫」的部分，台北文強堂出版社。其中「反對法」包括同一人物或事件，加以對照描寫，葉朗稱此為「同一性格通過不同形式表現」(《中國小說美學・第三章金聖歎的小說美學——評點水滸傳》頁95，台北天山出版社)。

> 後，故便妙不可言，蓋作者只是痛恨宋江奸詐，故處處緊接出一段李逵朴誠來，做箇形擊。其意思自在顯宋江之惡，卻不料反成李逵之妙也。此譬如刺鎗本要殺人，反使出一身家數。（《金本》讀第五才子書法）

金聖歎認爲宋江的性格是奸詐，心機深沉，李逵的性格卻是直樸，坦白率眞，兩人性格是明顯的對比。因此爲了達到凸顯宋江性格的奸詐，便在宋江之後，接著寫李逵的直樸，此謂「形擊」。以兩種不同人物作爲比較，凸顯主體性格的技巧，金聖歎在論宋江、李逵時，時常提及，例如：

> 此書每寫宋江一片奸詐後，便緊接李逵一片眞誠，以激射之，前已處處論之詳矣。最奇妙者，又莫奇妙於寫宋江取爺後便寫李逵取娘也，夫爺與娘，所謂一本之親者也。（《金本》第四十一回總評）

宋江取爺、李逵取娘，同樣是迎取慈親奉養，但在這同類似的事件中，卻表現了宋江的虛假非眞孝，而李逵則是純孝格天。金聖歎爲強調這一點，在文中夾批著力指出：「一片權詐，孝順不在口說，孝順亦不在人前，凡屬口說，及人前者，皆強盜，非孝順也。」（《金本》第四十一回夾批）將宋江顧念父親的言語視作權詐表現。而李逵目睹宋江取爺、公孫勝返薊州探望母親，亟願自己也要迎接母親奉養，金聖歎批道：「何等天眞爛漫，活寫出純孝之人來，偏作諧語，便顯宋江說忠說孝之假。」（《金本》第四十一回夾批）

「反對」的另外一種情況是針對同一對象，透過不同方式，塑造人物性格，其前提是認爲人物性格的豐富性。金聖歎提出其中一種方式，是從反面著手描寫，例如李逵的性格樸直，卻刻意寫其奸猾的表現：李逵朴至，雖極力寫之，亦須寫不出，乃此書但要寫李逵朴至，便倒寫其奸猾，寫得李逵愈奸猾，便愈朴至，眞奇事也。（《金本》第五十二回總評）在第五十二回中，李逵下井救柴進，依李逵樸直的性格，應該毫不猶豫便下井，但李逵卻先申明，不要設計害他，金聖歎批道：「眞是奸猾。兩番寫李逵奸猾，忽翻出下文發喊大叫來。妙文隨手而成，正不知有意得之，無意得之也。」（《金本》第五十三回夾批）此處所謂「奸猾」並非李逵的性格特徵，而是爲了達到凸顯李逵朴直的性格所設計的一種反面的描寫。

「正對」以打虎的情節爲例，打虎情節在《水滸傳》中出現兩次，一是武松景陽崗打虎，一是李逵沂嶺殺虎，第四十二回總評點出同樣是打虎，但二人不同，這也是對比法的運用：

> 一十二回寫武松打虎一篇，眞所謂極盛難繼之事也，忽然於李逵取娘文中，又寫出一夜連殺四虎一篇，句句出奇，字字換色，若要李逵學武松一毫，李逵不能，若要武松學李逵一毫，武松亦不敢，各自興奇作怪，出妙入神，筆墨之能於斯竭矣。（《金本》四十二回總評）

同樣是打虎的情節，但人物的行動表現不同，此受性格的影響：

> 寫武松打虎，純是精細，寫李逵殺虎，純是大膽，如虎未歸洞鑽入洞內，虎在洞外，趕出洞來，都是武松，不肯做之事。（《金本》四十二回夾批）

精細是武松性格特徵之一，大膽是李逵性格特徵之一，同樣是打虎，卻能凸顯不同的性格特色。

運用對比的技巧，目的是爲了達到凸顯人物的性格，讓人物的性格突出，達到藝術的效果。

五、小　結

金聖歎強調人物性格是《水滸傳》藝術的核心，對作品而言，它凌駕小說其他因素，如情節、語言、行動之上，不同於亞里斯多德以情節爲悲劇最重要的因素，因此人物性格的重要性不言可喻。

同時他又主張《水滸傳》藝術的魅力是由於人物性格塑造的成功，吸引讀者百讀不厭。

人物的性格偏重於個別性，即人物的個性。性格的內涵由性情、氣質、形狀、聲口表現。而性格並非單一，往往具有多種的特徵，但整體而言，卻必須具有一貫性。

人物性格既是《水滸傳》藝術之核心，因此諸如人物的形狀與動作皆性格化，由形狀與動作可以體現人物的性格。情節的開展也爲了顯示人物的性格，情節基本上是爲了塑造人物性格而服務。

在表現人物性格的技巧上，金聖歎提出對比法，通過這種技巧的運用，可以突出人物的性格，達到藝術效果。

第六章　結　論

金聖歎對水滸人物存在意義的詮釋與晚明諸家比較，大體上呈現連續性與深化性的關係；這與他們皆屬於同一時代背景，難免受時代思想的影響有關。所謂「連續性」意指金聖歎延伸了晚明的評論觀念，晚明評論的要點，同樣爲金聖歎所重視。所謂「深化性」意指晚明評論只是點到爲止的提示，金聖歎則予深入、詳密的分析與說明，將評論的觀念闡明得更清楚，這是由於後出轉精的緣故，也是金聖歎過人的才情。

綜合以上幾章的分析辨證，我們將可以獲致一些結論，希望對於晚明水滸人物評論內涵的意義，有若干相應的詮釋，同時，學術是一種承先啓後的工作，因此也希望我們這項研究，對於水滸的學術能有進一步的開展。

第一節　晚明《水滸傳》人物評論的特點

一、對水滸人物存在意義的詮釋特點

綜觀晚明對水滸人物的評論，呈現四項特點：

（一）評論《水滸傳》是主客交契的活動，他們雖以理想讀者自居，企圖透過評論以發明作者的深意，但所謂「作者之意」與「讀者之意」如何區分？很顯然地，在詮釋活動中實已契入評論者主觀的意圖。由「忠義說」與「強盜說」兩種截然對立的評價結果即可證明。這是評論者從不同的立場和目的出發，而產生不同的評價結果。李贄、《袁本》、余象斗站在平民的立場爲了達到改革政治的衰亂現象，因此提昇水滸人物爲忠義的表徵，使他們成

爲忠君愛民、拯救天下的英雄。《容本》、《金本》則站在國家法治的立場，就水滸人物違法亂紀的行爲，批判他們爲強盜，金聖歎認爲替水滸人物冠上忠義之名是錯誤的觀念，特別加以釐清，以正人心。

「忠義說」乃賦予水滸人物「替天行道」的理想表徵，而以「逼上梁山」寬恕其落草爲寇的犯法行爲。這種觀點，吻合歷史中每以「不軌正義」的俠爲匡扶正義的表徵，由於晚明政治黑暗、亂象叢生，因此反映出有些人寄望英雄豪傑主持正義的心理。「強盜說」則從水滸人物違法亂紀著眼，這與明末流寇肆虐，爲百姓帶來更大痛苦的時代處境有關。金聖歎雖然同情他們犯法的行爲是緣於情勢的逼迫，不過基於維護道德的立場，依然是其情可憫，其罪難恕。無論是「忠義」或「強盜」，其批評的基準，皆是道德的判斷，只是所取的道德標準不同而已。

「義」是這兩種詮釋觀點中，所一致標舉的道德規範。「義」在儒家思想體系中，具有普遍化，合理性的道德意義。而晚明所賦予的內涵，則偏向個別性的行爲，或指在國家法治之外，濟民之難，或指重視友誼，知恩圖報等行爲，這些行爲從道德的普遍意義而言，具有多少合理性，很值得懷疑。很明顯地，他們稱許的「義行」是更符合江湖的義氣。金聖歎對水滸人物這些行爲亦稱爲「義行」；可見他是從道德的普遍意義上反對稱許水滸人物爲「忠義」，而卻從個人恩怨情誼的關係上，稱許他們的「義行」。

（二）「崇尚眞實」是共同的觀念：主張水滸人物爲忠義者，認爲忠義是其血性所發，眞實無假，例如五湖老人的觀點。而評爲強盜，則本著獨惡宋江的原則，斥其爲眞強盜、假道學。道德善惡之辨轉變爲情性眞假之辨，以主體性情之眞與假作爲判斷的準據，故李逵、魯智深等輩皆被評爲眞人，以其言行發於自然情性沒有矯飾，金聖歎的觀念可爲代表。

（三）崇尚主體自由的生命境界，評論者特別欣賞生命達到自由無礙境界的人物。所謂主體自由，意指自己能作主宰，不受任何的限制，諸如偷竊、嗜酒、殺人的行爲，只要是主體自由意願的表現，便可以欣賞，而不被批評爲非道德。金聖歎更標榜武松爲「天人」，在他的觀念中，限制不僅指客觀行爲規範，也包括個人氣質、情欲、成見的拘束。例如李逵殺人爲戲，落入個人情欲的限制，而武松可仁慈、可殘忍，無可無不可，正是達到超越一切限制的自由境界，凡人所不能測及。

（四）才性品鑒是評論的重點，晚明諸家已經注意到人物的才能與個性，而金聖歎對人物的性格，更有特別的評斷。透過金聖歎的評斷，人物的形象與性格便特別突顯。所謂性格，並不是單一的，而具有豐富性，例如魯智深既爲粗鹵亦具精細。不過所謂「同而不同處有辨」，判斷人物的性格，要著重其個別性。品鑒人物性格，依循「即形徵性」的原則，此乃繼承傳統中如《人物志》才性觀人的進路，由外在形質以徵驗內蘊的情性。金聖歎特別標榜人物的性格是「人有其性情，人有其氣質，人有其形狀，人有其聲口」，藉著人物種種的語言、動作、行爲以判斷人物的性格。由於受崇尚眞實與自由的觀念影響，金聖歎特別欣賞率直的性格，其中魯智深、李逵、武松、阮小七等人皆具這種率直的性格，故金聖歎處處讚揚他。

因此，我們可以說明晚明對水滸人物的詮釋，是兼具道德判斷與審美判斷，從道德層次分辨忠義或強盜，從審美層次欣賞人物的才性。很明顯地，人物的品鑒標準，具有層級性，道德標準優位於審美標準。而道德上是非善惡之辨卻不是從良心善性取得超越依據，而轉變爲從性情眞假上取得依據，顯然混淆了道德與才性的觀念。才性的品鑒中，亦有其層級性，性格直率爲上，而虛假者爲下。由於崇尚主體自由、任性自然與肯定人欲的觀念，對「俠」的認知，一方面是讚揚其濟弱扶傾，知恩圖報，打抱不平等等行爲，一方面對其劫財、重色的行爲亦視爲正當，異於傳統對俠者理想形象的認知。更由於提昇水滸人物爲「忠義」的表徵，以及金聖歎雖評其爲強盜，卻又欣賞水滸人物的才性，讚揚其江湖義氣；因此，他們的評論難免被視爲「誨盜」，而遭受口誅筆伐。〔註1〕

二、小說人物塑造的特點

小說人物的塑造問題，爲晚明評論水滸一致重視的焦點，金聖歎並且提出「性格說」爲小說創作的核心，他認爲《水滸傳》所以吸引讀者百讀不厭的原因，是由於人物性格塑造的成功。

人物的塑造，要掌握其個別性。《容本》指出人物的個性化，是藝術形象成功的原因，讚賞戶者是傳神寫造的高手；所謂「同而不同處有辨」即人物性格是共性與個性的統一，而人物的塑造注重的是個性的刻畫，即「各有派頭，各有光景，各有家數，各有身分。」金聖歎謂「人有其性情，人有其氣

〔註1〕例如以因果報應的觀念，批評李贄遭受惡報，金聖歎因評點《水滸傳》遭受戮身之禍等等，見《元明清三代禁毀小說戲曲史料》，台北河洛圖書出版社。

質，人有其形狀，人有其聲口。」其所謂的性格指的也是人物的個性，性情與氣質指內在的精神生命，形狀與聲口指外在的具體表徵，兩者之間具有統一性，性格是綜合的呈現。金聖歎認爲人物的性格並不是單一的，一個人具有有多種內涵的性格，但是要掌握的是人物異於其他人的地方，即個別差異。

金聖歎「性格說」，提出小說人物的塑造要刻劃出人物的個性，並且強調由人物形貌與種種語言、動作、行爲的描寫可以表顯人物的性格。換言之，小說人物塑造應達到形貌與語言、動作、行爲的性格化，甚至情節亦爲塑造人物性格而服務服務。

在人物刻畫層面，金聖歎注意到人物的外貌，行爲，表達方式，心理的轉變等問題。對於《水滸傳》表現人物的技巧，金聖歎指出對比法，包括爲了突出某一位人物的性格，而運用另一個不同性格的人物作比較，以及針對同一人物，以不同的方式強調其性格。

綜觀晚明的水滸評論都將人物的塑造，視爲小說創作的首要地位，這與視《水滸傳》爲人物列傳的觀點有關。人物的塑造則強調人物性格的個別差異，小說藝術的成功是人物個性刻畫的成功，這些觀念對我國小說理論與批評的發展具有很大貢獻。

第二節　水滸人物評論研究的展望

晚明對水滸人物存在意義的詮釋，關於他們是忠義的表徵，抑是違法亂紀的強盜，此一問題進入清代，依然是評論《水滸傳》的焦點，例如王仕雲從維護名教的立場，批判水滸人物爲盜賊。〔註2〕而晚清燕南尚生則本於立憲的主張，愛國思想，乃將水滸人物視爲救國救世的革命英雄。〔註3〕與《水滸傳》有關的著作，依然不出這種詮釋脈絡，例如陳忱撰著《水滸後傳》，其觀點即是抨擊宋江假仁假義，而以李逵、魯智深、武松爲替天行道的英雄。俞萬春撰述《結水滸傳》立意卻正好相反，強調宋江這一群人物未受招安及平方臘，而是被正法誅殺。

〔註 2〕王仕雲《第五才子水滸・序》云：「施耐庵著《水滸》，申明一百八人之罪狀，所以責備徽宗蔡京之暴政也。然嚴於論君相，而寬以待盜賊，令讀之者日生放僻邪侈之樂，且歸罪朝廷以爲口實，人又何所憚而不爲盜。」，台北天一出版社。

〔註 3〕燕南尚生認爲《水滸傳》是：「講公德之權輿，談憲政之濫觴也。」，《水滸資料彙編》頁 47，台北里仁書局。

綜觀《水滸傳》的詮釋史，人物形象及性格是重要的焦點，這是因為中國文化以人為中心，對於人的存在意義，必然十分重視。晚明的詮釋觀點，深受時代思潮與存在感受的影響。我們對人的認知，目前已發展出各種專門的學問，提出各種解答，如人類學、心理學等等。由這些豐富的學問，所累積對人的存在意義的種種觀念，應該可以幫助我們對水滸人物不同面向的詮釋。

以西方心理學而言，關於人格的理論，有各種流派，例如人格類型論，依據人的體態型狀與心理特質對人格加以分類。特質論則主張人格由某些個人特質組成。心理分析論，強調控制和指導我們行為的潛意識和非理性的動機，以及個人介於本能的欲求，環境的影響和社會控制三者間的行為衝突。社會學習理論則認為人格是個人行為的總合，而非左右個人行為的內在傾向或特質。現象論的人格說認為個人的行為由個人對外界環境的知覺所決定。〔註 4〕各種不同的理論應該可以幫助我們認識水滸人物的生命，例如視水滸人物為英雄，關於英雄的特質與意義，榮格的分析心理學即有詳細的探討。〔註 5〕當然，取資西方理論的前提，必須是作為批評觀念的觸發與參考，而非將理論直接套用，忽略中西文化的差異。

其次，關於小說人物塑造的觀念，晚明強調人物性格為小說藝術的核心；反觀當今西方小說理論，卻宣判小說人物的死亡，駁斥人性的觀點，兩者顯然不同。〔註 6〕這種現代的小說理論不妨與晚明的評論觀點互相對照，或許能獲致新的視界。

人物的塑造強調人物的性格，不同於概念化的觀點，概念化指以抽象的說教代替生動的藝術形象的塑造。關於性格的內涵，晚明的評論大都指涉人物的特殊性，即人物的個性。關於人物的性格的詮釋也可以作各種不同的探討，例如統一說，性格二重組合理論等等；〔註 7〕亦可與西方的理論比較，例如福斯特將小說人物分為圓形人物與扁平人物二種。〔註 8〕

本文對於水滸人物存在意義的詮釋與小說人物的塑造問題，已嘗試做出

〔註 4〕參考劉安彥《心理學．第十三章人格》中人格理論，台北三民書局。

〔註 5〕參見卡爾．榮格等著，黎惟東譯《人物及其象徵——心靈世界的神話與現代人》關於英雄的部分，台北好時年出版社。

〔註 6〕參見里蒙、凱南著，姚錦清等譯《敘事虛構作品．第三章故事：人物》中人物的部分，香港三聯書店。

〔註 7〕參考樂昌大《文學典型研究的新發展》，大陸遼寧大學出版社。

〔註 8〕參見福斯特著，李文彬譯《小說面面觀》第三章及第四章，關於人物塑造的理論，台北志文出版社。

以上的探討。每一項研究都有它的限定，本文在論點的限定之下，也只能對上述問題提出一隅之見的解答。然而，學術總是不斷在向前推展，因此我們也可預期有關《水滸傳》評論的研究，在現代學術的影響下，應該可以從以上的思考作更廣度與深度的擴展。

重要參考資料

甲　類

1. 《第五才子書施耐庵先生水滸傳》，金聖歎評，芥子園刊。
2. 《水滸傳》，施耐庵著、金聖歎評，台北三民書局。
3. 《李卓吾先生批評忠義水滸傳》（一～十六冊），台北天一出版社。
4. 《芥子園本李卓吾批評忠義水滸傳》（一～十六冊），台北天一出版社。
5. 《鍾伯敬先生批評忠義水滸傳》（一～六冊），台北天一出版社。
6. 《新刊舊本全像插增田虎王慶》（一冊），台北天一出版社。
7. 《京本增補校正全像忠義水滸傳評林》（一～四冊），台北天一出版社。
8. 《李卓吾先生批評忠義水滸傳全書》（一～十八冊），台北天一出版社。
9. 《王望如評水滸傳》（一～二十冊），台北天一出版社。
10. 《水滸資料彙編》，台北里仁書局。
11. 《水滸傳會評本》（中國古典小説戲曲研究資料叢書），魯玉川、侯忠義輯校、陳曦鐘，大陸北京出版社。

乙　類

1. 《水滸傳的演變》，嚴敦易著，大陸北京作家出版社。
2. 《水滸研究研究論文集》，王利器著，大陸北京作家出版社。
3. 《水滸傳與中國社會》，薩孟武著，台北三民書局。
4. 《水滸研究》，何心著，台北河洛出版社。
5. 《水滸傳的來歷心態與藝術》，孫述宇著，台北時報文化出版公司。
6. 《水滸傳與紅樓夢》，胡適著，台北遠流出版公司。

7. 《水滸傳論稿》，高明閣著，大陸遼寧大學出版社。

丙　類

1. 《金聖歎全集》（一～四冊），金聖歎著，台北長安出版社。
2. 《金聖歎評改水滸傳的研究》，康百世著，國立政治大學中國文學研究所碩士論文（60 年 6 月）。
3. 《金聖歎傳》，陳平原著，香港太平書局。
4. 《金聖歎的文學批評考述》，陳萬益著，國立台灣大學中國文學研究所碩士論文（62 年 6 月）。
5. 《水滸人物論贊》，張恨水著，台北廣文書局。

丁　類

1. 《尚書正義》，舊本題孔安國傳、孔穎達正義，台北藝文印書館。
2. 《周禮正義》，鄭玄注、孔穎達正義，台北藝文印書館。
3. 《禮記正義》，鄭玄注、孔穎達正義，台北藝文印書館。
4. 《論語集解》，何晏集解、邢昺疏，台北藝文印書館。
5. 《孟子正義》，趙岐注、孫奭疏，台北藝文印書館。
6. 《史記》，司馬遷著，台北藝文印書館。
7. 《漢書》，班固著，台北藝文印書館。
8. 《後漢書》，范曄著，台北藝文印書館。
9. 《三國志》，陳壽著，台北藝文印書館。
10. 《明史》，張廷玉等著，台北藝文印書館。
11. 《明史紀事本末》，谷應泰著，台北三民書局。
12. 《老子注》，王弼著、樓宇烈校釋，台北華正書局。
13. 《荀子集解》，楊倞注、王先謙集釋，台北世界書局。
14. 《韓非子集解》，王先愼著，台北世界書局。
15. 《淮南子注》，高誘注，台北世界書局。
16. 《論衡校釋》，王充著、黃暉校釋，台灣商務印書館。
17. 《抱朴子》，葛洪著，台北中華書局。
18. 《朱子語類》，朱熹著、張伯行輯定，台北商務印書館。
19. 《象山全集》，陸九淵著，台北中華書局。
20. 《王文成公全書》，王守仁著，四部叢刊本。
21. 《龍溪王先生全集》，王畿著，台北廣文書局。

22. 《王心齋全集》，王艮著，台北廣文書局。
23. 《何心隱集》，何心隱著，台北中華書局。
24. 《藏書》，李贄著，台灣學生書局。
25. 《續藏書》，李贄著，台灣學生書局。
26. 《焚書》，李贄著，台北河洛出版社。
27. 《卓吾二書》，李贄著，台北河洛出版社。
28. 《宋元學案》，黃宗羲著，台北河洛出版社。
29. 《明儒學案》，黃宗羲著，台北世界書局。
30. 《日知錄》，顧炎武著，台北明倫出版社。
31. 《人物志》，劉劭著，台北藝文印書館。
32. 《世説新語》，劉義慶編、劉孝標注，台北華正書局。
33. 《少室山房筆叢》，胡應麟著，台北世界書局。
34. 《文史通義含方志略例及校讎通義》，章學誠著，台北華世書局。
35. 《文心雕龍注釋》，劉勰著、周振甫注，台北里仁書局。
36. 《詩品注》，鍾嶸著、汪中注，台北正中書局。
37. 《袁中郎全集》，袁宏道著，台北清流出版社。
38. 《古今小説》，馮夢龍編，台北世界書局。
39. 《警世通言》，馮夢龍編，台北世界書局。
40. 《醒世恆言》，馮夢龍編，台北世界書局。
41. 《喻世明言》，馮夢龍編，台北世界書局。
42. 《拍案驚奇》，凌濛初編，台北世界書局。
43. 《二刻拍案驚奇》，凌濛初編，台北世界書局。
44. 《人間詞話》，王國維著，台北開明書店。
45. 《四庫全書總目提要》，紀昀編，台北藝文印書館。

戊　類

1. 《中國哲學史》，勞思光著，台北友聯出版社。
2. 《中國人性論史先秦篇》，徐復觀著，台灣商務印書館。
3. 《中國文學史》，葉慶炳著，台灣學生書局。
4. 《中國文學發展史》，劉大杰著，台北華正書局。
5. 《中國文學批評史》，劉大杰著，台北文匯堂。
6. 《中國文學理詮史上古篇》，王金凌著，台北華正書局。

7. 《國史大綱》，錢穆著，台灣商務印書館。
8. 《中國政治思想史》，蕭公權著，台北聯經出版事業有限公司。
9. 《明代史》，孟森著，台北華世書局。
10. 《明清史》，陳捷先著，台北三民書局。
11. 《中國學術思想史論叢》（三），錢穆著，台北東大圖書公司。
12. 《歷史哲學》，牟宗三著，台灣學生書局。
13. 《宋明理學》，蔡仁厚著，台灣學生書局。
14. 《才性與玄理》，牟宗三著，台灣學生書局。
15. 《玄學文化佛教》，湯錫予著，台北育民出版社。
16. 《佛學概論》，林傳芳著，高雄佛光出版社。
17. 《理想與現實》（中國文化新論），台北聯經出版事業有限公司。
18. 《天道與人道》（中國文化新論），台北聯經出版事業有限公司。
19. 《人物志在人性學上之價值》，顏承繁著，國立師範大學國文研究所碩士論文（67 年 6 月）。
20. 《大俠》，龔鵬程著，台北錦冠出版社。
21. 《西班牙騎士與中國俠》，田毓英著，台灣商務印書館。
22. 《心理學》，劉安彥著，台北三民書局。
23. 《人類及其象徵》，卡爾・容格著、黎惟東譯，台北好時年出版社。
24. 《人學》，宋巴特著，香港人生出版社。
25. 《人論》，卡西爾著，結構群出版社。
26. 《美的範疇論》，姚一葦著，台灣開明書店。
27. 《文化文學與美學》，龔鵬程著，台北業強出版社。
28. 《中國美學史大綱》，葉朗著，台北滄浪出版社。
29. 《中國藝術精神》，徐復觀著，台灣學生書局。
30. 《莊子藝術精神析論》，顏崑陽著，台北華正書局。
31. 《中國美學的開展》，葉朗著，台北金楓出版事業有限公司。
32. 《中國小說美學》，葉朗著，台北天山出版社。
33. 《小說二十四美》，俞汝捷著，台北淑馨出版社。
34. 《中國古典小說美學資料匯粹，孫菊園編、孫遜，台北大安出版社。
35. 《明代政治》，包遵彭編，台灣學生書局。
36. 《晚明思潮與社會變動》，台北弘化事業有限公司。
37. 《晚明流寇》，李文治編，台北食貨出版社。
38. 《中國歷史研究法》，梁啓超著，台北里仁書局。

39. 《中國歷史研究法》，錢穆著，台北東大圖書公司。
40. 《文學散步》，龔鵬程著，台北漢光文化事業公司。
41. 《文藝心理學》，朱光潛著，台北漢京文化事業公司。
42. 《文學概論》，王夢鷗著，台北藝文印書館。
43. 《六朝人物品鑒與文學批評》，賈元圓著，東吳大學中國文學研究所碩士論文（74年6月）。
44. 《明代文學批評研究》，簡錦松著，台灣學生書局。
45. 《晚明小品論析》，陳少棠著，香港波文書局。
46. 《晚明性靈小品研究》，曹淑娟著，國立台灣大學中國文學研究所博士論文（76年6月）。
47. 《明末清初經世文論研究》，林保淳著，國立台灣大學中國文學研究所博士論文（79年6月）。
48. 《文學批評的視野》，龔鵬程著，台北大安出版社。
49. 《文學典型研究的新發展》，欒昌大著，大陸遼寧大學出版社。
50. 《文學欣賞與批評》，徐進夫譯，台北幼獅文化事業公司。
51. 《詩學箋註》，亞里士多德著、姚一葦譯著，台灣中華書局。
52. 《文學論》，韋勒克、華倫著、王夢鷗、許國衡譯，台北志文出版社。
53. 《接受理論》，張廷琛著，大陸四川文藝出版社。
54. 《編劇方法論》，鄧綏寧編著、李文彬譯，國立編譯館。

己　類

1. 《中國小說史》，孟瑤著，台北傳記文學出版社。
2. 《中國小說史》，郭箴一著，台北商務印書館。
3. 《中國小說史》，周樹人著，台北谷風出版社。
4. 《明清小說批評史》，王先霈著、周傳民，大陸花城出版社。
5. 《中國小說史論叢》，龔鵬程著、張火慶，台灣學生書局。
6. 《古典小說散論》，樂蘅軍著，台北純文學出版社。
7. 《中國古典金說藝術欣賞》，賈文昭著、徐召勛，台北里仁書局。
8. 《中國古典文學中的小說傳統》，西諦著，台北木鐸出版社。
9. 《中國古代小說論集》，郭豫適著，大陸華東師範大學出版社。
10. 《晚清小說理論研究》，康來新著，台北大安出版社。
11. 《從劉鄂到王禎和》，王德威著，台北時報文化出版企業有限公司。
12. 《明清小說探幽》，蔡國梁著，台北木鐸出版社。

13. 《古典小說藝術新探》，鄭明娳著，台北事業文化出版企業有限公司。
14. 《古小說論稿》，談鳳梁著，大陸浙江古籍出版社。
15. 《中國的小說藝術》，周中明著，台北貫雅文化公司。
16. 《王希廉的紅學研究》，吳宜靜著，國立中央大學中國文學研究所碩士論文（79 年 6 月）。
17. 《小說修辭學》，華明等譯，大陸北京大學出版社。
18. 《敘事虛構作品》，里榮・凱南著、姚錦清等譯，香港三聯書店。
19. 《小說理論》，楊恒達編譯，台北五南圖書出版公司。
20. 《小說面面觀》，福斯特著，台北志文出版社。
21. 《中國通俗小說書目》，孫楷第著，台北木鐸出版社。
22. 《元明清三代禁毀小說戲曲史料》，台北河洛出版社。

庚　類

1. 〈道家論眞及其影響〉，周弘然著，《中華雜誌》（第三卷第 1 期）。
2. 〈晚明的實學思潮〉，王家儉著，《漢學研究》（第七卷第 2 期）。
3. 〈明末清初的經世致用之學〉，山井湧著、盧瑞容譯，《史學評論》（第 13 期）。
4. 〈說俠義——試論中國文學裏的俠義精神〉，鄧仕樑著，《國文天地》（第七卷第 2 期）。
5. 〈劍俠千年已矣——古俠的歷史意義〉，唐文標著，《中國文化復興月刊》（第九卷第 5 期）。
6. 〈水滸版本知見目〉，《書目季刊》（第二十一卷第 2 期）。
7. 〈金聖歎爲何修改水滸傳〉，何錦燦著，《大成》（第 44 期）。